BASTEI
LÜBBE

JOHN BARNES

Kreuzzüge

Roman

Ins Deutsche übertragen von Jürgen Heinzerling

BASTEI LÜBBE

BASTEI LÜBBE TASCHENBUCH
Band 24 295

1. Auflage: Januar 2002

Vollständige Taschenbuchausgabe

Bastei Lübbe Taschenbücher
ist ein Imprint der
Verlagsgruppe Lübbe

Deutsche Erstveröffentlichung
Titel der amerikanischen Originalausgabe:
Sin of Origin
Originally published by Gongdon & Weed, Inc.

Lektorat: Ruggero Leò/Stefan Bauer
Titelillustration: Romas B. Kukalis/Agentur Schlück
Umschlaggestaltung: QuadroGrafik, Bensberg
Satz: Wildpanner, München
Druck und Verarbeitung:
Brodard & Taupin, La Flèche, Frankreich
Printed in France

ISBN 3-404-24295-7

DIE EROBERUNG DES WELTALLS
VON ISAAC ASIMOV

Wie entstand das Leben auf der Erde? Diese Frage können auch die fähigsten Wissenschaftler noch nicht endgültig beantworten. In der Tat ist die Frage so schwierig zu beantworten, dass man fast geneigt ist, sich im Sessel zurückzulehnen und zu behaupten: »Es ist nie geschehen!«

Und doch ist es geschehen. Wir existieren. Vermutlich gab es in der Atmosphäre und in den Ozeanen der jungen Erde einfachste chemische Verbindungen, die die ultraviolette Strahlung des Sonnenlichts, die Wärme der Vulkane oder andere Energiequellen dazu nutzten, komplexere Verbindungen einzugehen, und schließlich Merkmale entwickelten, wie wir sie heute an einfachen Lebewesen beobachten.

Zudem stellt sich noch immer die weiterführende Frage, ob die urzeitlichen Umweltbedingungen tatsächlich die nötigen Voraussetzungen dafür lieferten, dass sich die Lebewesen so entwickeln konnten, wie wir sie heute kennen. Selbst wenn damals die erforderlichen Voraussetzungen gegeben waren, könnten sie von Faktoren abhängig sein, die so selten auftreten, dass eine mit der Erde vergleichbare Entwicklung nur auf sehr wenigen Planeten zustande kommt.

Doch sollte man deshalb nicht gleich von der Hand weisen, dass eine solche Entwicklung möglich ist – vielleicht geschah es es nur auf einigen wenigen Planeten, vielleicht auch nur auf einem. Und selbst wenn sich auf anderen Welten kein eigenes Leben entwickeln konnte, finden sich dort vielleicht Bedingungen, die es den Bewohnern fremder Planeten erlauben, sich dort niederzulassen.

Nach unserem gegenwärtigen Kenntnisstand hat sich das

Leben auf der Erde nicht auf dem Land entwickelt, sondern in den Ozeanen. Dort existierte es schon drei Milliarden Jahre, bevor sich die ersten Lebewesen auf dem Festland ausbreiteten. Schließlich eroberte es sogar Regionen, die man eigentlich für absolut lebensfeindlich halten sollte, wie etwa die Arktis oder die Wüste Gobi.

Ausgehend von dieser Überlegung, scheint es mir plötzlich nicht mehr völlig unvorstellbar, dass sich Lebewesen zunächst auf einem einzigen Planeten entwickeln und dann auf andere Welten ausbreiten, Welten, die irgendwo in den unendlichen Weiten des Alls liegen. Vielleicht ist die Erde der Ausgangspunkt einer solchen Entwicklung. Andererseits ist es nicht undenkbar, dass das Leben auf unserer Welt auf einem weit entfernten Planeten entstanden ist, irgendwo dort draußen.

Der erste Wissenschaftler, der die These aufstellte, dass sich das Leben eines Planeten auf andere verbreiten kann, war der schwedische Chemiker Svante August Arrhenius (1859–1927). Im Jahr 1907 veröffentlichte er sein Buch *Über die Weltenschöpfung*, in dem er schildert, wie winzige Sporen die Atmosphäre eines Planeten verlassen und durch den Strahlungsdruck der Sonne dieses Planeten durch das Weltall getrieben werden.

Unsere Sonne und die anderen Sterne sorgen auf diese Weise dafür, dass die Sporen Millionen von Jahren durch das All irren, bis sie irgendwann durch puren Zufall auf einen Planeten treffen, dessen Umweltbedingungen ihren Bedürfnissen entsprechen. Auf den ersten Blick scheint diese Theorie sehr plausibel zu sein. Viele Kleinstlebewesen sind von einer dicken Hülle geschützt, extrem widerstandsfähig gegen Kälte und Trockenheit, und können vielleicht über einen langen Zeitraum im Vakuum des Weltalls überleben. Und sie sind so winzig, dass sie vom Lichtdruck eines Sternes mehr beeinflusst werden als von seiner Gravitation.

Bereits seit 1910 weiß man jedoch, dass die uns bekannten Kleinstlebewesen auf ultraviolette Strahlung empfindlich reagieren, ganz zu schweigen von anderen gefährlichen Emissionen wie etwa kosmischer Strahlung, Röntgenstrahlen und elektrisch geladenen Partikeln. Vielleicht sind einige Sporen gegen Strahlung resistent, und vielleicht erreichen ja manche mikroskopisch kleine Lebewesen den neuen Planeten nicht nur aus purem Glück.

Der englische Wissenschaftler Francis H. C. Crick (geb. 1916) beschrieb einmal ein vermutlich nicht ganz ernst gemeintes Szenario: Ein Forscherteam landet auf einem unbelebten, aber keineswegs lebensfeindlichen Planeten und fliegt von dort wieder davon. Der von ihnen hinterlassene Abfall – die Reste ihres Mittagessens – enthält Mikroorganismen, die nun den Ausgangspunkt für einen neuen Lebenskreislauf bilden. Für die Kleinstlebewesen ist dies sicherlich die angenehmste Art, die gefährliche Reise zu überstehen.

Übrigens haben einige Astronomen bereits 1968 in interstellaren Wolken überraschend komplexe Molekülverbindungen entdeckt, die zum Teil auch aus Kohlenstoff bestanden – *organischem* Kohlenstoff! Darunter befand sich ein Molekül aus insgesamt dreizehn Atomen. Je komplizierter diese Moleküle sind, desto seltener kommen sie vor und sind entsprechend schwieriger zu finden. Wenn wir nur nah genug an diese Wolken herankommen könnten, um sie zu untersuchen, würden wir möglicherweise dort Bausteine finden, die wir von den uns bekannten Lebewesen kennen. Falls dies tatsächlich zutrifft, dann ist es auch durchaus möglich, dass die darin enthaltenen Lebenskeime auf einen Planeten gelangen.

Um diese Theorie zu untermauern, müsste man sich zunächst überlegen, auf welche Weise dieses biologische Keimmaterial die Planeten erreichen könnte. In diesem Zusammenhang ist es möglicherweise von Bedeutung, dass man auch in Kometen Spuren von kohlenstoffhaltigen Molekülen entdeckt hat: Aus einer 1986 veröffentlichten Studie über den Halley'schen Kometen ging hervor, dass er langkettige Polymere enthält.

Zudem hat man in seltenen Fällen auch Meteoriten gefunden, die geringe Mengen Wasser und organische Moleküle enthalten. Bei näherer Untersuchung stellte sich heraus, dass einige davon verschiedene Aminosäuren in sich tragen, die zur Bildung von Eiweißketten und Fettsäuren vonnöten sind. Zwar lässt sich ausschließen, dass es sich bei den komplexen Verbindungen in diesem Fall um Produkte existierenden Lebens handelt, doch könnten sie durchaus den Anstoß zur Entwicklung von neuem Leben auf einem Planeten geben.

Die vielleicht radikalsten Überlegungen in diesem Zusammenhang wurden von dem englischen Astronomen Fred Hoyle (geb. 1915) und seinem indischen Kollegen Chandra Wickramasinghe geäußert. Sie gehen davon aus, dass die chemischen Verbindungen in interstellaren Wolken und Kometen weitaus vielfältiger sein dürften als bislang angenommen. Ihrer Theorie nach liegt hier im Vakuum des Weltalls der Ursprung der Mikrolebewesen, und das Leben soll durch vorbeirasende Kometen auf die Erde gelangt sein, aus deren Schweif sich die Lebenskeime lösten und bis zur Erdoberfläche gelangten. Davon ausgehend vermuten sie auch, dass plötzlich auftretende virulente Epidemien durch Meteoriten übertragen werden, wie etwa im Fall des Influenzavirus, der die Grippeepidemie von 1918 auslöste (Man darf allerdings nicht außer Acht lassen, dass die Thesen von Hoyle und Wickramasinghe von seriösen Wissenschaftlern nicht ernst genommen werden).

Wie ernst man derartige Thesen auch nehmen mag, die Ausbreitung des Lebens im Weltall ist nicht nur die Grundlage für zahllose Science-Fiction-Romane, sondern ein durchaus relevanter wissenschaftlicher Ansatz, der auch von seriösen Forschern diskutiert wird.

Schauen wir uns an, in welcher Weise John Barnes das Thema in diesem Buch aufgreift.

KREUZZÜGE

TEIL 1

HAUSKYLD: RANDALL 2891 A.D.

KAPITEL 1

Eigentlich bestand nicht die geringste Aussicht, dass er diesmal mit dem Wort »tmuvam« mehr Glück haben würde als bisher. Schließlich lagen ihm keine neuen Daten vor. Aber diese Arbeit gehörte nun einmal zu den beiden Pflichten, denen Hauskyld wenigstens zum Teil nachkam.

Noch einmal rief er sich ins Gedächtnis, was er bisher herausgefunden hatte: Wenn die Randallaner »tmuvam« als transitives Verb benutzten, bedeutete es so viel wie »lieben«, ansonsten jedoch »das Tao leben«. Immer vorausgesetzt natürlich, dass sich »zjirathk« tatsächlich mit »Tao« übersetzten ließ, wie er es vermutete. Und ungeachtet der Tatsache, dass dieses Wort manchmal auch als Synonym für »immer währende Gerechtigkeit« benutzt wurde …

Er seufzte, las sich die Übersetzung noch einmal durch und legte sie dann in das Hochregal neben seinem Schreibtisch. Fast war er schon über seiner Arbeit eingeschlafen, was ihm nachmittags oft passierte, als plötzlich ein schriller Alarmton erklang.

»Alle Mann auf ihre Posten!«, brüllte Pater Shermans Stellvertreter aus dem Lautsprecher. »Ich wiederhole, jeder auf seinen Posten! Absolute Ruhe. Das Gate erscheint auf dem Landeplatz in zwanzig – ich wiederhole – in *zwanzig* Minuten.«

Hauskyld riss seinen Helm vom Haken und setzte ihn auf. Ausnahmsweise hatte er die Stiefel während seines Büroschlafes anbehalten, daher konnte er seine kleine Zelle direkt verlassen und schlug die Tür hinter sich zu.

Von allen Seiten eilten die Männer so leise wie möglich

herbei. Sie achteten sehr darauf, den überdachten Teil des Weges nicht zu verlassen. Dadurch waren sie aus der Luft nicht zu sehen, was gewährleistete, dass sich das Gefecht mit den Randallanern so lange wie möglich verzögerte. Sie nutzten die Deckung aus gutem Grund – beim letzten Mal hatten sie zwei Ordensbrüder des Thomas von Aquin verloren und außerdem zwei dringend benötigte Leonardaner.

Wie üblich hatten Bruder Gideon und Bruder Joshua die Station schon vor Hauskyld erreicht.

»Die Maske runter, Bruder«, ermahnte ihn Gideon mit sanftem Lächeln.

Hauskyld zog sich die Schutzmaske vom Gesicht, arretierte sie und straffte den Kinnriemen, bevor er sich zu dem Bolzenmagazin umdrehte und seine Lagemeldung abgab.

»Zweiunddreißig Stück«, berichtete er.

Joshua, der an der Schwenkvorrichtung saß, blickte zu ihm hoch.

»Bruder, wenn wir hier fertig sind, solltest du den Apparat vielleicht einmal abschmieren«, schlug er vor. »Für heute wird es noch reichen, denke ich.«

»Hol das Ölkännchen und mach es selber«, ordnete Gideon huldvoll an. »Wir wollen doch keinen Klemmer riskieren, oder?«

Maulend kam Joshua dem Befehl nach.

»Hey, Hauskyld. Wie hieß das noch mal?«

»Hataha ji'zjak pha«, sagte Hauskyld.

»Klasse! Und was soll das bedeuten?« Der junge Mann kontrollierte den Ölstand, nickte zufrieden und stellte das Ölkännchen wieder an seinen Platz.

»Ins Unreine übersetzt heißt es so viel wie ›deine Mutter ist eine Nutte, die es mit Tieren treibt‹«, erklärte Hauskyld zum ungefähr zehnten Mal. »Aber die können dich sowieso nicht hören!«

»Hataha ji'zhak pa«, versuchte es Joshua.

»*Ji'zjak pha.* Was du gesagt hast, bedeutet ›Bevor deine Mutter einen neuen Job bekommt, ist sie längst eine alte Frau‹.«

»*Ji'zjak pha.*«

»Richtig.« Hauskyld grinste Gideon breit an. Aquinische Brüder hatten im Allgemeinen den Ruf, nicht mit Klugheit gesegnet zu sein. Und Joshua gab sich redlich Mühe, diesem Vorurteil gerecht zu werden.

Aus den Lautsprechern quäkte jemand: »Laut Radarsichtung nähert sich das Gate dem Landeplatz. Ausschau halten auf 7.241, es wird auf 51 vertikal sichtbar, in drei Minuten.«

Unten waren die Kavalleriesoldaten damit beschäftigt, ihre Pferde in den gerade frisch mit Wasser bespritzten Innenhof zu führen. Man hatte den Boden befeuchtet, um die Bildung verräterischer Staubwolken zu unterbinden. Auf diese Weise würden die Kämpfer vielleicht etwas Zeit gewinnen, bevor sich die ersten Greife auf sie stürzten. Falls alles gut lief, brauchten sie nur auf dem Rückweg mit ihnen zu kämpfen.

Sie mussten um jeden Preis vermeiden, dass die Randallaner schon von ihrem Plan erfuhren, bevor sich das Gate öffnete. Ansonsten würde es gar nicht erst zu einer richtigen Schlacht kommen. Schließlich war damit zu rechnen, dass sie die Gelegenheit ausnutzen würden, indem sie ihre ganze Nachhut an Greifen auf einen Schlag mobilisierten.

»Wir hätten es wesentlich einfacher, wenn die Strecke bis zum Landeplatz vier Kilometer kürzer wäre«, sagte Gideon und sprach damit Hauskylds Gedanken aus. »Dann könnten wir unseren Leuten von hier aus Deckung geben. Diese Festung müsste weiter unten liegen. Ehrlich gesagt, manchmal wundere ich mich über den Alten!«

Hauskyld wollte gerade etwas zur Verteidigung von Pater Sherman vorbringen, als ein Späher neben ihn trat und Meldung erstattete.

»Sie kommen bei der Abflugschneise rein!«

Gideon war mit einem Satz am Geschütz und kletterte auf den Schützensitz. Hektisch trampelte er auf den Pedalen herum, um zu überprüfen, ob sich die Waffe ausrichten ließ.

»Bolzen!«, befahl er knapp.

Hauskyld griff nach einem Bolzen: eine Stahlstange von zwei Zentimetern Durchmesser und einem Meter Länge, die früher einmal vermutlich als Stütze oder Querstrebe gedient hatte. Der junge Mann trat um das Geschütz herum und schob den Bolzen ins Rohr.

»Geladen!«, meldete er.

»Seht mal! Dort Brüder, es geht los!«, rief Joshua und deutete zum Horizont.

Weit über den Rotsandsteinhügeln wurde ein kreisender, kleiner schwarzer Punkt sichtbar. Plötzlich flammte er grell auf und wirkte fast wie ein weit entfernter Stern. Kein Zweifel, die auf ihren Greifen reitenden Randallaner hatten zum Angriff geblasen.

In der Zwischenzeit hatten sich die Kavalleriesoldaten im großen Innenhof zum Kampf gerüstet. Das Haupttor schwang auf, die Zugbrücke bewegte sich auf Schienen rund 50 Meter in das Minenfeld hinein. Als die Brücke arretiert war, setzte sich der Reitertrupp langsam in Marsch. Die Schwerter, Lanzen und Schusswaffen schimmerten dunkelrot in der untergehenden Sonne. Jedes Mal wenn ein Truppenverband am Ende der Zugbrücke angekommen war, trieben sie ihre Pferde zum Galopp an und rasten auf die weiße Markierung der Abflugschneise zu.

»Sie kommen!« Gideons Stimme zitterte ein wenig. »Macht euch kampfbereit!«

Hauskyld starrte auf den Horizont, wo sich winzige Pünktchen formierten wie ein Mückenschwarm. Er drehte sich um und nahm einen Polaronblock vom Stapel. Joshua kauerte maulend und vor Angst schwitzend vor seinen Anzeigen.

Die Staubwolke verriet, dass die Kavallerie jetzt ein Drittel des Weges zum Landeplatz zurückgelegt hatte. Die näher kommenden Randallaner teilten sich in zwei Staffeln zu je dreißig Greifen auf. Die eine Staffel wandte sich dem Gate zu, die andere raste den Kavalleristen entgegen.

»So bald werden wir wohl keinen Treffer landen!«, meinte Gideon gepresst. »Wie es aussieht, werden sie außerhalb unserer Reichweite auf die Kavallerie treffen.«

In diesem Moment wurden die Landetriebwerke und Bremsfallschirme des Gates ausgelöst. Die Greife steuerten nach wie vor darauf zu, eine dunkle Rauchwolke hinter sich herziehend.

»Sie setzen Fackeln ein«, stellte Hauskyld fest.

Aus dem Innenhof wurden zwei Luftabwehr-Trägerraketen abgefeuert. Die Temperaturfühler der Geschosse würden aber eher auf die Fackeln reagieren als auf die Körpertemperatur der Greife oder der Randallaner. Ein halbes Dutzend Treffer, höchstens. Einer der Greife wurde zerrissen, ein anderer verlor seinen Reiter, während er zu Boden stürzte.

»Der Letzte, habt ihr das gesehen? Dem hat es doch glatt den Kopf abgerissen!«, meldete Gideon euphorisch, der die Szenerie durch ein Teleskop beobachtete. »Ihr hättet sehen sollen, wie dieses Viech gezappelt hat, als es abstürzte!«

Hauskyld stöhnte bei dem Wort »Viech« auf. Aber nach acht Monaten des Krieges, der überdies mit einem fürchterlichen Massaker begonnen hatte, konnte man von den Ordensbrüdern wohl nicht mehr erwarten, dass sie sich als Tierschützer aufspielten. Hinzu kam, dass die Garnison nur aus Menschen bestand, wie es bei Pioniereinheiten meistens der Fall war. Keine *Cadger, Freeps* oder *Monocorni.* Und obwohl es durchaus Feindseligkeiten zwischen den verschiedenen Randallaner-Stämmen gab, war es nicht möglich gewesen, auch nur einen von ihnen anzuwerben – alle Randallaner standen auf der gegnerischen Seite …

Die Randallaner warfen ihre Fackeln ab, um sich der

Attacke auf die Bremsfallschirme widmen zu können. Als sich der Hauptfallschirm öffnete, bildeten die Greife eine Formation und flogen das Gate an. Offenbar hatten sie vor, die Leinen der Landefallschirme zu kappen, aber ihre Eisenäxte konnten den Monofasern nichts anhaben.

Einige der Gegner versuchten, von ihren Tieren auf die Fallschirme zu springen.

Der Wind indes wehte so heftig, dass sie abdrifteten, bevor sie auch nur den geringsten Schaden anrichten konnten. Die Greife nahmen ihre Reiter in der Luft wieder auf.

Die Kavallerie hatte den Landeplatz fast erreicht, doch die zweite Staffel der Angreifer war nicht mehr weit von dem gemeinsamen Ziel entfernt. Hauskyld konnte nicht erkennen, was in der Ferne geschah, aber er wusste auch so, dass die Gegner bislang keine nennenswerten Verluste zu beklagen hatten. In der dichten Atmosphäre Randalls hatten die Projektile nur eine geringe Reichweite.

Die Randallaner versuchten die Kavallerie aufzuhalten. Wenn ihnen das gelang, konnte ihre Nachhut die Reiter einkreisen und sie so von dem Gate fern halten. Mit ihren vielen tausend Kämpfern würden die Randallaner die Festung umzingeln und die Besatzung darin einschließen. Zurzeit jedoch hatte es den Anschein, als ob sie lediglich einige Hundert Krieger mobilisiert hatten.

Das Gate setzte auf dem Landeplatz auf. Die Kavallerie hatte den Hügel hinter sich gelassen und war jetzt außerhalb der Sichtweite. Von der Festung aus konnte man jetzt nur noch die kreisenden, schnell durch die Luft gleitenden Greife sehen. Die Randallaner saßen auf ihren Rücken und schwenkten Äxte und Pistolen.

»Da ist noch mehr Ärger im Anmarsch«, verkündete Gideon und deutete auf den Horizont. Dutzende dunkler Punkte waren erschienen, innerhalb weniger Minuten würden Hunderte von ihnen den Landeplatz erreichen.

Hauskyld drückte auf seine Stoppuhr.

»Die Reaktion erfolgt volle zwei Minuten schneller als sonst«, behauptete er. »Das ist wirklich bemerkenswert.«

»Die Kavallerie ist durchgebrochen«, verkündete Gideon. »Jeder auf seinen Platz, Brüder!«

Die durcheinander wirbelnde Wolke von Greifen veränderte sich – die Angriffsfront spaltete sich unter der Wucht des Angriffs der Kavallerie.

»Sie haben das Gate bereits entladen«, kommentierte Joshua seine Beobachtungen.

»Das mussten sie auch! Macht euch bereit. Die Verstärkung ist im Anmarsch.«

Der Kavallerietrupp raste um den Hügel herum, umgeben von einer gewaltigen Staubwolke und dicht gefolgt von einem Schwarm Randallaner. Gideon brüllte »Feuer«, und Hauskyld nahm den Polaronblock und setzte ihn in das MHD-Aggregat ein. Dann schloss er die Ladeklappe und trat auf den Fußschalter.

»Im Namen des Vaters ... eins, zwei, drei, vier, Feuer!«, brüllte Joshua, und dann legte der MHD mit voller Leistung los. Mit mörderischem Knistern und ätzendem Ozongestank entluden sich die Kondensatoren.

Die Spule brummte gequält, als Gideon den Bolzen freigab. Doch das Projektil schlug kurz vor dem ersten Greif in den Boden.

»Bolzen!«

Hauskyld beeilte sich, einen neuen Stahlbolzen in die Halterung zu rammen. Dann rannte er zurück und legte einen weiteren Polaronblock neben die MHD-Einheit. Er schob die Klappe hoch, holte den geschwärzten, verbrauchten Block heraus und warf ihn achtlos beiseite.

»Fertig!«

»Feuer!«

Wieder tauschte er den Block aus, schloss die Klappe und

betätigte den Schalter. Er hatte kaum Zeit, einen Moment hochzusehen, als Joshua schon wieder zu lamentieren begann.

»Im Namen des Vaters ...«

Der Kavallerietrupp, der jetzt den Rückzug zur Festung antrat, hatte sich deutlich vergrößert, da das Gate Verstärkung mitgebracht hatte. Eine vollständige Garnison – und das war bitter nötig.

Den Randallanern war dies jedoch nicht entgangen. Statt nun ebenfalls den Rückzug anzutreten, wie sie es sonst zu tun pflegten, versuchte ihre Nachhut der Kavallerie den Weg zur Zugbrücke abzuschneiden.

Gideon feuerte wieder. Diesmal nahm er den Flügel eines heranfliegenden Greifs ins Visier und schoss. Offenbar gelang ihm der Schuss, denn der Greif stieß einige spitze Schreie aus und stürzte dann in spiralförmigen Windungen zu Boden. Der Randallaner auf seinem Rücken verlor den Halt und ruderte wild mit allen sechs Gliedmaßen in der Luft herum, bis er auf dem roten Felsgestein aufschlug.

»Bolzen!«

Hauskyld holte schnell einen weiteren Stahlbolzen. Als er diesen gerade einlegen wollte, verspürte er einen siedend heißen Schmerz. Etwas hatte sein Gesicht gestreift – eine Musketenkugel, die sich danach in den festgestampften Lehm des Festungswalls bohrte.

»Die Viecher schießen zurück!«, schrie Gideon. »Feuer!«

Weitere Musketenkugeln schlugen in die Mauer ein. Einer der Schützen stand nur wenige Meter von ihm entfernt, wurde ebenfalls getroffen und stürzte vom Wall. Hauskyld schloss die Klappe und betätigte den Schalter. Als Joshua den Feuerbefehl gab, war Hauskyld schon wieder unterwegs, um den nächsten Stahlbolzen zu holen.

Die ersten Soldaten hatten jetzt die Zugbrücke erreicht, aber die Greife stießen immer wieder auf sie nieder. Verzweifelt versuchten die Männer, die Angreifer aufzuhalten und in eine andere Richtung abzudrängen. Drei der Greife landeten direkt vor den Kavalleristen auf der Zugbrücke. Die Reiter der Flugwesen waren unmittelbar vor der Landung abgesprungen; sie hielten Pistolen in den unteren Händen, Streitäxte in den oberen. Ihre Handschlangen schossen zuckend aus den Beuteln der Greife hervor.

Noch hielten die Kavalleristen sich zurück und beobachteten, was sich am Fuße der Brücke abspielte. Auf diesen Moment hatten die Randallaner nur gewartet – die Soldaten waren jetzt so nahe, dass sie ihre Lanzen nicht mehr effektiv einsetzen konnten. Die Greife stürzten sich auf sie, die rasiermesserscharfen Klauen weit vorgestreckt, während ihre Reiter mit Piken, Dreschflegeln und Streitäxten auf die Männer einschlugen.

»Blutende Pflaume Mariens«, flüsterte Gideon und richtete seine Waffe auf einen Punkt am Fuße der Brücke aus. »Mariens blutig gefickte Pflaume!«

Er schoss. Der Bolzen traf einen Randallaner in den Hinterkopf, riss ihm die Stahlkappe vom Kopf und schleuderte ihn mit dem Gesicht voran auf den Boden. Hart schlug der Körper auf. Der Greif schrie und pickte wütend mit dem Schnabel nach den Reitern.

Hauskyld schob den nächsten Bolzen ein und lief wieder zum MHD, doch bevor er den Polaronblock herausnehmen konnte, tönte es aus dem Lautsprecher: »Alle Mann an die Streuwerfer. Ich wiederhole, an die Streuwerfer!«

Hauskyld wirbelte herum. Gideon sprang von seinem Geschütz hinab, und Joshua hatte die an der Wand aufgestapelten Streuwerfer bereits erreicht. Hauskyld nahm seinen Platz neben Joshua ein und sah zum Himmel empor.

Eine riesige Wolke aus tausend oder mehr Greifen flog auf sie zu, die Schnäbel weit aufgerissen und laute Schreie ausstoßend; auf ihren Rücken saßen die Randallaner, die ihre Lanzen und Speere fest umklammert hielten. Nicht weit entfernt konnte Hauskyld beobachten, wie die Kavalleristen sich bemühten, dem Kampf ein Ende zu machen und durch das große Tor in die Festung zu gelangen. Die Schreie der Männer und ihrer Pferde waren deutlich zu hören, und immer wieder wurden sie von den scharfen Schnäbeln und Klauen der Greife und den Schwertern der Randallaner attackiert. Hauskyld schwang seine Waffe aufwärts. Das Geschütz war eigentlich nicht mehr als ein auf einem Drehgestell montiertes, primitives Rohr, an dem Handgriffe angebracht waren. Es wurde einfach mit Schwarzpulver und einigen Hand voll Kugeln geladen. Streuwerfer hatten nur eine sehr geringe Reichweite, und man konnte damit nicht genau zielen. Aber wenn man ein Dutzend davon gleichzeitig einsetzte, vermochte man schon etliche seiner Feinde vom Himmel zu holen.

Die Greife kamen jetzt direkt auf die Mauer zu.

»Halt, halt, halt, haltet ein!«, schrie Gideon und zielte mit seiner Waffe auf die herannahenden Feinde. Die plumpen Bestien hatten eine sonderbare Form und waren etwa so groß wie ein terranischer Tiger. Die Gesichter der Randallaner – hervorquellende Facettenaugen über einer katzenartigen Schnauze – waren jetzt genau zu erkennen.

Die Greife bäumten sich auf, breiteten die Schwingen weit aus, bereit, sich im nächsten Moment auf die Schützen zu werfen. »Jetzt!«, rief Gideon.

Hauskyld drückte einen Schalter und die Streuwerfer dröhnten mit lauten Donnerschlägen los. Der Lärm ringsum war schier unerträglich, als nacheinander auch die anderen Kanonen abgefeuert wurden.

Die Luft war erfüllt von Geschrei und vom Geruch des Blutes. Ein gigantischer Greif, dessen Brust von der Ladung eines Streuwerfers völlig zerfetzt worden war, prallte weniger als fünf Meter von Hauskyld entfernt auf die Mauer.

Der Reiter versuchte aufzustehen, doch sein Knöchel war gebrochen. Er zog seine beiden Pistolen hervor, feuerte die eine ab, ohne Ziel zu nehmen. Dann steckte er sich die zweite in den Mund und schoss sich den Kopf weg.

»Aufpassen!«, schrie Gideon und griff nach einem Stahlbolzen.

Die Handschlange kroch mit weit aufgerissenem Maul unter dem Greif hervor, die Krallen an den Greifflossen ausgestreckt. Gideon holte weit mit dem Bolzen aus und schmetterte ihn gegen die Schlange, die mit dem Kopf voran gegen die Mauer klatschte. Sie wand sich und biss sich dann selbst tot.

Von der Zugbrücke ertönten jetzt laute Rufe. Wider Erwarten hatten die Soldaten die Angreifer doch abwehren können, und jetzt kam der ganze Trupp über die Brücke geritten. Ein seltsamer Ton, der einem ungewöhnlich tiefen Hahnenschrei ähnelte, dröhnte durch die Einöde.

Das Signalhorn der Randallaner.

So schnell wie sie gekommen waren, so schnell traten sie wieder den Rückzug an. Man gab ihnen einige Gewehrsalven mit auf den Weg, die aber keinen Schaden mehr anrichten konnten.

Überall dort, wo die Greife am Boden lagen und sich nicht mehr in die Luft erheben konnten, brachten sich die Randallaner mit ihren Pistolen oder ihren Schwertern um. Lieber der Tod als die Gefangenschaft, das war die Devise ihres Feldzugs. Auch die Handschlangen starben an ihrem eigenen Gift, während sich die Greife die Brust aufrissen und mit dem Schnabel die eigenen Herzarterien zerhackten.

Innerhalb kürzester Zeit waren die überlebenden Randallaner nur noch als winzige Punkte am Horizont zu sehen.

»Sie brauchen mich im Lazarett«, sagte Hauskyld und nahm den Helm ab.

Gideon nickte. »Geh nur. Ich werde hier aufräumen.«

KAPITEL 2

Hauskyld war kein besonders guter Krankenpfleger, was dazu führte, dass er gewöhnlich nur die Bahren mit den Verletzten tragen durfte. Diesmal hatte man ihn allerdings dazu verdonnert, den Papierkram zu erledigen. Etwa ein Fünftel der Neuankömmlinge war direkt auf dem Landeplatz getötet worden, ein gutes Drittel der Truppe verwundet. Alle mussten sie in den Unterlagen neu erfasst werden, da der Offizier, der die Passagierliste führte, ebenfalls zu den Totalverlusten zählte. Dementsprechend hatte es eine ganze Weile gedauert, bis sie die Lage halbwegs beurteilen konnten, und es kam teilweise zu ziemlich widersprüchlichen Angaben darüber, wer alles auf dem Schlachtfeld zurückgeblieben war.

»Du bist dir also ganz sicher, dass wir drei Offiziere verloren haben?«, fragte Hauskyld einen der Soldaten.

Der Mann strich sich mit der Hand über den Kopf, hielt dann jedoch in der Bewegung inne, als er seine frische Kopfwunde berührte.

»Sie waren vor uns, haben sich weiter vorgewagt als wir. Dann fielen plötzlich diese Bestien über uns her, und sie wurden vom Rest der Truppe abgeschnitten…«

Hinter Hauskyld sagte jemand: »Mit anderen Worten, du bist davongelaufen.« Hauskyld drehte sich um und blickte direkt in das Gesicht eines Tempelritters.

»Ich wollte nur einmal nachsehen, wen wir alles hier haben«, sagte der Mann freundlich. »Die Verhandlungen des Kriegsgerichts vertagen wir auf später. Für ein solches Verhalten gibt es absolut keine Entschuldigung! Warum ist dieser Mann nicht in der Büßerzelle?«

»Weil wir die Zelle vorübergehend zum Krankenzimmer umfunktioniert haben. Kann ich Ihnen sonst noch irgendwie behilflich sein?«

»Wo finde ich den Bischof?«

»Er wurde vor einigen Monaten getötet. Sie wenden sich am besten an Pater Sherman. Gehen Sie über den Innenhof und fragen sie dann die Wachen nach dem Weg.«

»Danke.« Der Tempelritter starrte ihn eine Weile an. »Welchem Orden gehörst du an?«

»Mbweist.«

»Das dachte ich mir.« Er drehte sich um und stolzierte aus der Tür hinaus.

Hauskyld wandte sich wieder den Männern zu, die er eben befragt hatte. Allzu viel schienen sie indes nicht zu wissen.

»Berücksichtige bitte, Bruder, dass wir an der Orbitalstation Arimathea erst heute Morgen durch das Gate gegangen sind. Es ging alles drunter und drüber«, versuchte ihm einer der Unverletzten zu erklären.

Hauskyld musterte ihn genau. Der Bursche war sicher nicht älter als vierzehn.

»Weshalb das Durcheinander?«

»Na ja…« Der Junge leckte sich über die Lippen. Hauskyld kontrollierte noch einmal, ob der Rekorder tatsächlich alles aufzeichnete.

»Wir hätten den Starttermin beinahe verpasst. Die Leute liefen alle hin und her. So weit ich gesehen habe, blieben nur die Tempelritter ordentlich zusammen, alle anderen rannten planlos herum. Dann ging plötzlich der Alarm los, wir rannten alle durch das Gate, und dann waren auch schon diese Monster hinter uns her – Bruder, wie nennt man die denn noch?«

Die Frage riss Hauskyld aus seinen Gedanken. »*Greife* – das sind die mit den großen Flügeln. Und die intelligenteren, die Reiter, die nennen wir einfach Randallaner. Sie selbst nennen sich *Thni'tarath-an-k'pha*; das heißt so viel wie ›flügellose Läufer‹. Die Greife heißen bei ihnen *Thni-an-k'ba.*«

»*Thni'tarath-an-k'pha* und *Thni-an-k'ba.*« Die Aussprache des Jungen war perfekt.

»Richtig. Und was war deine Aufgabe?«

»Ich habe dem Koch geholfen und die Leute bedient. Eigentlich habe ich gehofft, irgendeine Berufsausbildung zu erhalten.«

Hauskyld nickte ihm zu und ging weiter. Vielleicht konnte er den Jungen in seiner Klasse unterbringen und ihn für seine linguistischen Forschungen interessieren. Das Talent dafür hatte der Bursche gewiss.

Innerlich seufzte er tief und widmete sich dann wieder den Unterlagen. Gerade als er zu der erstaunlichen Erkenntnis gelangte, dass *Shorty, Denny* und *Sergeant Tang* ein und dieselbe Person und dazu noch ausgesprochen tot waren, klopfte ihm Joshua auf die Schulter. »Der Alte will dich sprechen.«

»Hat er gesagt, um was es geht?«

»Nein. Er sagte nur *sofort.* Punkt. Ich soll deine Arbeit fortsetzen, was immer du da auch gerade tust.«

Hauskyld erklärte ihm, was noch zu erledigen war. Dann rannte er über den glühend heißen Innenhof zu Pater Shermans Büro.

Da sein eigentliches Aufgabengebiet seit einiger Zeit für nichtig erklärt worden war, musste er ständig all die Dinge erledigen, für die sonst niemand zuständig war. Eine recht große Aufgabe, wenn man in einer Festung mitten im Feindesland lebt. Er hegte die irre Hoffnung, dass es sich diesmal um eine Aufgabe handeln würde, die zumindest am Rande etwas mit Ethnologie zu tun hatte.

Aber in seinem Innersten verspürte er diesbezüglich arge Zweifel.

KAPITEL 3

Pater Shermans »Sekretär« war der einzige Überlebende des ehemals vierköpfigen Knabenchors, den der Erzbischof vor zwei Standardjahren hierher entsandt hatte. Der Knabe war blond und schlank. Er hatte den zweiten Sopran gesungen und schien selbst hier im Wüstenklima ständig unter Erkältungen zu leiden. Wie üblich zögerte der Junge eine ganze Weile, bis er sich dazu durchrang, Pater Shermans Büro zu betreten.

Hauskyld nutzte die Zeit, um sich etwas umzusehen. Da er nicht sogleich ins Büro geleitet worden war, bedeutete das vielleicht, dass er ausnahmsweise einmal nicht in bösen Schwierigkeiten steckte. Kaum zu glauben, man hatte seinen Namen tatsächlich auf den Terminplan eingetragen – und zwar ausgerechnet für den Zeitraum, in dem Pater Sherman üblicherweise seine Mittagssiesta hielt! Also ging es um etwas Dringliches. Außerdem hatte man ihn allein hierher zitiert, was wohl hieß, dass etwas höchst Ungewöhnliches geschehen sein musste. Oder ging es vielleicht um etwas Persönliches?

Das Geräusch der Toilettenspülung erklärte, warum Hauskyld so lange warten musste. Der Junge erschien wieder, zog einige Male geräuschvoll die Nase hoch, schluckte und drückte dann die Tür auf.

»Er ist jetzt bereit, dich zu empfangen.«

Als Hauskyld ins Zimmer trat, hörte er Sherman grunzen. Offensichtlich war er noch damit beschäftigt, sein Gewand wieder herunterzuziehen und sich aus dem kleinen »Privatzimmer« herauszuquälen. Dann stand der Alte vor ihm und bemühte sich so auszusehen, als hätte er gerade nur eines der Gemälde an der Wand betrachtet.

»Ah, Bruder Hauskyld, schön dich zu sehen, schön dich zu sehen. Mach doch mal bitte die ... äh ... Tür zu.«

Hauskyld tat, wie ihm geheißen und setzte sich unaufgefordert hin. Pater Sherman nahm hinter seinem Schreibtisch Platz und spielte an den Schaltern herum, die an der Unterseite der Tischplatte befestigt waren. Die Lampen verloschen, und für einen Augenblick hatte Hauskyld den Eindruck, Sherman hätte den Lichtschalter versehentlich betätigt und versuchte nun verzweifelt, das Licht wieder anzuschalten.

Stattdessen jedoch flackerte der Bildschirm auf.

»Wir haben da ein paar ... äh ... sehr interessante Aufzeichnungen vom heutigen Gefecht«, erklärte Pater Sherman.

Die ersten Szenen der Helmkamera waren ziemlich verwackelt, doch nach und nach wurden die Bilder klarer. Man sah einen Greif, der den Kopf vor und zurück schwang, den Schnabel drohend aufgerissen. Ein toter Randallaner hing auf seinem Rücken; eines seiner riesigen hervorstehenden Augen war zerquetscht, und zwischen dem unteren Armpaar klaffte ein großes Loch.

Im linken Flügel des Greifs steckte ein Stahlbolzen, ein anderer hatte seinen Ellenbogen zerschmettert. Das rechte Vorderbein war gebrochen, möglicherweise bei der Bruchlandung durch das zusätzliche Gewicht des Randallaners, der es nicht mehr geschafft hatte, vorher abzuspringen.

Im linken unteren Bildrand war jetzt eine Hand zu sehen, die ein Fangnetz hielt.

»Das ist noch alles Routine«, sagte Sherman und stoppte den Recorder. »Wir versuchen gerade, alle gestrandeten Greife und Handschlangen einzufangen.«

Das war für Hauskyld nichts Neues.

»Na klar. Was gibt es noch?«

Auf dem Monitor erschien jetzt die Nahaufnahme eines Greifkopfes. Das totenkopfartige Gesicht wirkte maskenhaft, erinnerte entfernt an eine Schlange mit einem Bussardschnabel. Der Schnabel bewegte sich und Pater Sherman drehte den Ton lauter.

»Ssversswindet yah basstarde, oder wyah lassen die Sslangen loss!«

Sherman spulte das Video mehrmals zurück und wiederholte die Sequenz. Trotz der hohen Stimme und des Akzentes konnte man die Worte recht gut verstehen.

Verschwindet, ihr Bastarde, oder wir lassen die Schlangen los!, kreischte der Greif.

»Unglaublich …«, flüsterte Hauskyld.

Der Greif zog sich zurück.

»Verschwindet«, wiederholte er. »Lasst uns in Ruhe!«

Dann zerfetzte er sich mit einem schnellen Schnabelhieb die starke Brustmuskulatur, zerbrach einige Rippen und riss eine große Arterie durch. Blut spritzte umher, und der Vogel fiel vornüber und verendete. Eine kaum merkliche Bewegung verriet dem Betrachter, dass die Handschlange dem Greif freiwillig in den Tod folgte.

»Na, was sagst du dazu?«, fragte Pater Sherman, schaltete den Monitor aus und das Licht wieder an.

»Das ist zweifellos das Bedeutendste, das wir bislang auf diesem Planeten entdeckt haben«, meinte Hauskyld leise.

»Besteht die Möglichkeit, dass der Greif nur wie eine Bauchrednerpuppe benutzt wurde, oder hat er einfach etwas nachgeplappert wie ein Papagei oder ein Bukharinischer Klingschnabel?«

»Ganz sicher nicht. Die einzelnen Worte wurden exakt ausgesprochen, kein bisschen undeutlich. Und sie ergeben ja durchaus einen Sinn. Außerdem …«

Hauskyld machte eine Kunstpause.

»Er hat das Wort ›oder‹ benutzt. Verschwindet ›oder‹ ich lasse die Schlange heraus. Ich halte es für ziemlich unwahrscheinlich, dass ein Tier eine solche Drohung genau im rechten Moment ausstößt, wenn es lediglich wie ein Papagei Sätze nachplappert! Nein, er konnte sprechen. Er war intelligent. Eigentlich überrascht mich das gar nicht ... Wir haben schon vor einiger Zeit festgestellt, dass ihr Gehirn größer ist als das eines Schimpansen. Und viel weiter entwickelt.«

»Und, haben dir die ... äh ... Filmaufnahmen noch etwas gezeigt, was du vorher nicht wusstest?«

»Na ja ... Jetzt erklären sich einige Dinge, auf die ich mir bislang keinen Reim machen konnte. Andererseits müssen wir wohl einige Annahmen über Bord werfen, die wir bislang als Tatsachen betrachtet haben. Ich muss noch einmal über die ganze Sache nachdenken ... Das Einzige, was jetzt wirklich Klarheit bringen würde, wäre eine kleine Forschungsexpedition.«

Pater Sherman lehnte sich im Stuhl zurück. Seine weiße Haarmähne fiel ihm sanft über die Schultern.

»Ja. Das sagst du ... äh ... immer. Äh, was ich eigentlich wissen wollte... Nicht, dass deine Forschungen nicht wichtig wären – das sind sie ganz bestimmt! Aber was denkst du, inwiefern könnten diese neuen Erkenntnisse für unsere Mission von Vorteil sein?«

Hauskyld mied den Blick des alten Priesters und musterte eingehend die eigenen Fingernägel.

»Sie wollen wissen, ob mir dadurch ein effizienterer Weg einfällt, sie zu töten?«

»Na ja, so direkt wollte ich es nicht sagen, aber...«

»Ist schon in Ordnung. Meine Antwort heißt *nein.* Mehr fällt mir dazu nicht ein, ehrlich gesagt. Ich weiß immer noch nicht, warum die Greife die Missionsstationen und Nachschubbasen angreifen, oder warum sie uns überhaupt bekämpfen. Irgendwie haben Sie mit diesem Film nur erreicht, dass ich jetzt mehr Fragen habe als zuvor. Und weniger Antworten. Außerdem will ich verdammt sein, wenn ich mich dazu zwingen lasse, bei der Ausrottung einer Kultur mitzuhelfen, die wir bisher noch nicht einmal richtig erforscht haben!«

Pater Sherman hatte während Hauskylds Erwiderung heftig in der Nase gebohrt, nun jedoch unterbrach er seine Forschungen und leckte sich gründlich den Finger ab. Dann fuhr er fort: »Es scheint, dass ich diesmal vollständig auf … äh … deine Hilfe angewiesen bin. Was würdest du sagen, wenn du … äh … meine Genehmigung für eine kleine Forschungsreise erhalten würdest? Das wolltest du doch schon lange.«

Sherman blinzelte einige Male, als sei ihm diese Idee gerade erst gekommen.

»Wo ist der Haken an der Sache?«

»Hast du Interesse? Ich weiß, dass wir bisher keine richtige Verwendung für einen Ethnologen hatten …«

»*Natürlich* habe ich Interesse daran.« Hauskyld fragte sich, ob der alte Mann allmählich senil wurde.

»Na ja, ich war mir da nicht so ganz sicher, Bruder Hauskyld. Manchmal seid ihr Mbweists schrecklich schwer zu durchschauen. Also abgemacht, ich denke, ich kann es verantworten, dich loszuschicken. Besonders in Anbetracht der Tatsache, dass wir bekanntlich einige … äh … Neuzugänge zu verzeichnen haben.«

Hauskyld sog tief die Luft ein. »Die Templer. Sind sie hier, um …«

»Nein, eigentlich nicht. Vergiss nicht, wir befinden uns hier … äh … ziemlich tief im Grenzgebiet. Wir sind nicht mehr als ein einfacher Erkundungstrupp, wenn man's genau nimmt.«

»Nein, das ist nicht wahr! Pater, ich gehe *nirgendwo* hin,

wenn Sie mir nicht endlich sagen, worum es hier eigentlich geht!«

Hauskyld versank für einen Augenblick in Gedanken. Pater Sherman nickte, sagte jedoch nichts.

Schließlich war es Hauskyld, der das Gespräch weiterführte.

»Die Templer sind also hier, um unsere Festung als Ausgangsbasis für den Bau ihrer eigenen Stützpunkte zu nutzen, ja? Wenn sie sehen, wie es hier zugeht...«

»Sie deuteten bereits an, dass sie hier ernsthaftere Maßnahmen für angebracht halten als die der Aquinianer. Um ... äh ... diese Welt abzusichern.«

Hauskyld stieß zischend die Luft aus. »Wann trifft das nächste Evakuierungsgate ein?«

»Ungefähr in einem halben Jahr hiesiger Zeitrechnung, also im nächsten Winter.«

»Oh.« Hauskyld dachte scharf nach. Obwohl im Gate subjektiv keine Zeit verging, setzte das nicht die Lichtgeschwindigkeitsgrenze außer Kraft. Die Neuankömmlinge hatten den Erzbischofsitz vor 17 Jahren verlassen. Wenn eine Forschungsexpedition in Schwierigkeiten geriet, vergingen im Normalfall Jahre, bis man ihr Hilfe schickte. Um diesem Problem vorzubeugen, schickte der Erzbischof nach Einrichtung des Stützpunktes ein Evakuierungsgate los. Ein Gate, in dem ein zweites Gate für den Rückweg enthalten war - die einzige Chance, den Planeten im Notfall wieder zu verlassen. Verlief das Unternehmen planmäßig, wurde das Gate indes nur zur Versendung von Berichten, Forschungsmaterial und natürlich auch Mitarbeitern verwendet, denen ein Dienstwechsel bevorstand.

Drohte jedoch Gefahr, dann konnte die gesamte Besatzung durch das Gate entkommen. Und wenn auf den automatischen Funkruf des Gates keine Antwort erfolgte, dann trat es die Heimreise selbsttätig an.

Trat einer der beiden letztgenannten Fälle ein, bedeutete dies grünes Licht für die Templer, die den jeweiligen Planeten dann »kultivierten«. Im Klartext hieß das völlige Ausbeutung der Ressourcen und Völkermord im großen Stil.

»Soso…«, sagte Hauskyld nur.

»Ich glaube, ich kann mich darauf verlassen, dass du einen schönen Bericht verfasst, der davon abrät, Randall zu besiedeln«, meinte Pater Sherman schließlich. »Und aus politischen Gründen wird sich auch mein Orden dafür aussprechen. Aber in den nächsten Wochen kann noch einiges geschehen. Und wer weiß schon, welche neuen Erkenntnisse du von deiner … äh … Forschungsexpedition mitbringst? Du könntest auch dabei umkommen, und dann hätten wir keinen kompetenten Xenisten mehr hier, der die Situation analysieren kann. Wer weiß, du findest vielleicht auch etwas sehr Wichtiges heraus! In diesem Fall könnten wir die Baconianer, die Changisten, vielleicht sogar einen der alten Orden wie die Jesuiten dafür gewinnen, uns zu unterstützen? Oh, vielleicht kannst du auch Friedensverhandlungen führen, wie wäre denn das? In diesem Fall … äh … werden die Abgesandten der Templer … äh … kaum daran interessiert sein, sich einzumischen und …«

»… wir können ihnen sagen, sie sollen sich ins Knie ficken«, beendete Hauskyld den Satz.

»Äh, ja. So ungefähr. Du hast wirklich ein ausgezeichnetes Feingefühl für die Sprache des einfachen Volkes. Aber … äh … da ist noch eine unbedeutende Kleinigkeit, die wir erst noch klären müssen. Ich glaube nicht, dass mein Orden damit einverstanden wäre, diesen Planeten … äh … diesen Schlächtern zu überlassen! Ich muss also noch ein Ass im Ärmel halten, für den Fall, dass ich auch noch meinen letzten Xenisten verlieren sollte. Du verstehst, in diesem Falle würde ich ganz schön dumm dastehen.«

Hauskyld kratzte sich am Kopf. »Das hört sich nicht sonderlich gut an. Aber ich habe mich noch nie davor gefürchtet, Risiken einzugehen. Mein Gott, entschuldigen Sie Pater, wissen Sie eigentlich, was das hier bedeutet?« Seine Gedanken überschlugen sich. »Bisher sind uns weniger als hundert verschiedene intelligente Lebensformen bekannt. Und nur drei von ihnen, die Randallaner mitgerechnet, teilen ihren Lebensraum mit einer anderen intelligenten Spezies. Ach so, wo wir gerade beim Thema sind – ich wäre nicht wirklich überrascht, wenn die Schlangen ebenfalls intelligent wären ...«

Pater Sherman nickte. »Das würde dir einen weiteren Pluspunkt in deiner Personalakte bescheren! Die Kirche hat deine beiden anderen Erstkontakte mit Sicherheit nicht vergessen.«

»Zur Hölle damit, das könnte die größte Entdeckung in der ganzen Geschichte werden, egal wer sie gemacht hat! Und wenn sich die Templer da einmischen ...«

»Ja, ja. Aber wie ich vorhin schon sagte, ich kann es mir auf gar keinen Fall leisten, als der Kommandant in die Geschichte einzugehen, der Hauskyld Gomez verloren hat.«

»Das ist einzig und allein mein persönliches Risiko, wie immer!«

Aber der alte Mann war nicht so leicht von seinem Gedankengang abzubringen. »Sicher. Aber wessen Risiko es auch immer ist, ich trage als Kommandant schließlich die ... äh ... Verantwortung. Und wenn du ... äh ... freiwillig auf diese Mission gehst, wird man mir daraus keinen Strick drehen können, weißt du?«

»Wenn das alles ist, kein Problem. Bitte schön.«

»Da ist noch eine ... äh ... Kleinigkeit, mit der ich wohl keinen anderen beauftragen kann«, erwähnte Sherman. Er drehte sich um und starrte aus dem Fenster, als gäbe es dort draußen etwas ungemein Interessantes zu sehen, wie zum Beispiel die gegenüberliegende Betonwand. Er wirkte dabei nicht sehr überzeugend. Trotzdem verharrte er eine ganze Weile in dieser Haltung.

Schließlich sagte Hauskyld: »Also, was soll ich für Sie tun?«

Pater Sherman begann zu zittern. Hauskyld brauchte einen Moment, um zu begreifen, dass sein Gegenüber eine Art Kicheranfall erlitt.

»Die letzte Lieferung enthielt etwas ... äh ... sehr Ungewöhnliches. Abgesehen von den Templern natürlich. Ich fürchte fast, es hat Stauraum beansprucht, der eigentlich für Paramente benötigt wurde. Aber unser Missionierungsprogramm ist im Moment wohl nicht so wichtig, oder?«

Hauskyld hätte am liebsten laut losgebrüllt, dennoch entschloss er sich, lieber sitzen zu bleiben und zuzuhören, was ihm der alte Mann zu sagen hatte. Schließlich obsiegte Pater Shermans Selbstbeherrschung, und er erklärte: »In einem der Container hatte sich ein blinder Passagier versteckt!«

Hauskyld zuckte die Achseln. »Stecken Sie ihn doch einfach zu den Landsern, Sie haben doch die Vollmacht dazu.«

»Aber es handelt sich nicht um einen gewöhnlichen blinden Passagier. Kein Deserteur und kein entflohener Schwerverbrecher. Wie es aussieht, haben wir es mit einem Doktor der Xenologie zu tun.«

»Warum sollte ein Xenist als blinder Passagier hierher kommen?«

»Nun ... wenn der Betreffende vom Mars kommt ...«

»Vom Mars? Von einem *kommunistischen* Planeten?«

»Äh, ja. Von der Olympia Universität, genau gesagt. Ich erwarte eigentlich von dir, dass du mir sagst, wie wir uns verhalten sollen. Zurzeit sitzt sie in der Isolationszelle. Ich dachte mir ... äh ... du könntest vielleicht mal mit ihr reden? Allein schon aus Höflichkeit, denn sie hat direkt nach dir gefragt, als sie hier ankam! Wenn dir eine Lösung für dieses ... äh ... Problem eingefallen ist, kannst du gleich zu deiner kleinen ... äh ... Expedition aufbrechen.«

Pater Sherman zwinkerte ihm zu und grinste. Damit war Hauskylds Audienz wohl beendet.

Als sich die Tür hinter ihm schloss, bemerkte er, dass sich der Sekretär ganz in ein Buch mit dem Titel *Christliche Abenteuer für Jungen* vertieft hatte und es nicht einmal für nötig befand, ihn anzusehen. Hauskyld ging leise hinaus und überquerte den großen Innenhof.

»Hey!«, rief er so laut, dass ihn der Wachposten verwundert anstarrte. Hauskyld nickte ihm freundlich zu und machte sich auf den Weg zur Isolationszelle.

KAPITEL 4

Die Isolationszelle hätte man treffender als »Verlies« bezeichnet. Sie war auf Befehl des vorherigen Kommandanten eingerichtet worden. In erster Linie sollte das Verlies wohl dazu dienen, renitentes Personal vom Rest der Truppe zu trennen. Also hatte der Kommandant eine Sprengladung im Felsboden verankern lassen, die ein fünf Meter tiefes und etwa drei Quadratmeter großes Loch hinterließ, das man mit einem Eisengitter abdeckte. Wer immer diese Gefangene auch war, sie war jedenfalls der erste Mensch, den man hier eingesperrt hatte.

Hauskyld sprach einen Augenblick mit dem gelangweilten Wachposten. Der Junge sah nicht älter aus als fünfzehn war, also nicht unbedingt reif genug für eine so verantwortungsvolle Aufgabe, aber doch alt genug, um sich darüber zu ärgern. Dementsprechend machte er kein großes Aufhebens, sondern akzeptierte fraglos Hauskylds Autorität und ließ sogleich die Strickleiter hinunter.

»Sie hat die meiste Zeit geschlafen«, bemerkte er nur. Hauskyld nickte ihm zu und fragte sich einen Augenblick, wie es sich mit dem kirchlichen Sittenprotokoll vereinbaren ließ, dass er ohne ausdrückliche Einladung das Gemach einer Dame betreten wollte. Schließlich sagte er sich, dass er ja nur einen Befehl befolge, was ihm als ausreichende Entschuldigung genügte. Also drehte er der Grube den Rücken zu und kletterte die Strickleiter hinab.

Als er den Boden der Grube erreicht hatte, schlief die Gefangene noch immer. Sie besaß gelocktes, dunkles Haar, das ihr locker über die Schultern fiel. Wie die meisten Einwohner kommunistischer Planeten war sie relativ dunkelhäutig. Sie hatte sich mit einem schweren Allwettermantel zugedeckt, der ihre Gestalt größtenteils verbarg.

Wie lange war es eigentlich her, dass er zuletzt eine Frau gesehen hatte? Sechs Jahre hatte er jetzt auf Randall verbracht, sechs Jahre subjektiver Zeitrechnung, natürlich. Damals hatte man ihn direkt und ohne Heimaturlaub von der Orbitalstation Arimathea abkommandiert. Folglich kamen neun Jahre *subjektiver* Zeitrechnung auf Leopold hinzu – ergibt zusammen fünfzehn Jahre. Bezogen auf die Standardzeit war das ein volles Jahrhundert. Er musste daran denken, wie viele Päpste es wohl in der Zwischenzeit gegeben hatte, von denen er noch nicht einmal die Namen kannte. Falls sie vom Mars kam, mit wer weiß wie vielen Zwischenstopps, dann war sie mindestens hundert Jahre unterwegs gewesen. Einerlei, das war nun von untergeordneter Bedeutung …

Er beugte sich zu ihr hinab und strich ihr mit der Hand über den Kopf. Sie drehte sich um und pustete sich die Haare aus den Augen.

»Oh, hallo!«

Hauskyld bemühte sich zu verbergen, dass ihm die Spucke wegblieb. Diese Frau war gewiss nicht älter als dreißig. Zwar fehlten ihm die Vergleichsmöglichkeiten, doch erschien sie ihm als sehr schön. Ihre großen, mandelförmigen Augen glitzerten grün, ihre Wangenknochen waren ausgeprägt, die Nase leicht geschwungen und ihre vollen Lippen …

»Hallo. Ich bin Bruder Hauskyld Gomez. Mir wurde gesagt, Sie hätten nach mir gefragt?«

»Ja«, erwiderte sie blinzelnd. »Sie sehen viel älter aus als auf den Fotos, aber das war ja zu erwarten! Entschuldigung, das war sehr unhöflich von mir … Aber ich bin noch nicht ganz wach. Mein Name ist Clio Yeremenko. Welches Jahr haben wir eigentlich?«

»2891.«

»Wow! Kein Wunder, dass ich mich so merkwürdig fühle – einhundertundzwanzig Jahre Standardzeit in zwei Jahren subjektiver Zeit, das ist wirklich ein Hammer!« Sie schöpfte tief Luft. »Gibt es hier nichts zu trinken? Wasser oder etwas in der Richtung, ich meine … Äh, wie stuft ihr mich denn ein? Besucher? Gefangene? Oder einfach nur als verdammtes logistisches Problem?«

»Letzteres auf jeden Fall«, antwortete Hauskyld. Er begab sich zu einem Felsvorsprung, wo eine Kanne mit Wasser stand. Als er das bereitstehende Glas damit füllte, stellte er ein wenig irritiert fest, dass es sich angenehm kühl anfühlte. Sie nahm das Glas hastig entgegen und trank es in einem Zug leer.

»Wenn man es genau nimmt, hängt es nur von mir ab, wie wir Sie einstufen werden«, erklärte er. Sie setzte sich mit dem leeren Glas in der Hand auf den Boden und wischte sich den Mund ab.

»Das hat gut getan. Also, welche Möglichkeiten stehen zur Wahl?«

»Eine gute Frage. Streng betrachtet müsste man Sie als ›Versuchung‹ einstufen. Nach den Regeln des Vatikans sind wir verpflichtet, Sie davon abzuhalten, jemanden in Versuchung zu führen.«

Clio schnaufte. »Ich, eine Versuchung? Mein Vater hat immer gesagt, man müsste mir eine Maus auf den Bauch setzen, um wenigstens eine Katze für mich zu interessieren.« Sie stand auf, warf den Mantel beiseite und strich ihre Tunika glatt. Hauskyld überkam ein sehnsüchtiger Schmerz, als er sich der Wohlproportioniertheit ihrer Kurven bewusst wurde.

»Meine Brüder nannten mich immer fette Wachtel oder Puddinggesicht.«

Hauskyld schüttelte den Kopf. »Nicht wahr! In welchem Jahr haben Sie denn den Mars verlassen?«

»2769, direkt nach der Sonnwendfeier. Warum?«

»Nun, in 122 Jahren verändert sich so einiges! Hier gibt es einen ganzen Haufen junger Männer, die vor subjektiv 20 Jahren auf Sankt Thaddeus aufgewachsen sind. Zu jener Zeit war Ihr Gesicht und … äh … sagen wir mal, Ihr körperlicher Tonus, gerade groß in Mode!«

Sie lachte. »Da lande ich als einzige Frau auf einem Planeten und finde gleich ein paar hundert Männer, denen ich gefalle. Aber es sind ausgerechnet alles Mönche! Mann, habe ich ein Glück!«

Hauskyld konnte sich ein Grinsen nicht verkneifen. »Bevor Sie sich zu sehr darüber freuen, muss ich Ihnen leider mitteilen, dass wir jeden standrechtlich erschießen, der als ›Versuchung‹ eingestuft wird!«

Clio schüttelte ihren Kopf. »Kein Problem, ich habe eine amtsärztliche Bescheinigung dabei, aus der schwarz auf weiß hervorgeht, dass ich sterilisiert wurde!«

Diese Bemerkung schockierte Hauskyld, obwohl er natürlich wusste, dass eine Sterilisation auf den kommunistischen Welten keine Todsünde darstellte. Aber soweit er sich erinnern konnte, hatte er noch nie einen sterilisierten Menschen getroffen. »Das wiegt eigentlich noch schwerer, weil es bei uns als Kapitalverbrechen gilt. Tut mir Leid …«

»Kapitalverbrechen?« Sie schüttelte wieder den Kopf. »Bringen wir es schnell hinter uns. Also, wofür werde ich jetzt erschossen?«

»Sie sind eine Versuchung«, leierte Hauskyld etwas hilflos.

»Und was verstehen Sie unter einer Versuchung, bitte sehr?«

»Eine Versuchung ist jeder, dessen Anwesenheit dazu führen könnte, dass unsere Männer auf Gedanken kommen, die … äh … *unzüchtige* Gedanken eben. Sexuelle Gedanken.«

»Ernsthaft, Sie dürfen noch nicht einmal daran denken?

Wie machen Sie es … Oh, ich verstehe. Dann dürfen Sie auch keinen Sex haben, oder was?«

»Richtig.«

»Ehrlich, ich wusste nicht, dass Sie nicht einmal daran denken dürfen. Hat man euch vielleicht sogar verboten zu masturbieren? Das muss echt hart sein. So, als ob man nicht an blaue Elefanten denken darf.«

Hauskyld setzte sich leise hin. Irgendwie machte ihn dieses Gespräch allmählich unruhig, was nun wirklich nicht an irgendwelchen blauen Elefanten lag. »Ich verstehe nicht, was Sie damit meinen.«

»Woran haben Sie denken müssen, als ich das von den blauen Elefanten sagte?«

»An blaue Elefanten, woran sonst?« Er zögerte. »Ah ja, ich verstehe.«

»Wie steht es denn mit Homosexuellen?«, fragte sie neugierig.

»Äh, vermutlich gelten sie nicht als Versuchung«, erwiderte er nachdenklich. »Bedauerlicherweise kann man sie nicht von den anderen trennen, nicht hier. Na, egal. Vielleicht werden wir Sie doch nicht erschießen. Wir könnten es problemlos juristisch begründen, mit dem *Malleus Sexualis,* dem *Sexhexenhammer.* Aber es wäre vielleicht den Versuch wert, Sie erst einmal von den anderen zu trennen. Um die … äh … Versuchung gar nicht erst aufkommen zu lassen.«

Sie nickte. »Sehr freundlich von Ihnen. Also werft ihr mich nur in den Knast und schmeißt den Schlüssel weg, ja?«

»Das wäre die einfachste Lösung, und ich habe durchaus die Befehlsgewalt, das zu veranlassen. Andererseits, wenn ich für Sie einen passenden Job finden würde, bei dem Sie niemanden in Versuchung führen könnten … Nun, dann müssten wir Sie auch nicht einsperren.«

»Oh.« Sie dachte einen Moment lang nach. »Wie wäre es

mit Feldforschung? Weitab von dieser Festung, meine ich. Das ist eigentlich der Grund, warum ich überhaupt hier aufgetaucht bin.«

Er starrte sie an.

»Ist irgendetwas nicht in Ordnung?«, fragte sie besorgt. Er schüttelte den Kopf. Sie wickelte sich wieder in den Allwettermantel ein.

»Bin ich immer noch eine Versuchung?«

»Nein, ich ... ich meine, erklären Sie das von eben doch mal etwas genauer. Sie sind als blinder Passagier hierher gekommen, um Feldforschung zu betreiben?«

»Na ja – Ich habe mich nicht gerade an die Standardprozedur gehalten, aber wenn ich das gemacht hätte, würde ich immer noch auf eine Antwort warten. Vielleicht sogar ewig. Mein Vorhaben ist ein wenig ... ungewöhnlich.«

»Passt wohl nicht in die offizielle Doktrin?«, fragte er mitfühlend. Er hatte selbst drei seiner eigenen Abhandlungen umschreiben müssen, nachdem Papst Paul XIX. den Unipsychismus zum Bestandteil der Lehre erklärt hatte.

»Eigentlich war es eher ein verwaltungstechnisches Problem«, sagte sie und streckte die Beine aus. »Hauptsächlich lag es daran, dass ich mich bei meiner Arbeit immer an den Vorgaben der drei vorgesetzten Behörden orientieren musste. Deshalb konnte ich nie an den Dingen arbeiten, die mich wirklich interessierten. Wenn ich eine zündende Idee hatte, wurde sie an jemanden weitergereicht, der auf der Leiter höher stand als ich. Außerdem lief ich dauernd Gefahr, meinen Beitrag zum Babyplan ableisten zu müssen.«

»Äh, was meinen Sie mit Babyplan?«, fragte Hauskyld. »Von den Heimatplaneten haben mich das letzte Mal Informationen erreicht, als ... lassen Sie mich mal nachdenken. Das muss so während des frühen 27. Jahrhunderts gewesen sein.«

Sie schüttelte den Kopf. »Nein, dann können Sie noch

nichts davon gehört haben. Das Ganze kam erst auf, als ich gerade ein kleines Mädchen war. Haben Sie gewusst, dass sie damals schon für die Rekolonisierung von Terra einen Zeitplan aufgestellt haben?«

»Nein, aber das überrascht mich nicht. Es wurde schon lange darüber diskutiert.«

»Als ich Reißaus genommen habe, wurde als offizielles Datum der 1. Januar 2800 genannt. Die drei Systeme haben einen Plan ausgearbeitet, wer wie viel Land erhält, wenn er mit soundso vielen Personen dort landet. Also versuchte jeder möglichst viele Babys zu zeugen, aufzuziehen und auf den Weg nach Terra zu schicken. Wenn man ein breites Becken besaß und nicht allzu viele genetische Defekte aufwies, dann hieß es schon: ›Los, Mädchen, mach die Beine breit, deine Zukunft hängt davon ab!‹ In dem Jahr, als ich den Mars verließ, hat man bereits davon gesprochen, Sterilisationen wieder rückgängig zu machen.«

Am Rand der Grube ertönten Schritte. Kurz darauf kletterte Pater Sherman die Strickleiter herunter.

»Sehr schön, Bruder, sehr schön«, keuchte er, als er wieder festen Boden unter den Füßen hatte. »Und Sie müssen wohl die ... äh ... junge Dame sein?«

»Kann schon sein«, sagte Clio schelmisch. »Und wer sind Sie?«

»Amtierender Kommandant Pater Ctesis Sherman«, antwortete er mit einer Verbeugung. »Für Sie einfach nur Pater Sherman. Bruder Hauskylds ... äh ... Chef. Sie werden mein plötzliches Eindringen entschuldigen, aber der Gedanke, dass Sie Bruder Hauskyld auf seiner Expedition begleiten, war so aufregend ...«

»Sie haben gelauscht!« Clio konnte es kaum glauben. »Haben Sie hier Wanzen versteckt?«

»Na ja, wir sind hier in einer Gefängniszelle«, versuchte Hauskyld zu vermitteln.

»Bitte nehmen Sie meine Entschuldigung an!«, bat Pater Sherman. »Ich kenne mich mit den Verhältnissen auf den atheistischen Planeten nicht so gut aus. Ich wollte mich nur vergewissern, dass Bruder Hauskyld bei seinem Bericht nichts ... äh ... übersieht. Ihre Anwesenheit passt so gut in meine Pläne, da ... äh ... wollte ich ganz sichergehen, dass nicht noch etwas dazwischenkommt.« Er nickte ein paarmal heftig, als hätte er sich gerade mit einem kleinen Kind unterhalten.

»Warten Sie mal«, begehrte Hauskyld auf. »Vorher war aber nie die Rede davon, dass ...«

»Aber du wirst doch zugeben, dass dies die Lösung all unserer Probleme ist. Zum einen schaffen wir so diese ... äh ..., Sie entschuldigen den Ausdruck, ›Versuchung‹ aus der Festung. Zum anderen können wir so die ... äh ... menschlichen Ressourcen, die unter meinem Kommando stehen, am besten nutzen. Bruder Hauskyld hat schon mehrmals auf den Punkt hingewiesen, dass hier noch ein akuter Mangel an xenischer Forschung besteht. Aus diesem Grund habe ich ihm auch die Erlaubnis zu seiner Forschungsexpedition erteilt. Und das, obwohl er unser letzter überlebender Xenist ist. Sie, mit Ihrer Erfahrung auf diesem Gebiet, könnten uns eine ... äh ... große Hilfe sein. Sie können der Arbeit nachgehen, wegen der Sie hierher gekommen sind, und nebenbei unterstützen Sie Bruder Hauskyld bei seinen Forschungen. Er ist ... äh ... übrigens kein gänzlich unbekannter Wissenschaftler.«

»Natürlich bin ich mir darüber im Klaren, dass wir einige Vorkehrungen treffen müssen. Bruder Hauskyld ist ein erfahrener und gewissenhafter Forscher, aber er hat auch noch nicht das Alter erreicht, in dem man gegen ... äh ... gewisse Versuchungen immun ist. Aus diesem Grund darf er auch ausnahmsweise diesen ... äh ... Auftrag ablehnen. Aber es scheint mir doch wie eine göttliche Fügung ... Sie haben natürlich Recht, das entschuldigt nicht mein unerlaubtes Eindringen in Ihre Privatsphäre. Ich bitte nochmals um Entschuldigung.« Der alte Mann unterbrach seinen Redefluss und räusperte sich einige Male.

»Dann kann ich also gehen?«, fragte Clio ungläubig.

»Ja, das können Sie«, sagte Pater Sherman. »Wir brauchen noch ein paar Unterschriften von Ihnen, für die Lebensversicherung, Einbürgerung auf einer christlichen Welt und so weiter und so fort. Aber gleich, wenn das alles erledigt ist, beziehungsweise wenn Bruder Hauskyld alles ... äh ... zusammengepackt hat, was er mitnehmen will, dann können Sie sich auf die Jagd nach den ... äh ... Wilden machen. Gott sei mit euch.« Er nickte wieder. »Das wäre dann wohl beschlossen.«

Hauskyld verbeugte sich. Das war der klarste Befehl, den er je von Pater Sherman erhalten hatte. Clio folgte seinem Beispiel und verbeugte sich ebenfalls.

Der alte Mann blieb noch einen Augenblick stehen und nickte, dann kletterte er wieder langsam die Strickleiter hinauf.

»Sagen Sie bitte...«

Pater Sherman drehte sich um und sah zu ihr hinab.

»Muss ich in dieser Grube bleiben?«

»Es dauert ja nicht mehr lange«, versuchte er sie zu beruhigen. »Und ... äh ... wenn Sie es wünschen, kann Bruder Hauskyld Sie ab und zu besuchen. Bis zu Ihrer Abreise, in ... äh ... einem Tag oder so.«

Hauskyld war sich hinterher nicht mehr sicher, ob der alte Mann wirklich so schnell die Strickleiter emporgeklettert war, oder ob er selbst vor lauter Verwirrung gar nicht bemerkt hatte, wie die Zeit verging.

KAPITEL 5

Wenn wir ihre Aufmerksamkeit erregen wollen, warum sind wir dann mitten in der Nacht losgegangen?«, fragte Clio, nachdem sie bereits sieben oder acht Kilometer zurückgelegt hatten.

Es war das erste Mal, dass sie etwas sagte, seit sie die Festung verlassen hatten. Hauskyld hatte inzwischen fast schon vergessen, dass er nicht allein unterwegs war, daher dauerte es einen Moment, bis er antwortete.

»Weil das Gelände um die Festung Kampfgebiet ist. Wenn die Randallaner uns dort erwischen, drehen sie uns direkt den Hals um, ohne erst Fragen zu stellen. Das ändert sich, wenn wir das Kampfgebiet verlassen haben. Dann haben wir zumindest eine kleine Chance, dass wir das Zusammentreffen überleben und vielleicht sogar mit ihnen reden können.«

»Und was ist, wenn sie uns für Spione halten?«

»Dann sind wir tot.« Hauskyld überlegte einen Moment, ob es richtig gewesen war, ihr das so direkt zu sagen. Doch kam er bald zu dem Schluss, dass es sich hier letztlich um ein xenistisches Problem handelte und sie nun einmal auf diesem Gebiet ein Profi war, der die Risiken kennen muss.

»Zumindest vermute ich das. Bisher haben sie keine Gefangenen gemacht.«

Sie sah ihn an und wartete darauf, dass er weitersprach.

»Das war anders, als sie damals zum ersten Mal die Nachschubbasen und die Festung angegriffen haben. Wir saßen in der Festung fest und mussten dabei zusehen, wie sie die Gefangenen … nun, wie sie sie *gekreuzigt* haben.«

»Gekreuzigt?«

»Die Randallaner fesselten sie an Kreuze und setzten sich dann einfach ab. Ein paar unserer Brüder haben sich zu den Gekreuzigten hinabgewagt, um sie zu befreien. Die Randallaner haben sich nicht blicken lassen, schossen nicht auf sie, rein gar nichts. Also haben meine Brüder die Gefangenen einfach losgebunden, und einige von uns haben ebenfalls die Festung verlassen, um ihnen zu helfen. Wir mussten sie nämlich reintragen, weil sie nicht mehr laufen konnten. So eine Kreuzigung schwächt den Körper bis zum Äußersten.«

»Am nächsten Morgen fanden wir wieder einige unserer Brüder dort draußen vor der Festung. Wir gingen hinaus und holten sie ebenfalls in die Festung. Dann hatte Pater Sherman die Idee, dass wir das Verhalten des Feindes für unsere Pläne ausnutzen könnten. Als die nächsten Gefangenen da waren, haben wir drei Kavallerietrupps zu einem Überraschungsangriff auf die randallanische Basis entsandt. Ein ziemlich erfolgreicher Einsatz, wie man sich gut vorstellen kann.«

Sie sah ihn ernst an, und er vermied es, ihren Blick zu erwidern.

»Am nächsten Morgen waren wieder einige unserer Brüder dort draußen, doch diesmal hatten sich die Randallaner hinter dem Bergkamm verschanzt und vereitelten jeden Befreiungsversuch. Wir kamen nicht nahe genug an unsere Brüder heran, um sie befreien zu können. Viele von ihnen sind gestorben, direkt am selben Tag, weil wir nicht zu ihnen vordringen konnten.«

»Am selben Tag? Woran denn?«

»Sie sind erstickt. Man kann nicht mehr atmen, wenn man mit nach oben verdrehten Armen dort hängt. Früher oder später ist man zu müde, um sich am Kreuz festzuhalten, man fällt nach vorne …«

»Oh.«

»Auch der Bischof ist so gestorben. Sein Freund – Pater Sherman – musste hilflos dabei zusehen.«

»Waren sie gute Freunde?«

»Pater Sherman war vierzig Jahre lang der engste Mitarbeiter des Bischofs. Manche behaupteten damals hinter vorgehaltener Hand, sie seien ein Liebespaar gewesen.« Hauskyld zuckte die Achseln. »Seit diesem Tag hat er sich völlig verändert – Sie haben ja selber mitbekommen, wie schrullig er ist. Dabei war er früher der tapferste Mann, den ich je kennen gelernt habe.«

Er reichte ihr die Hand, als sie über einen großen Felsblock klettern mussten. »Egal, vielleicht haben wir ja Glück, und sie halten uns nicht für Spione. Das hat schon oft funktioniert, auch bei meinem ersten Kontakt mit den Gabrieli.«

Er hoffte ein wenig, dass sie mehr von dieser alten Geschichte hören wollte, doch sie fragte nicht nach. Schweigend liefen sie nebeneinander her. Isolde, der größte von Randalls drei Monden, ging im Osten auf. Tristan, ein sehr naher Mond mit einer Umlaufzeit von weniger als einem halben randallanischen Tag, schoss im Westen über den Himmel. Das Mondlicht war grünblau und wurde von den Felsen ringsum reflektiert. Die Hügel und weiter entfernten Berge hoben sich als dunkle Silhouette gegen den Himmel ab.

In den vier Stunden bis zum Sonnenaufgang sprach keiner von beiden ein Wort – vielleicht war das auch gut so, schließlich wusste niemand, wie gut der Gehörsinn der Greife ausgebildet war. Später würde noch genug Zeit sein, um sich zu unterhalten, und vielleicht würde er ihr dann von seinen beiden Erstkontakten erzählen.

Vermutlich wusste sie bereits einiges über seine Arbeit, da sie immerhin wegen ihm nach Randall gereist war. Bei ihrer Ankunft hatte sie betont, dass es genug andere Planeten gab, auf denen sie eine Anstellung finden würde. Aber sie hatte Randall ausgesucht, weil hier der berühmteste aller Xenisten arbeitete. Es war keineswegs verwunderlich, dass sich seine Erfolge herumgesprochen hatten, da die Expeditionen Jahrhunderte im Voraus geplant worden waren.

Der Morgen dämmerte bereits, als sie den Cañon erreichten. Der Buntsandstein war hier weich und krümelig, wurde nur von feinen Kalziumpartikeln zusammengehalten.

»Wussten Sie schon, dass der Regen hier sehr sauer ist? Das kommt von dem hohen Anteil an Kohlendioxid in der Atmosphäre. In Zusammenwirkung mit der niedrigen Gravitation entstehen diese breiten, tiefen Cañons mit den sanft ansteigenden Seitenwänden«, erklärte Hauskyld. »Die Erosion beruht hier vorwiegend auf chemischen Prozessen und nicht auf meteorologischen, wie es meist der Fall ist.«

»Unterrichten Sie eigentlich?«, fragte sie und wischte sich den Schweiß aus dem Nacken.

»Nein, ich habe immer nur in der Feldforschung gearbeitet. Warum fragen Sie?«

»Ich war nur neugierig. Sehen Sie mal, dort können wir runtergehen. Wie sieht es aus – müssen wir mit der Flut rechnen?«

»Die ist erst in fünfeinhalb Stunden fällig.«

Sie sah ihn erstaunt an.

Er grinste und zeigte auf die beiden Monde, die sich einander jetzt schnell näherten. »Drei große Monde und eine Sonne in geringer Entfernung, dazu noch eine dichte Atmosphäre und eine geringe Gravitation ... Das Wetter ist hier sehr vorhersehbar, und deshalb weiß ich auch ziemlich genau, wann die nächste Flut kommen wird.«

Sie nickte und begann den Abstieg in den Cañon durch einen schmalen Grat, den ein Erdrutsch hinterlassen hatte. Als sie den Grund des Cañons erreichten, stand die Sonne direkt über ihnen.

»Sehr gemütlich hier«, meinte Clio. »Die Sonne geht aber verdammt schnell auf!«

Hauskyld nickte. »In den Wüstengebieten ist das immer so. Aber wenn man von hier aus nordwärts geht, in die Koniferenwälder des Barbara-Allen-Distrikts, kann man dort die gewohnt langsamen Sonnenaufgänge genießen.«

Sie sah sich um und kratzte sich am Kopf. »Es ist kaum zu glauben, dass dieser Planet eine richtige Biosphäre hat. Diese Wüste sieht verdammt noch mal so aus wie der Mars – unentwegt will ich nach meinem Atemgerät greifen.«

»Ich dachte, der Mars wäre längst terrageformt?«

»Sie sind noch dabei. Salopp gesagt, es wird mindestens bis zum Jahr 3000 dauern, bis es dort Luft zum Atmen und Wasser gibt. Als ich von dort weggegangen bin, gab es jede Menge Algen, einige gentechnisch veränderte Regenwürmer und einige tiefwurzelnde Kakteen. Der Sauerstoff reichte noch nicht einmal für einen Salamander.«

Sie schob die Haare im Nacken hoch um sich ein wenig abzukühlen. »Ich hätte sie abschneiden lassen sollen, es ist verdammt heiß hier.«

»Es wird noch wärmer, die Temperatur steigt bald auf 25 Grad.«

»Verglichen mit der Temperatur auf dem Mars ist das wirklich ziemlich heiß«, sagte sie und zog ihren Mantel aus. »Ich habe gehört, es gäbe bewohnte Gebiete, wo die Temperatur jeden Tag auf 35 oder 40 Grad steigt ...«

»Die gibt es, aber dort ist der Kohlendioxidgehalt in der Luft niedriger als hier. Hier ist es für menschliche Wesen schwerer, die Körpertemperatur zu regulieren.«

Er erwartete eigentlich, dass sie noch etwas dazu sagen würde, doch sie schwieg wieder. Nachdem sie eine ganze Weile durch das steinige Flussbett gelaufen waren, entschloss er sich, sie doch auf das Thema anzusprechen, das ihn schon die ganze Zeit beschäftigte.

»Clio?«

»Ja, was ist?«

»Warum sind Sie nach Randall gekommen?«

Sie blickte eine Weile auf ihre Füße, und er dachte schon, sie wollte seine Frage einfach ignorieren, doch schließlich sagte sie: »Den Hauptgrund habe ich Ihnen schon genannt. Außerdem musste ich schnellstens vom Mars verschwinden, weil ich nun wirklich keine Lust hatte, dort festzusitzen und mich als Gebärmaschine zu betätigen.«

»Und warum sind Sie ausgerechnet auf eine christliche Welt gekommen?«

»Ich wollte auch nicht unbedingt für den Rest meines Lebens in lange Gewänder gekleidet und dicht verschleiert hinter einem Mann herlaufen, wie es auf den islamischen Planeten nun mal Sitte ist. Außerdem kommt man von dort nur sehr schlecht wieder weg. Und auf einen anderen kommunistischen Planeten konnte ich auch nicht, die hätten mich direkt wieder auf den Mars zurückgeschickt.«

Hauskyld überlegte sich seine Antwort genau, darauf bedacht, sie möglichst vorsichtig zu formulieren.

»Ich möchte nicht, dass Sie denken, ich würde Ihnen nicht glauben ... Aber meiner Ansicht nach hätten Sie auch einen weniger spektakulären Weg einschlagen können, um hierher zu kommen! Im Notfall hätten Sie einfach um politisches Asyl gebeten – für Leute mit einer akademischen Ausbildung ist das gar kein Problem. Sie hätten ohne weiteres einen Job im Staatsdienst oder an einer Universität erhalten. Deshalb frage ich mich wirklich, warum Sie – einfach aus einer Eingebung heraus? – eine Zeitreise von immerhin 120 Jahren in die Zukunft unternehmen, nur um auf einem Planeten zu landen, der gerade erst erschlossen wird. Also, was ist an Randall so besonders? Ich bin sicher, dass Sie nicht wegen mir hergekommen sind! Warum haben Sie sich ausgerechnet diese Randwelt ausgesucht?«

Er fühlte sich plötzlich nicht mehr ganz wohl in seiner Haut, denn ihm war bewusst geworden, wie gut es ihm tat, wenn sie ihn so anlächelte.

»Na ja, Sie sind so eine Art Bonbon bei der Sache! Ich habe meine Pläne lange geheim gehalten. Hey, es ist gar nicht so einfach, jetzt darüber zu sprechen.« Sie hakte ihre Daumen in die Taschen ihrer Tunika ein.

»Also gut, warum soll ich es Ihnen nicht sagen? Ich hoffe nämlich, hier eine wirklich bedeutende Entdeckung zu machen – eine, die meinen Namen in den gleichen Rang hebt wie Chang, Nkaampa, Mbwe, Mossadeq und …«, sie zwinkerte ihm zu, »… Hauskyld Gomez, natürlich. Seltsamerweise ist die Idee so nahe liegend, dass ich mich wundere, warum sie noch niemandem vor mir gekommen ist. Hätte ich meinem Vorgesetzten davon erzählt, dann hätte garantiert ein anderer die Lorbeeren eingeheimst. Und hätte ich auf eigene Faust gehandelt, wäre meiner Arbeit niemals die gebührende Aufmerksamkeit zuteil geworden. Also musste ich irgendwo hingehen, wo ich in Ruhe meine Feldforschung betreiben kann. Und das am besten zusammen mit jemandem, dessen Name überall bekannt ist. Außerdem wollte ich ohne großen Papierkrieg möglichst schnell vom Mars weg.«

Hauskyld dachte eine Weile darüber nach. Die Sonne stand jetzt schon hoch am Himmel und ihre Tuniken waren völlig durchgeschwitzt. Bereits jetzt am frühen Vormittag war es glühend heiß, und sie machten eine kurze Rast, um etwas zu trinken.

»Ich schlage vor, dass wir erst etwas essen und dann weitermarschieren«, sagte er.

»Warum gehen wir nicht gleich los? Der Fraß hier ist mir sowieso zu zäh!«

»Warten Sie ab, bis Sie den Buddelfisch probiert haben! Es kostet wirklich Überwindung, ihn runterzuschlucken.

Egal, mir geht es eigentlich nur darum, dass wir während der nächsten anderthalb Tage nichts essen müssen. Außerdem sollten wir uns eine größere Dosis Aufputschmittel gönnen – auf diese Weise kommen wir voran, weg aus der Kampfzone.«

Er nahm noch einen großen Schluck aus der Wasserflasche und sah sich die Wände des Cañons an. »Dieser schmale Einschnitt da oben sieht gut aus, dort, wo das Geröll liegt! Wir müssen uns jetzt Richtung Norden halten. Die größeren Basisstationen haben wir umgangen und auch die Nachschubwege, wenn wir uns auf die Satellitenfotos halbwegs verlassen können. Wir sollten zusehen, dass wir möglichst bald die besiedelten Gebiete erreichen. Dort wird sich ein Kontakt früher oder später ganz von selbst ergeben.«

»Ich hoffe, dass wenigstens ein Teil der Daten stimmt, die sie uns mitgegeben haben. Ich habe die Befürchtung, dass einiges davon nicht auf dem neuesten Stand ist. Als ich ging, war die Grenze gerade mal vierzig Lichtjahre entfernt, und die Kollegen im Heimatsystem haben es damit ohnehin nicht so genau genommen.«

»Hoffen wir das Beste! Der aktuellste Fachartikel, den ich hier gelesen habe, war immerhin nur neun Jahre alt, subjektiv dreißig Jahre Standardzeit! Wenn man bedenkt, wie weit sich die Grenzen ausgedehnt haben, müssen mittlerweile mindestens siebzig weitere intelligente Lebensformen entdeckt worden sein. Ich würde auch gerne mal wieder was von der kommunistischen Front hören – vor allem über ihr Bündnis mit den islamischen Planeten. Dort gibt es ja die meisten intelligenten Vogelarten.«

Er trank noch einen Schluck und stand auf. »Zumindest sind wir jetzt so weit vorgedrungen, dass wir nicht mehr leisetreten müssen. Von mir aus können wir uns unterhalten, während wir weitermarschieren.«

»Ich habe von dem modernen Zeug nicht viel gelesen«, gab sie zu, stand auf und verstaute ihre Feldflasche.

»Ich dachte, Sie hätten einen Doktortitel in Xenobiologie.«

»Das habe ich auch. Aber mein Spezialgebiet war nicht die Ethnologie, sondern die interstellare Ökologie.« Sie kletterte über das Felsgestein, in die Richtung, die Hauskyld ihr gezeigt hatte. Er folgte ihr.

»Ist das nicht ...«

»Ja, ich weiß, eigentlich ist das ein Schreibtischjob ... Also gut, ich werde Ihnen von meiner Idee erzählen! Es ist nur weil ... ich musste sie so viele Jahre geheim halten, wissen Sie? Ich habe meine ganzen Notizen auf Papier verfasst, damit keiner Informationen aus meinem Computer abziehen konnte. Es fällt mir schwer, jetzt einfach so darüber zu sprechen.«

Er nickte, weil er sich ziemlich genau vorstellen konnte, wie wissenschaftliche Arbeit in den kommunistischen Systemen funktionierte. Laboratorien und Institute buhlten um die Gunst der Regierung, und in jedem Labor konkurrierten die einzelnen Wissenschaftler miteinander. Das Jefferson'sche Axiom über den Marxismus besagte, jeder müsse mit jedem darum kämpfen, der Gemeinschaft am besten zu dienen. Dafür bedankte besagte Gemeinschaft sich mit großzügigen Zuwendungen.

Im christlichen System verhielt sich das anders, dort erhielt jeder Wissenschaftler das gleiche Forschungsstipendium, was zugegebenermaßen nicht gerade das Engagement für größere Projekte förderte. Dafür war aber die Versuchung nicht so groß, Diebstahl am geistigen Eigentum anderer zu begehen, was im kommunistischen System praktisch zum guten Ton gehörte.

»Wem sollte ich es hier verraten?«

Sie lachte. »Da haben Sie Recht. Aber es ist einfacher zu

verstehen, wenn ich Ihnen die Karten zeige. Wenn es Ihnen nichts ausmacht, sich einen Augenblick zu setzen …«

Sie hockte sich auf einen großen Stein und durchwühlte ihre Tasche.

Er grinste sie an. »Ich würde sagen, wir sind unserem Planziel um einiges voraus, da kommt es auf ein paar Minuten nicht an. Außerdem liebe ich Geheimnisse! Also, heraus mit Ihrer revolutionären Idee!«

Sie lächelte versonnen. »Ich hoffe nur, Sie lachen mich jetzt nicht aus.« Sie faltete eine Karte auseinander, und Hauskyld sah, dass darauf der Ausschnitt des Weltraums dargestellt war, den man in den letzten Jahrhunderten erforscht hatte.

»Okay, sehen Sie her – seit dem Ende des 20. Jahrhunderts ist bekannt, dass sich genetisches Material zwischen den Sonnensystemen hin und her bewegt, mitgetragen von den stellaren Winden. Hauptsächlich handelt es sich um DNS-Stränge, teilweise aber auch um Viren und in seltenen Fällen sogar um Kleinstlebewesen. Trifft dieses Material auf eine fremde Biosphäre, stirbt es dabei im Regelfall ab. Aber einmal in vielleicht hundert Jahren trifft es auf kompatible Verhältnisse, sodass die genetischen Informationen die Biosphäre infiltrieren. Vielleicht einmal in tausend Jahren infiziert ein Virus ein Lebewesen, oder ein Bakterium vermehrt sich, wie auch immer. Bislang ging man davon aus, dass sich das Leben dadurch ziemlich gleichmäßig ausbreitet. Zum Beispiel gibt es auf jedem bislang untersuchten Planeten Wirbeltierarten, Säugetiere und Pseudosauropoden. Ich habe jetzt also einige der bekannten Planeten gekennzeichnet …«

»Die, auf denen intelligente Lebewesen existieren«, ergänzte Hauskyld.

»Genau. Wir wissen, dass Leben nicht so einfach aus dem Nichts entsteht. Vielleicht funktionierte es nur ein einziges

Mal, also reden wir von einem gemeinsamen Ursprung. Auf jeden Fall ist der häufigste Grund für das Entstehen von Lebewesen auf einem Planeten der so genannte ›Gaia-Prozess‹, beruhend auf dem Eindringen von genetischem Material aus dem All. Natürlich läuft dieser Prozess nicht immer gleich ab, das hängt mit der unterschiedlichen Gravitation der jeweiligen Welt, ihrer Nähe zu anderen Sternen und so weiter zusammen. Aber es gibt da eine Sache, die mich stutzig gemacht hat. Soweit ich weiß, ist das bisher noch keinem anderen aufgefallen: Je mehr von intelligenten Lebewesen bewohnte Planeten in einem Sektor existieren, desto höher ist doch zwangsläufig die Intensität, mit der dort genetisches Material niedergeht. Ich habe entsprechende Statistiken aufgestellt und alle mir bekannten Daten verglichen.«

Hauskyld nickte langsam. »Ich verstehe. Das ist schon eine Theorie, die Leute mit viel Geld interessieren könnte. Aber trotzdem – warum ausgerechnet Randall?«

Sie zeigte auf die Karte. »Die Entwicklung der Intelligenz basiert ja normalerweise auf dem Material, das aus dem Weltall kommt. Aus diesem Grund kommen auch auf vierhundert bewohnbare Planeten nur etwa siebzig intelligente Spezies.«

»Diese Zahlen sind veraltet«, sagte Hauskyld. »Sie waren doch ein wenig zu lange im Gate! Ich habe zuletzt von 110 verschiedenen Spezies gehört, aber es sind sicher schon wieder einige hinzugekommen. Nun, lassen Sie mich mal sehen, ob ich Ihren Farbkode richtig verstehe. Die grünen Markierungen dort stehen für die intelligenten Reptilien, rot für Säugetiere, blau für Pseudosauropoden und – wo sind Haywood und Solidarnosh – ach ja, hier. Also steht gelb für die Vögel.«

»Richtig. Und beachten Sie bitte die Verbindungen innerhalb der Arten – die Erbinformationen von Reptilien (und somit indirekt die jeweilige Intelligenz) überträgt sich leichter auf andere Reptilien, die der Säugetiere auf andere Säugetiere und so weiter. Aber jetzt schauen Sie sich mal das hier an …«

Sie faltete eine andere Karte auseinander, auf der ähnliche Markierungen eingetragen waren. »Diese Karte zeigt die Zusammenhänge zwischen den bewohnbaren Welten und den nächstgelegenen Welten mit intelligenten Lebewesen. Wie Sie sehen, ist sie noch nicht ganz vollständig, aber …«

Hauskyld schüttelte überrascht den Kopf. »Nein, das sieht schon ganz überzeugend aus!«

»Das hatte ich gehofft. Das wäre eine mögliche Erklärung für die *Fehlenden Neunzig*.«

»Hm. Ich habe schon davon gehört, kenne mich damit aber nicht so genau aus.«

»Es muss so ungefähr im Jahr 2350 gewesen sein. Damals hatte man schon eine ziemlich genaue Vorstellung davon, mit welcher Geschwindigkeit sich genetische Informationen eines bewohnten Planeten verbreiten. Es stellte sich heraus, dass die eintreffende Menge nur für zehn Prozent der genetischen Variation verantwortlich sein kann. Es stellt sich demnach die Frage, woher die restlichen neunzig Prozent kommen. Wir sind absolut sicher, dass es dort draußen nicht zehnmal so viele bewohnbare Planeten gibt, wie wir meinen. Das bedeutet meiner Ansicht nach, irgendetwas, irgendwo, gibt eine gewaltige Menge genetisches Material ab. Mehr als üblich. Viel mehr.«

Hauskyld nickte wieder. »Und wie kamen Sie auf Randall?«

»Wenn Sie sich einmal ansehen, wo Randall auf der Karte liegt, werden Sie bemerken, dass es genau im Zentrum eines Dichtemaximums liegt. Wenn ich mit meinen Vermutungen Recht habe, laufen hier in geringer Entfernung die drei Hauptintelligenzstränge vorbei. Da ist es nur logisch, wenn eine weitaus größere Menge genetischen Materials als gewöhnlich aus dem All hier landet. Das hätte Konsequenzen für die Ökologie und die Genetik der Lebewesen hier. Vielleicht können wir sogar einige der Stränge zu anderen Planeten mit intelligenten Lebewesen zurückverfolgen. Mit ein wenig Glück benötigt man nur rund zwanzig Jahre Feldforschung, um diese Theorie zu beweisen.«

Hauskyld sah sie ungläubig an. »Zwanzig Jahre!«

»Rund gerechnet, ja.«

»Aber man braucht bereits 120 Jahre, um nach hier zu gelangen. Und wenn in der Zwischenzeit jemand anderes auf die Idee ... Sind Sie sicher, dass Ihnen nicht jemand zuvorgekommen ist?«

»Ganz sicher bin ich mir nicht. Aber es gibt nur fünf Orte, an denen man diese Theorie beweisen könnte. Orte, an denen die lokalen Dichtemaxima mit den Intelligenzsträngen verbunden sind. Hier ist einer davon, zwei weitere liegen weit draußen hinter den kommunistischen Grenzen, einer gehört zum Islam und der Letzte ist so weit entfernt, dass er eigentlich schon gar nicht mehr in Frage kommt.«

»Welcher ist das?«

»Die Erde. Es schien mir also am sinnvollsten, nach Randall zu kommen.«

»Hm.« Hauskyld schüttelte den Kopf. »Ich wünschte, ich würde mich in Ihrem Spezialgebiet besser auskennen, dann könnte ich auch mehr dazu sagen.« Er stand auf und seufzte.

»Egal. Es ist trotzdem eine faszinierende Idee. Aber wenn wir unsere Expedition erfolgreich hinter uns bringen wollen, müssen wir heute noch ein paar Kilometer marschieren! Und das liegt mir sehr am Herzen, weil sonst die Templer über diesen Planeten herfallen und so viele Lebewesen vernichten werden, dass niemand mehr in der Lage sein wird, Ihre Hypothese zu erforschen. Wenn Sie Ihre Karten wieder verstaut haben, sollten wir uns auf den Weg machen.«

»In Ordnung.« Sie durchwühlte wieder ihre Tasche und stand auf. »Das ist dafür, dass Sie mir so nett zugehört haben«, erklärte sie, küsste ihn auf die Wange und legte den Arm um ihn.

Seine Hand bewegte sich nach oben, als ob er sie auch umarmen wollte, doch sie hatte ihn schon wieder losgelassen und ging weiter.

KAPITEL 6

»Wonach suchen wir eigentlich genau?«, fragte Clio.

Hauskyld sah zu ihr auf und grinste peinlich berührt. »Es tut mit Leid. Ich bin es nicht gewohnt, mit anderen in der Wildnis zu sein. Ich suche nach einer Art Grube, ungefähr dreißig Meter im Durchmesser und zehn Meter tief, mit steil abfallenden Seitenwänden – das Erdloch eines Greifbuschs. Dort kann man am besten campieren. Wenn Sie sich ein wenig umsehen wollen, es ist relativ leicht zu erkennen.«

Während die Sonne beharrlich emporstieg, ließ die Wirkung der Aufputschmittel allmählich nach, und die beiden Wanderer wurden müde, und ihre Konzentration ließ nach. Hauskyld ermahnte sich zur Vorsicht – in der Spenswüste tummelten sich die verschiedensten Reptilien, und zudem gab es einige Raubtiere von der Größe eines Schäferhundes, die ziemlich gefährlich werden konnten.

Fast eine ganze Stunde verbrachten sie mit der Suche, bis sie endlich Erfolg hatten. Die Grube war ungewöhnlich groß, mehr als 50 Meter im Durchmesser, wie Hauskyld schätzte, und der Greifbusch in der Mitte sah sehr einladend aus.

»Das wäre geschafft, jetzt brauchen wir nur noch ein Seil. Ich müsste eigentlich eins eingepackt haben.« Er durchsuchte seine Tasche und musste erst einige Dinge auspacken, bis er an das Seil herankam.

»Mein alter Pfadfinderführer hätte Sie dafür rausgeschmissen«, kommentierte Clio seine Bemühungen. »Das Seil gehört doch nicht zuunterst in die Tasche.«

Er zuckte die Achseln. »Ihr Pfadfinderführer hat sich vermutlich auch nicht in so gefährlichen Gegenden herumgetrieben. In vielen Kulturen werden Seile als Waffen eingesetzt – stellen Sie sich vor, man nimmt Sie gefangen und findet als Erstes in Ihrer Tasche eine Waffe! Natürlich hat man das Seil bei einem Unfall nicht schnell genug zur Hand, aber so ist das Leben.«

Sie nickte. »Und worauf sollen wir uns ausruhen?«

Er blickte sich um. »Hmm. Gute Frage. Normalerweise stehen am Rand der Grube immer einige Grickgrassbäume, aber hier kann ich keine entdecken. Gehen wir ein wenig umher und sehen nach, ob wir etwas Geeignetes finden. Aber gehen Sie nicht zu nah an den Rand, der stürzt leicht ein.«

Sie hatten die Grube schon fast umrundet, als Hauskyld, der voranging, heftig gegen einen Stein trat, um die Festigkeit des Weges zu prüfen. Der Stein rollte in die Grube, gefolgt von weiterem Geröll. Sie versuchten sich festzuhalten, doch der Boden brach unter ihren Füßen weg, worauf sie den Halt verloren und mit den Steinen ebenfalls in die Grube hinunterrutschten.

Als die Rutschpartie beendet war, richtete sich Hauskyld vorsichtig auf. Er hatte einige Schrammen und blaue Flecken davongetragen, aber sonst schien er unverletzt zu sein. Er sah sich nach Clio um. Sie lag etwa vier Meter von ihm entfernt auf der Seite und atmete mühsam und stoßweise.

»Ist Ihnen auch nichts passiert?«

»Ich habe mir den Knöchel verrenkt. Ist wahrscheinlich nicht gebrochen, tut aber saumäßig weh! Scheiße, tut mir Leid, Hauskyld.«

Er stand vorsichtig auf und näherte sich ihr. »Ist schon gut. So was passiert schon mal. Ich habe einen Stützverband in meiner Tasche.«

»Aber ich kann nicht laufen!«

»Kein Problem! Wir sind doch hier, damit man uns findet. Statt ihnen in die Arme zu laufen, müssen wir einfach abwarten.« Er ließ sich neben ihr auf dem Boden nieder und durchkramte seine Erste-Hilfe-Tasche. »Lassen Sie mich erst mal sehen.«

Der Knöchel war ziemlich angeschwollen. Hauskyld machte sich nichts vor – sie würde den Fuß in den nächsten Tagen schonen müssen. Er teilte ihr seinen Befund mit und injizierte ihr ein Schmerzmittel. Anschließend sah er sich in der Grube um.

»Es gibt hier in den Wänden ungefähr ein halbes Dutzend Höhlen. Ich werde Sie in eine hineintragen, aber zunächst sollten wir ihre Bewohner verjagen, insoweit vorhanden!«

Er warf einige Steine in den Eingang der am nächsten gelegenen Höhle.

»Was machen Sie denn da?«

»Ich sehe nach, ob es hier Pfeifer oder Steinbären gibt.«

»Und was machen Sie, wenn Sie einen davon aufscheuchen?«

»Noch mehr Steine werfen, wenn es ein Pfeifer ist. Sie sind nicht viel größer als eine Katze, aber sie haben dieselben unangenehmen Angewohnheiten wie Vampirfledermäuse. Wenn wir es dagegen mit einem Steinbären zu tun bekommen, hören wir erst mal ein lautes Brüllen. Dann sollten wir die Höhle für unsere Zwecke tunlichst vergessen.«

Er warf noch einen Stein in den Höhleneingang. »Hören Sie etwas?«

»Nein. Heißt das, wir können reingehen?«

»Moment. Eins noch.« Er brachte seinen Teleskopstab auf die volle Länge und hielt ihn vor sich, während er die kühle, trockene Höhle betrat. Wie gewohnt griff das Muttertier zuerst an. Es war etwa 25 Zentimeter lang, hatte die scharfen Krallen ausgefahren und bewegte sich auf den vier Hinterbeinen. Der schuppenbedeckte, entfernt an einen Affen erinnernde Kopf des Wesens fuhr mit einer Mimik zurück, die an das Grinsen eines Irrsinnigen erinnerte.

Hauskyld holte weit mit dem Stab aus und traf den zarten Schädel. Der Randigator brach zuckend zusammen. Mit dem Fuß brachte Hauskyld den Stein zum Wippen, unter dem das Tier hervorgekrochen war. Ein grelles Kreischen und ein ekelhaftes Knacken ertönten, als die Jungtiere zerdrückt wurden. Drei waren jedoch entkommen und griffen ihn nun an. Er hatte damit gerechnet; Randigatoren besaßen keine natürlichen Feinde, sie würden also nicht vor ihm fliehen.

Zwei von ihnen tötete er mit kräftigen Schlägen, doch das dritte Jungtier, nicht größer als eine Maus, verbiss sich in seinem Schuh. Er schüttelte es mit einer heftigen Bewegung ab und trat sogleich fest zu. Ein schmatzendes Geräusch, ein an das Wimmern eines Kindes erinnernder Laut, dann war es vorbei.

Er säuberte seinen Schuh an dem Stein, der die Jungtiere zerquetscht hatte. Danach schob er den Stein mit dem Fuß beiseite, um sich davon zu überzeugen, dass die Tiere wirklich tot waren. Hauskyld sah sich noch einmal sorgfältig um, bevor er die Höhle verließ, um Clio zu holen.

Sie saß auf dem Boden und sah ihm ängstlich entgegen.

»Was war denn da los?«

»Nur ein paar Randigatoren. Primitive Reptilien, man kann sie leicht mit einem Stock töten. Aber sie produzieren ein gefährliches, schnell wirkendes Nervengift. Würde vermutlich einen Elefanten töten, wenn es in seine Blutbahn gelangt!«

Er beugte sich zu ihr hinab und hob sie auf. »Ich werde Sie jetzt lieber hineintragen.«

Sie legte ihm einen Arm um die Schultern und hielt sich fest.

»Sie brauchen mich nicht zu tragen. Wenn Sie mich ein wenig stützen, hüpfe ich einfach vorwärts.«

»Wie Sie wollen.« Er setzte sie sanft auf dem Boden ab.

»Werden wir noch mal mit ihnen zu tun bekommen?«

»Mit wem?«

»Mit den Randigatoren. Ich fürchte, ich habe nicht viel für solche Reptilien übrig.«

»Ich dachte, Sie wären ein mutiger Pfadfinder«, lästerte Hauskyld.

»Das ist schon wahr. Ich bin bis zum Krupskaya-Grad aufgerückt«, sagte sie. »Aber das war auf dem Mars, als das Terraforming noch nicht abgeschlossen war. Keine Schlangen oder anderes giftiges Viehzeug.«

Sie lehnte sich an seine Schulter, und er fühlte ihre weichen Brüste an seinem Arm. Hauskyld versuchte sich auf das Gespräch zu konzentrieren.

»Krupskaya – ist das der höchste Rang?«

Sie nickte.

»Ich bin Papal, das ist bei uns der höchste Rang«, erklärte er. »Ähem ... Angesichts der Felsen dort wäre es doch besser, wenn ich Sie tragen würde, denke ich.« Er nahm sie auf den Arm wie ein kleines Kind und setzte sie oben auf dem höchsten Felsen ab. Sie drehte sich herum, sodass er sie auf der anderen Seite wieder hinabheben konnte. Ihr Busen hüpfte auf und ab, als er sie auf dem Boden absetzte, und er verspürte das unwiderstehliche Bedürfnis, sie anzustarren. Halbherzig versuchte er, seine Empfindungen als Nebenwirkung des Aufputschmittels abzutun.

Sie breiteten ihre Mäntel als Lager auf dem harten Sandboden der Höhle aus. Kurz darauf war Clio bereits eingenickt. Hauskyld indes lag noch lange wach und sah sie an. Als er bemerkte, dass seine Hand wie von allein zwischen seine Beine wanderte, legte er sich flach auf den Boden, faltete die Hände und betete zum Heiligen Mbwe. Immer und immer wieder, bis er schließlich einschlief.

KAPITEL 7

Clio schrie laut seinen Namen, und als er sich schlaftrunken und mit geschlossenen Lidern aufzurichten versuchte, hörte er, wie sie strampelte und wild um sich schlug. Etwas großes, schweres lag auf seiner Brust, und die Beine konnte er auch nicht bewegen.

Er öffnete die Augen und blickte in die Facettenaugen eines Randallaners. Er versuchte sich aus dem Griff zu befreien, und es gelang ihm sogar, nach dem Wesen zu schlagen, dann jedoch setzte der Randallaner seine Vorderarme zur Abwehr ein und nahm ihn mit dem mittleren Armpaar in einen Klammergriff. Der Gegner drückte zu, und Hauskyld wurde schwarz vor Augen, bis der Randallaner seinen Griff wieder lockerte und Hauskylds Hände nach unten drückte.

Er versuchte einen Fuß freizubekommen – vergebens; die unteren Extremitäten eines Randallaners sind weitaus beweglicher als die eines Menschen, und das Wesen hatte mit seinen Zehen Hauskylds Knöchel fest umklammert.

Er war nicht weit davon entfernt, das Bewusstsein zu verlieren, da das Gewicht des Randallaners ihm nach wie vor den Brustkorb zusammendrückte. Verwunderung blitzte durch seinen Kopf, weil sich Clio offenbar so vehement zur Wehr setzte, dass gleich zwei Randallaner nötig waren, um sie zu bändigen.

Dann – endlich! – ließ der Druck auf seinem Brustkorb ein wenig nach, doch hielt der Randallaner noch immer die Hände des Mönchs fest und presste sie erbarmungslos auf den harten Höhlenboden. Hauskyld spürte, wie etwas

Warmes, Weiches an seinem Arm hochkroch, und dann blickte er in die Augen einer leuchtend orangefarbenen Handschlange, die ihn emsig mit einem Seil fesselte, das sie in ihren ungemein beweglichen Flossen hielt. Clio keuchte laut; Hauskyld konnte sehen, dass einer der Randallaner ihren verletzten Knöchel fest umklammerte.

Ist sie dort verwundet?, fragte plötzlich eine Stimme in seinem Kopf.

»Ja«, hauchte er verdutzt.

Die Handschlange zuckte mit ihrem Schwanz und berührte damit den Randallaner. Im nächsten Moment gab der Randallaner den anderen beiden den Befehl, vorsichtiger mit Clios Knöchel umzugehen. Der eine, der ihr die Schmerzen zugefügt hatte, ließ sofort ihren Knöchel los und drückte ihr Bein nun am Knie auf den Boden, um sich vor ihren Tritten zu schützen.

Frag sie, ob sie es so besser aushalten kann!

Doch Hauskyld war zu überrascht und brachte kein Wort heraus. Die Handschlange stieß ihn an.

Frag sie, ob sie es so aushalten kann!

»Clio, sie wollen wissen, ob sie dir immer noch wehtun …«

»Nein, es geht schon. Ich habe nur eine Scheißangst. Obwohl …«

Sag ihr, dass euch beiden nichts geschehen wird.

»Sie sagt, dass sie uns nichts antun wollen!«

»Großartig. Da fühle ich mich doch gleich sehr viel besser.«

Hauskyld spürte ein Rumpeln im Kopf – das musste wohl so eine Art Lachen sein. Telepathie war nur auf sehr wenigen Planeten verbreitet und damit ein recht seltenes Phänomen. Die Kontakttelepathie gehörte zwar zu den am häufigsten auftretenden Formen des Phänomens, aber …

Sehr bemerkenswert. Wo sind denn diese Welten? Ich kann keine klaren Bilder von dir empfangen.

Der Randallaner zischte einen Befehl.

Vielleicht werden wir später noch Zeit haben, darüber zu sprechen. Die Handschlange kroch von Hauskylds Arm und verschwand im Beutel eines Greifs. Zwei Randallaner hoben Hauskyld auf eine primitive Bahre und banden ihn sorgfältig daran fest. Er sah nach links, wo Clio auf dieselbe Art an einer zweiten Bahre festgebunden wurde.

Jeweils zwei der Randallaner packten eine der Bahren und trugen sie nach draußen ins grelle Sonnenlicht. Hauskyld wurde auf den Rücken eines *Gash'hwar* gehoben, wie die großen, haarigen Lasttiere der Randallaner hießen. Rasch banden sie ihn samt der Bahre an dem primitiven Lastsattel fest, und Clio erging es nicht anders.

Jetzt konnte Hauskyld sehen, was um ihn herum geschah. Sie waren von insgesamt neun Tripeln umgeben, vielleicht ein Kontrolltrupp, der nach Banditen suchte. Hauskyld und Clio hatten ihr erstes Etappenziel also erreicht: Man hatte sie nicht getötet, sondern die Randallaner nahmen sie als ihre Gefangenen mit. Inständig hoffte er, dass sie weit genug von der Festung entfernt waren, um nicht vor deren Mauern am Kreuz zu enden, wie es sonst meist mit den Gefangenen geschah.

»Clio, geht es dir gut?«

»Den Umständen entsprechend.«

Eine ledrige Hand legte sich auf sein Gesicht. »Bitte Ruhe. Uns allen dein Versprechen wollen wir du nicht davonlaufen.«

Hauskyld nickte und antwortete auf Randallanisch: »Ich gebe dir mein Wort, bei meiner Ehre.« Er lächelte, denn diese Worte waren alte Mbweist-Tradition.

Der Randallaner verbeugte sich tief, dann drehte er sich um und sprach mit den anderen. Mit lauten Flügelschlägen kreisten drei Tripel über ihren Köpfen. Weitere drei stiegen zu ihnen auf und verteilten sich am Himmel, zwei vor und eines hinter ihnen. Die übrigen drei Randallaner blieben bei den Gash'hwar, von denen zwei die Gefangenen trugen. Das verbleibende Dutzend war mit schweren Paketen beladen. Sie trugen ihre Last unbeeindruckt, kletterten über die Geröllhalden und schlugen dann den Weg Richtung Osten ein, durch die Wüste. Hauskyld wertete das als gutes Zeichen, lag die Festung doch in der entgegengesetzten Richtung.

Diesmal brauchte er ziemlich lange, um sich mit Hilfe der Gebete an den Heiligen Mbwe in eine Trance zu versetzen, die indes nicht so tief war, dass er nicht bei der geringsten Gefahr hochgeschreckt wäre.

Kilometerweit zog die Wüstenlandschaft an ihm vorbei, immer wieder tauchten Berge und vom sauren Regen tief ausgewaschene Cañons in seinem Blickfeld auf. Die Greife zogen mit den Randallanern auf ihren Rücken still dahin.

Jede Stunde wechselten sich die Wachen, die zu Fuß gingen, mit den fliegenden ab. Hauskyld beobachtete sie dabei und fand seine alten Vermutungen bestätigt – die Greife mussten zum Start einen großen Anlauf nehmen, und landen konnten sie nur, wenn die Randallaner vorher abgesprungen waren. Mit einem Passagier auf dem Rücken vermochte ein Greif nicht länger als rund eineinhalb Stunden in der Luft zu bleiben, und in extremen Notfällen höchstens zwei Stunden.

Die Gash'hwar waren gute Lasttiere, doch nicht so kräftig wie ein Pferd oder Maultier. Nichts auf Randall war wirklich perfekt, so gab es zum Beispiel für die Gash'hwar keine Hufeisen, sondern lediglich eine Art Überschuh, der an eine Sandale erinnerte.

Die Sonne ging schon unter, als sie den großen Cañon erreichten. Die Gash'hwar durchwateten mühelos den von der Sonne erhitzten Fluss, und danach änderte sich der Klang ihrer Schritte. Hauskyld blickte über den Rand der

Bahre zu Boden und stellte fest, dass sie sich auf einer Art Handelsweg befanden, der sich nach kurzer Zeit zu einer richtigen Straße verwandelte. Wenig später erreichten sie die ersten Häuser, eine kleine Grenzstadt.

Sie kamen an mehreren hohen Türmen vorbei, die durch überdachte Gänge miteinander verbunden waren – offenbar Quartiere für Bogen- und Musketenschützen. Anscheinend handelte es sich um eine Garnisonsstadt. Offiziell wurde Randall von der Hochkrone regiert, die eigentlichen Herrscher waren jedoch die Banditen und Piraten, die die Bevölkerung fest im Griff hatten. Von dieser Garnison aus wurden die Soldaten ausgeschickt, um die Banditen von der Handelsstraße fern zu halten.

Als sie die äußeren Befestigungsanlagen durchquert hatten, umgab sie plötzlich das rege Leben einer Stadt. Längs der Straße waren Verkaufsstände aufgebaut, die durch große Plakate ihr Warenangebot kundtaten. In seltenen Fällen sah man auch konkrete Angebote – Hauskyld fragte sich ernsthaft, wie lange wohl jemand, der ein altes Zelt gegen zwei Särge tauschen wollte, auf einen Interessenten warten musste. Der Geruch von gebratenem Fleisch machte ihm bewusst, dass er schon eine ganze Weile nichts mehr gegessen hatte. Sie kamen an Ständen vorbei, an denen rotgeräucherte und getrocknete Schlangen hingen, und als er sich daran erinnerte, wie er diese Speisen bei seinem ersten Besuch auf Randall probiert hatte, floss ihm das Wasser im Mund zusammen.

Einmal mussten sie anhalten, um einen großen Trupp Soldaten vorbeizulassen. Anhand der Verletzungen und der verschlissenen Ausrüstung der Krieger schloss er, dass es sich um Veteranen handelte, die aus dem Kampfgebiet rings um die Festung zurückkehrten. Sie schleppten große Bündel mit sich, was Hauskyld zunächst vermuten ließ, dass sie darin ihre persönlichen Sachen verstaut hatten. Dann jedoch sah er, dass es sich um gegerbte Felle, gewebte Tücher und Steinguttöpfe handelte: allesamt Handelsgüter von großem Wert – vielleicht waren die Krieger ja ausbezahlte Heimkehrer, überlegte er. Nur zu gern hätte er sie danach gefragt, doch wäre diese Frage überaus undiplomatisch gewesen.

Die Qualität und Größe der Häuser wuchs, je weiter sie in die Stadt vordrangen. Die Randallaner trugen keine Kleidung, und so war es relativ schwer, Reich von Arm zu unterscheiden, dennoch war es offensichtlich, dass sie sich nun im wohlhabenderen Teil der Stadt befanden. Die Häuser waren mit Nestplattformen für die Greife und Handschlangen bedeckt, und überall waren Schaukeln und Turnstangen für die Randallaner angebracht. Zwei der villenartigen Gebäude waren sogar mit Schwimmbecken ausgestattet, wenn er das fröhliche Geplätscher richtig deutete, das hinter den hohen Steinmauern zu hören war.

Als sie eine kleine Seitenstraße passierten, erregte etwas Hauskylds Aufmerksamkeit, das er zunächst nur aus dem Augenwinkel wahrnahm. Er versuchte sich umzudrehen, um es noch einmal betrachten zu können.

Ein junger Randallaner, deutlich zu erkennen an dem noch hellbraunen Fell, stritt sich mit seinem Greif. Beide hüpften wild umher, und der Randallaner hielt das obere Armpaar über dem Kopf, während der Greif drohend den Kopf vor und zurück schwang, den messerscharfen Schnabel weit aufgerissen. Die kleine Handschlange pendelte panisch zwischen ihnen hin und her.

Von allen Seiten eilten erwachsene Tripel herbei. Innerhalb kürzester Zeit waren die beiden jungen Kontrahenten umrundet und wurden voneinander getrennt. Hauskyld hätte gerne gesehen, was danach geschah, doch seine Bewacher ignorierten den Vorfall und zogen mit ihnen weiter stadteinwärts.

Nach kurzer Zeit bogen sie in eine kleine Nebenstraße ein, dann ging es über mehrere Stufen scharf nach rechts. Plötzlich standen sie vor einer etwa dreißig Meter hohen Mauer, die an beiden Seiten von mächtigen Holztürmen flankiert wurde. Ein großes Holztor wurde hochgezogen, der ganze Trupp zog darunter hindurch, und dann fanden sie sich auf einem weiten, sandigen Hof wieder, der von hohen Steinmauern umgeben war.

Hauskyld fühlte, wie sich flinke Hände an seinen Knöcheln und Handgelenken zu schaffen machten, bis sich die Stricke lösten. Er rutschte von dem Gash'hwar herunter und landete mit dem Hintern auf dem Boden, raffte sich schnell auf und rieb sich die völlig tauben Arme und Beine. Dabei fiel sein Blick auf Clio, die einige Meter von ihm entfernt auf dem Boden saß. Er machte eine Grimasse, atmete tief durch und massierte wieder die schmerzenden Knöchel. Zu seiner Überraschung legten die Randallaner ihr Gepäck neben ihnen ab, ohne die Taschen nach Waffen zu durchsuchen.

Dann formierten sich ihre Bewacher ohne ein Wort der Erklärung zu einem Trupp und verließen den Hof durch das große Holztor, das hinter ihnen mit lautem Rumpeln geschlossen wurde.

»Hauskyld? Alles in Ordnung?«

Clio hockte auf den Knien und schwang die Arme hin und her. Er versuchte sich hinzusetzen, aber seine Arme und Beine protestierten schmerzhaft.

»Mir sind alle Gliedmaßen eingeschlafen«, sagte er. »Geben Sie mir noch eine Minute zum Ausruhen. Bei Ihnen alles in Ordnung?«

»Es geht schon. Meinem Knöchel scheint es etwas besser zu gehen, aber vielleicht ist er auch nur völlig taub.« Sie kroch zu ihm hinüber. »Du siehst aus, als könnten deine Arme und Beine eine Massage vertragen.«

»Immer«, behauptete er grinsend.

»Wie süß.« Sie massierte ihm Arme und Beine mit ihren zarten Händen. Bald fühlte er sich deutlich besser, auch wenn sein Nacken und die Schultern noch völlig verspannt waren.

Erst jetzt kam er auf die Idee, sich gründlich umzusehen. In ihrer Nähe standen fünf oder sechs Randallaner, vier Greife und einige Handschlangen.

Clio sah auf, folgte seinem Blick und seufzte.

»Können Sie aufstehen und sie von uns fern halten?«

»Ich glaube nicht, dass wir uns in Gefahr befinden«, meinte Hauskyld beruhigend. »Ich bin mir nicht ganz sicher, aber das hier scheint mir so etwas wie ein Gefängnis zu sein.«

Er setzte sich auf. »Wenn wir Glück haben, sind die kleinen Höhlen dort in den Mauern die Zellen, und eine davon ist für uns reserviert. Wenn Sie gehen können, ziehen wir uns einfach in eine davon zurück.«

KAPITEL 8

Am nächsten Morgen wachte Hauskyld kurz nach Sonnenaufgang auf. Clio schlief ruhig weiter, als er sich neben sie stellte und sie betrachtete. Auf Randall war es auch nachts so warm, dass man in Tunika und Unterwäsche schlafen konnte. Clios Gesicht wirkte so weich, dass er sich fragte, wie es sich wohl anfühlen musste. Besonders ihre vollen roten Lippen hatten es ihm angetan. Ihre Kleidung zeigte mehr von ihrem Körper als sie verbarg. Er fühlte eine brennende Hitze in sich aufsteigen und beschloss, dass es an der Zeit war, sich abzulenken.

Also zog er sich hastig an und verließ die Zelle, die eigentlich eher einer der Höhlen in der Nähe des Greifbuschs ähnelte – so wie die, in der sie die vorige Nacht verbracht hatten. Er streckte sich und stellte fest, dass ihm noch immer alle Glieder schmerzten. Lange war es her, dass er regelmäßig gebetet hatte, doch nun schien es ihm das Natürlichste zu sein, was er in seiner Situation tun konnte. Der Heilige Mbwe hatte darauf bestanden, dass regelmäßig zweimal am Tag gebetet wurde. Also kniete Hauskyld auf dem staubigen Hof nieder und murmelte leise die lange vertrauten Worte. Tiefe Stille breitete sich ringsherum aus.

Er dankte Gott für Clio und für die Gelegenheit, die Festung zur Abwechslung noch einmal verlassen zu dürfen, und dafür, dass er überhaupt nach Randall gekommen war. Dann sprach er noch das Gebet des Heiligen Mbwe. »Herr, gib mir Weisheit, wo sie mir fehlt. Und lass sie von meiner Seele fluten zu jeder anderen Seele, so lange bis Frieden herrscht im ganzen Universum. Zeig mir die Seelen, die …«

Irgendetwas traf ihn hart am Hinterkopf. Er schlug auf dem Boden auf und rollte zur Seite. Schützend hielt er sich die Hände vor das Gesicht, doch der Greif, der vor ihm stand, trat ihm mit voller Kraft in die Rippen. Hauskyld kullerte zur Seite, und dort wartete schon ein anderer Greif auf ihn, der ebenfalls zutrat. Als ihm dann noch ein Randallaner einen Hieb in die Magengrube versetzte, wurde ihm wieder schwarz vor Augen.

Die Randallaner und Greife, die ihn einkreisten, schlugen und traten weiter auf ihn ein. Hauskyld wehrte sich nicht und versuchte, langsam und vorsichtig Luft zu holen. Ihre Schläge waren hart und kamen rasch hintereinander, doch erstaunlicherweise verschonten sie sein Gesicht und die Genitalien.

Er fühlte seine Arme nicht mehr, die Rippen schmerzten bei jedem Atemzug, und er hatte das Gefühl, sich im nächsten Augenblick übergeben zu müssen. Trotzdem lag er nur da und wehrte sich nicht.

Schließlich hörten sie auf, und eine der Handschlangen kroch auf seine Brust.

Das darfst du nicht, dieses Sprechen zu Jesus.

»Ich verstehe.«

Wirst du gehorchen?

»Ja, ich habe verstanden.«

Die Handschlange kroch wieder von ihm herunter. Dann schlugen die anderen wieder auf ihn ein, mit Händen und Füßen, und überall dort, wo keine bleibenden Schäden zu erwarten waren. Sie bearbeiteten sein Gesäß, bis die Haut wund und dunkelrot war. Ihre Prügel folgten einer eigenen, präzisen Methodik. Irgendwann schoss Hauskyld trotz der Schmerzen der Gedanke durch den Kopf, dass sie sicher schon viele menschliche Körper obduziert haben mussten um zu wissen, wie sie ihm große Schmerzen bereiten konnten, ohne ihn ernsthaft zu verletzten.

Zuletzt rollten sie ihn auf den Rücken, dann setzte sich ein Randallaner auf seine Brust und schlug ihn hart ins Gesicht. Hauskyld zählte nicht mit, aber nach etwa zehn Schlägen hatte er unerträgliche Kopfschmerzen, und seine Zähne fühlten sich an, als würden sie herausfallen, wenn er den Mund öffnete. Wieder kroch die Handschlange auf seine Brust.

Das geschieht von nun an jedes Mal, wenn du machst das Sprechen mit Jesus.

»Ich verstehe.«

Die Handschlange glitt wieder von ihm herab und verschwand im Beutel eines Greifs. Das schwere Holztor wurde hochgezogen, und die Wachen schritten hindurch. Danach rumpelte und polterte das Tor wieder herunter. Hauskyld sah genauer hin und bemerkte, dass ein riesiger Felsbrocken als Gegengewicht diente, der bestimmt einige Tonnen wog. Der Mechanismus selbst war jedoch versteckt und konnte vermutlich nur von außen betätigt werden.

Trotz seiner Schmerzen rollte sich Hauskyld auf die Seite und stand langsam und vorsichtig auf. Er wischte sich den roten Sand aus dem Gesicht und kontrollierte seine Zähne. Erstaunlicherweise schien keiner von ihnen locker zu sein. Und seine Rippen, die ihn am meisten schmerzten, waren nicht gebrochen.

Als er in die Zelle zurückschritt, durchwühlte Clio gerade ihre Tasche.

»Hallo«, sagte sie und dann blickte zu ihm auf. »Um Gottes willen, was hast du gemacht?«

Er ließ sich ächzend auf dem Boden nieder.

»Dafür bin ich selbst am wenigsten verantwortlich. Ich habe lediglich gebetet, aber das gefiel den Wachen wohl nicht. Also haben sie dafür gesorgt, dass ich damit aufhöre.«

Sie stand auf und humpelte zu ihm. »Kann ich etwas für dich tun?«

»Nein, nichts. Danke. Es sei denn, du hast zufällig eine Badewanne in einer deiner Taschen.«

»Nicht in meiner Tasche, aber ich habe trotzdem eine.« Sie grinste ihn an. »Ich habe mich ein wenig in unserer Zelle umgesehen. Direkt hinter dieser Ecke … Sir, darf ich bitten? Das Bad ist bereitet.«

Zwar war der Raum nicht gerade komfortabel, doch handelte es sich zweifellos um ein Badezimmer. Ein großer Stopfen verschloss das Zuflussrohr, aus dem man Wasser in ein Waschbecken mit einem verschließbaren Auslass fließen lassen konnte. Der Auslass des Waschbeckens mündete in eine große, kreisrunde Wanne ein, aus der das Wasser wiederum in eine breite Bodenrinne weitergeleitet wurde.

»Ich schätze, hier haben wir das Waschbecken, dort die Badewanne und da unten die Toilette vor uns. So werde ich es jedenfalls benutzen. Das Wasser ist schön warm und fühlt sich gut an, beinahe wie Mineralwasser – es kommt wahrscheinlich aus einer der heißen Quellen. Ist nicht viel Druck auf der Leitung, aber in einer halben Stunde könnte das Becken gefüllt sein.« Sie öffnete den Verschluss, und ein breiter Wasserstrom ergoss sich in das Becken, gurgelte durch den Auslass und füllte dann die Wanne.

Er tauchte einen Finger in das Wasser und empfand es als angenehm warm. Das Becken füllte sich schneller als erwartet, und Hauskyld streifte die Tunika und die Hose ab. Clio verschwand höflich hinter der Ecke, als er die Unterhose auszog und ins Wasser stieg.

»Soll ich dir vielleicht den Rücken waschen?«, fragte sie, als sie zurückkam.

»Das wäre herrlich.«

Sie schwiegen lange Zeit, während Clio seinen Rücken mit dem warmen Wasser abwusch. Er stöhnte immer wieder auf, wenn er sich bewegte, doch die sanfte Berührung ihrer Hände tat ihm gut.

»Oh Mann«, sagte sie plötzlich. »Jetzt fehlt nur noch ein schönes Badeöl.«

»Oh ja.«

»Also gut, für deinen Rücken kann ich nichts mehr tun.« Sie schöpfte mit den Händen Wasser aus dem Becken und ließ es über seinen Kopf rinnen. Er lehnte sich zurück und tauchte die Haare ins Wasser.

»Es ist kaum zu glauben, dass wir nur wenige Tage von der Festung entfernt sind«, sagte er. »Ich habe auf einmal einen Riesenhunger. Was ist denn in dem Korb da?«

»Was zu essen, glaube ich. Aber ich kenne mich mit den hiesigen Lebensmitteln nicht aus. Sie haben den Korb einfach vor die Zellentür gestellt.«

Sie humpelte um die Ecke und kam mit dem Korb in der Hand zurück.

»Wie geht es dir denn heute Morgen? Was ist mit dem Knöchel, tut er noch weh?«

»Es geht schon besser. Also, was ist das für ein Zeug?«

»Es ist wirklich etwas zu essen.« Er holte einen flachen, kleinen Fladen aus dem Korb. »Das hier ist *Phel'leth*, so eine Art Brot. Schmeckt gar nicht schlecht. Das hier ist gekochter Buddelfisch, zäh wie ein alter Schuh, aber sehr nahrhaft. Und das hier sind Greifbuschnüsse.«

Sie sahen aus wie Miniaturkürbisse von der Größe einer Wasserkastanie. »Ihre Schale ist steinhart und mit durchaus genießbarem Wasser gefüllt. Man isst sie meist zum Frühstück. Wenn man durch die Spenswüste wandert, findet man sie immer wieder und kann sich praktisch ausschließlich davon ernähren.«

Er hob einige grüne Stängel aus dem Korb. »Das hier nennt man *Gritha*, schmeckt wie Seegras und ist überall billig zu haben. Das Essen für die Armen und für Gefan-gene – das Äquivalent zu unseren Bohnen mit Reis.« Hauskyld durchwühlte den Korb. »Das war's wohl. Wird für einen Tag reichen. Ich schlage vor, dass wir erst die Greifbuschnüsse essen. Die halten sich nicht so lange wie das andere Zeug.«

»Ich habe nichts dagegen. Irgendwelche Vorschläge bezüglich der Weinmarke?«

»Scheint ein guter Wasserjahrgang zu sein.« Er schüttelte das Wasser von den Händen. »Wenn ich mein Messer haben könnte …«

Sie griff in die Tasche und reichte ihm das Messer. Er schnitt die *Phel'leth* durch und belegte sie mit dicken Scheiben der Nüsse.

»Hey, da fällt mir etwas ein. Warum haben die uns wohl das Messer gelassen?«

»Vermutlich weil wir hier nicht viel damit anfangen können, angesichts der Mauern und des Tores«, antwortete sie und biss in ihr Brot. »War es denn unbedingt nötig, hier mitten auf dem Hof zu beten?«

»Ich hatte plötzlich das unbestimmte Gefühl, ich müsse es tun.«

Schweigend aßen sie weiter. Hauskyld hätte nur zu gerne gewusst, warum sie ihm diese Frage gestellt hatte. Aber dann beschloss er, dass ihn die Antwort vermutlich gar nicht interessieren würde. Sie war eben ein typischer Atheist. Bald hatte er sein belegtes Brot aufgegessen und lehnte sich wieder in der Wanne zurück.

»Was ich noch fragen wollte«, brach Clio das Schweigen, »gibt es in diesem Gebiet nicht ungewöhnlich viel Wasser für eine Wüste?«

»Schon. Wenn es hier so wäre wie auf den meisten anderen Planeten, hätten wir hier eine Savanne. Aber es gibt hier kein Gras.«

»Ha!«, machte sie.

»Was heißt hier *Ha*?«

»Das ist doch nur eine Vermutung, die noch gar nicht wissenschaftlich bewiesen ist, oder?«

»Tja, das stimmt schon, was du sagst.« Er grinste sie an. »Bin ich jetzt der weit gereiste Xenist, der als Zeuge verhört wird?«

»Könnte schon sein.«

»Weit gereister Xenist?«, fragte plötzlich eine Stimme hinter ihm. Sie drehten sich um und erblickten einen Randallaner in der Tür. »Guter Platz. Ich war gefangen, Sie haben mich besucht ... äh ... Pater.«

»Ich ... ja das ist richtig«, sagte Hauskyld zögernd und nickte.

»Du gezeigt dein Jesus großer Na'harr. Kein guter Ort. Hier ist Scheißhaus! Kein Jesus hier!« Er legte den Kopf in den Nacken und gab schmatzende und rülpsende Töne von sich, die seinen Spott ausdrücken sollten. »Was sagen, Pater?«

»Ich sage, dass du dich setzen sollst, damit ich mir in Ruhe anhören kann, was du sagen willst.« Auf Randallanisch fügte er hinzu: »Wenn der Bruder meiner Freunde es will, kann er auch in der Wahren Sprache mit mir reden.«

Der Randallaner warf den Kopf zurück und öffnete seine Speidrüse. Ein glibbriges Sekret platschte auf den Boden. »Ich habe keine Brüder. Du beschämst und beleidigst mich. Ich werde nicht verstanden.« Er drehte sich um und stapfte hinaus.

»Halt!«, rief Clio ihm nach, doch er war schon gegangen.

»Er wird zurückkommen«, meinte Hauskyld. »Wir brauchen nur zu warten.«

»Woher willst du das wissen? Es sah ganz so aus, als wäre er wirklich wütend!«

»Das ist er auch vielleicht. Aber vergessen wir nicht, er kam zu uns, also will er uns offenbar auch etwas mitteilen. Ich meine, außer dass Jesus ein Narr gewesen ist. Das hätte er uns auch durch die Tür zurufen können. Folglich hat er uns noch etwas zu sagen und wird wiederkommen.«

»Dein Optimismus in Ehren – Warum wurde er bloß so wütend?«

»Ich glaube, er kam schon wütend hierher«, sagte Hauskyld. Das Wasser wurde ihm langsam zu kalt, daher öffnete er den Abfluss und ließ es ablaufen.

»Worum ging es eigentlich?«

Er übersetzte ihr den Teil des Gesprächs, der in Randallanisch geführt worden war, und wiederholte einige Worte, damit sie sie lernen konnte.

»Ich habe nur die übliche Begrüßungsfloskel benutzt, die gebraucht wird, wenn einem jemand ärgerlich gegenübertritt und man Frieden schließen will. Was er sagte, habe ich noch nie zuvor gehört, und ich weiß auch nicht, was es bedeuten soll. Das Einzige, was ich weiß, ist, dass ich jetzt noch ein Weilchen in meinem warmen Bad sitzen und dann schlafen will.«

»Kann ich denn nichts tun?«

»Nun, du kannst dich draußen ein wenig umsehen, vielleicht triffst du ja jemanden, der sich mit dir unterhalten möchte. Es gibt unter unseren Mitgefangenen offensichtlich mindestens einen, der Standard spricht. Ich werde in der Zwischenzeit hier in unserer Höhle bleiben, vielleicht kommt er ja doch zurück. So läuft unsere Arbeit nun einmal – die meiste Zeit sitzt man herum und wartet, wartet, wartet. Und während der restlichen Zeit ist man völlig verwirrt von dem, was man gehört hat. Man sollte sich niemals zu viel von einer Sache versprechen.« Er ließ wieder warmes Wasser in das Becken laufen.

Sie nickte. »Na klar, ich verstehe. Aber diese Warterei macht mich ganz kribbelig.« Sie schnippte mit den Fingern. »Da kommt mir eine Idee. Vielleicht ist das hier ein Asylantenheim?«

»Das wäre möglich. Oder ein Krankenhaus, oder ein Mastkäfig des örtlichen Kannibalenvereins. Das ist das schöne an Spekulationen, man kann gar nicht genug davon zusammenbekommen.«

»Ich glaube, ich werde trotzdem rausgehen und nachsehen, ob ich mich nicht mit jemandem unterhalten kann.«

»Aber nicht beten! Bloß nicht beten!«

»Ich werde daran denken.« Sie spritzte ihm Wasser ins Gesicht, trocknete sich die Hände an der Hose ab und ging hinaus.

Hauskyld lehnte sich zurück und genoss das warme Wasser auf seinem geschundenen Körper. Er dachte darüber nach, dass man in Anbetracht der Verhältnisse noch relativ sanft mit ihm umgegangen war. Ein ausgewachsener Randallaner konnte ihm spielend einen Arm ausreißen. Und als die Greife nach ihm traten, hatten sie die Krallen eingezogen, denn andernfalls hätte er die Attacke nicht überlebt.

Er versuchte sich zu entspannen, sprach einige stille Gebete und übte sich anschließend daran, einfach an nichts mehr zu denken. Es dauerte nicht lange, da schnarchte er leise.

KAPITEL 9

Draußen am Zelleneingang bewegte sich etwas. Steine knirschten, und Hauskyld vermutete, Clio sei zurückgekommen. Aber dann stand plötzlich der Randallaner neben ihm.

»Dein Jesus großer Na'harr.«

»Das sagtest du schon. Warum hältst du ihn für einen Narren?«

»Dein Jesus sagt, was nicht wahr ist.«

Hauskyld versuchte in möglichst ruhigem und verständnisvollem Ton zu antworten.

»Was hat er denn gesagt?«

»›Gesegnet seien die Gnädigen, denn ihnen wird Gnade zuteil werden‹. Stimmt nicht. Ist nicht so passiert. ›Gesegnet seien die Trauernden, denn ihnen wird Trost zuteil werden‹. Ich habe getrauert, ein ganzes Jahr und noch einen Mond mehr, aber kein Trost. Also Jesus großer Na'harr!«

Wieder öffnete er die Speidrüse, und diesmal platschte das Sekret direkt in Hauskylds Badewasser.

Hauskyld versuchte, nicht mit der glibberigen, eigroßen Masse in Berührung zu kommen und paddelte mit den Füßen, weil er hoffte, das Wasser würde überschwappen und das ekelige Zeug mit sich tragen.

»Warum hast du getrauert?«, fragte er und fügte auf Randallanisch hinzu: »Willst du mir nicht sagen, welches Gift dein Herz verwundet hat?«

Der Randallaner setzte sich auf einen der größeren Steine und umarmte sich selbst mit dem mittleren Armpaar. Schließlich antwortete er auf Randallanisch: »Ich bin ein *Xhu'gha.*«

Das war ein Wort, für das Hauskyld bisher keine Übersetzung gefunden hatte. Er wusste indes, dass es Teil ihrer Kultur, aber auch tabu war. *Xhu'gha* hatte den gleichen Wortstamm wie »Einsamkeit« und »Kriminell«. Für das Wort waren ihm schon die verschiedensten Übersetzungsmöglichkeiten wie zum Beispiel Ausgestoßener, Fenster, Bastard oder Masturbation in den Sinn gekommen.

Als er noch überlegte, was er darauf antworten konnte, sagte der Randallaner: »Dein Jesus war nicht ein Xhu'gha; woher hat er gewusst?«

»Wir leben in dem Glauben, dass er alles wusste«, antwortete Hauskyld. »Er starb in Agonie und Schande.«

»Scheiße!« Dank der Auquinianer war dies eines der wenigen terranischen Worte, das Einzug in die Umgangssprache der Randallaner gefunden hatte. »Sterben ist nichts. Nicht sterben, ist Schande. Was ist Agonie?«

»Agonie, großer Schmerz.« Er versuchte es auf Randallanisch. »Sind meine Versuche in der Wahren Sprache zu sprechen so schlecht, dass mein Bruder mich nicht versteht?«

»Dein Akzent ist merkwürdig, aber du sprichst sie gut genug, dass ich dich verstehen kann. Ich weiß, dass ich die Sprache meines Freundes nicht gut beherrsche, aber in der Wahren Sprache gibt es keine treffenden Worte für das, was ich sagen will. Vielleicht gibt es diese Worte in keiner Sprache.«

»Das ist immer schwierig«, stimmte Hauskyld zu und hoffte, das Gespräch auf Randallanisch weiterführen zu können. »Wir haben zum Beispiel kein Wort für Xhu'gha.«

»Gibt es denn bei euch keine Xhu'ghawi? Ihr seid gesegnet, wenn ihr keinen Kummer und keine Trauer kennt. Vielleicht war euer Jesus doch nicht so ein großer Narr.«

»Das weiß ich nicht. Du müsstest mir dieses Wort erst mal erklären.«

Hauskyld beugte sich gespannt vor. Während er auf die Erklärung wartete, versuchte er noch einmal das auf dem Wasser schwimmende Sekret aus der Wanne zu schwappen.

»Wir sind uns selbst nicht ganz sicher, was dieses Wort in eurer Sprache bedeutet – wir dachten zuerst, es heißt ›Fußgänger‹. Dann, es hieße ›allein‹. Schließlich kamen wir auf ›geil‹.«

Hauskyld versuchte noch immer diskret, sein Badewasser zu säubern. Innerlich hätte er am liebsten laut gejubelt. Das war der erste bedeutende Hinweis, den er in dieser Beziehung erhalten hatte. Er fragte in Randallanisch: »Könnte mir mein Freund sagen, wie seine Freunde darauf gekommen sind?«

»Es begann mit dem, den ihr Pater Sherman nennt. Sein Pferd, das wir den ›blöden Bruder‹ nannten, hatte ihn abgeworfen und war davongelaufen. Er sagte, er wäre jetzt ein ›Fußgänger‹. Aber wir fanden heraus, dass er sich deshalb nicht schämte. Dieser blöde Bruder schien nicht wie die anderen Brüder zu sein.«

Hauskyld machte sich im Geiste eine Notiz, dass das Wort Bruder hier auf Randall nicht dasselbe bedeutete wie für ihn.

»Dann war da der Jesus-Lehrer, den alle Pater Thomas nannten, in der … wie heißt das bei euch? … Missionsstation, hinten in Gh'ra'ith – das ihr den ›Kontinent Davids‹ nennt. Er war immer so traurig und einsam. Wir fragten ihn danach, und er sagte uns, er sei ›allein‹. Er hatte auch keine Brüder und wir dachten schon, wir hätten endlich die richtige Übersetzung gefunden. Aber ihr anderen habt ihn nicht verstoßen, und dann kam der, den ihr ›Psychofuzzi‹ nennt. Er sprach mit ihm, und dann war der Pater wieder glücklich. Also war er auch nicht Xhu'gha. Dann sprachen wir noch einmal in der Sprache meines Freundes mit den Anhängern von Sherman und fragten sie, warum der, den sie Harwyd nennen, immer so aggressiv sei, und warum die anderen ihn immer neckten. Sie sagten uns, dass ihn der mit dem Namen James verlassen habe, und das mache ihn ›geil‹.«

Hauskyld musste sich sehr beherrschen, um nicht laut loszulachen. Die Affäre von James und Harwyd war lange das Hauptgesprächsthema bei den Brüdern gewesen. Jetzt wurde ihm schon einiges klarer.

»Ich verstehe jetzt, was das Wort *›Xhu'gha‹* bedeutet! Bezeichnet man mit diesem Wort vielleicht jemanden, der weder einen Greif noch eine Handschlange besitzt?«

Der Randallaner warf den Kopf zurück und schrie – ein schrecklich hoher Ton, der wie eine Speerspitze durch Hauskylds Schädel drang.

»Spricht man bei euch etwa über solche Dinge?« Er fuhr herum und rannte aus der Höhle, wobei er die mittleren Arme über den Boden schleifen ließ, um seine Balance zu halten.

Hauskyld spülte das Sekret sorgfältig aus dem Badebehälter und ließ das Wasser ablaufen. Er trocknete sich mit seiner Tunika ab und streckte sich dann auf seinem Mantel aus.

Irgendwie schien er das Problem wenigstens halb gelöst zu haben. Aber welche Hälfte, da war er sich nicht sicher. Er dachte noch eine Weile darüber nach, kam jedoch zu keinem Ergebnis und schlief schließlich ein.

KAPITEL 10

»Hey, Hauskyld, möchtest du einen Freund von mir kennen lernen?«

»Ich muss mich erst anziehen«, murmelte er, noch halb schlafend.

»Kuf macht das sicher nichts aus. Und soweit es mich betrifft – nun, ich hatte eine Menge Brüder«, sagte Clio, als sie eintrat. Er sah, dass sie von einem ausgesprochen großen Greif begleitet wurde.

»Kuf, das ist Hauskyld, Hauskyld, das ist Kuf.«

»Gott schütze dich, Bruder Hauskyld«, grüßte der Greif freundlich.

»Gott schütze auch dich«, antwortete er automatisch. Der Greif schien zu lächeln, obwohl seine facettierten Augen keinerlei Regung zeigten und Hauskyld sich auch nicht ganz sicher war, was die Falten links und rechts von seinem Schnabel zu bedeuten hatten.

»Mach es dir bequem«, forderte Clio ihn auf und nahm Platz. Der Greif setzte sich auf den Boden wie ein großer Hund und legte die Schwingen nach hinten auf den Rücken.

»Sicher würde Hauskyld gerne hören, worüber wir uns draußen unterhalten haben.«

»Was genau möchtest du wissen?«, fragte Kuf. Wie der Greif in der Filmaufzeichnung lispelte er.

»Was hat dir Thkhri'jah erzählt, als er hier bei dir war?«

»Thkhri'jah?« Hauskyld war noch immer nicht ganz wach.

»Der Randallaner, mit dem du gesprochen hast. Kuf sagte mir, sein Name sei Thkhri'jah. Verdammt, eigentlich ist die Bezeichnung ›Randallaner‹ ja völlig absurd – all diese Lebewesen sind Randallaner! Weißt du, es ist bei ihnen eine Art Tradition, dass die Greife und Handschlangen den ›Randallanern‹ das Reden überlassen, besonders bei diplomatischen Anlässen. Oh – da fällt mir ein, ich weiß jetzt die Bedeutung von mindestens sechs Worten, über die du dir nicht ganz sicher warst. Die Greife haben längst nicht so ein großes Problem mit den Tabus wie die Randallaner.«

»Nicht *alle* Greife«, verbesserte Kuf. »Was du sagst, betrifft eigentlich nur mich und die anderen *christlichen* Greife.«

»Christlich Greife!« Hauskyld stand auf und zog sich seine Hosen an. »Am besten erzählst du mir das Ganze erst mal von Anfang an!«

»Pass mal auf«, erwiderte Clio scharf, »es ist wirklich prima, dass du so viel Geduld hast! Klar, du verstehst ihre Sprache, und dies ist ja auch nicht dein erster Kontakt. Aber mich macht das ganz verrückt! Und als du dann noch beschlossen hast, in aller Ruhe ein Bad zu nehmen und ein Nickerchen zu machen, reichte es mir! Ich wollte rausgehen und endlich etwas unternehmen. Mindestens einer der Randallaner spricht Standardterranisch, und du hast ja bereits in der Festung herausgefunden, dass das auch zumindest auf einige der Greife zutrifft. Also dachte ich mir, ich teste mal, ob ich mit den Greifen hier sprechen kann. Ich bin einfach auf den Erstbesten zugegangen und habe ihn gefragt, ob er mich versteht.« Sie zuckte die Achseln. »Er sagte ja, also haben wir uns eine ganze Weile unterhalten!«

Hauskyld lachte und schüttelte ungläubig den Kopf. »Das ist absolut nicht zu fassen! Wirklich eine Schande, dass du Xenobiologin geworden bist – eigentlich bist du doch der geborene Feldforscher! Ich nehme an, so hast du dann auch herausgefunden, dass Kuf Christ ist?«

»Das sind hier alle«, erklärte Kuf. »Hier werden nur Christen gefangen gehalten.«

»Thkhri'jah – das war sein Name, richtig? Er hält sich

nicht für einen Christen. Aber das ist vielleicht eine ganz natürliche Reaktion, wenn man für seinen Glauben ins Gefängnis geworfen wird.«

»Die Thni'tarath-an-k'pha reagieren so, wenn sie Xhu'gha sind.«

Hauskyld wollte den Greif gerade fragen, was Xhu'gha bedeutet, doch dann besann er sich eines Besseren und fragte stattdessen: »Wie kommst es, dass du fließend *Standard* sprichst?«

Kuf schwieg einen Moment, dann antwortete er in der Wahren Sprache: »Meine Brüder und ich wurden von der Hochkrone ausgewählt, weil wir eine besondere Begabung dafür haben. Wir haben fremde Sprachen studiert, was auf jeden Fall von Vorteil ist. Als Kniep'pha, Qungakrandaratak und ich zu der Missionsstation kamen, hatten wir den Befehl der Hochkrone, dort stets zu schweigen.«

Hauskyld nickte. Das erklärte, warum die Gegner so viel von ihnen gewusst hatten. Wenn man meint, nicht belauscht zu werden, spricht man unbeschwert über viele Dinge, die ein Feind eigentlich nicht wissen sollte. »Wir sind Brüder im Glauben und ich denke, wir könnten einander helfen. Es gibt da ein Wort, dessen Bedeutung du mir erklären könntest, wenn es dir nichts ausmacht …«

»Was ist das für ein Wort?«, fragte der Greif und wischte sich mit der Vorderpfote über das Gesicht.

Hauskyld bemerkte, dass die Pathologen mit ihrer Vermutung Recht gehabt hatten, dass die beiden langen Außenfinger an jeder Hand wie Daumen über die drei mittleren gelegt werden konnten. Er dachte mit Grauen daran, dass der Greif mit seinem messerscharfen Schnabel imstande war, große Fleischstücke aus seinem Opfer zu reißen. In Anbetracht der Tatsache, dass Thkhri'jha sehr wütend wurde, wenn man ihm die falsche Frage stellte, spürte er plötzlich ein flaues Gefühl in der Magengegend.

»T'muvam«, sagte er schließlich.

Der Greif warf seinen Kopf zurück und legte ihn dann so auf die Seite, dass er Hauskyld genau betrachten konnte. »Kennst du wirklich nicht die Bedeutung dieses Wortes?«

Hauskyld schüttelte den Kopf. »Nein, keine Ahnung.«

»Ich muss erst darüber nachdenken. Entschuldige mich bitte«, sagte Kuf, stand auf und ging hinaus.

Hauskyld machte ein besorgtes Gesicht. »Ich hoffe, ich habe ihn nicht verärgert.«

»Ich glaube nicht«, meinte Clio. »Er sagte mir, dass sich ihre Augenfarbe verändert, wenn sie wütend werden. Sie werden dann weiß, und das war bei ihm zweifellos nicht der Fall. Außerdem hat er mir erzählt, dass sie mit den ersten Forschungsteams gar nicht erst gesprochen haben, weil sie sich erst vergewissern wollten, dass sie sie auch richtig verstehen. Vermutlich ist es also wirklich so, wie er sagte. Er muss erst darüber nachdenken, um sicher zu sein, dass er dir auch korrekt antworten kann.«

Hauskyld saß eine ganze Weile still da und lehnte den Kopf gegen die Höhlenwand. Seine Gedanken wirbelten durcheinander.

»Faszinierend«, meinte er schließlich. »Ich habe in den letzten fünf Stunden mehr Daten gesammelt, als in den vergangenen Jahren. Diese Kultur ist so vielfältig, das hätte keiner von uns vermutet!«

»Na ja«, sagte Clio und setzte sich direkt vor ihn. »Ich kann mir einen Grund denken.«

»Oh, tatsächlich?«

»Ich will dir nicht zu nahe treten«, sagte sie und nahm seine Hände in die ihren, »aber ich glaube, das Problem besteht darin, dass das Christentum sie ausgrenzt.«

Ihre Hände waren warm und weich. Am liebsten hätte er sie gar nicht mehr losgelassen. »Das könnte sein.«

»Und das macht dir gar nichts aus?«

»Eigentlich nicht.« Er drückte ihre Hände und grinste sie an. »Das passiert eben. Aber für die Betroffenen ist es wirklich ein Problem. Und in diesem Fall haben unsere Missionare wirklich ganze Arbeit geleistet. Das Christentum scheint auf die Randallaner einen ungeheuren Eindruck gemacht zu haben.«

»Vielleicht liegt das Problem genau da«, meinte sie. »Die Ersten, die einer neuen Religion anhängen, werden meist aus der Gemeinschaft ausgestoßen.«

Hauskyld nickte. »Das würde das kriegerische Verhalten erklären und auch dieses Gefängnis – oder sollten wir es nicht besser als Konzentrationslager bezeichnen? Aber sag mal, wie erklärst du dir auf der anderen Seite Kufs Verhalten? In dieser Gesellschaft nimmt er eine Position ein, die mit einem Kardinal oder Erzbischof zu vergleichen ist.«

»Ich hätte eher gesagt, mit einem Mitglied des Zentralkomitees ... aber du hast Recht. Er ist bestimmt einer ihrer Anführer.«

Sie ließ seine Hände los und lächelte ihn an. Er stellte wieder mit Verwunderung fest, wie groß ihre Augen waren ... *und wie grün!* Er musste sich konzentrieren, um nicht den Faden zu verlieren.

»Na ja ... äh ...«

Entsetzt stellte er fest, dass er allmählich wie Pater Sherman klang. »Wir haben immer noch nicht genug Informationen. Hoffen wir, dass wir noch einmal die Gelegenheit bekommen, uns mit ihnen zu unterhalten. Ein Gespräch mit einer der Handschlangen wäre bestimmt auch sehr interessant. Aber für einen Tag haben wir schon eine ganze Menge erreicht! Kann ich dich vielleicht zum Dinner einladen?«

»Das klingt gut, aber erst mal möchte ich ein Bad nehmen.« Sie drehte sich um und ließ Wasser in das Becken laufen.

Hauskyld wusste genau, dass eine neu kontaktierte Spezies einige der christlichen Dogmen stets als extrem abstoßend empfand. Die letzten Päpste hatten die so genannte Christianisierung mit ungewöhnlicher Härte vorangetrieben, was nicht gerade zu einem positiven Gesamtbild führte. Wenn sich herausstellen sollte, dass diese Methode auch hier unüberwindbare Barrieren hinterlassen hatte, würden sie noch mit einer Menge Ärger rechnen müssen.

Er wurde aus seinen Gedanken gerissen, als Clio ihre Schuhe mit lautem Poltern auf den Boden fallen ließ und dann ihre gestreiften Socken auszog.

Auf den meisten Welten gab es mehrere verschiedene Glaubensrichtungen, doch der Einfachheit halber fasste die Kirche sie unter dem Namen der jeweils bedeutendsten Strömung zusammen. Als »Vor dem Sündenfall« kategorisierte Welten durften überhaupt nicht beeinflusst werden, doch auf Randall konnte man diese Klassifizierung offensichtlich nicht mehr anwenden. Vermutlich war Randall »gesegnet«, eine Bewertung, die seines Wissens nach bislang nur in zwei Fällen erteilt worden war. Und die Regeln hatte man stets peinlichst genau eingehalten: Keinerlei Beeinflussung der intelligenten Lebewesen. Außerdem gab es noch die Kategorien »unmissionierbar«, »heidnisch«, »ketzerisch« und »Existenz zur Kenntnis genommen«, wobei Letztere eher logistischer Natur war.

Er hörte ein Geräusch und blickte auf. Clio räkelte sich, beugte sich anschließend vor und zog ihren zweiten Schuh aus.

Auf sehr primitiven Welten gab es natürlich noch keine Religion. Die Arbeit der Missionare zeigte dort meist keinen Erfolg, und eigentlich erwartete man auch nichts anderes. Heidnische Planeten waren im Regelfall nicht wirklich zu christianisieren, aber zumeist duldete die Bevölkerung die Missionare, und viele der Bewohner konvertierten. Randall schien unglücklicherweise in die Kategorie »ketzerisch« zu fallen, da man hier den Missionierungsversuchen offenen Widerstand entgegenbrachte. Die Kirche kam in einen direkten Konflikt mit der bestehenden Kultur – im allerschlimmsten Fall führte das zur völligen Versklavung der Bevölkerung. In diesem Fall wusste nur Gott allein, wie viele wertvolle kulturelle Eigenheiten dabei verloren gingen.

Der zweite Schuh plumpste auf den Boden und Hauskyld hörte, wie Clio sich die Socke auszog. Ihm kam ein Gedanke – vielleicht hatte er eine Lösung gefunden? Nein, das konnte eigentlich nicht sein. Theoretisch konnte man durchaus die Behauptung aufstellen, dass Jesus Christus hier auf Randall wiedergeboren worden war ... Es gab zwar keine wirklichen Hinweise darauf, doch brauchte man es ja auch nicht offiziell bekannte zu geben ... es war ein reines Politikum.

Er hörte ein leises Rascheln und blickte zu Clio, die gerade dabei war, ihre Hose auszuziehen. Sie streifte die elastischen Bänder von den Knöcheln und kickte die Hose einfach mit den Füßen zur Seite. Dann stand sie auf, und er konnte seinen Blick nicht von ihrem muskulösen, braunen Körper abwenden, der erstaunlicherweise viel weniger behaart war als der eines Mannes.

Sie lächelte ihn an, ein vielsagendes Lächeln, das er so noch nie bei ihr gesehen hatte. Kaum zu fassen, wie schön sie war, und dann zwinkerte sie ihm auch noch aufmunternd zu. Für einen kurzen Augenblick war ihre Zunge zu sehen, als sie sich die Lippen leckte.

Sie fasste an den Saum der Tunika und zog sie langsam nach oben über den Kopf. Darunter trug sie eine kurze graue Unterhose, ähnlich der, die auch Hauskyld anhatte. Sie streifte die Tunika ganz ab, woraufhin ihre vollen Brüste zum Vorschein kamen. Ihm blieb beinahe der Atem stehen. Er wusste absolut nicht, wie er sich verhalten sollte. Er konnte sich wirklich nicht vorstellen, dass es ihr gefiel, wenn er ihr dabei zusah …

Doch offenbar hatte sie nichts dagegen! Sie besaß große, schwere Brüste, und jetzt richteten sich die rotbraunen Brustwarzen auf … genau wie bei ihm, wenn ihm kalt war.

Für einen Augenblick überlegte er, ob ihr wirklich kalt sein konnte? Die Tunika flatterte auf den Boden, und die vielen Dinge, die sie immer in den Taschen mit sich trug schepperten laut. Sie lächelte ihn noch immer an. Die Hüften bewegten sich hin und her. Dann schob sie die Hände in die Seiten des Slips, drehte sich um und schob ihn herunter. Die nackten Pobacken wurden sichtbar, ein Büschel Haare zwischen ihren Beinen …

Dann drehte sie sich wieder um und stand nackt vor ihm. Die weiblichen Rohrleitungen waren doch besser geschützt als die eines Mannes …

Sie streckte sich und schüttelte den Kopf, sodass ihre Haare nach vorne fielen und das Gesicht umrahmten.

»Vorhin habe ich dir den Rücken gewaschen, da ist es nur fair, wenn du dich jetzt revanchierst«, meinte sie immer noch lächelnd und stieg in das Wasserbecken.

Seine Füße bewegten sich ganz von allein zu ihr, und er kniete hinter ihr nieder. Sein Mund war trocken und der Magen rebellierte.

Clio lehnte sich zurück und befeuchtete sich das Haar, dann tauchte sie kurz ganz unter. Anschließend richtete sie sich wieder auf und beugte sich vor. Hauskyld rollte die Ärmel hoch, schöpfte mit der Hand etwas Wasser und ließ es über ihren Rücken rinnen. Schließlich begann er vorsichtig, ihr den Rücken abzuwaschen.

»Du kannst schon etwas kräftiger zufassen«, verlangte sie. Er gehorchte.

Sie schob die Haare zur Seite, sodass er auch den Nacken abwaschen konnte. Das Waschen wurde mehr und mehr zu einer Massage, er knetete jeden Muskel sanft durch. Clio seufzte und meinte: »Das ist herrlich.«

Irgendwie fühlte sich das auch für ihn gut an. Er beugte sich jetzt weit über den Rand des Wasserbeckens und roch den öligen Duft ihres Haares. Er presste den Unterleib an das Becken und ließ seine Hand unter Wasser gleiten. Dann strich er über ihre Pobacken und war erstaunt, wie weich sich die Haut anfühlte.

Clio lehnte sich zurück und das warme Wasser lief über den Beckenrand. »Die Vorderseite nicht vergessen.«

Einen Augenblick war er irritiert, als sie plötzlich sein Gesicht zu sich zog und ihn küsste. Ihr Mund war geöffnet, und sie schob ihm die Zunge in den Mund. Seine Hände umfassten ihre Brüste und streichelten sie, sie zeigte ihm was er tun sollte. Hauskyld kapitulierte, überrascht von den Gefühlen die ihn überrollten.

KAPITEL 11

Zwar war es eine neue Erfahrung für ihn, doch genoss er es, Zungenküsse mit Clio zu tauschen. Er lag auf ihrem Bauch, küsste sie, knetete ihre großen, weichen Brüste und strich über die Brustwarzen. Sie ließ ihre Hand an seinem Körper hinabgleiten und rieb seinen Penis, bis er steinhart war. Ihre Beine bewegten sich unter ihm und er drang in sie ein. »Clio, das ist himmlisch.«

»Danke, das fühlt sich gut an. Fester …«

Er richtete sich ein wenig auf und bewegte die Hüften hastig auf und ab, sie drehte sich in eine bequemere Stellung und küsste ihn wieder.

»Das fühlt sich wirklich gut an«, flüsterte sie.

»Ich liebe dich.«

Ein hoher, lauter Schrei ertönte rechts von ihnen, und beide richteten sich abrupt auf. Dort stand Thkhri'jah, warf den Kopf zurück und heulte: »Jeeesus! Jeeesus! Oh, Jeeesus!«

Er warf sich auf den Boden, die oberen und mittleren Gliedmaßen schlugen rhythmisch auf den Höhlenboden, während die Beine wie nutzlose Anhängsel hinter ihm auf dem Boden lagen.

Hauskyld versuchte möglichst schnell aufzustehen, rutschte aber aus und stolperte rückwärts über den Randallaner. Beruhigend legte er ihm die Hand auf die Schulter und sagte in der Wahren Sprache: »Thkhri'jah, mein Freund, mag wissen, welchen Schmerz …«

»Vergib mir! Vergib mir!«, wimmerte der Randallaner. Sein Akzent wirkte ausgeprägter als sonst. »Höre mich an!

Lass mich deinen Gott nicht verlieren für immer!« Er schlug auf den Boden und schluchzte ununterbrochen.

Hauskyld versuchte es noch einmal, diesmal lauter und eindringlicher. »Dir sei vergeben«, sagte er in der Wahren Sprache. »Dir sei vergeben! Du musst nur darum bitten!«

Er streichelte Thkhri'jha sanft über den Kopf. »Mein Freund ist verwirrt, er muss sich beruhigen.«

Anfangs war Hauskyld überzeugt davon, dass er ihn nicht verstanden hatte. Dann jedoch beruhigte sich der Randallaner allmählich und atmete wieder ruhiger. Schließlich sagte er in der Wahren Sprache: »Ich muss die Beichte ablegen! Wollen Sie das für mich tun, Pater?«

Hauskyld zögerte. Sicher, er war befugt, eine Beichte abzunehmen. Abgesehen davon wäre es eine Schande gewesen, sich eine solche Gelegenheit entgehen zu lassen.

»Du wirst noch ein wenig warten müssen. Bete einstweilen – ich brauche ein wenig Zeit, um mich vorzubereiten. Aber wenn du wirklich den Wunsch hast zu beichten, werde ich morgen um die Mittagszeit die Beichte meines Bruders hören. Gehe hin in Frieden, Gottes Vergebung und Liebe sind mit dir.«

Thkhri'jah machte einige tiefe Atemzüge und flüsterte dann: »So soll es sein. Ich werde morgen um die Mittagszeit zurückkehren. Es tut mir Leid, wenn mein Benehmen unschicklich war.«

»Auch ein Freund kann manchmal im unrechten Moment eintreffen, doch wird er uns niemals stören«, sagte Hauskyld weise.

»Es ist, wie du sagst«, stimmte Thkhri'jah zu. Er drehte sich um und verschwand.

»Was sollte denn das?«, fragte Clio.

Sie kuschelten sich eng aneinander, und er übersetzte ihr das Wenige, das er verstanden hatte. Einen Moment lang fragte er sich, ob er nicht erst selbst eine Beichte ablegen müsste, bevor er sich die Sünden eines anderen anhörte. Aber wer wusste schon, ob es überhaupt dazu käme? Er legte den Arm um Clio, strich ihr mit der Hand über den Bauch und spielte mit den Haaren zwischen den Beinen. Sie drehte sich zu ihm um und küsste ihn. Er hörte auf zu denken.

KAPITEL 12

Warum machen wir das eigentlich?«, fragte Clio, während sie einen weiteren Felsbrocken heranrollte. »Da ihr beiden euch kennt, kann bei der Beichte doch sowieso keine Anonymität gewährleistet werden!«

Hauskyld nickte und hievte stöhnend einen weiteren Felsbrocken hoch. »Ich bin ganz deiner Meinung, aber unglücklicherweise ist das unbedingt notwendig. Die Missionare haben es ihm so beigebracht, und es gibt keine konservativere Person als jemanden, der zum Christentum bekehrt wurde. Sie dich mal um, ob du noch mehr von diesen großen Steinen findest …«

Nach einer Stunde anstrengender Arbeit hatten sie eine Mauer mit einem kleinen Fensterchen darin errichtet.

»Ich hoffe nur, die Greife sind hier alle so tolerant wie Kuf«, sagte Hauskyld. »Wenn sie Platz nehmen, können sie einfach über die Mauer blicken.«

»Ist das denn so schlimm? Kannst du die Regeln nicht ein wenig ändern?«, fragte Clio.

»Na, vielleicht ausnahmsweise! Aber normalerweise steht es dem Aufbau des Glaubens doch entgegen, zumindest in dieser frühen Phase.«

»Wem schadet das?«, fragte sie zynisch.

Er grinste. »Es ist ja kein offizieller Befehl. Unter diesen besonderen Umständen kann ich vielleicht einmal eine Ausnahme machen.«

»Hmm.« Clio schleppte einen weiteren Felsbrocken herbei. »Ich habe den Eindruck, dass ihr selbst für die einfachsten Sachen komplizierte Regeln aufgestellt habt.«

»Das ist wohl so«, stimmte er zu. »Aber sie sind nicht immer ganz ernst gemeint. Wusstest du, dass es in meinem Orden Brüder gibt, die verheiratet sind?«

»Wirklich?«

»Oh ja. Besser heiraten, als auf dem Scheiterhaufen zu landen, sagen sie sich wohl. Aber sie bleiben dann meist zu Hause. Wenn man zu oft ein Runeberg-Gate benutzt, schadet es der Zeugungsfähigkeit. Als ich den Abt das letzte Mal gesehen habe – und das ist schon ziemlich lange her – hatte er gerade einen großen Anteil an einem Casino- und Bordellkomplex im fünfzehnten Stockwerk eines Stadthauses gekauft. Glaube mir, die Investition hat unserem Orden zu einer soliden finanziellen Basis verholfen! Aber das ist noch gar nichts im Vergleich zu dem, was sich diese verrückten Templer leisten.« Er legte einen weiteren Stein auf die kleine Mauer. »Aber wenn wir zurückkommen, drohen uns dafür auch nicht so große Schwierigkeiten wie ihnen. Ist es das, worüber du dir Sorgen gemacht hast?«

»Ja«, sagte sie nur, streckte sich und wischte sich die Stirn mit dem Ärmel ihrer Tunika ab. »Ich habe dich sehr gern und möchte dich nicht in Schwierigkeiten bringen. Und vergiss nicht, du hast selbst gesagt, dass ›Versuchungen‹ wie ich gegebenenfalls erschossen werden!«

»Mach dir mal darüber keine Sorgen, das werde ich schon verhindern.«

»Okay.« Sie setzte sich auf die Mauer. »Ich glaube, wir sind fertig.«

Er stimmte ihr zu und lehnte sich neben ihr an die Mauer.

»Hauskyld?«

»Ja?«

»Eines möchte ich noch gerne wissen. Ich hoffe, ich trete damit nicht in ein Fettnäpfchen, aber wie willst du die Tatsache rechtfertigen, dass ihr den hier ohnehin bereits vorhandenen Aberglauben noch weiter vertieft?«

»Sagen wir es mal so«, erwiderte er, »ich bin sicher, dass du die politische Absicht hinter dieser Vorgehensweise verstehst.«

Sie nickte. »Gewiss. So könnt ihr diesen Planeten sehr effektiv kontrollieren.«

»Sieh es mal anders: Auf diese Weise wird ein gemeinsamer kultureller Hintergrund geschaffen, der den Einheimischen hilft, sich in der christlichen Nationengemeinschaft zurechtzufinden«, erklärte er. »Außerdem darfst du nicht vergessen, dass nach Ansicht der Theologen damit ein gutes Werk getan wird. Schließlich bewahren wir sie davor, in der Hölle zu landen! Meiner Ansicht nach hängt alles davon ab, von welcher Seite aus man die ganze Sache betrachtet. Was macht die Liga der kommunistischen Welten, wenn sie auf einem fremden Planeten landet?«

»Sie *modernisiert* ihn.«

»Und was heißt das?« Er sah das Sonnenlicht in den Höhleneingang scheinen, was bedeutete, dass es auf Mittag zuging.

»Oh, freie Wahlen, Bürgerrechte, Verstaatlichung der Industrie, Schulpflicht, Behörden – all diese Dinge. Es sind nur geringfügige Änderungen nötig, um aus einer primitiven Kultur eine Sozialdemokratie zu machen. Das ist beileibe *nicht* dasselbe, wie den alten Aberglauben noch zu verschlimmern.«

»Tatsächlich?«, fragte er und versuchte, sich etwas bequemer hinzusetzen.

Sie saß eine ganze Weile still da. »Ich vermute, du spielst damit auf das alte Argument an, nach dem Motto: Was ist, wenn sie lieber in einem Feudalstaat leben wollen? Aber dabei werden ungemein wichtige Interessen nicht beachtet und …«

»Wer sagt das?«

Sie zuckte die Achseln. »Der gesunde Menschenverstand.«

Er grinste sie an. »Der ist für uns nicht relevant.«

»Aber immerhin bekommen sie in unserem System wenigstens eine Chance«, meinte sie. »Und wie willst du die Inquisition und die Vorgehensweise der Templer rechtfertigen?«

»Das kann ich nicht ... Als Xenist kann ich es wirklich nicht. Aber wenn ihr einen Planeten ›modernisiert‹, welche Angehörigen der fremden Spezies profitieren dann davon? Die neuen Bürokraten, die Gebildeten, die neuen Wahlberechtigten, richtig? Und wer hilft ihnen dabei, ihre neu erlangten Positionen zu behalten? Eure Militärs! Würde eine Regierung, die so abhängig ist, jemals auf die Idee kommen, diese Beschützer wieder wegzuschicken? Das klingt für mich nach einer wirklich effektiven Kontrolle.«

Clio grinste ihn an. »Warum klingt alles, was du sagst, so logisch? Und warum glaube ich trotzdem nicht ein Wort davon?«

»Wahrscheinlich habe ich den falschen Beruf gewählt, ich hätte Theologe werden sollen.« Er legte den Arm um sie, und sie kuschelte sich eng an.

»Ist für Thkhri'jha alles bereit?«

»So bereit, wie es unter den gegebenen Umständen möglich ist«, erwiderte er. »Ich dachte gerade daran, dass du dir meine Beichte anhören solltest.«

»Deine Beichte? Was hast du angestellt?«

»Ich habe mich nicht bei dir bedankt.«

Sie küsste ihn auf die Wange. »Vielleicht vergebe ich dir, vielleicht auch nicht. Ich muss erst noch einmal darüber nachdenken.«

»Vergeben und vergessen.« Er küsste sie sanft auf die Stirn. »Du solltest jetzt besser hier verschwinden, ich kann mich sonst nicht konzentrieren.«

»Sicher, wie du meinst.« Eilig ging sie hinaus. Er dachte gerade daran, ihr nachzulaufen, als Thkhri'jha zu ihm trat.

»Hast du dich vorbereitet?«, fragte Hauskyld auf Randallanisch.

»Das habe ich«, antwortete Thkhri'jha leise. »Aber wie sollen wir es machen?«

Hauskyld zeigte ihm die kleine Mauer mit dem Fensterchen darin. Thkhri'jha kniete auf der einen Seite nieder, Hauskyld setzte sich auf der anderen Seite auf den Boden und streckte die Beine aus, um es sich ein wenig bequemer zu machen. Er ärgerte sich, weil nicht daran gedacht hatte, sich einen Felsbrocken als Rückenstütze hinzulegen.

»Vergib mir, Vater, denn ich habe gesündigt.«

Er wollte Thkhri'jha schon darum bitten, randallanisch zu sprechen, als dieser von allein in die Sprache verfiel. Dabei hatten die Missionare in den Liturgien zweifellos Standardterranisch gesprochen, schon weil es dazu beitrug, diese Sprache schneller zu verbreiten.

Thkhri'jha zögerte. »Ich kann dir die Geschichte leichter erzählen, wenn ich mich nicht auf die Beichte meiner Sünden beschränken muss. Ist das in Ordnung, Vater?«

»Aber sicher«, sagte Hauskyld. »Wichtig ist nur, dass du deine Sünden bereust, egal wie schwer sie auch sein mögen.«

»Wir waren früher Mitglieder des Rates von Phmi'phtar und Berater der Hochkrone – ja, des Vwat-Krish'pha-Dintanderoderam persönlich. Als die Fremden zum ersten Mal vom Himmel kamen, schickten sie uns die Missionare. Wir hörten von der gewaltigen Macht des Himmels.«

Nach einer längeren Pause fuhr er fort: »Wir gingen zu dem Ort, den ihr *Missionsstation* nennt. Dort traf ich einige der Patres und unterhielt mich mit ihnen. Wenn ich nicht da war, saß Mruk bei ihnen und hörte ihnen zu. Wenn sie schliefen, konnte Nygrekdoonjanku viele ihrer Gedanken lesen. Zuerst waren wir sehr verwirrt. Eure Pferde schienen viel T'muvam zu haben ...«, Hauskyld machte sich im

Geiste eine Notiz, Kuf später nach der Bedeutung des Wortes zu fragen, »… obwohl sie offensichtlich ziemlich dumm sind. Das war sehr verwirrend für uns. Wie könnt ihr überhaupt so leben? Mruk beobachtete, wie ihr mit denen umgeht, die ihr *Tiere* nennt. So wie wir es verstanden haben, sind sie für euch eigentlich keine Lebewesen. Wenn ihr sie dazu zwingt, euch zu dienen, oder wenn ihr sie verspeist, scheinen sie für euch nur eine Art Gebrauchsgegenstand zu sein, zu dem ihr keine Beziehung habt. Als würden sie gar nicht existieren … Das war für uns schon merkwürdig genug, aber dann … Nygrekdoonjanku belauschte eure Träume, und er sah euer Verlangen nach *Chthim'hra.* Ihr habt euch dafür nicht wirklich geschämt, und wenn, dann nur, weil ihr Angst hattet vor dem, was die anderen von euch denken. Es schien fast so, als würde euch *Chthim'hra* Freude bereiten. Besteht die Möglichkeit, dass ihr trotz eurer großen Ähnlichkeit mit den Handleuten eher so wie die Flügelleute seid?«

Er legte seine haarige Pranke auf Hauskylds Hand, der sich plötzlich sehr unwohl fühlte. Dennoch traute er sich nicht, die Berührung zurückzuweisen, auch wenn ihm der Gedanke durch den Kopf schoss, dass Thkhri'jha nur etwas fester zudrücken musste, um seine Hand zu einem blutigen Brei zu zerquetschen …

Der Randallaner stieß einen lang gezogenen Pfeifton aus, das Äquivalent zu einem menschlichen Seufzer. Dann ließ der Druck auf Hauskylds Hand nach.

»Ich lernte, dass ihr einfach keine Brüder braucht – ihr habt dafür Gott. Aber da waren noch weitere Wunder. Ganz offensichtlich hatte euer Jesus die Macht, die Seelenqual von *Chthim'hra* zu nehmen. Und das größte Wunder von allen wurde jenen versprochen, die ihm folgten. Vergib mir Vater, dass ich gezweifelt habe und dass ich es wie der närrische Thomas erst mit eigenen Augen sehen musste.«

Hauskyld konnte die Frage nicht länger zurückhalten: »Mein Sohn, was genau meinst du mit *Chthim'hra*?«

»Siehst du? Du kannst dir noch nicht einmal vorstellen, dass jemand so großen Schmerz zu empfinden vermag. *Chthim'hra* ist das, was du mit Clio gemacht hast. Mit solcher Leidenschaft, dass man fast den Eindruck hatte, es gefiel euch. Ihr habt gar keine Abscheu empfunden, keinen Schmerz ... und ihr braucht keine Brüder! Vergib mir, Vater, dass ich jemals Zweifel gehegt habe – jetzt wo ich es mit meinen eigenen Augen sah, werde ich nie wieder daran zweifeln.«

Eine lange Pause entstand. »Wolltest du mir das beichten? Dass du Zweifel hattest?«, fragte Hauskyld.

Die Pranke legte sich wieder auf die seine. »Nein, Vater«, sagte Thkhri'jha mit rauer Stimme. »Da ist noch etwas. Wir haben noch viel schlimmere Sachen von euch gedacht. Nygrekdoonjanku glaubte, dass euer Glaube und eure Art der Reproduktion dasselbe sind. Und Mruk ...«

Diesmal war der Pfeifton tiefer und klang wie ein leichtes Stottern. »Mruk glaubte, ihr hättet eure Brüder getötet! Die beiden baten mich, mit ihnen nach Phmi'phtar zurückzukehren und der Hochkrone einen Bericht zu überbringen, damit sie die Wahrheit herausfinden könnten. Aber mich faszinierte der Gedanke an die Vergebung, die uns euer Jesus versprochen hat. Wir haben ein Sprichwort, das lautet: ›Ein Wille wird oft von zwei Seelen bestimmt‹. Ich begreife mittlerweile, wie sehr dieses Sprichwort die Wahrheit trifft. Ich wollte nicht mit ihnen zu Phmi'phtar zurückkehren. Dickköpfig war ich. Ich wollte bleiben und noch mehr von den Patres hören. Ich habe mich mit meinen Brüdern gestritten wie noch niemals zuvor. Das blieb den anderen nicht verborgen. Zuletzt konnte Mruk die Schande nicht mehr ertragen. Er riss sich die Brust auf und starb. Und Nygrekdoonjanku, der bei ihm war, biss sich selbst und starb auch. Ich erkannte, dass meine einzige Hoffnung auf Vergebung in Jesus bestand. Er würde nicht zulassen, dass ich meinen Brüdern in den Tod folgte. So bin ich hierher gekommen, ich zweifelte an Gott, und du hast mir gezeigt, dass auch das eine Sünde ist. Ich bin Schuld am Tod meiner Brüder, und weil ich zweifelte, konnten sie mir nicht vergeben – und Gott auch nicht. Aber ich weiß noch immer nicht, was ich eigentlich falsch gemacht habe.«

Wieder hörte man einen tiefen Pfeifton.

»Vergib mir, Vater.«

Hauskyld wünschte den längst verstorbenen Missionaren einen großzügig verlängerten Aufenthalt im Fegefeuer. Es gab durchaus eine Reihe von Möglichkeiten, einen Selbstmord zu sanktionieren, wenn Selbsttötung zur Kultur einer außerirdischen Spezies gehörte. Aber das hatten die Missionare völlig ignoriert. Außerdem hatten sie sich – und allein dafür verdienten sie die ewige Verdammnis! – in fremde Angelegenheiten eingemischt, ohne sich vorweg die Zeit zu nehmen, auch nur die notwendigsten Erfahrungen über diese Kultur zu sammeln. Er merkte, dass sich seine Hand in der Pranke des Randallaners zur Faust geballt hatte.

Hauskyld gemahnte sich zur Ruhe. Er brauchte einen kühlen Kopf, zumal er das ziemlich knifflige Problem lösen musste, eine angemessene Buße zu bestimmen.

KAPITEL 13

Ich denke, ich werde mir den Rest der Geschichte von Kuf erzählen lassen«, sagte Clio. »Aber was wirst du jetzt mit Thkhri'jha machen? Was für eine Buße hast du ihm auferlegt?«

»Ich habe ihm viele Avemarias und Vaterunser aufgegeben, sehr viele. Nur um sicherzugehen. Sein Märtyrerkomplex reicht von hier bis Alpha Centauri, also wird ihm die Buße wohl helfen, sich ein wenig besser zu fühlen. Aber unter uns gesagt, du wirst weder in der Bibel noch in den Edikten des Vatikans eine Rechtfertigung für seine Tat finden. Nun ja. Was hast du sonst noch rausgefunden?«

»Ja, da war noch etwas, und sogar Kuf fiel es schwer, mit mir darüber zu sprechen! Wenn ich es richtig verstanden habe, ist Sex für Randallaner eine äußerst schmerzhafte Angelegenheit. Die Männer leiden an höllischen Unterleibsschmerzen, die erst nachlassen, wenn sie ejakulieren – und das funktioniert nur in einer Vagina. Die Frauen geraten in eine Art Hitze, ähnlich wie terranische Katzen, nur hundertmal schlimmer. Das geschieht immer bei Halbmond, man kann auch sagen, wenn Isolde am Himmel steht, oder alle fünfundzwanzig Tage. Wenn die Raserei losgeht, bespringt das Männchen das nächstbeste Weibchen und dringt in sie ein –«

»Heilige Mutter Gottes.« Hauskyld setzte seine Wasserflasche ab und starrte Clio entgeistert an.

»Der Vorgang selbst ist äußerst brutal – im Uterus bildet sich eine Art Säckchen aus, und das Männchen muss mit der harten Spitze seines Penis ein Loch hineinreißen!«

Hauskyld schüttelte den Kopf. »Ich bin heilfroh, dass der Vatikan zumindest in den nächsten einhundertvier Jahren Standardzeit kein entsprechendes Dekret dafür erlassen kann. Aber irgendwann wird sich der Papst wohl mit diesem Problem herumschlagen müssen!«

»Ha! Dabei war ich noch gar nicht fertig! Die Greife legen Eier, die sie in ihren Beuteln mit sich herumtragen, bis die Jungen ... wie soll man sie nennen? Greifchen? Greiflinge? Na, Babygreife eben, bis sie geschlüpft sind. Dann werden sie in ein Nest gelegt.«

»Das klingt doch gar nicht so schlimm.«

»Von wegen: Nur das größte überlebt, es frisst seine Geschwister auf. Und stell dir vor – sie können sich später daran erinnern! Kuf weiß noch, dass er zwei Brüder und vier Schwestern aufgefressen hat.«

Hauskyld sah aus, als würde er sich gleich übergeben. »Ich habe keine Ahnung, wie wir das ...«

»Warte, ich bin noch nicht fertig! Die Handschlangen paaren sich nur einmal im Leben. Im Inneren der Weibchen entwickeln sich jeweils acht bis zwölf kleine Schlangen. Bei den Männchen setzt das austretende Sperma einen biochemischen Prozess in Gang, der innerhalb weniger Stunden zum Tod führt. Und später auch zum Tod des Weibchens, indirekt zumindest – sie haben nämlich keinen Geburtskanal! Wenn die Jungen geboren werden, geschieht dies, indem sie ihre Mutter zerreißen. Und sie sind natürlich alle Kontakttelepathen, das heißt, sie fühlen den Schmerz und den Todeskampf ihrer Mutter.«

Hauskyld saß still da und zerkrümelte kleine Sandklumpen zwischen den Fingern. Schließlich sagte er: »Das ist einfach unglaublich! Egal wie viel du schon weißt, du lernst immer noch dazu.«

»Was machen wir mit unserem neu erworbenen Wissen?«

»Na ja, erst mal überlegen, welche Möglichkeiten wir

überhaupt haben. Und dann …«, er schlug mit der Faust auf den Boden, »werden wir dafür sorgen, dass dieser Planet auf keinen Fall in die Hände der Templer gerät! Denk nur daran, was wir hier alles lernen können! Die neuen Perspektiven für die Xenologie, die Theologie und Ökologie … Man könnte eine Million verdammt guter Bücher über Randall schreiben!«

Sie nickte. »Aber was werden wir heute machen?«

»Nachdenken, vermutlich. Noch mehr lernen. Und dann – ich weiß es noch nicht. Vielleicht hier ausbrechen? *Bringt mich zu eurem Führer, oder …*«

Er streckte in einer hilflosen Geste die Hände empor. »Wenn die Templer Sherman dazu bringen, den Planeten zu verlassen und zur Domestizierung freizugeben, dann können wir nur versuchen zu überleben und möglichst viele Daten zu sammeln. In ungefähr fünfunddreißig Standardjahren werden die Templer hier sonst alles überrennen und nur noch verbrannte Erde hinterlassen.« Er seufzte. »Das ist typisch für uns Christen. Viele Pläne für die Zukunft, aber nicht wissen, was in den nächsten zehn Minuten geschieht.«

»Kuf sagte, nach heute Nacht würden wir alles wissen. Ich weiß nicht genau, was er damit meint.« Clio durchwühlte den Korb, den sie herbeigeholt hatte. »Möchtest du den letzten Buddelfisch?«

»Nimm du ihn.« Er stand auf, schüttelte sich den Staub vom Mantel und breitete ihn dann auf dem weichen Sand des Höhlenbodens aus. »Ich werde erst einmal eines von meinen heiß geliebten Nickerchen machen. Du solltest es auch einmal versuchen – darin liegt das Geheimnis meines Erfolges in den xenischen Wissenschaften!«

»Klingt gar nicht schlecht.« Sie legte sich ebenfalls hin und schmiegte sich an ihn.

KAPITEL 14

Kuf weckte sie mit einem diskreten, leisen Husten (Wo hatte er so etwas bloß gelernt? Hauskyld musste das unbedingt herausfinden).

»Ich habe da etwas, das euch interessieren dürfte. Dies ist Thingachganderook, er wird euch alles Weitere erklären.«

Aus Kufs Beutel kam eine große Handschlange hervor, kroch an seinem Rücken herab und schlängelte sich zu Hauskyld und Clio hinüber. Die schimmernden Schuppen leuchteten im Abendlicht und bildeten einen starken Kontrast zu dem dunklen Kreuz auf der breiten Schlangenstirn. Die kleinen, handförmigen Flossen, auf denen sie sich fortbewegte, waren leuchtend pink.

»Du bist sehr schön«, begrüßte Clio sie.

Die Handschlange kroch näher, und die beiden Menschen zogen sich die Hosenbeine bis zu den Knien hoch, damit sie sich darauf niederlassen konnte.

Danke.

»Ist es so bequem?«, fragte Hauskyld und kam sich dabei ziemlich töricht vor.

Fremde Umgebungen sind für mich kein Problem. Es wäre nett, wenn du deine Fragen aussprichst, dann kann ich besser fokussieren.

»Was wirst du tun?«

Ich werde dir meine Erinnerungen zugänglich machen – wie wir zu dem wurden, was wir sind – wie die, die vorher allein waren, zu Brüdern wurden. Meine Mutter hat diese Erinnerungen an mich weitergegeben, so wie sie diese Erinnerungen von ihrer Mutter erhalten hat, und die wiederum von ihrer Mutter und so weiter. Vor fünfzehn Generationen erhielt eine meiner Ahnen diese Erinnerung direkt von Vudakhangarash, der Ur-, Ur-, Urenkelin von Altildathkereethno, Die Schweigsame des Erstgeborenen Tripels. Jetzt kommt die Erinnerung –

Ein Teil von Kth'rees Gedanken war rational, doch war es nicht der Teil, den sie kontrollieren konnte. Sie bemerkte, wie die Hartholzbäume am Rand der Straße, die vom Tal des Flusses zu den Bergen führte, sich allmählich lichteten und immer mehr Koniferen auftauchten. Etwas in ihrem Inneren sagte ihr, dass dort oben Höhlen sein mussten. Sie hatte unter der Aufsicht ihrer Leibwächter darin gespielt, als sie noch ein Kind gewesen war. Nun waren ihre Gedanken völlig davon beherrscht weiterzulaufen, weiter, immer weiter auf die Berge zu – nur fort aus dem Königreich im Tal des Braunwassers, in dem ihr Vater regierte.

Die Königsstraße war zu Lebzeiten ihres Großvater angelegt worden, und man hatte sie seitdem nicht weiter ausgebaut. Sie wurde fast ausschließlich von den Gash'hwar der hochgerühmten königlichen Kavallerie genutzt. Unglücklicherweise stieg diese Straße auf rund fünfundzwanzig Zhta um zwei Zhta an, das war sehr qualvoll für eine doch deutlich aus der Form geratene Prinzessin, die dazu noch sehr in Eile war. Hinzu kamen noch die vielen Kratzer, kleinen Schnitte, die blauen Flecken und der unerträgliche Schmerz zwischen den Beinen. Sie blickte an sich herab und sah, dass das Blut ihr Fell völlig verklebt hatte. Gern hätte sie jetzt ein langes, heißes Bad genommen und klatschte unwillkürlich die oberen Hände zusammen, um ihre Dienerinnen herbeizurufen.

Dann erinnerte sie sich wieder daran, wo sie war, und dass sie weitergehen musste. Trotzdem vermochte sie sich noch immer nicht daran zu erinnern, wie sie hierher gekommen war. Sie wusste, wo der starke Geruch in ihrem Fell herrührte und glaubte einen Moment, Hmi'dro wartete oben in den Höhlen auf sie. Aber nein – er war hinter ihr her. Er wollte …

Ihre Gedanken wurden wieder völlig wirr, dennoch eilte Kth'ree weiter die Straße entlang.

Die Blutstropfen waren schon lange nicht mehr frisch, aber die Straße wurde so wenig benutzt, dass er sie noch immer deutlich erkennen konnte. Er wünschte, er hätte Zeit genug gehabt, um einen Qentowr mitzunehmen, der die Fährte verfolgte. Sein eigener Geruchssinn stieß langsam an die Grenzen seiner Leistungsfähigkeit. Zudem wurde Hmi'dro allmählich müde. Niemals hätte er geglaubt, dass sie ihr Tempo so lange durchhalten würde. Hier auf dem trockenen Boden konnte er sehen, dass sie noch immer mit weiten Schritten die Straße entlanggeeilt war. Kth'ree zeigte offensichtlich noch keine Ermüdungserscheinungen, ihre Spuren im Schmutz zeigten, dass sie ihre mittleren Gliedmaßen bislang nicht benutzt hatte.

Als er wieder klar denken konnte, schimpfte er mit sich selbst. Die Wahrheit war, dass es schon vorher einige Male geschehen war. Der König hatte keinen Sohn, und ein Kind aus königlichem Blut war notwendig, um den Herrschaftsanspruch von Hmi'dro zu sichern. Aber Kth'ree …

Es wäre nur eine Frage von wenigen Augenblicken gewesen, hätte sie nur einen Schluck des starken Gebräus angenommen. Dann hätte sie vielleicht die fürchterlichen Auswirkungen des Paarungswahns vermeiden können.

Doch sie waren zu stolz gewesen. Sie hatten die Qualen der Paarungsbereitschaft schon sechs Mal ertragen, ohne ihren Trieben nachzugeben. Sie hatten beschlossen, noch zwei weitere Male abzuwarten und sich dann im folgenden Winter zu paaren. Indes hatten sie es versäumt, sich in ihre Zimmer zurückzuziehen, als die ersten Anzeichen erschienen ... besser gesagt: *Er* hatte es nicht mehr bis dorthin geschafft. Wahrscheinlich war sie noch nicht bereit gewesen, als er sich auf sie stürzte ... Manche Ärzte waren der Ansicht, dass das den Paarungswahn begünstigte.

Er verdoppelte sein Tempo und ignorierte die Müdigkeit und die vielen kleinen Verletzungen.

Es wurde dunkel. Kth'ree eilte weiter. Ihre Füße schienen einen eigenen Willen zu entwickeln, und immer wieder hob sie ihre mittleren Arme an und machte einige Galoppsprünge. Einige hundert Schritte weiter legte sie die mittleren Arme wieder an den Körper und ging keuchend in normalem Tempo weiter. Immer, wenn sie wieder zu Atem gekommen war, vergrößerte sie ihre Schritte wieder, vorwärts getrieben vom Irrsinn und unfähig, sich an irgendetwas zu erinnern.

Sie war schon hier gewesen, mit ihrem Vater und auch mit ihrem Großvater. Die Errichtung einer Sicherheitszone zusammen mit den Luftherren war eines der herausragendsten Ereignisse in ihrer Regierungszeit gewesen. Sie hatten auf die vier großen Festungen geblickt, die ihre Feinde zurückhalten sollten. Die Geflügelten konnten sich zwar hoch in die Lüfte erheben, doch waren sie in ihren Möglichkeiten eingeschränkt, besonders wenn sie Waffen transportierten. Die Festungen blockierten den Weg der Feinde durch die Täler zwischen den hohen Bergen, und die Bogenschützen reichten völlig aus, eine herannahende Armee zurückzutreiben. Zwei der Festungen lagen auf der anderen Seite des Flusstals, eine weitere in der Nähe des Passes. Eine der Festungen jedoch konnte sie noch vor

Sonnenuntergang erreichen. Die Soldaten ihres Vaters würden ihr ein Bett bereiten, sie könnte ihre Kleider wechseln und vielleicht sogar in einem der Offiziersquartiere ein Bad nehmen. Und am Morgen würde man ihr das Frühstück servieren …

Nein, sie wollte nicht gefunden werden. Die ersten kleinen Außenposten waren nicht mehr weit entfernt, und dort würde sie gewiss entdeckt werden. Auf den Bergen ringsum gab es vermutlich viele Höhlen. Dort könnte sie ein wenig schlafen, und wenn sie aufwachte, würde sie bestimmt wissen, was dann zu tun war. Eine innere Stimme sagte ihr, dass ihr Verhalten ausgesprochen dumm war. Es sei viel sinnvoller, sich an einen der Außenposten zu wenden – von dort aus könnte jemand sie dann schon am nächsten Tag nach Hause bringen.

Aber diese Gedanken verflüchtigten sich, als sie begann, den Berg zu erklimmen. Mit allen sechs Gliedmaßen musste sie sich am Felsen festhalten. Eine anstrengende Klettertour brachte sie zu einem breiten Felsvorsprung, und dort, unter einem Überhang, fand sie den Eingang zu einer Höhle. Sie kroch in die Höhle, fand eine kleine, sandige Kuhle und streckte sich darin aus. Im nächsten Moment war sie schon eingeschlafen.

Wildarankaragu schnupperte interessiert an der Schlafenden. Es kam selten vor, dass Handleute die Straße verließen und noch seltener waren es weibliche. Sie schob sich nahe an den Körper heran und stellte über ihre Rezeptoren den Kontakt her. Nun vermochte sie zu hören und sehen, was in den Gedanken des Wesens vor sich ging.

Der Schreck über das, was sie dort vorfand, regte sogar die Jungen in ihrem Bauch auf. Sie jammerten und zappelten heftig, sodass sie sich gezwungen sah, sie durch die Kraft ihrer Gedanken zur Ruhe zu bringen. Das erlangte Wissen war für ihre Leute vielleicht ausgesprochen nützlich, und wenn dem so war, würden ihre Jungen es weitergeben. Sie wandte sich wieder der Schlafenden zu und nahm erneut Kontakt auf.

Einige der Erinnerungen betrafen ihren Zustand, den Irrsinn, der sich häufig als Folge einer Paarung bei den Handleuten einstellte. Meist trat dies bei besonders jungen weiblichen Wesen auf oder bei solchen, die streng behütet aufgewachsen waren und den männlichen Artgenossen zu sehr vertraut hatten. Jetzt tauchte ein Name auf, das war bestimmt … Kth'ree… nein, das war *ihr* Name, der Name der Schlafenden.

Das gefiel Wildarankaragu gar nicht. Diese hier gehörte zu jenen, die man »adelig« nannte. Das bedeutete vermutlich, dass man die ganze Gegend nach ihr absuchen würde, vielleicht sogar die Höhlen. Eine schreckliche Gefahr für *alle* Leute. Vielleicht aber auch nicht. Ganz versteckt war da noch ein Gefühl, etwas wie Scham und Schande. Vielleicht war sie eine entlaufene Kriminelle?

Kth'ree stöhnte und wälzte sich unruhig im Schlaf. Sie schlief nicht sehr tief, aber ihr Geist war beherrscht vom Irrsinn.

Wildarankaragu versuchte dagegen anzukämpfen, die unsinnigen Botschaften auszusortieren und die wichtigen hervorzuholen, vor allem die bruchstückhaften Erinnerungen, die ihr sagten: »Ich bin ich«. Gewiss war es nicht einfach, würde auch ziemlich lange dauern und hinterher wüsste sie, was dem Wesen widerfahren war. Doch Wildarankaragu brauchte die Informationen für ihre Leute. Außerdem konnte man vor den Qualen eines anderen nicht einfach davonkriechen.

Die Jungen in ihr unterstützten sie bei ihren Bemühungen, was ihr eine große Hilfe war. Sie zeigte ihnen, was sie zu tun hatten, wonach sie suchen mussten, was sie zurückdrängen und was sie hervorholen sollten. Nachdem sie sich in letzter Zeit so gelangweilt hatten, weil sie nichts anderes hatten tun können, als alle Erinnerungen in sich aufzunehmen, waren sie nun mit Eifer bei der Sache. Sie hoffte nur, dass ihr Nachwuchs das Durchhaltevermögen besaß, die nächsten Tage zu überstehen.

Hmi'dro folgte der Straßenkrümmung und erreichte den ersten Wachposten. Als die beiden Wachen seine Rangabzeichen sahen, nahmen sie Haltung an. Er deutete ihnen an, wieder bequem zu stehen, und wandte sich an den Kommandierenden Offizier.

Nein, sie war nicht gesehen worden; seine Wachen seien sehr aufmerksam gewesen, obwohl das in Friedenszeiten nicht so ganz selbstverständlich wäre. Hmi'dro machte sich im Geiste eine Notiz, dass er diesen Kommandanten zur Beförderung vorschlagen würde, wenn er in die Hauptstadt zurückgekehrt war. Ja, wenn man Kth'ree zu Gesicht bekäme, würde man sie festhalten und umgehend in die Hauptstadt zurückbringen. Ja, man werde auch die anderen Festungen benachrichtigen.

Es war klar, dass der Offizier möglichst schnell wieder zu seinem Frühstück zurückkehren wollte. Bestimmt hätte er mehr Eifer gezeigt, wenn er gewusst hätte, dass der Fortbestand der königlichen Dynastie davon abhing. Doch war es Hmi'dro nicht gestattet, darüber zu sprechen. Er merkte, dass er hier nichts erreichen konnte und ging weiter. Wahrscheinlich hatte sie jede Begegnung mit den Wachposten vermieden. Diejenigen, die vom Paarungswahnsinn betroffen waren, zeigten oft eine überraschende Schlauheit. Dennoch war Kth'ree bestimmt nicht in der Lage, die Festung zu umgehen, ohne von jemandem gesehen zu werden.

Es war schon spät am Tag, als er die Festung erreichte. Er musste zugeben, dass er ihre Spur verloren hatte, und auch in der Festung hatte niemand etwas von ihr gehört oder gesehen. Sie musste die Straße verlassen haben.

In dieser Nacht schlief er in der Gästeunterkunft für Offiziere, in einem Bett, das sogar schon vom König selbst benutzt worden war. Aber als er aufwachte, fühlte er sich völlig zerschlagen. Er schlang einige Trockenrationen hinunter, borgte sich eine Tasche mit Verpflegung aus und eilte die Straße hinab. Zurück bis zu der Stelle, an der er die letzten Blutspuren gefunden hatte. Es würde ihn einen ganzen Tag kosten, um diese Stelle zu erreichen, und er hoffte, dass er dort weitere Spuren finden würde. Zum Glück war erst in zwei Tagen wieder mit Regen zu rechnen.

Gegen Mittag dämmerte es Hmi'dro allmählich, dass seine eigene Situation alles andere als rosig aussah. Bei einem verlobten Paar galt es nicht als tadelnswert, wenn sie die Kontrolle über einander verloren. Dem Paarungswahn zu unterliegen, war nicht unbedingt tadelnswert. Doch nun irrte die älteste Tochter des Königs allein durch die Wildnis. Und er hatte die Pflicht, auf sie Acht zu geben. Wenn er sie wieder zurückbringen konnte, lebend, möglichst unverletzt – und vor allem möglichst bald! –, dann würde alles wieder gut sein. Falls nicht, dann würde man ihn mit ziemlicher Sicherheit enthaupten.

Wenn er sie fand, und sie war nicht mehr am Leben, oder hatte eine Fehlgeburt erlitten, würde er sich auf jeden Fall das Leben nehmen. Schließlich war er trotz allem ein Mitglied des Adels von Braunwasser und damit alles andere als ein feiger, normaler Bürger.

Wildarankaragu war müde, und die Jungen in ihrem Bauch schliefen bereits seit einer Weile. Sie hatte es geschafft, einen Teil von Kth'rees Geist zu heilen, während diese schlief. Doch wenn sie erwachte, würde dies einen Teil der Arbeit zunichte machen. Sie würde die beruhigenden, freundlichen Botschaften ignorieren, und die Angst und der Wahnsinn gewännen wieder die Oberhand. Mit ein wenig Glück würde es allerdings nicht so schlimm sein wie in der Nacht zuvor.

Kth'ree brauchte unbedingt Nahrung. Doch wenn man sie allein ließ, würde sie vermutlich nichts zu sich nehmen. Schnell sendete Wildarankaragu den Gedanken an Essen in Kth'rees Kopf, dann ging sie hinaus und holte ein paar essbare Zapfen von den Bäumen, die in der Nähe der Höhle wuchsen.

Als sie dann alles erledigt hatte, was sie zu diesem Zeitpunkt tun konnte, schlängelte sie zurück in ihr weiches Nest hinter einem der großen Steine, rollte sich zusammen und schlief ein ...

Als Kth'ree aufwachte, war es noch dunkel. Sie war desorientiert, wusste nicht genau, wo sie war. Der Untergrund fühlte sich an, als läge sie auf Sand. Sie bemerkte einen schwachen Lichtschein und kroch darauf zu.

Sie befand sich in einer Höhle, so viel war gewiss. Doch wie war sie hierher gekommen? Sie konnte sich beim besten Willen nicht daran erinnern. Ihr Nacken schmerzte, und am ganzen Körper bemerkte sie kleine Schnitte und Abschürfungen. Sie kroch weiter auf das Licht zu und fand schließlich die essbaren Zapfen. Sie waren ausgesprochen dröge, doch hatte sie solchen Hunger, dass sie sie hastig verschlang.

Sie richtete sich auf und wollte hinaus ins Sonnenlicht gehen, um sich noch einige Zapfen zu holen. Doch dann bemerkte sie etwas an ihrem Oberschenkel. Da war etwas in ihrem Fell. *Getrocknetes Blut.*

Sie erinnerte sich.

Ihr Kopf fuhr krampfartig zurück. Ihr Mund war weit geöffnet, und sie versuchte verzweifelt, Atem zu holen. Sie heulte und kreischte, bis sie hyperventilierte und auf dem Höhlenboden zusammenbrach.

Einige Zeit später wachte sie wieder auf. Das Blut war noch immer da, und wieder tobte und heulte sie, bis sie ohnmächtig wurde.

Als sie das letzte der einfachen Wachhäuschen hinter sich gelassen hatte, kam Qoj wieder schneller vorwärts, da sie ohne Aufenthalt von Berggipfel zu Berggipfel fliegen konnte. Sie war schon einmal auf der königlichen Straße gewesen, mit dem König und seiner Frau. Doch nun musste sie diese Straße meiden. All das Glück und der Erfolg in der Vergangenheit war nichts verglichen mit dem, was sie brauchte, um heil in der Hauptstadt anzukommen.

Immerhin war sie gut Freund mit den Soldaten von Braunwasser – nun, so gut man eben mit Leuten dieser Art befreundet sein konnte. Wenn sie einen Soldaten der königlichen Garde traf, den sie kannte, könnte sie ihn vielleicht um Asyl bitten. Was sie in ihrem Beutel mit sich trug, würde vielleicht eine gewaltige Lawine auslösen, die den Himmelsherrn der Freien unter sich begraben würde. Deshalb waren die Greifer bestimmt froh, sie zu sehen – falls sie es schaffte, ihnen alles zu erklären, bevor man sie einen Kopf kürzer machte!

Die ganze Sache war von Anfang an ziemlich dumm gelaufen. Stets hatte sie nur ein einfacher Soldat sein wollen, so wie ihre älteren Geschwister und ihre Mutter. Aber ihr Vater erlitt plötzlich einen Anfall von Größenwahn, und als Qojs pubertierender Körper die richtigen Rundungen bekam, legte er es darauf an, die männlichen Mitglieder vom Clan des Himmelsherrn auf sie aufmerksam zu machen.

»Für eine Schönheit ist immer Platz am Tisch«, hatte eine der alten Mütter gekräht. Und so kam es, dass man sie bei Hof unterbrachte.

Sie dachte mit Vergnügen daran, dass damit traditionell eine Pflicht verbunden war, die sie indes als durchaus angenehm empfand. Doch dann hatte sie etwas getan, was der Königin gar nicht gefiel – sie war schwanger geworden. Wenn sie nun in die Hände der Hoheit oder einer ihrer Diener fiel, die mit Schwert und Gift darauf warteten, sie zu töten …

Das Volk akzeptierte Bastarde durchaus, sodass ihr Junges einen realistischen Anspruch auf den Thron besäße. Aber sie war nicht gerade wild darauf, der Königin als Zielscheibe zu dienen. In den acht Jahren, die sie am Gerichtshof gearbeitet hatte, erlebte sie vier Fälle, die aus demselben Grund tödlich endeten.

Sie sauste in geringer Höhe um einen Gipfel herum. Zwar konnte man sie nun von der Straße aus sehen, doch wurde diese nur selten benutzt. Dann hörte sie plötzlich den Schrei eines Greifers – er heulte, als ob es ihm an den Kragen ging.

Sie zögerte einen Augenblick, dann siegte die Neugier.

Sie hatte gerade festgestellt, dass das Geschrei von einem Höhleneingang kam, als es abrupt endete. Keiner der Freien Leute mochte geschlossene Räume, weil ihre Flügel dort völlig nutzlos waren. Aber es beunruhigte sie doch, dass das Geheul so plötzlich aufgehört hatte. In den Bergen und vor allem in den Höhlen konnten einem Dinge zustoßen, die sie niemandem wünschte – noch nicht einmal einem Greifer.

Sie flog zu dem Felsvorsprung und schaffte eine perfekte Landung. Dann legte sie ordentlich die Flügel an und betrat vorsichtig die Höhle.

Der Eingang war zwar recht breit, aber auch sehr niedrig,

sodass sie sich bücken musste, um hindurchzugelangen. Direkt hinter der ersten Biegung fand sie den Greifer; es handelte sich zweifellos um eine *sie*, die flach auf dem Rücken lag, verletzt und blutbesudelt. Ein riesiger Traumbringer kroch auf sie zu.

Qoj reagierte völlig instinktiv, machte einen Satz nach vorne und stieß den Kampfruf der Freien Leute aus, als ihr plötzlich klar wurde, dass sie keinerlei Waffen bei sich trug. Der Biss eines Traumbringers war absolut tödlich …

Glücklicherweise verschwand die Schlange jedoch, bevor sie Qoj erreichen konnte. Sie wandte sich wieder dem am Boden liegenden Greifer zu. Sie trug eine Halskette, die sie als Mitglied der königlichen Familie auswies. Die Wunden schienen nicht lebensbedrohlich zu sein. Qoj hoffte, dass man ihr diese gute Tat hoch anrechnen würde – vielleicht gewährte man ihr sogar Asyl dafür? Auf jeden Fall konnte sie den weibliche Greifer nicht einfach hier liegen lassen.

Aber wie sollte sie sie ins Freie schaffen?

Qoj konnte sie nicht einfach mit dem Schnabel packen, da sie ihr dabei zwangsläufig weitere Verletzungen zufügen würde. Natürlich konnte sie auch ihre Vorderpfoten benutzen, doch bot die Höhle nicht genug Platz, als dass sie hätte ins Freie fliegen können, und mit so einer schweren Last konnte sie nicht weit laufen. Qoj überlegte, die Schlafende aus der Höhle zu rollen, doch dann würde sie vielleicht den Berg herunterfallen und sterben. Der Gedanke, dass die königlichen Streitkräfte sie bei der blutigen Leiche einer Prinzessin fänden, behagte ihr gar nicht.

Vielleicht war es das Beste, sie hier liegen zu lassen? Wenn sie aufwachte, konnte Qoj ja versuchen, mit ihr zu sprechen. Die Höhle war trocken und bot Schutz, selbst mit dem Traumbringer in der Nähe. Nach eineinhalb Tagen ohne Schlaf – sie war direkt von der Wohnung des Arztes losgeflogen, der ihr gesagt hatte, wie es um sie stand – kam ihr das elende Loch hier schon fast urgemütlich vor. Der weiche Sand neben dem Greifer sah sehr einladend aus. Sie könnte sich hier ein wenig ausruhen, während sie darauf wartete, dass der Greifer aufwachte.

Für jemanden, der früher einmal Soldat, ja vielleicht sogar Offizier werden sollte, ist es ausgesprochen peinlich, während der Wache einzuschlafen, dachte Qoj noch, bevor sie in Schlaf fiel.

Die Lage wird nicht einfacher, dachte Wildarankaragu. Eine Flügelperson – das Geschrei musste sie angelockt haben. Sei's drum, immerhin hatte es keinen Kampf gegeben! Normalerweise hätte die Flügelperson die Handperson sofort getötet. Doch entlang dieser relativ friedlichen Grenze war das zum Glück nicht immer so.

Sie glitt über den weichen Sand, vorsichtig, um niemanden aufzuwecken. Das hätte die ganze Situation verkompliziert. Sie berührte die Flügelperson, die sich zwar bewegte, doch sofort wieder einschlief. Erst bei ihrem zweiten Versuch gelang es ihr, den Kontakt herzustellen.

Diese Person hier war geistig normal, und es dauerte nicht lange, bis Wildarankaragu ihre Geschichte in Erfahrung gebracht hatte. Sie empfand eine gewisse Sympathie für Qoj. Vielleicht würde Qoj ihr sogar bei der Handperson helfen … vorausgesetzt, sie konnte einen Kampf verhindern, wenn Kth'ree erwachte. Wildarankaragu berührte beide und schickte einige der wirren Gedanken und Eindrücke von Kth'ree an Qoj. Das würde ihr eine böse Überraschung ersparen, wenn Kth'ree sich merkwürdig benahm.

Die Schlange war so auf die Übertragung konzentriert, dass sie nicht bemerkte, wie Qoj aufwachte. Schließlich lenkte Wildarankaragu ihre Sinne wieder auf die Umgebung, doch zu spät … Qoj sah sie an und ließ den Kopf kreisen.

»Hallo«, sagte Qoj. »Du hast das also gemacht! Ich bin froh, dass ich dich nicht erwischt habe, bevor du es erklären konntest. Was machen wir jetzt mit Kth'ree?«

Du vertraust mir?

»Wir wissen, dass es gute und schlechte Traumbringer gibt. Ich wusste nur nicht, zu welcher Sorte du gehörst.«

Ich wusste gar nicht, dass es auch böse gibt.

Qojs Körper bebte leicht, ihre Flügel bauschten sich auf. »Lass uns jetzt nicht von ihnen sprechen, ich bin sehr nervös. Du bist schrecklich groß.«

Es dauert nur noch einen halben Mond, dann werden meine Jungen kommen.

Qoj bewegte den Kopf auf und ab, ihre telepathisches Gelächter schwoll an und multiplizierte sich in ihrem Geist. »Ich weiß nicht, wer als Nächstes diese Höhle betreten wird, doch könnte es durchaus sein, dass die Person ebenfalls schwanger sein wird!«

Wildarankaragu fiel in ihr Lachen ein, und nur mühsam gewannen sie die Fassung wieder. Dann fühlten sie, dass Kth'ree sie anstarrte, und drehten sich zu ihr um. Als Kth'ree vollauf wach war, hielt Qoj ihr die Hände, während Wildarankaragu beruhigende Gedanken zu ihr aussandte.

Nach einer Weile streckte Kth'ree alle vier Arme aus und umarmte Qoj. Schmerz und Einsamkeit durchfuhren sie, doch weinte sie nicht. Offenbar war die Botschaft »Ich bin ich« diesmal zu ihr durchgedrungen.

Hmi'dro war sich nicht ganz sicher, ob er sich verlaufen hatte. Wenn er nach unten kletterte, würde er zur Straße gelangen. Und wenn er die erst mal erreicht hatte, konnte er sich noch immer überlegen, ob er zur Festung oder zur Hauptstadt zurückgehen wollte.

Seit er die Verfolgung aufgenommen hatte, waren bereits

drei Monde vergangen. Er war dünner geworden, doch sein Fell wurde immer dichter, je näher der Winter kam. Es würden keine drei Monde vergehen, dann wäre hier oben in den Bergen so viel Schnee gefallen, dass er die Suche zwar nicht aufgeben musste, aber sie nur mit viel Mühe würde fortsetzen können.

Seit Kth'ree die Straße verlassen hatte, hatte er jede Spur von ihr verloren. Manchmal wünschte er sich, er fände ihre Leiche, um endlich in die Hauptstadt zurückkehren zu können, wo er seinen Bericht abliefern und sich anschließend entleiben würde. Doch dann stellte er sich wieder vor, er böge um eine Ecke, würde von einem Felsvorsprung hinabblicken oder morgens früh aufwachen – und da würde Kth'ree stehen, gesund und munter. Die Idee schien ihm absurd, aber die Hoffnung trieb ihn weiter vorwärts.

Nachts campierte er in einem Höhleneingang oder unter einem Felsvorsprung bei einem großen Feuer, weil er hoffte, das Licht würde sie zu ihm führen. Er ernährte sich von Zapfen, Raubvögeln und deren Eiern, von Pilzen – eben von allem, was er aufzutreiben vermochte. Morgens stand er sehr früh auf, deckte die Asche ab und wärmte sich auf, indem er die Kampftechniken übte, die er schon als Kadett gelernt hatte. Dann machte er sich wieder auf die Suche.

Aber im Laufe der Zeit veränderte er sich, Sorgen und Ungeduld verschwanden. Wenn er trainierte und die Luft mit seinem Schwert zerteilte, verschmolzen Waffe und Gedanken zu einer Einheit. Er sah Dinge, die er vorher niemals wahrgenommen hatte. Die Tage zählte er nur, weil ihm das bei seiner Suche half – Zeit spielte für ihn nun keine Rolle mehr. Auch der herannahende Winter beunruhigte ihn nicht, und auch nicht die Tatsache, dass er keine weiteren Spuren gefunden hatte. Falls nötig, würde er hier bleiben und für immer die Suche nach Kth'ree fortsetzen.

Das Ungewöhnlichste war, dass sie so schnell Freunde geworden sind, dachte Wildarankaragu. Kth'ree war wie ein kleines Kind, und die Vorurteile – die sie wie die meisten Handleute bestimmt gehegt hatte – waren verschwunden.

Während des ersten Mondes hatten die Flügelperson und die Stille Person wenig getan, außer Nahrung zu suchen, sich zu unterhalten und in Kth'rees Nähe zu bleiben. Über einige Dinge wollte die Handperson nicht reden, vor allem nicht über ihre Rückkehr nach Hause. Immer wenn die Rede darauf kam, erlitt Kth'ree Krämpfe und weinte fürchterlich.

»Diese Situation ist unerträglich«, schimpfte Qoj, als Kth'ree draußen vor der Höhle war, um Zapfen zu suchen. »Es ist nicht gut, wenn ich um Asyl bitten muss. Wie es aussieht, werde ich doch hier irgendwo mein Nest bauen müssen.«

Ich fürchte, du hast Recht. Ich habe alle Informationen abgerufen, die ich über den Paarungsirrsinn bekommen konnte, aber ich verstehe es immer noch nicht. Ich weiß nur, dass sie alle bekannten Krankheitssymptome aufweist und dass es sie besonders schlimm erwischt hat.

»Vielleicht hat es ihr einfach keinen Spaß gemacht.«

Was meinst du damit?

»Ein Witz. War nicht ernst gemeint.«

In Witzen liegt oft ein wahrer Kern, bitte erklär es mir.

»Ja, weißt du ... Nicht jeder Gatte ist gleich gut, das wissen vor allem diejenigen von uns, die sich mit vielen Partnern paaren. Vielleicht vermisst sie ihren Gatten. Ich meine, es ist schwer zu glauben, wenn man bedenkt, auf welche Weise die Greifer sich fortpflanzen ... Aber könnte sie ihn nicht trotzdem vermissen?«

Wir kennen noch nicht einmal den Namen des Gatten. Vielleicht sollte ich versuchen, mehr darüber zu erfahren, wenn sie schläft?

»Das ist bestimmt eine wahnsinnig interessante Geschichte. Außerdem wüsste ich nur zu gerne, warum dieser Mistkerl es zugelassen hat, dass sie hier in diese Berge geflüchtet ist!«

Vielleicht hatte er keine andere Wahl.

»Ha! Irgendwann einmal werde ich dir die Wahrheit über unsere männlichen Partner erzählen!«

»Seht euch nur die vielen Zapfen an, die ich gefunden habe. Zwei Arme voll, und alle reif«, rief Kth'ree, als sie hereinkam. »Und hier ist noch ein wenig Bergpfeffer zum Würzen.«

Sie wandten ihre Aufmerksamkeit dem Essen zu. Aber Wildarankaragu hatte das Gespräch nicht vergessen. Sie würde warten, bis Kth'ree schlief …

Es war kurz nach Sonnenuntergang, als Kth'ree endlich einnickte.

Bitte, halte sie wieder fest. Wenn sie aufwacht und sich erschrickt, will ich nicht gegen die Wand geschleudert werden.

»Gerne«, sagte Qoj und drückte Kth'rees Oberkörper sanft auf den Boden, mit aller Vorsicht natürlich, um sie nicht aufzuwecken.

Danke. Fangen wir an.

Diesmal kam der Kontakt schnell zustande. Sie sah die verstümmelten, bruchstückhaften Gedanken. Sie sortierte diejenigen aus, die den Befehl zum Aufwachen gaben und nicht überlagert werden konnten. Schließlich fand sie etwas, tief in anderen Gedanken versteckt. Vorsichtig holte sie die Botschaften hervor und fand … Aha, der Name war jedenfalls Hmi'dro … doch hatte sie noch etwas gefunden, etwas völlig Absurdes.

Kth'ree hatte den Gedanken mit Erinnerungen an ihren Vater und den Großvater überlagert, sodass Wildarankaragu Hmi'dros Gesicht nicht klar erkennen konnte. Sie verband offensichtlich magische Kräfte mit diesem Namen und dem Gesicht – da gab es Botschaften, die besagten, er sei die

Welt, er allein habe zu bestimmen. Schließlich fand sie noch unzählige Botschaften, die alle gleich waren und vermittelten, dass es für Kth'ree am wichtigsten war, mit Hmi'dro eine Einheit zu bilden – keine geistige oder körperliche Einheit, sondern eine gemeinsame Identität. Für Wildarankaragu ergab das wenig Sinn, sie würde Qoj danach fragen.

Als sie die Botschaft verinnerlicht hatte, drang sie weiter zu ihrem Ursprung vor. Sie musste einigen Widerstand überwinden, doch schließlich fand sie, was sie gesucht hatte.

Wildarankaragu spürte den Schmerz. Jenes Gesicht, das sie vorher nur undeutlich gesehen hatte, hing nun über ihr, die Fangzähne entblößt, wahnsinnig laut kreischend. Die Hände rissen an ihrem Haar und verletzten ihr Gesicht; Kth'ree wurde geschüttelt und unten zwischen den Beinen fühlte sie einen heißen, fürchterlichen Schmerz, als die knöcherne Spitze des erigierten Penis die Membran durchstieß, um dort das Sperma zu hinterlassen.

Trotz der Raserei spiegelte das verzerrte Gesicht über ihr auch Angst und Schmerz wieder. Wildarankaragu dachte an Qojs zärtliche, amüsante Erinnerungen an ihre verschiedenen Gatten und konnte keine Gemeinsamkeiten entdecken. Sie wusste jetzt alles, was sie im Moment herausfinden wollte, und wandte ihre Aufmerksamkeit wieder ihrer Umgebung zu. Die Informationen gab sie an Qoj weiter; schnell hatte die Flügelperson gelernt, Mitteilungen auf diesem Weg zu empfangen. Dann setzten sich die beiden zusammen und diskutierten über Kth'rees Erinnerungen.

»Wenn sie die ganze Zeit solche Gedanken mit sich herumträgt, kann sie ja nicht gesund werden! Wer hätte gedacht, dass sich ein Männchen so verhalten kann? Und was können wir jetzt für sie tun?«

Ich glaube, wir müssen diesen Hmi'dro zu ihr bringen. Wenn sie nicht begreift, wie er wirklich ist, wird sie nie wieder in die Realität zurückkehren.

»Wie wollen wir das anstellen?«

Du wirst dich um sie kümmern. In dieser Phase der Schwangerschaft kannst du nicht fliegen. Außerdem bin ich eher dazu imstande, mit ihm vernünftig zu kommunizieren, wenn ich ihn erst gefunden habe.

Bevor Qoj etwas erwidern konnte, senkte Wildarankaragu schon ihre Vordergliedmaßen und verschwand blitzschnell aus der Höhle.

Der Schnee wurde jeden Tag höher, und damit wurde es auch immer schwieriger, Feuerholz zu finden. Hmi'dro fühlte keinen Hunger mehr und ahnte, wohin ihn das letztlich führen würde. Inzwischen vermochte er an einem Tag kaum ein Viertel des Gebietes abzusuchen, das er sonst bewältigt hatte. Sein Verlangen, sich wie ein waidwundes Tier in einer Höhle zu verkriechen, wurde immer stärker.

An diesem Morgen saß er nach dem Training auf einem Baumstamm und ließ sich das Sonnenlicht ins Gesicht scheinen, während er seinen Rücken am Feuer wärmte. Am Abend zuvor hatte er das Glück gehabt, einen großen, umgestürzten Baum zu finden; es war das erste Mal nach langer Zeit, dass er das Feuer die Nacht hindurch brennen lassen konnte. Er schloss die Augen und genoss die Wärme, die seinen Körper durchflutete.

Als er die Berührung der Traumschlange spürte, war er seltsamerweise gar nicht überrascht.

Du bist der, den man Hmi'dro nennt.

»Ja.«

Er fühlte ihren Schmerz.

Du brauchst nicht laut zu sprechen. Deine Gedanken sind ungewöhnlich klar. Wenn du sprichst, klingt das in meinen Ohren wie ein Schrei.

Es tut mir Leid.

So ist es schon besser, aber du bist immer noch sehr laut. Du bist also Hmi'dro und bist auf der Suche nach einer, die ihr Kth'ree nennt?

Ja.

Ich bin gekommen, um dich zu ihr zu bringen. Körperlich ist sie gesund, doch brauche ich dich, um ihren Geist zu heilen.

Er sagte und dachte nichts, stand einfach auf und schaufelte Schnee auf das Feuer. Schließlich beugte er sich hinab und berührte die Traumschlange.

Ich bin fertig.

Die Reise wird einen halben Mond dauern.

Dann sollten wir besser gleich losgehen.

Unterwegs sprachen sie nur wenig miteinander. Wenn Wildarankaragu müde wurde – das kam jetzt so kurz vor dem Geburtstermin immer öfter vor – berührte sie Hmi'dro, und er setzte sich still hin, bis sie weiterreisen konnte. Abends wärmten sie sich am Feuer, und wenn der Schnee zu hoch lag, trug er sie auf den Schultern, obwohl sie so schwer war, dass er sie unter normalen Umständen kaum hätte hochheben können. So stark konzentrierte er sich darauf, sein Ziel zu erreichen, dass er übernatürliche Kräfte entwickelte.

Einmal versuchte sie, seine Träume zu erforschen. Er hatte keine ... Wenn er schlief, war er innerlich völlig leer; sein Gehirn war nur darauf programmiert, ihn morgens wieder zu wecken. Tagsüber wurde er nicht von den üblichen Gedankenbotschaften beherrscht und zeigte auch nicht die üblichen Reaktionen, wenn Wildarankaragu in seinen Geist eindrang. Das faszinierte sie ungeheuer, und sie wartete nur auf eine Gelegenheit, um mit den Jungen in ihrem Bauch darüber zu diskutieren. Weder sie noch ihre Ahnen hatten jemals zu einem so stark konzentrierten Geist Kontakt gehabt.

Schließlich erreichten sie das Ziel ihrer Reise. Am frühen Vormittag standen sie vor dem Eingang der Höhle, und sie bat Hmi'dro, nach den anderen zu rufen. Doch erhielten sie keine Antwort. Als sie von seinen Schultern herunterkroch, fing sie aus dem Inneren der Höhle ein Geräusch auf, ein leises, klagendes Jaulen.

Sie kannte dieses Geräusch: Es war der Trauergesang einer Flügelperson.

Jetzt aber schnell.

Er eilte vorwärts, aber es schien viel Zeit zu vergehen, bis er die vielen Wegbiegungen hinter sich gelassen und den inneren Raum erreicht hatte. Dort lag Kth'ree blutüberströmt, still und steif am Boden. Sie hatte anscheinend eine Gehirnblutung erlitten, das kam bei gebärenden Handleuten immer wieder vor. Qoj war über ihren bereits erkalteten Körper gebeugt, ihre Augen glühten weiß vor Wut und Entsetzen. An ihren Fuß klammerte sich Kth'rees Junges; Qoj versuchte es mit dem anderen Fuß abzustreifen. Sie richtete sich auf und …

Irgendetwas in Hmi'dro erwachte. Der Krieger, der Adlige, Leibwächter der königlichen Familie, Geliebter von Kth'ree, Mörder vieler Geflügelter, kam plötzlich zum Vorschein. Wildarankaragu wurde gegen die Höhlenwand geschleudert. Es schien weniger als einen Herzschlag lang zu dauern, da hatte er schon das Schwert aus der Scheide gerissen und Qoj den Kopf abgeschlagen. Das Haupt fiel ihr genau zwischen die Füße, dann erst kippte ihr Körper auf den Boden. So schnell, dass man es kaum sehen konnte, wischte er das Schwert ab und steckte es wieder in die Scheide.

Alles schien stillzustehen, dann schoss Wildarankaragu vorwärts, ihr Geist war erfüllt von Wut, Hass und Einsamkeit. Sie legte sich um eins von Hmi'dros Beinen, viel zu sehr in Rage, um auch nur daran zu denken, ihn zu beißen. Dann übertrug sie ihm alle Informationen und Erinnerungen – auch wie es Kth'ree ergangen war, der fürchterliche Schmerz, den sie während der Paarung mit ihm empfunden hatte, Qojs freundschaftliche Bemühungen um sie, jeden Moment ihres Lebens in der Höhle, jeden Gedanken, den sie gehabt hatten, Wildarankaragus lange mühevolle Suche nach ihm und das schreckliche Leid, das sie jetzt empfand.

Jede andere Handperson wäre davon getötet worden. Die schrecklichen Botschaften schossen wie Blitze durch sein Nervensystem und das Gehirn vermochte die Flut der hereinkommenden Eindrücke kaum zu verarbeiten.

Doch sein asketisches Leben auf der langen Reise durch die Berge bewahrte ihn nun vor dem Tod. Seine alte Persönlichkeit, die ihn dazu getrieben hatte, das Schwert zu ziehen und Qoj ohne nachzudenken den Kopf abzuschlagen, wurde ausgelöscht. Zurück blieben nur die Erinnerungen. Diese neuen Erinnerungen, und das Schuldgefühl, das sie mit sich brachten, akzeptierte er ohne zu zögern. Eine große Last lag nun auf seinen Schultern, doch konnte er sie ertragen.

Wildarankaragu versuchte herauszufinden, was in ihm vor sich ging, aber es fühlte sich an, als würde sie wieder gegen die Wand geschleudert. Sie versuchte den Kontakt abzubrechen, sein Geist indes ließ sie nicht los. Er holte sich von ihr jede Erinnerung der Stillen Leute, jede Erinnerung, die sie sich von anderen geholt hatten. Dann fiel sie plötzlich von seinem Bein herab und versuchte in ihr Nest zu kriechen, das sie lange vor dem Beginn dieser seltsamen Geschichte gebaut hatte.

Sie hatte es gerade erreicht, als sie die erste Wehe spürte. Es war Zeit. Die Jungen nahmen ein letztes mal Kontakt zu ihrem Geist auf und kopierten so viele Gedanken, wie sie konnten. Dann zerplatzte ihr Körper und die Jungen krochen heraus.

Der, der einmal Hmi'dro gewesen war, saß in völligem Frieden auf dem Boden. Das Baby hatte aufgehört zu weinen und schlief jetzt zufrieden auf seinem Schoß. Ein piepsendes Geräusch drang an sein Ohr, und er nahm das Baby auf den Arm und näherte sich der Stelle, an der das Geräusch erklang.

Im Nest des Greifs schlüpften die Jungen aus. Acht geflügelte Junge pickten mit ihren scharfen Schnäbeln die Eierschalen auf. Das Erste, das sich aus seinem Ei befreit hatte, ging sofort auf eines seiner Geschwister los, riss ihm die Brust auf und trank sein Blut. Dann wurde es selbst von einem anderen Jungen auf dieselbe Weise getötet …

Nach kurzer Zeit war das Gemetzel vorüber. Das stärkste Männchen hatte überlebt. Es fraß sich an den blutigen Körpern seiner Brüder und Schwestern satt, und als es schon so schien, als müsse er kollabieren oder platzen, setzte er sich plötzlich hin und gab leise, krächzende Laute von sich. Es brauchte jemanden, auf den es sich prägen konnte.

Hmi'dro setzte seinen Sohn vor dem jungen Geflügelten nieder. Die beiden Neugeborenen saßen mitten zwischen den blutigen, zerfetzten Körpern und sahen einander nur an. Dann krähte der junge Geflügelte fröhlich, und das Baby quietschte vergnügt. Irgendetwas bewegte sich über Hmi'dros Füße hinweg. Als er nach unten blickte, sah er eine kleine Traumschlange, die sich zu ihnen gesellte.

Plötzlich wusste er, was er zu tun hatte. Und wenn es fünfzig Jahre oder länger dauern sollte – er existierte nur noch für sein neues, großes Ziel.

Doch jetzt musste er erst einmal Nahrung für F'tharu, Jredt, und Altildathkereethno herbeischaffen, ein wärmendes Feuer für sie entfachen und die Leichen ihrer Mütter beerdigen …

Später würden sie den Thron besteigen, ihren Mut im Krieg beweisen, Rebellionen niederschlagen … doch das hatte Zeit. Jetzt war es nur wichtig, dass die Kinder zusammen waren, es warm und gemütlich hatten, und dass er losging, um Nahrung für sie zu beschaffen.

KAPITEL 15

Nachdem Thingachganderook und Kuf gegangen waren, bemerkte Clio: »Ich bin nicht sicher, ob das all meine Fragen beantwortet oder noch mehr Fragen aufwirft …«

Hauskyld nickte. »Mir geht es nicht anders! Aber eins nach dem anderen, wir sollten jetzt festhalten, was wir Neues herausgefunden haben.« Er durchwühlte seine Tasche und holte einen kleinen braunen Block hervor.

»Ich dachte, das wäre die Notration«, sagte sie.

»Vermutlich schmeckt es besser als die Notration. Nein, es handelt sich um einen ›Einmal-Recorder‹. Wenn ich diesen Knopf hier drücke, nimmt er 90 Minuten lang auf. Danach kann die Aufzeichnung nicht mehr gelöscht werden. Du kannst sie in einen Atommeiler werfen, die Aufnahme ist hinterher immer noch da.«

»Wie hört man es ab?«

»Dazu braucht man Spezialgeräte. Leider wurde das letzte Exemplar, das auf diesem Planeten existierte, schon vor Jahren zerstört. Aber wenn uns etwas passiert, oder wenn die Templer hier alles übernehmen, könnte vielleicht jemand den Recorder finden und von hier wegbringen.«

»Ein schöner Gedanke«, meinte sie. »Okay. Müssen wir irgendwo reinsprechen?«

»Wir können einfach drauflosreden. Das Gerät empfängt ein Flüstern aus sechs Meter Entfernung. Ich gebe erst einen Identifizierungscode ein, dann erzählen wir beide, was wir behalten haben und können uns dabei gegenseitig ergänzen.«

»Fertig?«

Sie nickte. Er drückte auf einen Punkt, der sich sogleich blau färbte. »Hier berichten Hauskyld Gomez, Erster Xenist, Randall-Kontakt-Expedition, und Clio Yeremenko, Zweiter Xenist und illegaler Passagier nach den Statuten des Reisekodex. Es spricht Gomez, Hauskyld. Datum ...«

Er beendete die Einleitung, und dann erzählten sie abwechselnd die Geschichte, korrigierten einander, wenn persönliche Interpretationen einflossen, waren sich jedoch meist einig.

»... handelt es sich nicht um einen Bericht im herkömmlichen Sinne«, erklärte Clio an einer Stelle. »Ich habe das seltsame Gefühl, dass ich mich an die Ereignisse aus dem Blickwinkel der beteiligten Personen erinnere, und es ist gar nicht so, als wären sie mir nur erzählt worden. Sicher ist, dass die Stillen Leute – also die Handschlangen – in der Lage sind, Erinnerungen an andere Personen weiterzuleiten, also eine Art lebendige Pseudoerinnerung zu erzeugen. Ende der Beobachtung.«

»Erster Xenist stimmt zu«, fügte Hauskyld hinzu. »Setzen Bericht fort ...«

Sie erzählten weiter und beendeten ihren Bericht schließlich mit den letzten Erinnerungen, die Altildathkereethno von Hmi'dro über die Formation des ersten Tripels erhalten hatte.

»Die Informationen wurden über einundzwanzig Generationen von Handschlangen weitergegeben«, fügte Hauskyld hinzu. »Aufgrund auf der Tatsache, dass Randallaner anscheinend nicht älter als 110 Jahre lokaler Zeit werden, und angesichts der verhältnismäßig hohen Selbstmordrate bei den Greifen und Handschlangen können wir von einem Zeitraum zwischen maximal 2.100 und mindestens 1.600 Randall-Jahren ausgehen. Umgerechnet sind das zwischen 1.050 und 1.400 Standardjahre. Kurz zusammengefasst kann man sagen, die beschriebenen Ereignisse sind immer noch als lebendige Erinnerung existent und stellen den Beginn einer Periode kultureller Weiterentwicklung dar.«

»Man kann also davon ausgehen, dass der Begriff ›lebendige Erinnerung‹ auf Randall anders zu definieren ist als auf anderen Welten«, fügte Clio hinzu.

»Erster Xenist stimmt zu. Weitere Beobachtungen. Geht man davon aus, dass die Berichte bzw. Erinnerungen der Handschlangen der Wahrheit entsprechen, eröffnet uns das ungeahnte Forschungsmöglichkeiten. Kulturelle und religiöse Ereignisse könnten praktisch aus erster Hand beschrieben werden. Das ist so, als würden wir einen Augenzeugenbericht der Anhänger Mohammeds erhalten.«

»Beobachtungen des Zweiten Xenisten. Der große zeitliche Unterschied zwischen den Mondphasen – die des Mondes Tristan beträgt nur einen lokalen Tag, während die von Mark ein halbes Jahr dauert –, der zeitliche Unterschied scheint eine starke Bedeutung für die Mathematik zu haben. Obwohl die Technisierung dieser Welt noch nicht weit fortgeschritten ist, sind offensichtlich bisher unbekannte kulturelle Faktoren von Bedeutung.«

»Erster Xenist stimmt zu. Ende der Auswertung?«

Clio nickte, und er bedeutete ihr mit einer Geste, dass sie laut zustimmen sollte. »Zweiter Xenist stimmt zu.«

»Ende des Auswertung.« Er drückte wieder auf den Aufnahmepunkt. »Das hätten wir. Der ganze bürokratische Unsinn tut mit Leid, aber ob du es glaubst oder nicht, es trägt dazu bei, die Glaubwürdigkeit unseres Berichtes zu erhöhen. Die netten Jungs vom Erzbischof glauben offensichtlich, es würde uns länger bei geistiger Gesundheit halten, wenn wir uns mit Bürokram beschäftigen!«

»Bürokratie verfolgt einen überallhin«, antwortete sie und trank einen Schluck Wasser. »Scheiß drauf.« Sie reichte ihm die Feldflasche, und er trank gierig, überrascht, wie gut es ihm schmeckte.

Als er seinen Durst gestillt hatte, fragte sie: »Und, was hast du jetzt damit vor?«

»Na ja, äh … Ich werde wohl versuchen, für Randall eine Klassifizierung zu erreichen, sodass die Templer diese Welt nicht in die Finger bekommen. Vielleicht können wir den Planeten als heidnisch einstufen. Das setzt aber voraus, dass ich Hmi'dro offiziell in die Pfade der Kirche führen kann. Dann werden aber auch viele Missionare hierher kommen.«

»Oh nein.« Sie schüttelte den Kopf. »Das hört sich aber gar nicht gut an. Wird man sie nicht als ketzerisch einstufen, wenn sie weiterhin Missionare töten?«

»Sicher. Meinst du, dass sie das tun werden?«

»Na ja, wenn du bedenkst, was wir hier erfahren und erlebt haben … Und dann Thkhri'jha, der ist doch völlig übergeschnappt. Das Problem ist, dass es bisher so wenige christliche Tripel gibt. Und der Bund zwischen ihnen ist, gelinde gesagt, nicht sehr stabil. Auf allen drei Spezies lastet eine … nennen wir es mal *Erbschuld*. Bei den Randallanern ist die Paarung äußerst brutal, die Greife töten ihre neugeborenen Geschwister und fressen sie sogar noch auf, die Handschlangen töten ihre eigenen Mütter. Richtig? Also, diese Erbschuld ist tief in ihnen verwurzelt, wie der Ödipuskomplex bei den Menschen, die in Monogamie leben. Sie fühlen sich alle schuldig, und es ist ihnen nicht möglich, das zu vergessen. Dieses Band verbindet die drei Spezies.«

»Das ist alles richtig«, stimmte Hauskyld zu. »Aber die christliche Lehre sagt ja, dass ihnen vergeben wird! Die Christianisierung hat vielleicht nicht so einen großen Einfluss, wenn die Mitglieder des Tripels sowieso schon gut miteinander zurecht kommen. Aber wenn so ein Tripel aus Persönlichkeiten besteht, die nicht miteinander kompatibel sind … Wenn sie sich in dieser Verbindung nicht glücklich fühlen …«

Sie nickte. »Da könntest du Recht haben.«

Er seufzte. »Und das alles nur, weil sich die Kirche nie mit dem Gedanken an eine Scheidung anfreunden konnte.«

»Wäre das möglich – ich meine, könnte man ihr Bündnis wie eine Hochzeit betrachten?«

»Vielleicht, aber ich brauche erst noch mehr Informationen.« Er schüttelte den Kopf. »Die Gabe dieser Schweigenden Leute ist wirklich faszinierend! Sie erfahren alles ganz unmittelbar, was allerdings ziemlich ermüdend sein kann. Ich brauche jetzt erst mal ein wenig Schlaf, dann werde ich darüber nachdenken. Für dich ist das sicher eine Art Feuertaufe hier …

»Ich habe da ein paar Sachen gefunden, die in meinen Fachbereich fallen. Diese Zapfen zum Beispiel, die die drei da oben in den Bergen gegessen haben.« Sie grinste ihn an. »Vergiss nicht, du bist mein Zeuge. Was meinst du, wo kann man die wohl finden?«

»Wahrscheinlich oben auf Armstrong, dem Kontinent am Nordpol. Glaube ich, jedenfalls. Ich muss mir dort auch noch ein paar Dinge ansehen. Wenn der Krieg beendet ist, könnten wir vielleicht dorthin –«

»Entschuldigt, dass ich hier so reinplatze, aber ihr solltet euch unbedingt ansehen, was da draußen vor sich geht.« Kuf wackelte vor Aufregung mit dem Kopf auf und ab, und seine Augen wechselten die Farbe.

Sie liefen nach draußen auf den Innenhof. Dort standen im nebligen rosa Zwielicht fast alle Insassen des Gefängnisses dicht gedrängt rings um einen großen Felsblock. Oben auf diesem Felsen stand eine Gestalt, die anhand der zwei weißen Streifen, die von der Brust bis zum Rücken verliefen, leicht als Thkhri'jha zu identifizieren war.

Unter ihm scharten sich Randallaner, Greife und Handschlangen um den Felsblock.

»Wie ist er da bloß raufgekommen?«, flüsterte Clio.

»Er ist einfach hochgeklettert«, erklärte Kuf. »Aber die Leute hier meinen, er sei geflogen!«

Hauskyld hörte, wie das Tor rumpelnd hochgezogen wurde. Ein Trupp Soldaten strömte herein und reihte sich auf. Randallaner standen bei ihren Greifen, die Handschlangen drängten sich nach vorne, um das Geschehen besser verfolgen zu können.

Die Offiziere blieben am Tor stehen und sahen zu Thkhri'jha hinauf. Ein hochrangiger Greif unterhielt sich mit der Handschlange eines anderen Offiziers. Dann steckten sie alle die Köpfe zusammen und besprachen die Lage.

Schließlich erteilten die zwei Greife und die beiden Randallaner einige Befehle. Die Soldaten holten die Geißeln hervor – zwei Meter lange Griffe mit langen, elastischen Bändern an der Spitze. Zwei Randallaner marschierten in Begleitung ihrer Greife an der Mauer entlang. Die Greife hielten sich zwischen den Soldaten und den Gefangenen. Dann richteten die Randallaner ihre Armbrust auf Thkhri'jha.

Die anderen Soldaten standen entspannt in einer Reihe und blickten auf die schweigende Menge der Gefangenen. Langsam brach die Dämmerung herein, der Himmel färbte sich dunkelrot, und auf dem Boden verschwammen die Konturen zu dunkelgrau und schwarz. Hier und dort scharrte einer der Greife unruhig mit den Pfoten, gab jedoch keinen Laut von sich. Die Handschlangen rollten sich zusammen und wieder auseinander, aber dann wurden auch sie ruhiger.

Die Zeit schien stillzustehen. Hauskyld dachte daran, sich nach Clio und Kuf umzusehen, dann jedoch zwang er sich zur Ruhe und schaute wie gebannt auf Thkhri'jha. Der stand hoch oben auf dem Felsblock, alle vier Arme in die Seiten gestemmt und präsentierte den auf ihn gerichteten Waffen seine bloße Brust. Er schien kaum zu atmen, aber sein Mund war geöffnet und bildete einen kleinen Kreis – bei den Randallanern eine Art Grinsen. Sein Blick war auf die Gefangenen vor ihm gerichtet, die Soldaten schien er gar nicht zu bemerken.

Und dann begann er plötzlich zu sprechen. Hauskyld brauchte eine ganze Weile, um zu begreifen, dass er in dem alten Dialekt von Hmi'dro sprach.

»Hört mir alle zu, hört die Wahrheit! Ich bin einer von euch! Ich habe die Bitterkeit in den Augen meiner Eltern gesehen, nachdem Chthim'hra über mich kam. Und wie meine Brüder schäme ich mich für den Tod meiner Geschwister, und ich kenne den Schrecken, der einen Neugeborenen beim Tod der Mutter erfüllt. Ich habe all diese Widerwärtigkeit selbst erlebt. Am meisten schäme ich mich dafür, dass ich den Tod meiner Brüder überstand und seitdem als Xhu'gha lebte. Ich habe den unsichtbaren Bruder der Fremden aus dem All gesehen, den sie Jesus nennen.

Ich sage euch, ich kenne Ihn, denn ich habe Ihn gesehen, in den Priestern, die Seinen Namen preisen!«

In der Wahren Sprache gab es kein Wort für Priester, daher hatte Thkhri'jha das standardterranische Wort benutzt. Irgendwie löste das den Bann von Hauskyld, und er blickte sich wieder um. Im selben Moment blickten alle – Gefangene, Offiziere, Soldaten und sogar die Scharfschützen, die immer noch ihre Armbrust auf Thkhri'jha gerichtet hatten, auf Hauskyld.

Er fühlte sich völlig nackt, oder so, als hätte er ihnen laut eine Obszönität zugerufen, ohne sich noch daran erinnern zu können. Dann bemerkte er, dass Thkhri'jha auf ihn zeigte. Er griff nach Clios Ellenbogen und zog sich schnell mit ihr in den Höhleneingang zurück. Nach einer Weile wandte sich die Aufmerksamkeit der Menge wieder Thkhri'jha zu.

Thkhri'jha fuhr fort: »Er ließ mir das Sakrament, das man Beichte nennt, zuteil werden. Und ich sprach über das Böse, das auf meiner Seele lastete, mit diesem Fremden aus dem All. Und im Namen Gottes vergab er mir meine Sünden. Meine Seele wurde erleuchtet, es war, als würde sie gen Himmel fahren, und ich konnte plötzlich sehen, was mir vorher verborgen gewesen war.

Ihr alle wisst, dass wir das Bündnis in T'muvam kannten, schon lange bevor die Fremden aus dem All zu uns kamen! Es gab von Jahr zu Jahr mehr Xhu'gha. Es gab Tripel, die nicht zusammenlebten. Es gab Kinder, die länger als ein Jahr ohne Tripel lebten. Und immer mehr von uns wählten den Freitod.«

»Erinnere mich bitte daran – darüber müssen wir uns später noch unterhalten«, flüsterte Clio Hauskyld ins Ohr. Er nickte.

Die Menge bekundete ihre Zustimmung, und sogar die Soldaten schienen Thkhri'jhas Meinung zu sein.

»Ich sage euch, Jesus wird auch euch helfen. Macht Er nicht alles wieder neu? Die, die Ihm folgen, werden wiedergeboren werden!

Also können auch wir wiedergeboren werden. Getauft und ohne Sünde können wir den Dreierbund von T'muvam eingehen, wir können unsere Brüder frei wählen, und gestärkt durch die Kraft Jesu hält dieser Bund ein ganzes Leben. Ich rufe euch zu – wählt eure Brüder und kommt zu Jesus!

Kommt zu Ihm und seid gesegnet!

Kommt zu Ihm und lebt in T'muvam!

Ihr seid Xhu'gha gewesen, das war schlimmer als der Tod!

Ich sage euch, ihr werdet wiedergeboren!«

In der Menge schien es zu brodeln, und nun war auch Kuf nicht mehr zu halten. Hauskyld und Clio sahen einander an, dann blickten sie wieder zu den anderen Gefangenen. Sie konnten nicht begreifen, was da um sie herum geschah.

Dann bildeten sich in der Menge plötzlich immer mehr Dreiergruppen. Hauskyld sah wieder zu Thkhri'jha hinüber – der Randallaner sprang auf und ab, wedelte mit den Armen und schrie etwas, das Hauskyld nicht verstehen konnte.

»Bei Marx' Bart, Hauskyld, sie tun es wirklich«, keuchte Clio. »Ich kann es nicht glauben, aber sie tun es wirklich!«

»Was machen sie denn … Mein Gott, oh mein Gott!«

Es bildeten sich Dreiergruppen, jeweils bestehend aus einem Randallaner mit einem Greif und einer Handschlange. »Sieh nur, Kuf und Thingachganderook sind mit einem Randallaner zusammen«, rief Clio und zeigte auf die kleine Gruppe. Immer mehr Dreiergruppen formierten sich, Randallaner, Greife und Handschlangen gerieten in Hysterie und berührten einander.

»Sie werden nicht alle in einer Dreiergruppe unterkommen«, sagte Clio. »Hier sind doppelt so viele Randallaner wie andere Spezies.«

Hauskyld nickte verstört. »Ich kann es nicht glauben …«

Thkhri'jha riss die oberen Arme hoch und machte mit den beiden unteren eine beschwichtigende Geste, um die Menge ein wenig zu beruhigen.

»Gott segne euch alle. Er ist die Dreifaltigkeit, und wir folgen ihm, vereint in Jesus Christus. Für immer eins!«

Die Soldaten starrten ihn an und hielten ihre Waffen bereit. Auch Hauskyld vermochte den Blick nicht von ihm abzuwenden. Doch nichts geschah, sie griffen nicht an. Die Greife scharrten ungeduldig mit den Pfoten, die Handschlangen verschwanden in ihren Beuteln, und die Soldaten warfen sich verständnislose Blicke zu. Die zwei Scharfschützen standen regungslos neben ihren Greifen, die Armbrust auf Thkhri'jha gerichtet, und beobachteten die Szenerie.

Thkhri'jhas Stimme war schrill geworden, immer wieder

wiederholte er, dass die früheren Xhu'gha jetzt in einem Bündnis vereinigt wären.

Ganz plötzlich hörte er auf zu schreien, aber das ging im Gebrüll und Gejohle der Menge unter. Die Greife scharrten wieder unruhig mit den Pfoten, und in den Händen der Randallaner schwangen die Geißeln gefährlich hin und her.

Wieder riss er die Arme hoch, und sofort herrschte absolute Stille. Er sah sich um und atmete tief durch. Und dann begann er leise mit einem Gebet, das er von den Missionaren gelernt hatte:

»Hochkrone unserer Seelen hinter den Himmeln, wir preisen ...«

Ein Bolzen aus einer Armbrust zerschmetterte Thkhri'jhas linkes Auge und drang in sein Gehirn ein. Er fiel wie eine Puppe vom Felsen und landete mit dem Gesicht nach unten im Staub, Arme und Beine abgespreizt.

Wieder schien die Zeit einen Augenblick stillzustehen, dann blickte Hauskyld zu den Soldaten und bemerkte, wie der Scharfschütze mit einem breiten, zufriedenen Grinsen im Gesicht die Armbrust senkte. Einer der Offiziere gab das Signal zum Angriff – ohne Vorwarnung schoss ihm der zweite Scharfschütze einen Bolzen in den Hinterkopf.

Aus der ordentlichen Formation der Soldaten wurde ein völliges Chaos. Die eine Hälfte stürzte zu dem toten Offizier, und die andere Hälfte drang auf den Armbrustschützen ein; er stieß nur einen kurzen Schrei aus, und dann brach er schon unter den Stockschlägen zusammen. Sein Greif schüttelte den Kopf, riss sich mit dem scharfen Schnabel die Brust auf und brach tot zusammen. In seinem Beutel gab es nur noch eine kurze Bewegung, als die Handschlange sich totbiss.

Dann brüllte einer der Greifoffiziere einige Befehle, worauf die Soldaten wieder eine geschlossene Formation bildeten. Sie ließen ihre toten Kameraden einfach dort liegen, wo sie gefallen waren. Waffen schwenkend rannten sie auf die Gefangenen zu und trieben sie zurück in ihre Höhlen.

Diejenigen, die in Richtung von Hauskyld und Clio flohen, wurden abgedrängt und in ihre eigenen Höhlen gejagt. Die beiden Menschen saßen dicht aneinander geschmiegt in einer Ecke ihrer Zelle und versuchten, die Hilfeschreie und das Gebrüll der Soldaten zu ignorieren.

Während der ganzen Nacht lagen sie nebeneinander und hielten sich in den Armen, um sich gegenseitig Trost und Schutz zu spenden. Am nächsten Morgen, als sie erwachten, stand nicht wie sonst üblich ein Korb mit Lebensmitteln vor dem Eingang ihrer Höhle.

KAPITEL 16

»Bist du sicher, dass das funktioniert?«, fragte Clio.

»Nein.« Hauskyld zuckte die Achseln. »Aber ich habe keine bessere Idee, und die anderen haben nichts dagegen. Wenn sie entschlossen sind, die ganze Sache wirklich so durchzuziehen, bleibt das Risiko kalkulierbar.«

Während der ganzen Nacht war er von Höhle zu Höhle gegangen und hatte sich mit den Christen unterhalten, die fast alle schwere Verletzungen davongetragen hatten.

Keiner von ihnen hatte über Schmerzen gejammert oder sich über die Behandlung durch die Soldaten beklagt. Viel wichtiger war es ihnen gewesen, Thkhri'jhas Worte zu diskutieren.

Hauskyld hatte versucht, sie auf den offiziellen Glaubensweg zu führen, aber es war hoffnungslos. Zum Schluss hatte sich eine Gruppe von etwa zwölf Ketzern eingemischt, und ihm war nichts anderes übrig geblieben, als sich damit abzufinden, dass hier eine Mischung aus christlicher Lehre und randallanischer Kultur, Geschichte und Biologie entstand.

Das war eindeutig ein Fall für die Spezialisten des Erzbischofs! Er konnte jetzt nur noch so viele Informationen wie möglich sammeln, um seine »Vorgesetzten« bei ihrer Arbeit zu unterstützen. Vor allem war es wichtig zu wissen, welche Formen der Einflussnahme bei der einheimischen Bevölkerung Wirkung zeigten und welche nicht; erst danach konnte man entsprechende Missionierungsstandards einführen. Aber das Allerwichtigste und Vorrangigste war, dass sich möglichst viele Einheimische zum christlichen Glauben bekannten …

Thkhri'jhas Bemühungen, die christliche Doktrin mit dem Konzept der Tripel zu verbinden, erwies sich zunächst als genialer Schachzug, um den Glauben zu etablieren. Schon jetzt hoben einige die Parallelen zwischen den Tripeln und der Heiligen Dreifaltigkeit hervor. Thkhri'jha hatte den Status eines Märtyrers und war damit *de facto* selig gesprochen. Wenn Hauskyld ein wenig nachhalf, würde man ihn vielleicht schon bald heilig sprechen. Ein einheimischer Heiliger entsprach zwar nicht den üblichen Erwartungen der Kirche, doch würde es ihrer Sache gewiss nicht schaden …

Die Gefangenen stellten sich an beiden Seiten des Tores in einer langen Reihe auf. Diese Taktik erinnerte Hauskyld an die Heilige Dorothea von Brooklyn; er konnte nur hoffen, dass es auch diesmal funktionieren würde. Bei einer Kultur, die bestenfalls rudimentäre Vorstellungen von einer fairen Gesetzgebung hatte, war das nicht so sicher.

Sie waren bereit. Alle standen ruhig in einer Reihe und beteten oder meditierten still, wie er es ihnen geraten hatte. Das Tor wurde rumpelnd geöffnet, und einige Offiziere erschienen, vier Dreiergruppen, die sich die Reihe der Gefangenen ansahen und still abwarteten, was weiter geschehen würde.

Das erste Tripel – bestehend aus Kuf und Thingachganderook sowie einem jungen Randallaner namens Rha'ngri – näherte sich dem Tor und blieb in gebührendem Abstand vor den Offizieren stehen. Es war Rha'ngri, der das Wort ergriff.

»Wir bitten um unsere Freilassung. Wir sind miteinander verbunden in T'muvam, wir sind nicht Xhu'gha. Wir haben Anspruch auf unsere Freiheit!«

Der Kommandierende Offizier der Garde, ein Greif, nickte seinem Randallaner zu, der sich wiederum an Rha'ngri wandte. »Geht zurück in eure Höhle!«

»Wir bitten um unsere Freilassung. Wir sind miteinander verbunden in T'muvam ...«

»Geht zurück in eure Höhle!«

Rha'ngri begann wieder: »Wir bitten ...«

»Du wirst augenblicklich in die Höhle zurückkehren! Oder legst du es darauf an, zusammengeschlagen zu werden?«

»Wir bitten ...«

Der Randallaner erhielt zwei Stockschläge.

»... um unsere Freilassung. Wir sind miteinander verbunden ...«

Die Stöcke sausten wieder auf seine Arme nieder, erst auf der einen Seite drei Schläge, dann auf der anderen. Rha'ngri sank auf die Knie, doch er rezitierte immer wieder dieselben Worte, so wie sie es in der letzten Nacht beschlossen hatten.

»... sind nicht Xhu'gha ...«

Der Randallanoffizier hob den Schlagstock hoch und schlug mit aller Kraft zweimal zu. Rha'ngri fiel mit dem Gesicht nach unten in den roten Staub, seine Arme waren nach vorne gestreckt, als wollte er aufstehen, aber er blieb gelähmt am Boden liegen.

Kuf nahm seinen Platz ein. »Wir bitten um unsere ...«

In unkontrollierter Wut schlug der Randallaner auf Kufs Kopf ein, wieder und immer wieder. Kufs Augen blitzten weiß, so wütend war er, doch er wehrte sich nicht. Er versuchte, seine Bitte zu wiederholen, aber die Stockschläge hagelten unentwegt auf ihn ein. Er schnaubte, und der Randallaner griff nach seinem Schnabel und hielt ihn zu. Mit der anderen Hand prügelte er weiter auf Kuf ein, bis er ohnmächtig zu Boden sank.

Thingachganderook kroch aus seinem Beutel hervor und schlängelte sich über die am Boden liegenden Körper hinweg. Wie alle Handschlangen war sie nicht fähig, laut zu sprechen, und zudem ihrem Gegenüber physisch völlig unterlegen. Aber das hielt sie nicht davon ab, ihren Beitrag zu leisten. Sie kroch neben ihre niedergeschlagenen Brüder, berührte sie und teilte Schmerz und Furcht mit ihnen. Sie litt genau wie die anderen, die von den Schlägen direkt getroffen worden waren …

Der Offizier der Greife betrachtete die Linie der Gefangenen.

»Ihr werdet jetzt alle in eure Höhlen zurückkehren. Wir werden dafür sorgen …«

Ein zweites Tripel stellte sich vor den Körpern von Kuf und Rha'ngri auf. Diesmal begann der Greif: »Wir bitten um unsere …«

Der Randallanoffizier beugte sich vor und schlug auf ihn ein, einmal, zweimal, viele Male, bis er zusammenbrach und quer über Rha'ngris Füßen liegen blieb.

»Wir bestehen darauf, dass unsere Rechte beachtet werden. Ihr müsst unsere Bitte anhören und dürft uns nicht unterbrechen. Das wurde von der Hochkrone selbst verkündet!«, erklärte der Randallaner des christlichen Tripels leise und eindringlich.

Die Augen des Greifoffiziers wurden weiß, doch dann erwiderte er: »Das ist wahr.«

Er wandte sich an den Randallaner in seinem eigenen Tripel und sagte: »Du wirst keine Gewalt anwenden, bis die Bitte vollständig vorgetragen wurde.«

Seine Handschlange kroch aus dem Beutel hervor, berührte alle anderen Offiziere und zog sich anschließend wieder in den Beutel zurück. Zwei der Tripel drehten sich um und gingen davon, das andere blieb beim Kommandanten stehen.

Der Kommandant sah sich nach allen Seiten um und klapperte ungehalten mit dem Schnabel. Dann wandte er sich dem Randallaner zu, der vor ihm stand.

»Und wie lautet deine Bitte?«

»Wir bitten um unsere Freilassung. Wir sind verbunden in T'muvam, wir sind nicht Xhu'gha. Aus diesem Grund haben wir ein Recht auf unsere Freiheit!«

Der Kommandant setzte sich auf den Boden und fuhr sich mit der Pfote über das Gesicht. Er sah jetzt aus wie eine große Katze, die sich das Antlitz putzt. Die beiden Randallanoffiziere traten vor und schlugen den Bittsteller besinnungslos. Ihre Hiebe folgten schnell aufeinander und klangen wie Paukenschläge, gefolgt von einem dumpfen Plumpsen, als ihr Opfer auf dem Boden aufschlug.

Die zwei Randallanoffiziere schleiften ihn neben das Tor, dann holten sie Rha'ngri und warfen ihn ebenfalls zu Boden. Die beiden bewusstlosen Greife waren nicht so leicht zu schleppen, und die Greifoffiziere mussten mit anfassen, doch dann lagen auch sie neben den anderen Opfern.

Das nächste Tripel trat vor, sprach seine Bitte aus. Der Greif und der Randallaner wurden bewusstlos geprügelt und zur Seite geschleift. Dann kam das nächste Tripel nach vorne.

Es standen noch sechzig Tripel an. Als das neunte von ihnen seine Bitte vorgetragen hatte, kamen acht Tripel Soldaten herbei und stellten sich hinter dem Kommandanten auf. Zwei weitere Soldatentripel bauten sich links und rechts neben ihm auf, und dann nickte er dem nächsten christlichen Tripel zu.

Es trat vor und sprach seine Bitte aus. Die Soldatentripel schlugen die drei zusammen und schleiften sie fort, diesmal direkt in ihre Höhle. Zwei weitere Soldatentripel schritten vor, wieder nickte der Kommandant.

»Es hat den Anschein, als wollten sie jetzt die Sache systematisch angehen«, meinte Clio. Sie sah aus, als müsste sie sich gleich übergeben. »Wie lange soll das noch so weitergehen?«

»Bis wir die Nerven verlieren und aufgeben, oder bis sie unserer Bitte nachgeben – oder bis wir alle tot sind!«

»Dann geben wir lieber vorher auf«, sagte sie. Plötzlich deutete sie mit erstauntem Gesicht auf die Reihe der Gefangenen. »Sieh nur, die Ersten kommen schon wieder zurück in die Reihe.«

»Ach so, ich habe eine der Möglichkeiten nicht erwähnt – es könnte zu einer Meuterei kommen«, erklärte Hauskyld. »Das hier ist eigentlich keine Arbeit für Soldaten, früher oder später werden sich einige von ihnen auf unsere Seite schlagen.«

»Aber wann?«

Er zuckte die Achseln.

»Hast du gewusst, wie schlecht ihre Chancen stehen, als du sie zu dieser Aktion überredet hast?«

Hauskyld blickte sie irritiert an. »Ich habe sie zu gar nichts überredet.«

»Meinst du wirklich, sie hätten das hier getan, wenn du nicht gewesen wärest?«

»Hast du vielleicht ein bessere Idee? Ich wollte sie nur vor den Templern retten.«

»Oh, das hatte ich völlig vergessen.« Sie drehte sich um und lief zurück in die Höhle.

Er überlegte, ob er ihr nachlaufen sollte, entschied sich dann jedoch dagegen. Keinesfalls wollte er bei den Gefangenentripeln den Eindruck erwecken, er wolle sie im Stich lassen. Also blieb er.

Bitte folgte auf Bitte, Prügel auf Prügel. Einmal streikte ein Soldatentripel und wurde abkommandiert. Dreimal gerieten Tripel in Panik und flohen. Ansonsten blieb der Ablauf immer derselbe. Schließlich waren nur noch vier christliche Tripel übrig, als ein Kuriertripel eintraf. Offenbar war der Greif völlig erschöpft, denn er ging so abrupt zum Landeanflug über, dass der auf ihm sitzende Randallaner mit einem Salto von seinem Rücken flog, als der Greif taumelnd auf dem Boden aufsetzte – direkt vor dem Kommandanten.

Die Handschlange kroch aus dem Beutel hervor und berührte den Kommandanten und die beiden anderen seines Tripels. Für einen Augenblick standen sie schweigend da. Dann nickte der Kommandant, die Kuriere waren entlassen und eilten zum Tor hinaus.

Er gab einen Befehl, so leise, dass Hauskyld ihn nicht verstand. Die Soldaten, die hinter ihm gestanden hatten, reihten sich wieder in die Formation ein. Die nächsten Bittsteller traten vor.

»Wir bitten um unsere Freilassung. Wir sind verbunden in T'muvam; wir sind nicht Xhu'gha. Aus diesem Grund haben wir das Recht auf unsere Freilassung.«

»Eure Bitte wird von heute an in sechs Tagen von der Hochkrone entschieden. Ihr werdet eine Delegation zusammenstellen, die sich dorthin begeben wird. Aber es sollen nicht mehr sein als drei eurer *so genannten* Tripel. Außerdem werdet ihr zwei Xhu'gha-Greife bestimmen, die die Terraner transportieren sollen. Alle Gefangenen können mit einer Begnadigung rechnen. Ich selbst werde euch zusammen mit zehn Soldatentripeln eskortieren. Start ist morgen früh. Das sind die Befehle der Hochkrone. Hört sie und gehorcht!«

»Ich habe die Ehre, Seiner Majestät Befehle zu befolgen, egal welche Konsequenzen mir daraus entstehen«, sagten der Randallaner und der Greif gleichzeitig.

Die Reihe der Bittsteller löste sich auf, einige kehrten in ihre Höhlen zurück, die anderen eilten zu Hauskyld. Mit einem Gesichtsausdruck, den Hauskyld ziemlich eindeutig als Abscheu interpretierte, wandte sich der Kommandant um und erteilte weitere Befehle.

Der kleine Soldatentrupp marschierte vom Hof; sie wirkten nicht sehr heroisch, eher so, als schlichen sie sich vom Ort des Verbrechens davon. Der Kommandant wartete, bis auch der letzte Soldat verschwunden war. Erst dann drehte auch er sich um und ging zum Tor hinaus. Mit lautem Krachen schlug das Tor hinter ihm auf dem Boden auf.

Hauskyld blickte zum Himmel hinauf und las am Stand der Sonne ab, dass er etwa drei Stunden hier gesessen hatte. Er seufzte tief und fühlte sich plötzlich sehr müde. Zu der kleinen Gruppe, die sich rings um ihn versammelt hatte, sagte er: »Wir werden heute Abend darüber sprechen.« Bevor die anderen etwas sagen konnten, war er in der Höhle verschwunden.

Clio saß auf dem Rand der Badewanne und starrte die Wand an.

»Wir haben es geschafft«, berichtete er. »Wir haben in sechs Tagen eine Audienz bei der Hochkrone!«

»Oh. Es hat also funktioniert …«

»Ich glaube schon.« Er setzte sich zu ihr. »Tut mir Leid, wenn du mir böse bist.«

»Warum haben wir nicht einfach abgewartet und erst noch ein paar Informationen gesammelt?«, fragte sie. »Warum musste es unbedingt so ablaufen?«

»Wir hatten nur wenig Zeit, und die mussten wir nutzen und mit ihnen reden. Außerdem konnten wir sonst nicht sicher sein, dass sie unsere Bitte auch anhören würden.«

Sie nickte langsam. »Wie viele wurden zusammengeschlagen?«

»Mehr als einhundert.« Er seufzte wieder. »Tut mit wirklich Leid, aber es schien mir der beste Weg zu sein.«

»Vielleicht war es ja auch der beste«, meinte sie versöhnlich. »Mir tut es auch Leid. Du denkst vielleicht, ein guter Kommunist handelt immer nach der Devise ›der Zweck heiligt die Mittel‹. Aber das stimmt nicht … Was wird jetzt mit all den Leuten geschehen?«

Er dachte eine ganze Weile darüber nach, doch vermochte er ihre Frage nicht zu beantworten. Tatsächlich war das keine Frage, die man einem Xenisten stellen sollte, und das sagte er ihr auch. Sie schien das einzusehen, aber an diesem Abend sprachen sie kaum noch ein Wort miteinander.

KAPITEL 17

Die Spenswüste erstreckte sich über den westlichen Teil von Viermarien, dem größten Kontinent auf Randall. Von den klimatischen Bedingungen hätte es nicht unbedingt ein Wüstengebiet sein müssen, aber auf Randall gab es keine Gräser, eine Tatsache, die Clio sehr faszinierte. Hauskyld teilte diese Faszination nicht unbedingt. Zwar fand er diesen Umstand schon recht bedeutsam, und die von Flüssen und Seen durchzogene Landschaft erschien mit ihren spärlichen Sträuchern und Kakteen wirklich widersprüchlich. Doch im Augenblick hatte er ganz andere Sorgen – er war luftkrank.

Der Flug auf einem Greif war nicht mit dem in einem Luftfahrzeug vergleichbar. Die dicke, beinahe zähflüssige Luft auf Randall und die geringe Gravitation machten das Fliegen weniger anstrengend, doch brauchten die Greife an einem Tag drei- oder viermal so viel Nahrung wie ein terranisches Pferd. Wenn sie außerdem noch Passagiere befördern mussten, konnten sie sich maximal eineinhalb Stunden in der Luft halten, vorausgesetzt die Thermik war günstig.

Der Flug mit einem Greif wurde also ziemlich oft zwecks Futtersuche unterbrochen. Nach dem dritten Sturzflug war Hauskyld gerade noch imstande, sich am Hals des Greifs festzuhalten und sich kurz vor der Landung einfach von dessen Rücken fallen zu lassen. Zwischenzeitlich hatte er schon überlegt, ob er nicht einfach sitzen bleiben sollte, letztlich sah er indes doch lieber davon ab.

Wenige Minuten nach jeder Landung musste er seine

ganze Kraft zusammennehmen, um neben Thwov herzurennen und genau in dem Moment, wo der Greif abhob, auf dessen Rücken zu springen. Zweimal hatte er schon den richtigen Moment verpasst, was zur Folge hatte, dass Thwov tief über dem Boden einige Kreise ziehen musste, um ihm einen neuen Versuch zu ermöglichen.

Clio hatte diese Probleme anscheinend nicht; sie schien den Flug richtig zu genießen.

»Ob wohl in einer der Notfallrationen Ingwer zu finden ist?«, fragte sie ihn bei der nächsten Landung. »Das ist ein wirklich gutes Naturheilmittel!«

Wer auch immer die Erste-Hilfe-Tasche gepackt hatte, an Luftkrankheit hatte er nicht gedacht, denn in keiner der Notfallrationen befand sich Ingwer. Doch am späten Nachmittag ging es Hauskyld allmählich besser – oder vielleicht hatte er sich auch einfach nur an seinen Zustand gewöhnt, dachte er.

Beinahe noch mehr störte es ihn jedoch, dass Thwov – so hieß der Greif, auf dem er saß – ihn mit seinem Gerede nervte. Der Greif konnte nur sprechen, wenn die Luftströmung günstig war und er gleiten konnte – oder wenn er gerade ausatmete. Beides war mit einem heftigen Abwärtsruck verbunden. Der Rhythmus, in dem er sprach, trieb Hauskyld beinahe zur Verzweiflung. Immerhin, wenn er konzentriert den Ausführungen des Greifs lauschte, lenkte ihn das ein wenig von seinem rebellierenden Magen ab.

Wie er erfuhr, kam Thwov aus einem Clan von Fischern, die an der Ostküste von Doolan lebten. Das lag in der Nähe des Äquators, eine Gegend, in der Hauskyld bislang noch nicht gewesen war. Dabei hatte er schon vor Jahren eine Reise dorthin unternehmen wollen, doch der Ausbruch des Krieges hatte ihm diesbezüglich einen Strich durch die Rechnung gemacht.

Auf Randall war es nie notwendig gewesen, Schiffe zu entwickeln. Die Distanzen zwischen den Kontinenten konnten problemlos im Flug überwunden werden, was schon vor der Entstehung der Tripel dazu geführt hatte, dass die Randallaner Greife für die Flüge zwischen den Kontinenten rekrutierten. Gefischt wurde mit Schleppnetzen, die zwischen zwei Greifen hingen. Die Randallaner saßen verkehrt herum auf den Rücken der Flieger und kümmerten sich um den Fang.

»Wie lange macht ihr das schon so?«, fragte Hauskyld. »Ich dachte, ihr hättet nicht zusammengearbeitet, bevor ihr euch zu Tripeln zusammengeschlossen habt?«

Thwov schnaufte verächtlich. »Das haben wir schon gemacht, solange wir zurückdenken können. Tatsächlich haben die Tripel alles nur noch verkompliziert – unter uns gesagt, wir Fischer hatten eigentlich gar keine Verwendung für die Traumbringer! Sie sind ganz nützlich, wenn es darum geht, Geschehnisse aufzuzeichnen, aber für uns waren sie einfach gleichbedeutend mit einem unnützen Esser mehr! Wir halten uns deshalb nicht immer so starr an die Regeln. Wenn keine königlichen Aufpasser in der Nähe sind, machen wir alles so, wie es schon früher am besten funktioniert hat. Sonst gerätst du nur immer wieder in dämliche Situationen. Wenn sich dein Greifer beispielsweise den Arm bricht, kannst du nicht mehr fischen gehen ...«

»Warte mal ... Ich sehe einige reife Früchte dort unten, ich gehe runter und hole mir welche! Wenn du den Wachen ein Zeichen geben würdest?«

Hauskyld machte mit der linken Hand eine Faust, hob sie hoch über den Kopf und ließ sie kreisen, dann zeigte er mit der Hand auf den winzigen, grünen Fleck unter ihnen. Sofort kam ein Wachtripel herbei und begleitete sie auf ihrem Sturzflug nach unten.

Die kleine Oase bestand nur aus einem Obstbaum und einigen kleinen Teichen, die aber von einer eigenen Quelle gespeist wurden; daher trockneten sie – wenn überhaupt – nur äußerst selten aus. Hauskyld kletterte auf den Baum und warf die Früchte hinunter, und die Randallanerwache half ihm dabei. Eine ganze Weile warfen sie die Früchte einfach auf den Boden, wo sie von Thwov und dem anderen Greif unglaublich schnell aufgepickt wurden.

»Willst du nicht auch ein paar für dich selbst pflücken?«, fragte Xith'da freundlich. »Sie schmecken wirklich sehr gut!«

»Ich fürchte, das wäre nicht so gut für meinen Magen.«

Der Randallaner stieß einen amüsierten Pfiff aus. »Soso, sieh mal einer an! Du bist früher also noch nie geritten, das nennen wir die *Kinderkrankheit.* Aber glaube mir, das vergeht meist am zweiten oder dritten Tag ganz von allein ...«

»Sehr erfreut, das zu hören ...«

Er war gar nicht erstaunt über die Freundlichkeit des Soldaten. Seit mindestens zehn Generationen war dieselbe Herrscherfamilie an der Macht, und niemand hätte es gewagt, einem Befehl der Hochkrone zuwider zu handeln – das hätte für ihn bedeutet, ausgestoßen oder exekutiert zu werden. Die Wachen, die sie jetzt begleiteten, waren eigentlich nur pro forma bei ihnen. Sie sollten lediglich darauf achten, dass die Befehle der Hochkrone auch ausgeführt wurden. Außerdem sollten sie die Straßenräuber im Zaum halten.

Bald waren die Greife satt, und Hauskyld kletterte mit dem Randallaner zusammen wieder von dem Baum herunter.

»Uff, wie ich diese Starts vom Boden aus hasse!«, maulte Thwov. »Keine Felsen in Sicht und auch nichts, was wir stattdessen erklimmen könnten!«

Derf, der andere Greif, schnaufte zustimmend. Dann rannten sie alle nebeneinander los. Die Greife schlugen mit den Flügeln, bis sie schnell genug waren, um die Flügel auszubreiten und abzuheben.

Hauskyld klammerte sich an den Lederriemen fest, steckte den linken Fuß in den primitiven Steigbügel (der eigentlich auch nur aus einem Lederriemen bestand), zog sich hoch und landete mit Schwung auf der harten, vorstehenden Wirbelsäule des Greifs. Die Greife stiegen in den Himmel auf, wobei sie darauf Acht geben mussten, sich gegenseitig genügend Platz zu lassen.

Xith'da hob die Hand zu einer Geste, woraufhin Derf die Führung übernahm.

Hauskyld gab ihm zu verstehen, dass er das Signal verstanden hatte. Dann rutschte er so lange auf dem Rücken seines Greifs herum, bis er eine Sitzposition erreicht hatte, die den Flug für sie beide halbwegs angenehm gestaltete. Es lief darauf hinaus, dass er genau in der Mitte zwischen den beiden riesigen Schwingen saß und seine Füße nach oben auf den Hals des Greifs legte. Er sah sich um und bemerkte, dass sich die Landschaft langsam veränderte. Die Sträucher und Büsche waren hier üppiger und grüner, und das Land wurde hügeliger, je näher sie der Grenze des Kontinents kamen.

Bald darauf war ihm nicht mehr übel – es ging ihm sogar verhältnismäßig gut, und er ärgerte sich, dass er nicht auf den Soldaten gehört und einige der Früchte gegessen hatte. Er saß bequem auf Thwovs breitem Rücken und sah auf die Rotsteinhügel hinunter, die langsam unter ihm vorbeizogen. Er hatte schon viele Wüstengebiete zu Gesicht bekommen, doch hier auf Randall sahen sie ganz anders aus. Die Berge waren nicht sehr steil und erinnerten an Eistorten, die in der glutheißen Sonne geschmolzen waren. Die sauren Regenfälle trugen das weiche Sedimentgestein schnell ab, und aufgrund der niedrigen Gravitation und der hohen Luftdichte entstanden nur flache, breite Schluchten statt ausgeprägter, schroffer Cañons.

Der Greif schien sich nicht im Mindesten voranzubewegen; Hauskyld hatte vielmehr den Eindruck, wie in einem Aufzug immer wieder auf und ab zu fahren. Er blickte sich um und betrachtete die langen, grünlich schimmernden Flüsse, die das Land durchzogen. Weit entfernt am Horizont lagen die Bergketten aus dunklem, blau glänzendem Basalt und bildeten einen hübschen Kontrast zu dem rötlichen Gestein, aus dem der Boden unter ihnen bestand.

KAPITEL 18

Schon am zweiten Tag zeigte sich ein bestimmter Rhythmus im Tagesablauf – man stand früh auf, nahm hastig eine kalte Mahlzeit zu sich, und dann ging es wieder hoch hinauf in den Himmel. Unterbrochen wurde die Reise nur durch die regelmäßigen Sturzflüge, wenn Thwov etwas Essbares entdeckt hatte. Jetzt, wo Hauskyld die Luftkrankheit überwunden hatte, begann auch er den Flug zu genießen. Es stellte sich heraus, dass Thwov ein hervorragender Reiseführer war, und so lernte Hauskyld eine Menge über die Geschichte der Randallaner.

Wie bei den meisten Spezies war ihre Geschichte nur unzureichend erforscht worden. Die Bildung von Tripeln hatte einen gewaltigen Entwicklungsschub bewirkt, da sich die Verbündeten nun weitaus besser gegen ihre einzeln kämpfenden Artgenossen behaupten konnten, denn kampftechnisch war ein Tripel stets im Vorteil: Tripel waren beweglicher und konnten schneller zuschlagen als die schwer gepanzerten Randallaner. In der Luft waren sie einzelnen Greifen überlegen, weil sie Bogen und Lassos und später auch Feuerwaffen einsetzen konnten.

Die meisten Handschlangen waren so weise, sich dem neuen System anzuschließen. Randallaner und Greife, die den alten Weg bevorzugten und alleine kämpften, wurden in blutigen Schlachten radikal ausgelöscht. Das letzte Königreich, das auf den alten Traditionen beharrte, ging zweihundert Jahre nach Hmi'dro unter.

Die weite Verbreitung der Tripel bewirkte auch noch andere Veränderungen. Früher waren Kriege sehr selten gewesen; sie folgten einem strengen Zeremoniell und wurden sehr professionell geführt. Hmi'dro hatte das geändert, mit dem Erfolg, dass sich nun auch die Bevölkerung bewaffnete. Armbrust und Nitroglycerin wurden zu den beliebtesten Waffen.

Thwov zeigte auf den *Pass des rostigen Eisens* – die Randallaner hatten diesen Namen von den terranischen Kartenwerken übernommen. »Dort unten fand damals eine der letzten großen Schlachten statt. Der Pass hat seinen Namen erhalten, weil man die toten Soldaten einfach samt ihren Waffen dort liegen ließ. Noch nach Hunderten von Jahren konnte man aus der Luft die dunklen Umrisse ihrer Überreste erkennen.«

»Handelte es sich um Randallaner?«

»Ungefähr die Hälfte waren Randallaner. Die letzten Kriege hatten zur Folge, dass alle Xhu'gha geächtet wurden! Du hast sicher schon gewusst, dass Hmi'dro alle zusammengebracht hat, ob sie wollten oder nicht. Sieh mal, da unten wachsen Beeren! Gibst du der Wache ein Zeichen?«

Hauskyld hob den Arm, und im nächsten Moment rasten sie auf den Beerenstrauch zu, der auf einem Tafelberg mitten in einer breiten Schlucht stand. Er lehnte sich zurück und genoss den frischen, kühlen Wind, der über sein Gesicht strich.

Als sie das Nachtlager errichtet hatten, kündigte Kommandant G'tru an, dass am folgenden Morgen mit der Ankunft im Lager der Hochkrone zu rechnen sei, wo eine andere Wachmannschaft übernehmen würde.

»Ich möchte euch allen meine Glückwünsche aussprechen zu eurem bewunderungswürdigen Verhalten und wünschte euch, dass ihr mit eurer Bitte Erfolg habt!«

»Ich bin mir sicher, dass er uns genauso gerne und ebenso freundlich unser Todesurteil verlesen hätte«, flüsterte Clio Hauskyld ins Ohr.

In dieser Nacht, als alle außer den Wachen schliefen, kuschelte sie sich eng an ihn, und er schloss sie in die Arme. Sie kopulierten schnell und heftig, als wäre es das letzte Mal in ihrem Leben.

KAPITEL 19

Früher waren die terranischen Xenisten einhellig der Meinung gewesen, dass Phmi'phtar die Hauptstadt des Planeten war. Aber kurz bevor der Krieg ausbrach, hatte einer von Hauskylds Schülern – wie war doch noch sein Name gewesen? – herausgefunden, dass es sich einfach um den Ort handelte, wo sich die Hochkrone gerade aufhielt. Besser gesagt, die *Hochkronen*, dachte Hauskyld. Wie das Terranische kannte auch die Wahre Sprache keinen echten Plural für dieses Wort.

Obwohl es sich nicht um eine Stadt im eigentlichen Sinne handelte, war Phmi'phtar eine beeindruckende Siedlung. Zum Gefolge der Hochkrone gehörte ein Hofstaat aus über zweihundert Tripeln, zwei Geschwader Lanzenträger und je ein Geschwader Musketiere, Grenadiere, Pikenträger und Armbrustschützen. Hinzu kamen noch die »Adligen auf Lebenszeit«, eine Gruppe von mehr als achtzig Tripeln, die sich besonders um das Königshaus verdient gemacht hatten oder außergewöhnlich gute Verbindungen zu den Anführern wichtiger Clans besaßen. Damit waren insgesamt mehr als 1.300 Mäuler zu füttern, was dadurch erschwert wurde, dass man sich gewöhnlich nicht in unmittelbarer Nähe der größeren Siedlungen aufhielt. Hauskyld erschien dieses Lager doch verhältnismäßig klein, verglichen mit den Stützpunkten, die man typischerweise um christliche Niederlassungen errichtete.

Traditionell wurden die Gerichtsverhandlungen unter Vorsitz der Hochkrone erst nach Einbruch der Dunkelheit abgehalten. Vermutlich lag das daran, dass sich die Machthaber ihr Futter selber suchen mussten, so wie jeder andere auch. Der ganze Planet schien wie eine kleine Stadt organisiert zu sein. In der Tat konnte man den Begriff »Hochkrone« am besten mit »Wichtigstes unter den sozial bedeutenden Tripeln« übersetzen.

Die Hochkrone pflegte die Illusion aufrechtzuerhalten, sich genau wie ein normales Tripel zu verhalten, besonders bei der Futtersuche. In der Realität sah dies freilich anders aus: In Phmi'phtar war es üblich, dass der Hochkrone täglich von jedem ihrer Begleiter so genannte »Geschenke« gemacht wurden – Gaben in Form von Nahrungsmitteln und anderen Dingen des täglichen Bedarfs.

Der Hofstaat war eigentlich nichts anderes als eine Mischung aus Oberstem Gerichtshof und Oberster Polizeibehörde. Damit besaß er die Macht, Gesetze so auszulegen, wie es gerade notwendig und sinnvoll erschien. Solange man sich nicht gegen das Herrschaftshaus auflehnte, schien niemand etwas gegen diese fragwürdige Bevorteilung zu haben. Das Eintreiben von Lebensmitteln und anderen Dingen wurde einfach als eine Art Steuer angesehen.

»Jeder braucht nur wenig zu geben. Das ist vielleicht nicht immer ganz fair, aber schließlich steht ja ein ganzer Planet zur Verfügung, von dem man sich bedienen kann. Und für die, die freiwillig mehr bezahlen, resultiert daraus ein höherer gesellschaftlicher Stand. So sind die Abgaben für die Einzelnen einigermaßen erträglich«, erklärte Hauskyld Clio, als sie zwischen den christlichen Bittstellern umherwanderten.

»Sie sehen es wahrscheinlich einfach so, als hätten sie eine Menge guter Freunde, die sie durchfüttern müssen«, vermutete sie.

»Schon möglich. Habe ich dir schon erzählt, dass Kommandant G'tru mir versehentlich verraten hat, warum man nie mehr als ungefähr einhundert Tripels in den Kampf schickt? Du weißt, das entspricht gerade einmal fünf Geschwadern.«

Er nahm ihre Hand, obwohl er sich denken konnte, dass das möglicherweise Anstoß erregen konnte. Doch seine Nerven lagen momentan blank, und er brauchte ihre Nähe, um sich ein wenig zu beruhigen.

»Um ein Geschwader zusammenzustellen, das in den Krieg ziehen darf, sind eine ganze Menge Abgaben erforderlich. Der Gepäckkonvoi kann aber nur die Abgaben für fünf Geschwader transportieren. Obwohl die Kommandanten in der Vergangenheit also wussten, dass fünf Geschwader niemals ausreichten, beließen sie es lieber bei dieser Zahl und nahmen damit in Kauf, eine Schlacht zu verlieren. Besser das als die Schande, eine Verstärkung angefordert zu haben, die man nicht entlohnen konnte! Aber trotzdem bekamen sie ständig Beschwerden zu hören, besonders von den Tripeln, die dafür bezahlt hatten, am Kampf teilnehmen zu dürfen, und sich über mögliche Schmarotzer ärgerten.«

Sie nickte. »Jetzt sehe ich einiges schon wesentlich klarer. Kuf hat mir erzählt, dass sie früher ihre Gefangenen nicht gekreuzigt haben. Sie haben erst damit angefangen, nachdem sie es bei euch gesehen hatten. Sie ließen sie wirklich einfach dort draußen liegen, damit ihr die Möglichkeit hattet, sie wieder zu euch hereinzuholen. Ihrer Auffassung nach war die Kapitulation Strafe genug. Also war es nicht notwendig, die Gefangenen zu töten – holte sie niemand zurück in die Festung, dann kümmerte sich auch von ihnen keiner darum, was aus ihnen wurde!«

Hauskyld hatte plötzlich das Gefühl, sein Mund sei völlig ausgetrocknet. »Demnach kann man Shermans damalige Aktion – also die Gefangenen als Deckung beim Angriff zu benutzen – mit einem Hinterhalt vergleichen, den man in einem Lazarett für Kriegsgefangene legt … Ich habe ihm damals davon abgeraten! Aber er wollte nicht auf mich hören, und dann ist dabei sein Geliebter getötet worden … Warum interessieren sich die Historiker bloß niemals für derartige Dummheiten?«

»Irgendwann wird es für jeden offensichtlich sein, dann können sie es nicht länger vertuschen«, meinte Clio.

Sie hatten die erste Wegkrümmung erreicht. Der Residenz der Hochkrone – dem riesigen Zelt, vor dem die fahnengeschmückten Lanzen unzähliger Clans in den Boden gerammt waren – durfte man sich niemals auf direktem Weg nähern. Sie waren kaum mehr als dreihundert Meter davon entfernt, doch weil der Weg im Zickzack verlief, mussten sie noch mehr als einen Kilometer zurücklegen.

Hier, genau an dieser Stelle, mussten auch die Handschlangen aus den Beuteln kriechen, um ihre Unterwerfung zu demonstrieren. Hauskyld und Clio hatten schnell gemerkt, dass man von ihnen ebenfalls ein angemessen unterwürfiges Verhalten erwartete. Also knieten sie sich wie die Randallaner nieder und verneigten sich mit auf dem Rücken verschränkten Armen. Die Greife warfen sich der Länge nach auf den Boden, alle Gliedmaßen weit abgespreizt, und die Handschlangen posierten mit ihrem weit hochgereckten Kopf wie Kobras. Alle wollten mit ihren Bewegungen dasselbe ausdrücken – die Bereitschaft, sich widerstandslos töten zu lassen, wenn die Hochkrone den Befehl dazu gab.

Als die Ehrenbezeugungen begannen, verstummte das Geschnatter und Gemurmel unter den Bittstellern abrupt. Die große rote Sonne von Randall neigte sich dem Horizont zu, und von den Bergen wehte bereits der kühle Abendwind zu ihnen herüber.

Hauskyld hätte nur zu gerne Clios Hand gehalten, aber es war wohl nicht der passende Moment. Trotzdem fragte er sich, was mit ihm geschehen würde, wenn er ganz bewusst gegen die Traditionen verstieß.

Kurz vor dem Pavillon stellten sich die Bittsteller in aller Ruhe in einer langen Reihe auf. Die Sonne war jetzt hinter dem Horizont verschwunden, doch der Himmel glühte noch dunkelrot. Die Fackeln, die im Abstand von rund zwanzig Metern links und rechts des Weges aufgestellt waren, blendeten Hauskyld, was er als ausgesprochen unangenehm empfand.

Im Osten stiegen Isolde und Mark in den Himmel auf, aber sie standen heute so niedrig, dass nicht viel von ihrem Licht durch die hohen Koniferen drang. Die brennenden Fackeln verschwammen vor seinen Augen, und er stolperte über einen der vielen Steine, die auf dem Weg lagen. Er sah, dass Clio vor ihm mit denselben Schwierigkeiten kämpfte.

Nach vielen Verbeugungen standen sie schließlich im königlichen Pavillon. Hauskyld bemerkte, dass die Zeltwände mit großen Teppichen verhängt waren. Dann fiel sein Blick auf die Gruppe der Hochkrone, die als Zeichen ihrer Macht leuchtende bunte Abzeichen trug: die Randallaner trugen eine Schärpe, die Greife einen Brustpanzer und die Handschlangen Masken. Sie bildeten einen Halbkreis um ein Artefakt, dessen Name in der Übersetzung so viel bedeutete wie »Thron«.

Es sah auch tatsächlich aus wie ein Thron – wenigstens so ähnlich. Die drei Höchsten hockten auf einem Holzgerüst, das offensichtlich so konstruiert war, dass man es schnell auf- und wieder abbauen konnte. Krish'pha, der Randallaner, saß auf einem stuhlähnlichen Sitz mit niedriger Rückenlehne. Dieser Stuhl hatte nur an der linken Seite eine Armlehne. Rechts des Stuhls saß Vwat, der Greif, wie ein riesiger Hund auf einer flachen Plattform. Sein Kopf war mit dem des Randallaners auf gleicher Höhe. Die Rückenlehne des Stuhles erstreckte sich bis hinter den Greif, und darauf lag Dintanderoderam, dessen Kopf auf Vwats Schulter ruhte. Die drei schauten aus einer Höhe von etwa zwei Metern auf die Neuankömmlinge herab. Vorne an dem Gerüst hatte man ein hölzernes Basrelief angebracht, auf dem das Gesicht von Hmi'dro zu sehen war.

Hauskyld, Clio und die christlichen Bittsteller wurden freundlich in den freien Bereich vor den Thron geführt. Sie standen jetzt direkt vor der Maske, und um die Hochkrone sehen zu können, mussten sie angestrengt nach oben blicken. Vier Pikenträger hatten sich rings um sie aufgebaut. Für eine Weile herrschte absolute Stille. Die Zeit schien unglaublich langsam zu vergehen, obwohl gemäß Vorschrift nur zwanzig Sekunden verstrichen. Dann machte die Gruppe dreimal ihre Ehrenbezeugungen, stand wieder auf und wartete schweigend ab.

Schließlich begannen der Randallaner und der Greif zu sprechen, *unisono* und sehr langsam, als würden sie jedes einzelne Wort erst miteinander abstimmen. Vielleicht verhielt es sich wirklich so; Hauskyld wusste es nicht.

»Wir haben eure Bitte gehört.«

»Wir trafen eine Entscheidung.«

»Hört sie und nehmt sie an, sodass wieder Frieden herrscht.«

»Wir haben entschieden, dass die alten Gesetzte, welche die Bildung von Tripeln betreffen, nicht verlangen, dass diese direkt von Geburt an bestehen müssen. Aus diesem Grund haben wir wie folgt entschieden: Wenn die Xhu'gha sich zu dem Jesus-Glauben bekennen und als Tripel leben, sind sie als wahre Tripel zu betrachten und damit frei ...«

»Wir wünschen, die Jesusanhänger als unsere Freunde zu betrachten. Das soll überall verkündet werden.«

»Die Tripel der Jesusanhänger sind also frei.«

Die drei lehnten sich zurück. So eine Rede, die permanent telepathisch koordiniert wird, ist sicherlich sehr anstrengend, dachte Hauskyld. Da jeder eine andere Ausdrucksweise hatte, schien es, als hätten sie um jedes einzelne Wort einen telepathischen Kampf ausgefochten.

Die Wachen kamen auf sie zugelaufen, Kommandant G'tru an ihrer Spitze. Innerhalb weniger Augenblicke umringten sie die ehemaligen Gefangenen, hängten ihnen lederne Schärpen um und hießen sie herzlich willkommen.

Durch die wenigen Worte der Hochkrone waren die christlichen Tripel von Ausgestoßenen zu gleichberechtigten Mitbürgern geworden. Ganz offensichtlich bestanden keinerlei Vorbehalte zwischen den ehemaligen Gefangenen und ihren Bewachern. Hauskyld und Clio fanden sich plötzlich alleine vor der Hochkrone wieder, noch immer von bewaffneten Soldaten umringt.

»Außerdem«, fuhr die Hochkrone zweistimmig fort, »gestatten wir es den Lehrern des Jesusglaubens, die Mysterien des Xhu'gha zu lehren. Wir hoffen, dass sich weitere solche Tripel bilden werden!«

»Dürfte ich es wagen, um die Gnade zu bitten, von euch angehört zu werden?«, fragte G'tru.

»Wir hören.«

»Wie kann ich, oder jene, die unter mir dienen, wissen, wer ein wahrer Lehrmeister des Jesusglaubens ist?«

Schweigen senkte sich nieder. Niemand rührte sich oder schien zu bemerken, wie heftig auf telepathischem Wege diskutiert wurde, daher beschloss Hauskyld, das Geschehen ebenfalls reglos zur Kenntnis zu nehmen.

Schließlich antwortete die Hochkrone, sehr, sehr langsam und mit kaum hörbaren, zischelnden Stimmen.

»Ihr mögt unter den Tripeln, die heute als Bittsteller vor uns erschienen sind, eines auswählen, dass in Zukunft über die anderen richten darf. Wenn ihr ein Tripel erwählt habt, werdet ihr uns ihre Namen mitteilen, und wir werden ihm die Gerichtsbarkeit dieses Gebietes übertragen. Sollte das Tripel, das ihr ausgewählt habt, später einmal abgelöst werden müssen, so werdet ihr ein anderes Tripel wählen und uns darüber informieren.«

»Es soll sein, wie Ihr es sagt.«

G'tru, seine Randallaner und auch die Handschlangen zeigten noch einmal ihre Ehrerbietung.

Hauskyld war sprachlos, während Clio sich tief in ihrem Inneren vor Lachen zu schütteln schien. Gerade einmal zwei Minuten war es her, dass der christliche Glaube legalisiert worden war, und schon wandelte die Hochkrone auf den Pfaden von Heinrich dem VIII.!

Hauskyld war in diesem Augenblick heilfroh, dass es sehr lange dauern würde, bis der Bericht über die heutigen Vorkommnisse den Erzbischof erreichte.

»Gibt es noch eine Sache, die unserer Aufmerksamkeit bedarf?«

Diese Frage gehörte zum Ritual und wurde nur pro forma gestellt.

»Dann ist das Gericht entlassen. Die Terraner sollen noch bleiben. Wachen werden nicht mehr benötigt. Die Tripel dürfen sich entfernen.«

Hauskyld kniete nieder und huldigte der Hochkrone. Er spürte, dass Clio neben ihm auf die Knie sank und es ihm nachmachte.

»Ihr dürft gehen«, bellte einer der Randallansoldaten die christlichen Tripel an.

Sie brauchten recht lange, um sich zurückzuziehen, weil alle, auch die Handschlangen, sich rückwärts hinausbewegen mussten, das Gesicht stets der Hochkrone zugewandt, und auch die Ehrerbietungen durften nicht vergessen werden. Hauskyld blickte verstohlen über die Schulter und sah, dass es ihnen anscheinend erst an der ersten Wegkrümmung wieder gestattet war, sich zu erheben und der Hochkrone den Rücken zuzukehren. Er versuchte sich die Position jedes einzelnen genau einzuprägen, jede Kleinigkeit, die ihm aufgefallen war, auch, wie die Befehle erteilt und ausgeführt wurden. Dieses Material erschien ihm ungeheuer wertvoll.

Als das letzte Tripel die Wegkrümmung passiert hatte, wandten Krish'pha und Vwat sich den noch immer knieenden Terranern zu. »Wenn unsere Informationen richtig sind, sprecht ihr beide die Wahre Sprache«, stellte Vwat fest.

»Wenn es dich erfreut, werden wir es tun.«

Krish'pha stieß einen Pfiff aus. »Es besteht kein Grund, weiterhin so formell zu sein. Wie ihr sicher bemerkt habt, sprechen wir nicht länger unisono. Jetzt sind wir wieder ganz normale Leute, wie alle anderen auch.«

»Das haben wir verstanden«, mischte sich Clio in die Unterhaltung ein. »Ihr wollt uns noch etwas sagen?«

»Wir wollen uns nur mit euch unterhalten.« Vwat räkelte sich noch einmal und legte sich dann nieder. »Entschuldigt bitte, aber nach diesen Audienzen bin ich immer ganz steif. Der königliche Leibarzt sagte mir, dass manche von euch auch unter diesem Gebrechen leiden … Es macht sich mit zunehmendem Alter besonders in den Gelenken bemerkbar …«

»Arthritis?«, fragte Hauskyld. Für einen Moment dachte er, dass sie vielleicht über die Krankheit mit ihnen sprechen wollten.

»Ich glaube, das ist die richtige Bezeichnung. Glücklicherweise sind meine Schwingen nicht davon betroffen, aber meine Hinterbeine … oh … Doch darum sind wir jetzt nicht hier«, bemerkte er und sah zu Krish'pha hinüber, der seine beiden unteren Arme vorsichtig vor und zurück bewegte. »Wir haben viel zu besprechen.«

»Das ist völlig richtig«, stimmte ihm Krish'pha zu. »Mir wurde berichtet, dass ihr so etwas wie Gelehrte seid und die, die nicht von eurer Art sind, erforschen wollt. Außerdem sollt ihr andere über eure Art informieren. Entspricht das der Wahrheit?«

»Das ist richtig«, bestätigte Hauskyld und wartete höflich ab.

Es dauerte eine Weile, bis sich Krish'pha wieder an ihn wandte.

»Hast du diese Tätigkeit jemals für einen anderen ausgeübt als für euren – wie ist der Titel eurer Hochkrone – Papst?«

»Das ist bei uns durchaus üblich«, sagte Hauskyld. »Es ist Teil unseres Glaubens, dass jeder Gefallen, den wir einem anderen erweisen, ein Dienst an unserem Gott ist. Vorausgesetzt, wir handeln ohne Eigennutz.«

»Darin steckt Wahrheit«, meinte Vwat nachdenklich. »Schön, sehr schön. Was wir jetzt brauchen, ist Frieden. Eine ganz besondere Form von Frieden. Wir glauben, dass ihr dazu beitragen könnt. Wir hatten die Hoffnung schon beinahe aufgegeben, doch dann sind die Jesusgläubigen mit ihrer Bitte zu uns gekommen. Damit hat sich die Lage grundlegend geändert. Du scheinst ein Gelehrter zu sein, der das Wissen unseres Volkes an sein eigenes Volk weitergeben kann. Mir wurde berichtet, dass du erfahren hast, wie die ersten Tripel entstanden sind?«

»Das habe ich«, sagten Hauskyld und Clio gemeinsam. Sie blickten einander erstaunt an. Es schien sich erstaunlich schnell bis zur Hochkrone herumgesprochen zu haben, was in letzter Zeit alles geschehen war.

»Habt ihr verstanden, warum die Xhu'gha verfolgt, gefangen genommen und dazu gedrängt wurden, sich ehrenvoll zu töten?«, fragte Vwat.

Clio atmete tief durch. »Weil die christlichen Tripel zwar im Kampf nicht so erfolgreich, aber den anderen Tripeln sonst in vielen Dingen überlegen waren.«

Hauskyld nickte und fügte hinzu: »Überall haben wir erfahren, dass diejenigen, die kaum soziale Bindungen haben, leichter auf der sozialen Leiter nach oben steigen, weil sie weniger Rücksicht nehmen müssen. Niemand gibt ihnen das Gefühl, dass sie sich dafür schämen müssten, und meist hat so jemand nur wenige Freunde, mit denen er seine Freude über den Erfolg teilen kann, oder die mit ihm fühlen, wenn er versagt hat. Wenn ihr also Xhu'gha zulasst, werden sie nach wenigen Generationen als die wahren Reichen erscheinen und damit auch die Macht in den Händen halten.«

»Exakt«, sagt Krish'pha in Standard.

Hauskyld und Clio starrten ihn verwundert an. Der Mund des Randallaners formte sich zu einem kleinen Kreis – offensichtlich amüsierte er sich prächtig.

»Wir sprechen alle eure Sprache. Wir kopierten einfach die Erinnerungen derjenigen, die den ersten Kontakt mit euch hatten.« Er fiel wieder in die Wahre Sprache zurück. »So machen wir es meist: Als Zeichen unseres Vertrauens geben wir ein Geheimnis preis. Aber wir möchten dich auch um einen Gefallen bitten.«

»Wir werden versuchen, euch nach bestem Können zu dienen, solange wir damit nicht gegen die Regeln unseres Glaubens verstoßen«, erwiderte Hauskyld. Die Worte waren ein Teil des Gelübdes, das in seinem Orden geleistet wurde, allerdings leicht abgewandelt und in die Wahre Sprache übertragen.

Die Hochkrone sah erwartungsvoll zu Clio hinüber. Hauskyld begriff – seine Antwort hatte so sehr nach einem Schwur geklungen, dass sie etwas ähnliches jetzt auch von Clio erwarteten. Clio biss sich auf die Lippe, um nicht laut aufzulachen. Dann jedoch sagte sie mit todernster Miene: »Bei meiner Ehre verspreche ich, alles in meiner Macht stehende zu tun, um euch zu dienen.«

Damit schien die Hochkrone zufrieden zu sein. Hauskyld reagierte jedoch leicht verunsichert, weil er ihr gar nicht zugetraut hatte, eine so perfekte Antwort zustande zu bringen.

Vwat räusperte sich in sehr menschlich wirkender Weise, bevor er sagte: »Wir haben also festgestellt, dass euer Jesusglauben uns sowohl schaden als auch nützen kann, und hoffen, dass dies dazu beiträgt, die Anzahl der Xhu'gha unter uns zu verringern. Wir sehen jetzt die Notwendigkeit, mit den Terranern Frieden zu schließen, und wir wünschen, dass ihr uns dabei behilflich seid.«

»Was genau können wir für euch tun?«, fragte Hauskyld.

»Überbringt unsere Botschaft«, bat Krish'pha. »Falls notwendig, könnt ihr Verhandlungen beginnen. Wir bieten euren Leuten den Frieden, wenn sie folgende Bedingungen akzeptieren: Erstens, beide Seiten stellen sofort alle Kampfhandlungen ein. Gleiches gilt für alle Repressalien.«

»Zweitens, diese neue Art der Jesusgläubigkeit, die erschaffen wurde vom inzwischen verstorbenen Thkhri'jha, soll überall erlaubt und zwischen den Xhu'gha auch weiter verbreitet werden.«

Hauskyld wartete, doch es folgten keine weiteren Bedingungen. Nach einer Weile unterbrach Clio die Stille und sagte: »Ist das alles, was wir unseren Leuten ausrichten sollen?«

Vwat dachte nach und bauschte dabei ein wenig seine Schwingen auf. »Sollten wir eurer Meinung nach noch mehr anbieten? Oder gibt es vielleicht noch etwas, was ihr gerne hinzufügen würdet?«

»Ihr solltet vielleicht darüber nachdenken, ob ihr nicht auch gleich die Bedingungen einer Allianz aushandeln wollt«, sagte Hauskyld. »Das könnte euch später nützlich sein, wenn ihr verhindern wollt, dass eure Welt …«, er kannte kein randallanisches dafür, » … *kolonisiert* wird.«

»Was bedeutet kolini…?«, fragte Krish'pha verunsichert.

»Die Ansiedlung von Terranern auf dieser Welt, in sehr

großer Anzahl, für immer …«, erwiderte Clio. »Normalerweise gehen die Terraner so vor, wie es ihnen gefällt, egal was alle anderen dazu sagen. Hauskyld hat völlig Recht … Ihr solltet dem Commonwealth beitreten, solange ihr noch die Bedingungen dafür stellen könnt und nicht dazu gezwungen seid, alles zu akzeptieren, was andere euch vorschreiben wollen.«

Krish'pha pfiff leise. »Das macht die ganze Sache viel komplizierter.«

»Die Verhandlungen werden sich erfahrungsgemäß über mehrere Jahre hinziehen«, sagte Hauskyld. »Es werden mehr als fünfzig Jahre eurer Zeitrechnung vergehen, bis das Gate mit den ersten Siedlern eintrifft. Aber dann seid ihr Mitglieder im Commonwealth und könnt ihnen sagen, was sie hier tun dürfen und was nicht. Wenn ihnen eure Bedingungen nicht passen, können sie sich auf einer anderen Welt niederlassen. Als anerkannte Mitglieder des Commonwealth liegt die Entscheidung immer bei euch. Aber trotzdem werden sich viele Dinge ändern.«

»Das ist immer so«, sagte Krish'pha. »Deine Ausführungen erscheinen uns sehr weise! Wir sollten also noch hinzufügen, dass wir uns gerne dem Commonwealth anschließen würden und an Beitrittsverhandlungen interessiert sind?«

»Das halte ich für eine gute Idee.«

»Dann soll es so geschehen.« Vwat stand auf und streckte seine Hinterbeine aus, die ihn offensichtlich sehr schmerzten. »Es ist bedauerlich, dass wir erst jetzt miteinander über dieses Thema sprechen konnten. Wir können wirklich viel voneinander lernen. Und ohne Zweifel werden wir noch oft Gelegenheit dazu haben.«

Hauskyld und Clio verbeugten sich tief und gingen rückwärts zur Tür hinaus. Hauskyld bemerkte, dass Krish'pha das Zeremoniell ignorierte und dem Greif kräftig die Hinterbeine massierte.

KAPITEL 20

Jetzt werden wir sehen, ob sie uns noch vertrauen«, meinte Hauskyld. Clio hielt die weiße Fahne hoch; sie flatterte heftig im Herbstwind. Die Festung lag nur noch zweihundert Meter entfernt und machte einen verlassenen Eindruck. Die Wachtürme, die früher routinemäßig besetzt worden waren, schienen leer zu sein.

Er fragte sich, ob die Wachen auf der Mauer wohl besser aufpassten – schließlich ergab sich sonst für die Randallaner eine äußerst günstige Gelegenheit, die Festung zu erobern. Vielleicht verließ sich Pater Sherman auch einfach auf den Minengürtel. Sie hatten mehr als zwei Stunden gebraucht, um von der Stelle, wo sie den Sonnenaufgang abgewartet hatten, bis hierher zu gelangen. Nach jeweils fünfzig Metern hatten sie drei Minuten gewartet – Hauskylds Uhr ging noch immer genau – und die üblichen Gesten gemacht, um zu demonstrieren, dass sie verhandeln wollten. Bisher hatte es keine Probleme gegeben – sie waren noch nicht erschossen worden. Doch jetzt hatten sie sich der Festung so sehr genähert, dass sie sehen konnten, wie die Wachen hektisch hin und her rannten. Anscheinend hatte man sie doch bemerkt.

»Kann man da drüben hören, was wir sagen?«, fragte Rha'ngri in der Wahren Sprache.

»Wahrscheinlich noch nicht. Kannst du denn hören, was sie sagen, Kuf?«

»Auch nicht, der Wind kommt aus der falschen Richtung. Aber ich höre auch keine Pferde, was bedeutet, dass sie noch nicht vorhaben, zu uns herauszukommen.«

»Also können wir nichts tun, als warten?«, fragte Clio.

»Richtig. Zum Glück haben wir Herbst, und es hat ein wenig geregnet. Es wäre schlimmer, wenn jetzt Hochsommer wäre und wir hier braten müssten.«

Sie blieben in gebührendem Abstand zur Festung stehen, und Clio schwenkte von Zeit zu Zeit die weiße Fahne. Hauskyld fühlte plötzlich den Drang, ganz banale Dinge zu erzählen wie: »Da hinten musste ich immer Wache stehen. Hey, ich wette, Joshua und Gideon sind jetzt auf dem Posten!« Oder: »An dieser Stelle habe ich geholfen, die Mauer zu verteidigen!« Irgendetwas, nur um ein wenig Konversation zu betreiben.

Kuf hatte sich schon vor einiger Zeit wie ein Hund auf den Boden gehockt, und Rha'ngri lehnte sich bei ihm an. Hauskyld löste Clio beim Fahneschwenken ab.

»Sherman lässt sich aber ganz schön Zeit«, bemerkte er. »Es ist schon nach Mittag!«

»Ich wünschte, ich könnte mich ein Weilchen hinsetzen.«

»Du kannst dich auch bei mir anlehnen«, bot Kuf an.

»Nein danke, es ist wohl besser, wenn ich hier stehen bleibe. Schließlich sind wir doch in diplomatischer Mission hier.« Sie grinste den Greif an.

»Sollte ich dann nicht besser aufstehen?«, frage Rha'ngri.

Hauskyld schüttelte den Kopf. »Sie wissen nicht, wie es bei euch üblich bist, schließlich bist du ein *Alien.* Es kann also nicht schaden. Aber Clio, wenn es bequemer für dich ist, kannst du dich auch hinknien. Sie denken dann wahrscheinlich, du würdest beten.«

»Muss ich auch mit den Fingern herumkneten?«

»Finger kneten ... ach, du meinst, die Hände zum Gebet falten? Nein, das ist nicht nötig. Knie dich einfach auf den Boden und halte den Kopf gesenkt.«

Sie versuchte es. »Das ist schon viel besser. Warum machst du es nicht auch so? Später kannst du dich vielleicht nicht mehr ausruhen.«

»Ich würde mich schuldig fühlen, wenn ich ihnen vorgaukelte, dass ich bete.«

Ein ganze Weile wurde nicht mehr gesprochen. Hinter ihnen sank die Sonne immer tiefer, und ihre Schatten wurden immer länger.

»Was machen wir, wenn sie nicht reagieren?«, fragte Clio schließlich.

»Dann versuchen wir es morgen noch einmal.«

»Es sieht so aus, als brauchten wir nicht mehr so lange zu warten«, sagte Kuf plötzlich. Das große Tor öffnete sich, und die Zugbrücke rollte über die Schienen durch das Minenfeld.

»Also Leute, jeder auf seinen Posten«, kommandierte Hauskyld. Sie stellten sich in einer Reihe auf. Clio, die jetzt wieder die weiße Fahne in den Händen hielt, stand in der Mitte, Rha'ngri und Hauskyld links und rechts neben ihr, Kuf und Thingachganderook dahinter. Als sich das Tor öffnete, trat Kanegawa, der Tempelritter heraus, grüßte und lief dann bis zum Ende der Zugbrücke.

Dort grüßte er wieder und kam dann direkt auf Hauskyld und seine kleine Gruppe zu. Vor der weißen Fahne blieb er stehen. Hauskyld stellte mit Entsetzen fest, wie abgemagert er war, die Augen tief eingesunken und mit dunklen Rändern versehen, was wegen seines bleichen Gesichtes besonders bedrohlich wirkte. Anscheinend hatte der Templer in der letzten Zeit entschieden zu wenig Schlaf bekommen.

»Bruder Hauskyld«, sagte er leise. »Doktor Yeremenko. Und …«

»Gesandte der Hochkrone.« Hauskyld zeigte auf seine Gefährten. »Rha'ngri, Kuf und Thingachganderook. Darf ich vorstellen, dies ist Komtur Kanegawa von den Tempelrittern.« Rha'ngri verbeugte sich, Kuf nickte und Thingachganderook senkte den Kopf.

»Ihr seid willkommen unter der Fahne des Friedens«,

sagte der Komtur und verbeugte sich ebenfalls tief. Eine gute Antwort, dachte Hauskyld. »Ich bin verpflichtet, Sie nach dem Grund für Ihr Erscheinen zu fragen und muss zudem feststellen, in welcher Funktion sich der Bruder vom Orden des Heiligen Mbwe Hauskyld Gomez und Towarischtsch Doktor Clio Yeremenko hier befinden.«

Die diplomatischen Höflichkeitsfloskeln zeigten Hauskyld deutlicher als alles andere, dass er sich wieder unter Terranern befand. Eigentlich wollte jeder in der Festung einfach nur wissen, warum sie so schnell zurückgekehrt waren und ob man sie gefangen genommen hatte. Aber es war nicht üblich, direkt danach zu fragen.

»Wir wurden in unserer Eigenschaft als Ordensbrüder des Heiligen Mbwe und aufgrund von Doktor Yeremenkos gegenwärtigem Status als außerplanetares Mitglied der Christlichen Union hierher gesandt, um Waffenstillstandsverhandlungen zu führen. Diese sollen nach dem Willen der Hochkrone zu einem permanenten Frieden beitragen. Außerdem hat die Hochkrone den Wunsch geäußert, zu einem noch festzulegenden Zeitpunkt ein gleichberechtigtes Mitglied der Union zu werden.«

Kanegawa nickte bedächtig und wiederholte die Botschaft langsam in sein Sprechfunkgerät. Dann gestattete er es sich, Hauskyld anzugrinsen. »Langweilige, bürokratische Hackescheiße. Wir hätten das alles viel besser bei einem schönen, kühlen Glas Bier besprochen.«

Das Funkgerät piepste, und er hielt es sich ans Ohr. Eine Minute lang hörte er zu, dann sagte er: »Ihr Status wurde in allen wesentlichen Punkten akzeptiert. Akkreditiert wurden die Botschafter Rha'ngri, Kuf und Thingachganderook.«

Clio lächelte. »Das haben Sie absolut perfekt ausgesprochen, Komtur. Vielleicht sollten Sie die Verhandlungen führen.«

»Dafür wurde ich nicht ausgebildet«, antwortete er und

lächelte zurück. »Aber ich bin heilfroh, dass wir diesen Unsinn jetzt erledigt haben! Sie beide bekommen Ihre alten Zimmer wieder. Es tut mir Leid, Madam, aber Pater Sherman bestand darauf. Und für die Herren Botschafter haben wir einen … ähem … gemütlichen Platz in den Räumlichkeiten der Kavallerie eingerichtet. Wenn Sie so freundlich sein wollen, Ihren Leuten ein Zeichen zu geben, damit wir zur Festung aufbrechen können.«

Rha'ngri drehte sich um und ließ die Faust dreimal über dem Kopf kreisen. Dann streckte er alle vier Arme vor, die Handflächen nach oben gedreht. Weit oben am Himmel blitzte es von einem dunklen Punkt dreimal kurz hintereinander hell auf. »Jetzt wissen sie, dass wir keine Gefangenen sind«, sagte er in bestem Standard mit kaum merklichem Akzent.

»Dann können wir ja gehen.« Kanegawa deutete auf die Zugbrücke. »Wenn Sie mir folgen wollen …«

»Also«, sagte Kuf, »Sie brauchen uns nicht zu erklären, warum Sie uns im Pferdestall untergebracht haben. Wir verstehen, dass es keine andere Möglichkeit gab und fühlen uns nicht beleidigt.«

Kanegawa starrte ihn an. Hauskyld vermutete, dass er durchaus von der Intelligenz der Greife gehört hatte. Doch das hier musste ihm vorkommen, als hätte er es mit einem sprechenden Pferd zu tun. Als sie die Zugbrücke bereits halb überquert hatten, fragte Kanegawa: »Wie konnten Sie wissen, dass ich die Stallungen meinte?«

»Wo sollte man sonst jemanden von meiner Größe unterbringen? Die meisten der großen Räume werden doch bestimmt anderweitig gebraucht.«

Der Templer nickte zweimal, mit einer langen Pause dazwischen, als hätte er den Grund für die Wahl der Unterkunft erst jetzt verstanden. Hauskyld gefiel diese Geste; sie überraschte ihn mehr als alles andere, was an diesem Tag geschehen war.

KAPITEL 21

Sogar für eine Belagerung schien es einige Traditionen zu geben, die unberührt blieben. Hauskylds alte Kammer sah zum Beispiel noch genauso aus, wie er sie verlassen hatte. Selbst der Papierkorb war noch immer nicht geleert worden. Er hoffte inständig, dass auch Clio ihre Kleidung wechseln und sich irgendwo waschen konnte. Zunächst jedoch war er natürlich daran interessiert, genau dies selbst tun zu können.

Er warf seine Schuhe mitten ins Zimmer, streifte die vor Dreck steifen Hosen ab, dann auch die Tunika und die Unterwäsche, um unter die Dusche zu gehen. Er drehte das Heißwasser so weit auf, wie es ging, und schrubbte die juckende Haut fest ab. Er massierte sich die Seife ins Haar ein und spülte es anschließend gründlich aus. Noch eine ganze Weile stand er unter dem heißen Wasserstrahl und genoss das Gefühl, langsam wieder sauber zu werden.

Den schmutzigen Mantel, die Tunika, Hose und Unterwäsche warf er in den Wäschebehälter. Seine Auswahl an sauberer Kleidung war nicht gerade überwältigend. Schließlich fand er seine strahlend blaue Robe, die er eigentlich nur bei besonders festlichen Anlässen zu tragen pflegte …

Zumindest war sie sauber, und schließlich gab es ja heute einen bedeutenden Anlass, oder? Er zog sich schnell an und setzte sich, um sich das nasse Haar zu kämmen. Plötzlich klopfte es an der Tür.

Es war Kanegawa.

»Kommen Sie rein«, rief Hauskyld. »Ist es schon so weit?«

Kanegawa schloss leise die Tür hinter sich. »Nein, noch

nicht. Ich meine, wir sollten erst noch ein paar Sachen privat besprechen. Sie dürfen nicht wissen, dass ich hier gewesen bin!«

»*Sie*?«

»Shermans Anhänger. Die jungen Aquinischen Offiziere.«

Hauskyld deutete auf einen Stuhl und ließ sich auf einem zweiten nieder. »Wahrscheinlich ist es besser, wenn Sie mir alles von Anfang an erzählen. Was ist geschehen, als ich nicht hier war?«

Kanegawa fuhr sich mit den Händen durchs Haar, starrte eine Weile die Wand an und legte die Beine übereinander. »Meiner Ansicht nach hat Sherman einen leichten Schlaganfall erlitten, kurz nachdem Sie weg waren. Ich bin mir nicht ganz sicher, aber er zeigt deutliche Symptome einer klassischen Paranoia!«

»Warum wurde er nicht abgelöst?«

»Diese Festung liegt mitten im Kriegsgebiet, und ich bin nach ihm der ranghöchste Offizier. Sherman hat es verstanden, die meisten der jungen Offiziere an sich zu binden. Die älteren Offiziere hat er in den Bau werfen lassen und den verbleibenden einen schnellen Aufstieg auf der Karriereleiter versprochen! Die denken nur an sich selbst. Was aus der Festung wird, interessiert sie nicht! Es hat sie so beeinflusst, dass sie jetzt seine Angst vor den Templern teilen. Er scheint zu glauben, wir wollten Randall übernehmen, und hat ihnen eingeredet, dass sie in große Schwierigkeiten gerieten, wenn er sein Kommando an mich abgeben würde.«

»Na und?«, fragte Hauskyld ohne besondere Schärfe. »Hat er damit nicht Recht?«

Kanegawa grinste. »Es kommt immer darauf an, wie man einen Befehl auslegt. Und außerdem reicht mein kleiner Trupp von Templern nun wirklich nicht aus, um einen ganzen Planeten in unsere Gewalt zu bringen! Sehen Sie, es ist doch offensichtlich, dass die Aquinier hier in einen Krieg verwickelt wurden. Aber das reicht nicht, um die Templer auf den Plan zu rufen. Wissen Sie eigentlich, wie viele ›Domestizierungen‹ es bisher gegeben hat?«

Hauskyld zuckte die Achseln. »Sie kommen aus einer viel späteren Zeit als ich. Zu meiner Zeit haben diesbezüglich noch keine Pläne existiert.«

»Es gab erst zwei. Der letzte Papst hat es deutlich gesagt – nur Welten mit dem Status *ketzerisch*, die Atomwaffen besitzen und Weltraumfahrt betreiben, kommen dafür in Betracht. Unsere Aufgabe besteht im Grunde darin, alle Gefahren von den christlichen Welten fern zu halten, das ist alles.«

Er sah Hauskyld eine ganze Weile an, was darauf schließen ließ, dass er dessen Zweifel bemerkt hatte.

»Ich werde es Ihnen an einem kleinen Rechenbeispiel erklären. Die Anzahl der bewohnbaren Welten ist meines Wissens nach zur Zeit doppelt so groß wie die, auf denen sich Siedler niedergelassen haben. Wir müssen die Grenzen zu den islamischen und den kommunistischen Welten absichern, und auch die weitere Expansion in den Weltraum dürfen wir nicht vernachlässigen. Irgendwann kommt der Zeitpunkt, wo wir auf eine Spezies treffen, die gleich stark oder uns vielleicht sogar überlegen ist. Man muss auf alles vorbereitet sein. Sie werden also einsehen, dass wir auf einen unbedeutenden, kleinen Planeten ruhigen Gewissens verzichten können.«

Hauskyld zuckte die Achseln. »Ich schätze, das kann ich so akzeptieren. Aber ich weiß immer noch nicht, was hier eigentlich vor sich geht. Darüber könnten Sie mir noch mehr erzählen.«

»Das meiste wissen Sie schon. Die meisten meiner Templer sitzen im Arrest, hin und wieder lässt man sie heraus, damit sie sich an den Kämpfen beteiligen können. Dasselbe gilt für die meisten der älteren Aquinischen Offiziere. Alle wichtigen Positionen sind nur noch mit jungen Offizieren besetzt – dazu gehört auch der Kommandant der Wache, und das macht mir eine Höllenangst.«

Hauskyld nickte. »Ich habe schon bemerkt, dass viele der Wachposten nicht besetzt sind.«

Der Templer strich mit der Hand über die rote Steinmauer. »Ja, dazu kommt aber noch, dass die Effektivität unserer zusammengebastelten Waffen nicht gerade berauschend ist. Diese Festung wird fallen, wir haben noch immer Krieg.« Er blickte auf. »Soweit ich weiß, gehören Sie dem Orden der Mbweisten an und haben nur die Aufgabe, diese Welt zu schützen. Sehe ich das richtig?«

»So ungefähr.«

»Dann sollten Sie wissen, dass ich bald einen vollständigen Truppenabzug befehlen werde. Jeder Idiot wird begreifen, dass wir auf dieser Welt keine Menschen siedeln lassen können, bevor wir nicht wissen, was hier eigentlich vorgeht. Und das kann noch eine ganze Weile dauern! Dieser Planet ist strategisch gesehen nicht von Interesse für uns. Man könnte nächtelang darüber streiten, ob diese Welt aus anderen Gründen von Interesse sein könnte, aber das beträfe nicht das Aufgabengebiet der Templer. Also gehe ich mit meinen Männern lieber irgendwo hin, wo die Ausbeute besser ist. Ich dachte, es würde Sie interessieren, dass diese Welt nicht gleich domestiziert wird, wenn Sherman versagt.«

Hauskyld nickte. »Ich bin froh, das zu wissen. Wenn Sie erst einmal das Angebot der Randallaner gehört haben, werden wir sicher in der Lage sein, eine für alle Seiten befriedigende Abmachung zu treffen. Die Randallaner sind wirklich daran interessiert, sich der Union anzuschließen.«

Kanegawa grinste. »Das habe ich schon gehört. Und wenn ich sie mir so ansehe, bin ich eigentlich ganz froh, dass sie jetzt auf unserer Seite sind.« Er sah auf seine Uhr. »Es wird langsam Zeit, zu der Versammlung zu gehen. Warten Sie noch ein paar Minuten hier, damit niemand auf die Idee kommt, dass wir uns miteinander unterhalten haben.«

KAPITEL 22

Sherman sah schlechter aus, als Hauskyld erwartet hatte. Der Pater schien sich nicht sicher zu sein, wo er war. Seine Adjutanten führten ihn hin und her wie einen jungen Hund, dem man beibringen will, an der Leine zu gehen. Irgendwie hatte er es geschafft, die Begrüßungszeremonien durchzustehen, doch Hauskyld glaubte, dass sogar Rha'ngri, Kuf und Thingachganderook bemerkt hatten, was mit dem alten Mann los war.

Jetzt hing er zusammengesunken auf seinem Stuhl und hörte sich Hauskylds Bericht an, wenn er nicht gerade einnickte und schlief. Kanegawa lauschte gebannt, stellte immer wieder Zwischenfragen und machte sich Notizen, um ganz sicherzugehen, dass er auch alles richtig verstanden hatte. Die jungen Aquinier kümmerten sich ausschließlich um Sherman, der Bericht schien sie nicht zu interessieren.

Clio erstattete als Zweite Bericht; was sie sagte, stimmte völlig mit Hauskylds Aussagen überein, vor allem in Bezug auf das Angebot der Hochkrone. Hauskyld bemerkte, dass der Templerritter immer heftig nickte, wenn Clio eine Sprechpause einlegte. Ob er wohl von Clios Ausführungen so begeistert war oder von ihr selbst? Sie schien auf jeden Fall einen starken Eindruck bei ihm zu hinterlassen.

Hauskyld hatte während ihres Vortrages ein wenig Zeit, seinen eigenen Gedanken nachzugehen. Er hatte bemerkt, dass sich unter Shermans Adjutanten nur zwei Offiziere befanden, die etwas Gefechtserfahrung gesammelt hatten. Die anderen waren alle kaum über das Teenageralter hinaus. Kanegawa hatte anscheinend die Wahrheit gesagt – Sherman hatte wohl wirklich alle einsperren lassen, die nicht seiner Meinung waren.

Als Clio ihren Bericht beendete, richtete sich Sherman plötzlich auf, als wäre er durch irgendetwas alarmiert worden. »Wiederholen Sie noch einmal, was Sie über die ... äh ... Reproduktion gesagt haben«, verlangte er.

Clio hatte gar nicht darüber gesprochen, vielmehr war dieses Thema Teil von Hauskylds Bericht gewesen. Also wiederholte er ihn. Sherman schien sehr aufgeregt zu sein und fragte Hauskyld immer wieder nach Details. Der fühlte sich gar nicht wohl dabei, denn es war ihm sehr peinlich, dies alles vor der randallanischen Delegation ausbreiten zu müssen. Als er versuchte, das Thema auf die kulturellen Aspekte der Reproduktion zu bringen, bedeutete Sherman ihm mit einer unmissverständlichen Geste, dass er schweigen solle.

»Gentlemen, jetzt hat sich endlich bestätigt, was ich immer schon vermutet habe! Der ganze Planet befindet sich in der Hand Satans! Wir müssen jetzt dafür sorgen, dass er wieder christlich wird – Komtur, Ihre Templer haben freie Hand, Sie können mit dem beginnen, was Sie schon lange geplant haben.«

Kanegawa schluckte, blickte Hauskyld an und meinte schließlich: »Pater, ich sehe keine Notwendigkeit für eine Domestizierung. Die Bevölkerung hat sich den Gesetzen der Kirche gebeugt. Meine Templer sind außerdem reine Infanteristen, wir haben keine Nuklearwaffen, die Geräte zur Wettermanipulation fehlen ebenso wie die Fabriken zur Bakterienproduktion.«

In der Stimme des alten Priesters war eine gewisse Schärfe zu spüren, als er erwiderte: »Das hört sich für mich verdächtig nach Insubordination an.«

»Es liegt in meinem eigenen Interesse, Ihnen die Wahrheit zu sagen«, antwortete Kanegawa. »Außerdem ist es meine Aufgabe, die militärischen Interessen des Papstes zu vertreten – und dem liegt sicher mehr an einer weiteren befreundeten Welt in diesem Teil des Raumes. Es ist schon richtig, dass uns einiges an dem Paarungsverhalten der einheimischen Bevölkerung abstoßend erscheinen mag – aber sie hat keinen bewussten Einfluss auf dieses Verhalten, daher kann es nicht gegen die Doktrin der Kirche verstoßen. Wie uns Bruder Hauskyld berichtet hat, ist auch schon ein Weiterentwicklungsprozess abzusehen. Hören Sie mir in Ihrem eigenen Interesse zu …«

Sherman sprang auf, das Gesicht puterrot und zu einer Grimasse verzerrt, schlug mit der Faust auf den Tisch und brüllte: »Ich weiß ganz genau, wo meine Interessen liegen! Das Problem ist nur, dass wir offensichtlich Verräter unter uns haben. Die Templer haben es verstanden, viele meiner eigenen Offiziere auf ihre Seite zu ziehen. Ich weiß ganz genau, dass der Erzbischof hinter meinem Rücken die Templer hierher geschickt hat, um diesen Planeten in die Hand des Satans zu geben. Sie sind nämlich völlig unfähig, diesen Planeten zu domestizieren! Ich weiß wohl, dass ich von denselben Leuten auf einen Planeten geschickt wurde, der vom Satan beherrscht wird. Es passt alles zusammen, wenn man erst einmal weiß, wer dahinter steckt!« Er starrte sie an, kaute auf der Lippe und schien kurz davor zu sein, in Tränen auszubrechen.

Stattdessen schrie er plötzlich: »*Me retro Sathanas!* (Weiche von mir, Satan)« Er blickte sich im Raum um. »Als Erstes wird dieser ketzerische Templer eingesperrt! Zweitens befehle ich euch, diese Kreaturen an Pfähle zu binden und sie oben auf der Mauer aufzustellen. Ja, ihr habt richtig gehört! Zeigt sie ihren Freunden; zeigt ihnen, wie sehr wir sie verachten!«

»Es wurde ihnen freies Geleit zugesichert, das dürfen Sie nicht tun!«, rief Clio.

Sherman keuchte und seine Schultern bebten. Dann nahm sein Gesicht für einen Augenblick einen normalen Ausdruck an, aber gleich darauf grinste er wieder bösartig. »Freies Geleit, von wem denn? Nur vor dir und diesem Mbweisten! Doch ich sage euch etwas, ihr könnt das Schicksal eurer Freunde gerne teilen! Bindet sie ebenfalls an die Pfähle!«

»Pater!«, empörte sich Kanegawa, »das ist doch völlig verrückt. Ich protestiere ganz entschieden dagegen, dass …«

Mit erstaunlicher Schnelligkeit stieß Sherman einen seiner Adjutanten zur Seite, der ihm etwas ins Ohr flüstern wollte. Er hielt plötzlich eine Pistole in der Hand und fuchtelte damit in der Luft herum.

»Verrückt? Spricht man so mit seinem Kommandanten?«

Kanegawa starrte entsetzt auf den Lauf der Waffe, die jetzt genau auf seinen Kopf gerichtet war. »Irgendjemand musste es Ihnen ja mal sagen: Sie sind offensichtlich nicht mehr in der Lage, Ihr Amt auszuüben!«

Sherman schwenkte weiterhin wild die Pistole. Kanegawa war es nicht gestattet, innerhalb der Festung eine Waffe zu tragen. Er sah, dass zwei von Shermans Adjutanten bewaffnet waren. Bisher hatten sie aber noch nicht zu ihren Waffen gegriffen. Sherman grinste höhnisch.

»Möchte sich vielleicht jemand der Meinung dieses Templers anschließen?«

Keiner sagte etwas.

»Dann befolgen Sie gefälligst meine Befehle, meine Herren!«

Langsam und anscheinend stark verunsichert traten die Adjutanten vor den Tisch. Einer holte Handschellen aus seiner Tasche hervor. Damit fesselten sie Kanegawa und führten ihn hinaus. Der Templer schwieg, warf aber Hauskyld einen Blick zu, der anscheinend nichts weiter zu bedeuten hatte.

KAPITEL 23

Der Schimmer des Sonnenaufgangs schien durch das kleine Fenster des Beichtstuhls. Hauskyld hatte darum gebeten, bei Kanegawa beichten zu dürfen – ihm war keine Möglichkeit eingefallen, wie er auch Clio zu diesem Gespräch hinzuziehen könnte –, und jetzt saßen sie zusammen in seiner Kammer und wussten beide nicht, was sie sagen sollten. Hauskyld begriff noch immer nicht so recht, dass dies alles wirklich geschehen war.

»Also«, sagte er schließlich, »das ist wirklich sehr wichtig: Wenn Sie das Evakuierungsgate erreichen, geben Sie auf jeden Fall diese Liste mit meinen Aufzeichnungen weiter. Ich glaube nicht, dass die Randallaner Sie daran hindern werden. Aber meine Notizen enthalten ungeheuer wichtige Informationen – wenn wir das alles gewusst hätten, als wir hier anfingen, wäre die ganze Geschichte sicher anders ausgegangen!«

Kanegawa nickte. »Alles klar! Immer vorausgesetzt, ich schaffe es, aus der Festung zu fliehen und mit der Hochkrone zu sprechen.« Er seufzte. »In den alten Handbüchern steht sicher nichts darüber, wie man sich in solch einer Situation verhalten soll.«

»Das glaube ich auch nicht. Da draußen geschehen viele Dinge, die nicht in den Gesetzestexten geregelt werden, aber trotzdem getan werden müssen.« Hauskyld hielt zwei Mikrofone hoch, die er eben erst gefunden hatte, kurz bevor Kanegawa hereingekommen war. Der Templer lächelte, und da beide nicht wussten, worüber sie sprechen sollten, saßen sie einfach noch eine Weile still da.

Die Soldaten, die kurz darauf erschienen, um Hauskyld abzuholen, blickten verschämt zu Boden. Kanegawa griff nach Hauskylds Arm und flüsterte ihm zu: »Ich werde für Sie beten.«

Dann wurde Hauskyld auch schon zur Tür hinausgeschoben und stieg zwischen den beiden Soldaten die Treppe hinauf, die zur Brüstung führte. Erst als sie ihn an den Pfosten banden, begann sein Verstand zu akzeptieren, dass er sich nicht in einem Albtraum befand, sondern mitten in der Realität.

Fünf Pfosten hatte man hoch oben auf der Mauer errichtet; man band Rha'ngris, Clios und Hauskylds Hände sowie Kufs Vorderpfoten am Querbalken fest, und zwar so weit wie möglich nach oben gebogen. Thingachganderooks Flossen waren weit auseinander gespreizt und dann an den Balken geheftet worden. Hauskyld hatte nur eine wage Vorstellung von der Anatomie einer Handschlange, doch war er ziemlich sicher, dass sie fürchterliche Schmerzen erleiden musste.

Menkent war gerade aufgegangen, die Hitze also noch nicht so schlimm, aber die Krämpfe, die seine Armmuskulatur zu zerreißen schienen, waren kaum auszuhalten. Sein Mund war völlig ausgetrocknet von den Schlägen, die er einstecken musste, weil er versucht hatte, mit den anderen zu sprechen. Die Welt um ihn herum schien sich auf die Schmerzen in seinen Armen und Schultern zu reduzieren. Zwar konnte er klar erkennen, was ringsherum geschah, doch drang es nicht bis in sein Bewusstsein vor.

Ein Wachsoldat, der gerade keinen Dienst hatte, kam zu ihnen hinauf und setzte sich vor Clio hin. Zweimal sah es so aus, als habe er sich entschlossen, aufzustehen und sie zu berühren, doch ein Offizier bemerkte sein Verhalten und schickte ihn fort.

Im Vorbeischreiten stieß der Soldat Hauskyld mit aller

Kraft den Ellenbogen auf den Solarplexus, sodass dieser heftig nach Luft rang. Es dauerte eine Weile, bis er wieder normal zu atmen vermochte. Er versuchte sich ein wenig umzusehen. Der Durst wurde immer schlimmer, dummerweise hatte der Schlag auch noch zur Folge, dass er sauer aufstoßen musste, wodurch ihm Hals und Rachen schmerzten.

Die Sonne stieg weiter, und draußen bei den Hügeln erkannte Hauskyld einige Tripel, die in den Aufwinden hin und her segelten. Als er genauer hinsah, bemerkte er, dass immer mehr hinzukamen, als hätten sie etwas entdeckt, was ihre Aufmerksamkeit erregte. Hauskyld versuchte verzweifelt, seine Gedanken zu ordnen.

Bereiteten sie vielleicht einen Angriff vor? Es sah eigentlich nicht so aus, und Pater Sherman hatte offenbar denselben Eindruck, da er die Anzahl der Wachen auf der Mauer nicht verstärkte. Allerdings schien es, als ob sich die meisten der regulären Posten ohnehin zurückgezogen hatten. Nur einige wenige lümmelten sich in den Ecken herum, als ob es sie nicht interessierte, was um sie herum geschah. Wenn die Tripel jetzt angreifen sollten, wären die Waffen definitiv nicht einsatzbereit.

Dann bemerkte er etwas, dass er kaum glauben konnte. Er dachte zuerst, er leide unter Halluzinationen, ausgelöst durch die Schmerzen und den schrecklichen Durst. Dann überlegte er, ob er vielleicht wegen der Strapazen alles doppelt sah. Er veränderte seine Haltung, um die Armmuskeln etwas zu entlasten, doch bohrte sich bei der Bewegung ein spitzer Holzsplitter in sein Hinterteil. Immerhin klärten sich seine Gedanken durch den neuen Schmerz ein wenig.

Was er sah, war wirklich ein riesiger Schwarm von Tripeln – zweihundert, dreihundert, vielleicht noch mehr –, der nun auf den Felsen hinter dem Landplatz erschien. Die Greife schlugen heftig mit den Flügeln, und immer wenn eine neue Staffel startete, sauste eine von denen, die sich schon in der Luft befanden, im Sturzflug auf die Festung zu. Irgendjemand gab Alarm, woraufhin die Sirenen losschrillten.

Als die Soldaten die Geschütze erreichten, waren natürlich keine Polaronblöcke vorbereitet, und auch die meisten Bolzenbehälter waren leer. Anscheinend gab es auch Wartungsprobleme – einige Lager waren festgerostet, vermutlich eine Folge des anhaltenden Regens.

Die erste Angriffswelle bestand aus Aufklärungsstaffeln, die schon mehr als eine Stunde ihre Kreise gezogen hatten und dementsprechend in schlechter Form waren. Als sie auf die Festung niederstießen, schossen ihnen nicht mehr als vier Bolzen entgegen. Zwei davon fanden auch tatsächlich ihr Ziel. Außerdem stürzte ein Randallaner ab, als der Greif eines anderen Tripels einen unerwarteten Schwenk durchführte. Der Stürzende schlug direkt vor der Mauer auf dem Boden auf.

Viele weitere Tripel flogen währenddessen jedoch ungehindert auf die Festung zu und landeten auf den Mauern, mitten zwischen den völlig kopflos wirkenden Soldaten. Zwanzig Randallaner, alle mit Pistolen und Streitäxten bewaffnet, sprangen von ihren Greifen und stürmten auf die Geschütznester zu. Die Greife breiteten drohend ihre Schwingen aus, hackten mit ihren scharfen Schnäbeln auf die Menschen ein und warfen sie dann von der Mauer. Die Handschlangen tauchten überall zwischen ihnen auf und bissen hier in eine Hand und dort in einen Knöchel.

Die terranischen Soldaten wehrten sich, so gut sie konnten und mit allem, was ihnen gerade in die Finger kam. Einer schleppte einen Streuwerfer zur Brüstung, richtete ihn auf den Fuß der Mauer aus und schoss in die Staffel der anstürmenden Greife. Zwei Greife und ein Randallaner wurden getötet. Doch im nächsten Moment erschien der Kopf einer Handschlange an der Brüstung. Ein schneller Biss, und es war um den Soldaten geschehen. Im Todeskampf packte er fest zu und riss die Schlange mit sich, als er von der Mauer stürzte.

Hauskyld erkannte entsetzt, dass der Soldat Gideon gewesen war …

In der Nähe des Geschützes, das neben Hauskyld stand, legte ein aquinischer Offizier einen Streuwerfer an und tötete einige Randallaner auf kurze Entfernung, sowie eine Handschlange, die auf ihn zugekrochen kam. Dann riss er eilig das Geschütz herum und feuerte einen Bolzen ab. Aber seine Attacke verpuffte angesichts der vielen Hundert Tripel, die sich jetzt im Anflug auf die Festung befanden. Einen Augenblick später wurde er von einer Musketenkugel getroffen, die ihm den Arm abriss. Zwei Randallaner warfen sich auf ihn und stürzten ihn von der Mauer, wobei er laut schrie und sich verzweifelt zu wehren versuchte.

Jetzt feuerten auch die Geschütze auf den anderen Mauern, allerdings in großen, unregelmäßigen Abständen. Entsprechend selten erzielten sie einen Treffer Die zweite Angriffswelle stürmte auf sie ein, und ein Greif nach dem anderen landete in der Festung.

Ein Trupp terranischer Soldaten versuchte über einen Treppenaufgang auf die Mauer zu gelangen, aber zwei Greife standen dort Schulter an Schulter und hielten sie auf. Es fielen Gewehrschüsse, und die Greife stürzten zu Boden, doch nun versperrten ihre Leichen den Durchgang. Viele Terraner fielen durch die Pistolenschüsse der Randallaner, die auf kurze Entfernung nicht weniger effektiv waren als die der Verteidiger.

Schon dieser eine Verstärkungstrupp hatte gereicht, um die Gegenwehr zu zerschlagen. Die meisten Scharmützel fanden in strategisch absolut unbedeutenden Ecken der Festung statt, wo sich Terraner und Randallaner um die Geschütze rangelten.

Hauskyld vermochte allmählich wieder klar zu denken und reckte sich ein wenig, um besser sehen zu können. Dabei schmerzte ihn selbst die allerkleinste Bewegung, als würde ihm jemand lange Nadeln in die Arme stechen.

Weit draußen am Horizont tauchten riesige Schwärme von Tripeln auf. Es waren bestimmt mehrere hundert Staffeln, die jetzt auf die Festung zuflogen. Die großen Luftabwehrgeschütze wurden auf sie abgefeuert, doch aufgrund der schlechten Infrarotzielsuchgeräte fanden die Lenkwaffen nur selten ihr Ziel.

Er sah, wie unten im großen Innenhof die Menschen zusammenliefen und versuchten, über die Treppenaufgänge zu den drei noch nicht von den Randallanern eroberten Mauern zu gelangen. Die Geschütze waren jetzt wieder im Einsatz und holten hier und dort Tripel vom Himmel. Vereinzelt wurden auch Streuwerfer abgefeuert, aber es herrschte so ein großes Durcheinander, dass sie nur selten ihre Gegner trafen, ohne zugleich auch Löcher in die eigenen Reihen zu reißen.

Wenn Hauskyld den Kopf vorsichtig drehte, vermochte er einen großen Teil der Festung zu überblicken, doch entdeckte er weit und breit keinen der Templer oder der älteren aquinischen Offiziere. Anscheinend hatte Pater Shermans Verfolgungswahn ein derartiges Ausmaß erreicht, dass er sich selbst jetzt nicht traute, sie aus den Zellen zu lassen.

Irgendjemand versuchte einen Gegenangriff durchzuführen, aber die Tripel waren eindeutig in der Übermacht. An einer anderen Stelle überrannten die Randallaner gerade einen kleinen Trupp Soldaten, die versuchten, die Geschützstellungen zu verteidigen. Sie hatten keine Chance, und Hauskyld musste mit ansehen, wie man die letzten beiden Soldaten die Mauer hinunterwarf.

Einige clevere Randallaner hatten herausgefunden, wie die Streuwerfer funktionierten. Sie krallten sich mit den

Füßen an der Außenmauer fest, lehnten sich weit über die Brüstung und richteten die Mündungen auf den Treppenaufgang.

Als die beiden Waffen gleichzeitig abgefeuert wurden, geriet die blutüberströmte Menge in Panik. Der eine Schuss hatte zwei Männern die Köpfe zerschmettert. Ihr Blut spritzte auf die eng zusammengedrängten Soldaten, und schon allein der Geruch ließ sie panisch davonlaufen. Der andere Schuss hatte weiter oben die Mauer getroffen, war dort abgeprallt und bestrich den Treppenaufgang nun mit wild pirouettierenden Querschlägern, die rund ein Dutzend Männer verwundeten und zwei töteten. Der Rest der Männer drehte sich um und floh Hals über Kopf. Damit trugen sie entweder zu dem Chaos unten auf dem Innenhof bei oder liefen mitten in die gerade von der Mauer aus gestartete Gegenoffensive.

Die Soldaten, die gerade mit der Offensive begonnen hatten, waren von dem plötzlichen Ansturm völlig überrascht und verloren wertvolle Sekunden, ehe sie wieder in ihre gewohnte Formation zurückkehren konnten. Einer der Greife nutzte die Gelegenheit, attackierte sie mit seinem Schnabel und schlug mit den weit ausgebreiteten Schwingen mehrere Soldaten von der Mauer.

Noch immer wurde den Randallanern Widerstand entgegengesetzt. Hauskyld fühlte fast eine Art von perversem Stolz in sich aufsteigen, als er seine Glaubensbrüder beobachtete. Doch egal wer am Ende die Schlacht gewann, das Blutvergießen war so sinnlos, dass ihm die Tränen über das Gesicht rollten. Kurze Zeit später waren alle Teile der Festung, die er überblicken konnte, in der Hand der Randallaner. Ungefähr zweitausend Tripel waren noch im Anflug und würden bald in der Festung landen.

Hauskyld hörte plötzlich an seiner linken Seite einen ohrenbetäubenden Knall. Als er den Kopf drehte, sah er einen jungen Aquinier, sicher nicht älter als fünfzehn Jahre. Der Junge hatte gerade dem hilflosen, noch immer am Pfahl festgebundenen Rha'ngri mitten ins Gesicht geschossen. Mit weit aufgerissenen Augen und starrem Blick richtete der Mönch den Lauf der Pistole auf Hauskyld.

Ein Greif, der hinter dem Jungen stand, drehte sich blitzschnell um und versetzte ihm einen heftigen Stoß, sodass er über die Brüstung stürzte. Hauskyld lehnte sich so weit wie möglich vor, um zu sehen, ob der Junge noch lebte. Sein linkes Bein war merkwürdig verdreht, und auch der rechte Knöchel schien gebrochen zu sein. Hauskyld rief dem Jungen zu, er solle sich nicht bewegen, doch entweder konnte oder wollte der ihn nicht hören. Er stützte sich mit den Armen auf und versuchte, von der Festung wegzukriechen.

Hauskyld fragte sich noch Jahre später, warum der Junge diese Richtung eingeschlagen hatte. Dort gab es nichts außer den Minen, der Wüste und den Randallanern. Hoffnung auf Rettung und seine Freunde bestand für ihn nur in der entgegengesetzten Richtung, also in der Festung. Er kam noch nicht einmal zwanzig Meter weit, dann riss ihn eine detonierende Mine in Stücke.

»Hauskyld!« Thwov stand plötzlich hinter ihm und trennte ihm die Fesseln durch; Hauskyld wäre beinahe über die Brüstung gefallen, doch im letzten Augenblick verlagerte er sein Gewicht und landete mit einem lauten Plumps auf dem Hinterteil.

»Wisch dir mal dein Gesicht ab.« Erst jetzt merkte er, dass seine Kleidung mit seinem Mageninhalt besudelt war. Er wischte sich die Reste des Erbrochenen aus dem Bart und blickte dann zu Clio hinüber, die sich heftig die Arme massierte, um die Taubheit loszuwerden. Es dauerte nicht lange, dann waren auch Kuf und Thingachganderook frei.

Im großen Innenhof, führte Pater Sherman eine zerlumpte Gruppe an, mit nichts anderem bewaffnet als mit einem großen Kruzifix, das er vor sich hertrug. Einige seiner jungen Adjutanten hatten sich um ihn gedrängt, offensichtlich waren sie völlig verängstigt. Der weiße Haarschopf des Abtes schimmerte im Licht der untergehenden Sonne rosa, und er grölte aus vollem Halse ein altes Kampflied. Plötzlich ragte der Bolzen einer Armbrust aus seiner Stirn heraus.

Hauskyld war nahe genug an dem Geschehen, um zu beobachten, dass Sherman den Kopf hob – es sah fast so aus, als wollte er sich den Bolzen genauer ansehen – und dann nach vorne umkippte. Zwei der Jungen knieten bei ihm nieder, und ein anderer fiel ihnen, durch eine Pistolenkugel in den Hinterkopf getroffen, ins Kreuz.

Eine fast unheimliche Stille breitete sich aus. Die Kunde von dem, was gerade geschehen war, verbreitete sich ungemein schnell durch die ganze Festung. Sowohl Menschen als auch Randallaner hielten einen Augenblick im Kampf inne.

Der Lautsprecher knisterte.

»Hier spricht Kanegawa, Komtur der Tempelritter. Als Befehlshaber dieser christlichen Garnison weise ich alle Terraner an, sich den Anordnungen der Hochkrone zu fügen und sich zu ergeben.«

Dann wiederholte er die Botschaft in der Wahren Sprache, indem er sie langsam und sorgfältig von einem Zettel vorlas, den Hauskyld ihm noch am Morgen zugesteckt hatte.

Damit war die Schlacht zu Ende. Die Menschen ergaben sich, erst einzeln und dann in immer größeren Gruppen legten sie alle Waffen ab.Überall hörte man das Geräusch der Pistolen und Gewehre, die auf den Boden geworfen wurden, und dann streckten die Soldaten ihre Hände in die Höhe. Die Randallanoffiziere trieben sie in einer Ecke der äußeren Mauer zusammen; dort mussten sie sich erst einmal hinsetzen.

Innerhalb weniger Minuten, noch bevor alle Gefangenen zusammengetrieben waren, landete die Hochkrone im Innenhof.

»Ich muss Bericht erstatten«, erklärte Kuf und flog über die Brüstung hinweg, hinunter zu Vwat.

»Die Gefangenen!«, rief Clio.

Hauskyld starrte sie verständnislos an.

»Ich meine die Gefangenen, die noch dort unten festsitzen. Wir sollten lieber dafür sorgen, dass sie nicht auf üble Gedanken kommen, wenn sie sehen, dass hier überall Randallaner sind.«

Sie sah Hauskyld ernst an. »Es könnte sonst vielleicht jemand auf die dumme Idee kommen, den Helden spielen zu wollen!«

Als er noch immer nicht reagierte, gab sie auf und lief die Treppen hinunter zu den Gefängniszellen. Hauskyld sah regungslos zu, wie sie hinter einer Ecke verschwand.

Etwas Weiches, Geschupptes kroch über seinen Arm und ließ sich auf seinem Schoß nieder.

Vergib mir Vater, denn ich habe gesündigt.

»Thingachganderook?«

Ja. Bleibt nicht viel Zeit. Ich… Ein hoher, schriller Ton, fast wie eine akustische Rückkopplung, raste plötzlich durch Hauskylds Gedanken. Er schloss die Augen und hielt sich die Ohren zu, doch das Geräusch war noch immer da.

Endlich, nach einer ganzen Weile, verschwand der Ton.

Es tut mir Leid, habe die Kontrolle verloren. Wird nicht wieder vorkommen. Vater, ich muss bekennen, dass ich nicht in den Himmel kommen kann. In wenigen Minuten bin ich tot, denn ich werde mich vergiften. Ich wurde zum zweiten Mal zum Xhu'gha, und das ist mehr, als ich ertragen kann!

»Ich verstehe«, sagte Hauskyld ruhig. »Ich werde dir Dispens erteilen.«

Ich danke dir. Ich wusste nicht, dass das möglich ist.

»Bereust du all deine Sünden und erkennst deine Schuld an?«

Ja.

»Glaubst du an Gott den Vater und an Jesus Christus, seinen Sohn?«

Ja.

»Gehörst du einer Spezies an, für die der Tod die einzige Alternative zu Irrsinn und ewiger Verdammnis der Seele ist?«

Ja.

»Dann sei dir vergeben. Gehe hin in Frieden.«

Die Erinnerungen, die ich in mir trage, dürfen nicht verloren gehen. Würdest du sie für mich bewahren und so schnell wie möglich einem Mitglied der Schweigenden Leute gestatten, sie zu lesen?

Das war eine gewichtige Bitte, aber es gab wohl keine andere Möglichkeit …

»Ja.«

Und dann spülten Wellen der bewussten Erinnerung durch seinen Geist, Erinnerungen der verschiedenenen Spezies von Randall, Äonen vergingen in Sekunden, trugen ihn wie ein leichtes Stück Treibholz davon bis zu jenem fernen Punkt in der Vergangenheit, an dem sich der Erste der Schweigenden Leute seiner selbst bewusst geworden war, lange bevor die Große Dunkle Kälte die Flügelleute hervorgebracht hatte, und lange vor den Zwanzigjahrstürmen, nach denen die Handleute auf dieser Welt auftauchten, von Leib zu Leib, Geburt zu Geburt, Stammeszweig zu Stammeszweig, durch endlose Ahnenreihen tausender Vorfahren, bis zu dem Punkt, an dem es höchstens zehn von ihnen gab, von denen doch ein jeder die Erfahrungen eines ganzen, ereignisreichen Lebens in sich trug, und dann zu dem Punkt, wo jegliche Erinnerung versiegte, weil es niemanden mehr gab, der sich zu erinnern vermochte …

Ich danke dir.

Einen Moment lang wusste Hauskyld absolut nicht, wo er war. Doch kurz darauf konnte er wieder klar denken, und Thingachganderook lag tot auf seinem Schoß. Vorsichtig legte er die Schlange auf den Boden und ging hinunter in den Hof, um die anderen zu suchen.

Als er die letzte Stufe hinunterstieg, griff Clio nach seinem Ellenbogen.

»Die Gefangenen sind alle okay. Vwat und Krish'pha haben gesagt, wir sollen uns alle zu einer Konferenz zusammensetzen, obwohl sie eigentlich erst noch ein wenig ihre Fäuste reden lassen wollten. Aber jetzt verstehen sie, dass dieser ganze Schlamassel nur durch Shermans Senilität zustande gekommen ist, und deshalb sind sie auf deine Leute nicht mehr böse. Anscheinend gibt es bei den älteren Randallanern auch so eine Art Senilität. Was ist mit dir, geht es dir nicht gut?«

Er hatte ihr gar nicht richtig zugehört, hatte nur eine vage Ahnung, um was es hier ging.

»Ja, ich …« Plötzlich merkte er, wie sehr er zitterte. »Thingachganderook ist tot. Er hat sich selbst vergiftet. Ich habe ihm Absolution erteilt…«

Ein fürchterlicher, ohrenbetäubender Ruf ertönte. Kuf hatte ihn ausgestoßen. Hauskyld hielt sich an Clio fest, die ihn leise fragte: »Hast du seine Erinnerungen bewahrt?«

»Ja, und ich nahm ihm die Beichte ab.«

Er verspürte das dringende Bedürfnis zu fragen, warum das alles überhaupt hatte geschehen müssen. Doch er schwieg, legte seinen Arm um Clios Schultern und gesellte sich mit ihr zu denen, die sich um die Hochkrone geschart hatten.

KAPITEL 24

Zu Hauskylds großer Überraschung standen sehr viele Brüder in der langen Reihe vor dem Rückreisegate. Noch nicht einmal die umfangreichen Sicherheitsgarantien, die ihnen die Hochkrone zugestanden hatte, vermochten die Erinnerungen an die blutigen Massaker und die Schlacht um die Festung auszulöschen.

Tatsächlich waren weniger als zwanzig Terraner, Hauskyld und Clio mit eingerechnet, dazu bereit, auf Randall zu bleiben. Er hatte einen Bericht an die Heimatwelt gefunkt, der auch die Bitte der Randallaner um einen Beitritt zur Christlichen Union enthielt. Der Bericht würde erst wenige Tage vor dem Gate in der Heimat eintreffen, und Hauskyld hegte den Verdacht, dass der Anblick von mehreren Hundert ramponierten Überlebenden einen stärkeren Eindruck hinterlassen würde als der Bericht eines Xenisten – vor allem wenn besagter Xenist mit einem Komtur der Tempelritter befreundet war.

»Ich werde auf einem Greif in das Landesinnere fliegen und die Wildnis erforschen. Dann kann ich wenigstens für eine Weile den ganzen Zivilisationsballast hinter mir lassen«, hatte Kanegawa ihnen erklärt. »Das ist bestimmt besser, als jeden Morgen die Männer in den Hintern zu treten, damit sie überhaupt aus den Betten kommen, und dann zu kontrollieren, ob ihre Stiefel auch schön glänzen.«

Jetzt stand er neben Hauskyld und Clio und winkte den Abreisenden zum Abschied zu.

Die Techniker hatten den letzten Check beendet und aktivierten das Gate. Wenn man es von der Seite betrachtete, wurde deutlich, wie es zu seinem Namen gekommen war. Es schien weniger als einen Meter tief zu sein und wirkte wie ein einfacher Stahlrahmen, vier Meter hoch und fünfzehn breit. Aber die Menschen und Pferde, die auf der einen Seite hineingingen, kamen auf der anderen Seite nicht wieder heraus.

Fast schon wirkte es, als ob man sie wie unendlich dünnes Schreibpapier aufeinander stapeln würde. Container voll mit Papieren, Museumsstücke, ganze Büroschränke und Personal mit verschiedenen Dienstgraden, all das beanspruchte nicht mehr als dreißig Zentimeter Raum. Die Delegation der Randallaner war begeistert, sich das Spektakel ansehen zu können. Zum tausendsten Mal malträtierten sie die Terraner mit denselben Fragen, wollten unbedingt wissen, wie das Gate funktionierte. Obwohl sie bereits selbst die newtonschen Gesetze entdeckt hatten, fehlte ihnen in ihrer wissenschaftlichen Entwicklung doch noch einiges, um begreifen zu können, dass »die Konvektoreinheiten eines Gates eine Hypersymmetrie entwickeln, deren Raumzeit extrem verzerrt wird, sodass die Zeitachse nahezu parallel zur Raumachse verläuft, wodurch die Lichtgeschwindigkeit innerhalb des Feldes gegen den Grenzwert null konvergiert.«

Natürlich hatten die Randallaner schon mehrmals gesehen, wie ein Gate ausgeladen wurde – die Dinge tauchten einfach in der Raumzeit auf, wenn die Hypersymmetrie entfaltet wurde. Während des Krieges war es für die Terraner ein Glücksfall gewesen, dass keiner der Randallaner herausgefunden hatte, wie man den manuellen Notschalter des Gates betätigt. In diesem Fall hätte das Gate die ganze Ladung ausgestoßen, während es noch zwei Kilometer über dem Boden an seinen Fallschirmen hing.

Wie dem auch sei, irgendwann würden die Randallaner die Technik des Gates verstehen, spätestens wenn sie es als anerkannte Mitglieder der Union selbst benutzen durften. In zwölf bis fünfzehn Jahren, wenn die nächsten Gates erscheinen würden, konnten die Menschen erwarten, auf einer friedlichen, fortschrittlichen und christlichen Welt zu landen. Die Randallaner hätten dann längst den beschwerlichen Weg durch Maxwell, Einstein und Valasquez hinter sich gebracht, wären vielleicht auch bis Suraphatet oder sogar Runeberg selbst vorgedrungen.

Die Zuschauer mussten sich aus dem Landebereich zurückziehen. Es war ratsam, die gepulsten Fusionsschübe beim Start des Gates respektvoll aus sicherer Entfernung zu betrachten. Der Flug würde eine Stunde dauern, erst dann war die Startbahn wieder sicher.

Clio stand neben Kuf und Hauskyld neben Thwov. Kanegawa stand bei Phreg, einem Xhu'gha Greif, den Hauskyld nicht kannte, und sah aus, als kämen ihm jetzt doch Bedenken.

»Es ist gar nicht so schlimm«, versicherte ihm Hauskyld. »Etwas mehr auf und ab als bei einem Flugzeug, aber dafür viel zuverlässiger.«

Kanegawa grinste ihn an. »Das mag schon sein. Aber von Flugzeugen weiß ich auch nicht mehr als unbedingt nötig.«

Als das Kommando gegeben wurde, rannten sie über den Rotstein, dicht neben den Greifen, und sprangen schließlich rasch auf. Mit ein paar kräftigen Flügelschlägen gewannen die Greife schnell an Höhe.

Hauskyld überlegte, ob er sich noch einmal zu dem Gate umdrehen sollte, entschied sich jedoch dagegen. Schließlich könnte er im Laufe der nächsten Tage noch immer die Startlichter sehen, und auch die weißen Streifen am dunklen Nachthimmel, dreimal so breit wie Isolde bei Vollmond, rot schimmernd und flackernd, wenn das Gate mit einem Gammaschub das Sonnensystem verließ, mit mehr als 100 g Beschleunigung zurück zum Herzen der Union. Was war schon ein großer Stahlrahmen, der mitten in einer Wüste stand, verglichen mit diesem Anblick? Er konzentrierte sich lieber wieder darauf zu fliegen, wirklich zu fliegen.

Die Wüste verschwamm unter ihm. Hauskyld war so glücklich wie schon lange nicht mehr. Es gab so viel, was er noch tun musste.

TEIL II

CLIO: RANDALL 2902 A.D.

KAPITEL 1

An der St.-Johannes-Universität von Randall hatte man zwei ausreichend lange Ferienblöcke eingeführt – einerseits, weil es so üblich war, und andererseits, weil man auf diese Weise Zeit fand, sich auch mit anderen wichtigen Dingen zu beschäftigen. Und jetzt war es wieder einmal geschafft: Der letzte Kurs war gerade zu Ende gegangen, alle Teilnehmer aus dem Seminarraum verschwunden, und Clio beschäftigte sich damit, den Unterrichts-, Büro- und Laborraum (mit besonderer Betonung auf Labor) aufzuräumen und zu putzen. Ehemalige Studenten hatten ihr während der letzten Monate Dutzende von Fundstücken geschickt, und bald würde sie genug Zeit haben, sich damit zu beschäftigen.

Während sie die letzte Bank kräftig abschrubbte, dachte sie daran, dass dies eigentlich nicht in ihren Aufgabenbereich fiel. Doch wenn sie sich jetzt nicht darum kümmerte, würde der Raum zu Beginn des neuen Semesters immer noch genauso aussehen. Während sie putzte, pfiff sie einen alten Schlager. Das Wasser war angenehm warm und tropfte mit gemütlichem Plätschern von den hölzernen Bänken. Plötzlich merkte sie, dass sie die Internationale pfiff.

Was soll's, dachte sie vergnügt, *wenn irgendwelche Terraner in der Nähe sind, die sich daran stören, können sie mich ja bitten, damit aufzuhören.*

Theoretisch kamen alle Spezies auf Randall mit denselben Sitzmöbeln zurecht, aber diese spezielle Bank war allein für die Handschlangen gedacht. Eine unbedingte Notwendigkeit, weil diese Wesen von Natur aus so ungemein sauber waren, dass sie schon an einer minimalen Staubschicht

Ansstoß genommen hätten. Ganz im Gegensatz dazu waren die Greife überaus schlampig, weshalb es in den hinteren Reihen immer aussah wie auf einer Müllkippe. In den ersten zehn Reihen, in denen die Stühle für die Randallaner standen, war es auch nicht gerade übertrieben sauber, sah andererseits aber bei weitem nicht so schlimm aus wie hinten bei den Greifen.

Also gut, entschied sie, *das muss für heute reichen!* Die Bänke der Greife benutzte sie sowieso nicht, sie waren viel zu breit und niedrig, um für ein menschliches Gesäß bequem zu sein. Sie schüttete das Schmutzwasser in den Ausguss und dachte beschämt daran, dass es jetzt direkt in den Fluss geleitet wurde. Umweltschutz stand auf dieser Welt noch ganz unten auf der Prioritätsliste.

Sie ließ sich noch etwas heißes Wasser über die Hände laufen und genoss den Gedanken, dass sie nicht erst Holz hacken musste, um das Wasser über einem Feuer zu erhitzen. Wenn sie mit der Säuberung des Raums fertig wäre, müsste sie erst in sechzig Tagen wieder einen Schwamm in die Hand nehmen, wenn die Teilnehmer des Wintersemesters erscheinen würden.

Ein höfliches Räuspern schreckte sie aus ihren Gedanken auf. Als sie aufblickte, stand Kuf an der Tür.

»Darf ich hereinkommen?«, fragte er in der Wahren Sprache.

»Sicher. Setz dich irgendwo hin, wo ich noch nicht geputzt habe. Was kann ich für dich tun?«

Schon vor langer Zeit hatten sie eine Abmachung getroffen – jeder verstand zwar die Sprache des anderen, benutzte aber überwiegend seine eigene. Das hatte den Vorteil, dass Kuf nicht so schrecklich lispeln musste und Clio sich nicht mit den feinen Unterschieden zwischen dem »Hals-r« und dem »Rachen-r« herumzuplagen hatte.

»Ich bin gekommen, um einen alten Freund um Rat zu

bitten. Es gibt da eine Sache, die ich nicht verstehe … Vielleicht kannst du sie mir erklären?«

»Natürlich, wenn ich kann, helfe ich dir gerne. Aber ich garantiere für nichts.«

»Das ist unter alten Freunden doch selbstverständlich«, sagte Kuf. »Darf ich erst einmal fragen, wie es dir so geht?«

»Oh, ich habe viel gearbeitet in letzter Zeit.« Wieder goss sie einen Kübel Schmutzwasser in den Ausguss (Noch mehr Seife für den Fluss, unten an den Wasserfällen schäumte er schon kräftig …)

»Im letzten Semester musste ich viel unterrichten – ich bin nun mal die Einzige hier, die sich einigermaßen in Chemie auskennt. Außerdem lehre ich noch Planetologie und Gaietik. Und meine Forschungsarbeit muss ich nebenbei auch noch erledigen. Übrigens werde ich mich direkt morgen früh wieder darauf stürzen. Und was hast du so gemacht?«

Kuf scharrte auf dem Boden herum. »Eigentlich nicht viel Interessantes. Ich habe mit Vwat oft terranisches Schach gespielt; er wird langsam alt, und es ist das einzige Spiel, zu dem er im Moment noch Lust hat. Normalerweise diene ich ja der Hochkrone, aber seitdem sie sich aus den Regierungsgeschäften weitgehend zurückgezogen hat, habe ich nicht mehr viel zu tun. Die drei werden die Regierung wohl bald ganz an das neue Parlament abgeben.

Und genau in diesem Zusammenhang wollte ich dich etwas fragen.« Er kratzte sich mit der Hinterpfote am Kopf. »Eine Gruppe, die sich *Christlich Liberale Partei* nennt, hat mich gefragt, ob ich nicht bei der nächsten Wahl für sie kandidieren will. Und jetzt hätte ich gerne gewusst, was du davon hältst?«

Clio dachte scharf nach. Schon seit mehr als einem Jahr hatte sie nicht mehr richtig mit Hauskyld gesprochen, doch es ging das Gerücht um, dass er der mächtige Mann im Hintergrund der Christlich Liberalen sei. Von Andros Kanegawa wurde dagegen behauptet, er engagiere sich für die relativ unbedeutende Partei der *Royalisten* (dabei fiel ihr ein, dass sie Andy schon viel zu lange nicht gesehen hatte – es war mindestens vier Tage her). Dann gab es neuerdings noch die *Christliche Freiheitspartei,* die hauptsächlich von Technikern und Bürokraten unterstützt wurde.

Merkwürdigerweise fand Clio die Royalisten am sympathischsten, eine rein gefühlsmäßige Bevorzugung, die nicht rational zu begründen war. Kuf war schon relativ alt und genoss überall einen guten Ruf; sicher würde er gut in das neue Parlament passen, und das sagte sie ihm auch.

»Daran hatte ich gar keinen Zweifel«, erwiderte Kuf. »Meine Loyalität gehört allerdings immer noch der Hochkrone. Ich glaube schon, dass ich sie im Parlament würdig vertreten kann. Aber ich weiß nicht so recht, ob ich ihr in der Christlich Liberalen Partei am besten dienen kann. Irgendetwas kommt mir an der ganzen Geschichte nicht so ganz geheuer vor. Da geschehen Dinge, die ich nicht verstehe, und die jungen Leute sprechen in meiner Gegenwart nicht darüber ... ich habe das unbestimmte Gefühl, dass ich dort am Ende weniger zu sagen habe, als ich eigentlich dachte.«

Sie nickte. »Man könnte vermuten, du sollst nur als Marionette in den Vordergrund geschoben werden. Und der, der die eigentliche Macht hat, sitzt schön im Hintergrund und zieht die Fäden.«

Kufs Kopf hüpfte heftig auf und ab. »Genau. Du hast also den gleichen Verdacht!«

Ihr würde wohl nichts anderes übrig bleiben, als sich mal ernsthaft mit Hauskyld zu unterhalten. Am liebsten hätte sie Kuf einfach vor die Tür gesetzt. Beschämt sagte sie: »Ich werde mal sehen, ob ich etwas darüber herausfinden kann. Bleibst du in Phmi'phtar?«

»Ja. Clio, ich bin dir wirklich sehr dankbar! Ich weiß, dass du eigentlich gar nichts mit dieser Sache zu tun haben willst, aber ich wusste wirklich nicht, wen ich sonst danach fragen sollte.«

Aus einem plötzlichen Impuls heraus umarmte sie ihn. Er war so überrascht von dieser Geste, dass sich seine Augen ganz dunkel färbten.

»Wir werden schon herausfinden, was da gespielt wird«, sagte sie fröhlich. »Ich vermute, es handelt sich um eines von Hauskylds kleinen Machtspielchen. Weißt du, eigentlich meint er es nur gut!«

»Dass kann sschon ssein, aber er macht ess nicht immer so gut, wie er ess meint!«

Sie lachte hell auf. Es war schon zu lustig, wenn Kuf Standard sprach. Eigentlich hatte er völlig Recht. »Also gut, morgen gehe ich zu ihm, und dann werden wir der Sache mal auf den Grund gehen. Hast du Lust, heute mit mir zu Abend zu essen?«

»Gerne, schließlich will ich doch wissen, wie sich deine Projekte entwickelt haben!«

Sie sah sich noch einmal im Raum um und schloss dann die Tür ab – das war auch eine von den Neuerungen, die sie mit gemischten Gefühlen betrachtete. Früher war es auf Randall nicht üblich und auch nicht nötig gewesen, Türen abzuschließen. Gemeinsam liefen sie den breiten Fußweg hinunter, und Clio legte Kuf die Hand auf die Schulter.

KAPITEL 2

Sie saßen noch zusammen und unterhielten sich, bis der Speisesaal geschlossen wurde. Als sie nach Hause kam, war Andy schon da – offenbar hatte er auf sie gewartet.

»Guten Abend, Schwester Wissenschaftlerin. Hast du noch was Interessantes im Labor zu tun gehabt?«

»Grüß dich, Killer. Nein, Kuf kam vorbei.« Sie berichtete ihm, was geschehen war.

Er dachte eine Weile nach und meinte dann: »Ich kann nur für mich selber sprechen und gebe zu, dass ich diesen CLs nicht über den Weg traue! Aber mit Kuf in ihrer Mitte macht mir das schon weniger Sorgen. Was willst du unternehmen?«

Sie zuckte die Achseln. »Genau das, was ich Kuf versprochen habe. Morgen früh werde ich mich mal mit Hauskyld unterhalten; schließlich sind wir doch alte Freunde, da wird er schon nicht versuchen, mich hinter's Licht zu führen.«

»Möchtest du vielleicht, dass ich mitkomme?«

»Ich glaube nicht, dass das so eine gute Idee wäre.«

Sie war ein wenig überrascht, dass Andy ihr das überhaupt anbot. Hauskyld hatte dem Templer nie vergeben können, dass er ihm Clio ausgespannt hatte. Aber das war schließlich schon – hey, wie lange war es eigentlich her? Sie waren seit dem Sommer zusammen, als das Gate gestartet war. Das mussten ungefähr zwölf Jahre randallanischer Zeitrechnung sein, überlegte sie.

»Ich habe es dir nur angeboten, weil du so nervös wirkst«, erklärte er. »Ich dachte nur, dass du dich vielleicht nicht so gerne mit ihm allein triffst.«

Gedankenversunken zündete sie die kleinen Holzspäne in dem Stövchen an, um das Wasser für ihren Zitrusschalentee zu erhitzen.

»Das ist nicht das Problem. Aber ich habe schon lange nicht mehr an ihn denken müssen, und jetzt merke ich plötzlich, dass ich ihn eigentlich gar nicht mehr leiden kann. Ich weiß ja, er setzt sich stark dafür ein, dass Randall in das Commonwealth aufgenommen wird, aber die ganzen Folgen, die das nach sich zieht ... Ich wünschte, Randall wäre wieder so wie früher.«

»Du hörst dich an wie eine von uns«, meinte Andy und grinste sie an.

»Bäh!« Sie streckte ihm die Zunge heraus. »Sobald ich die Zeit dazu finde, werde ich die Sozialistische Partei von Randall gründen.«

»Das ist eigentlich gar keine schlechte Idee, das solltest du wirklich tun.«

»Das fehlt dieser Welt – noch eine Partei!«

»In gewisser Weise, ja.«

Schon kurz nachdem das Gate gestartet war, hatte sie gemerkt, dass sie an Andy Kanegawa besonders seine ruhige Art mochte. Heute indes sah er so alt und vergrämt aus, als stände er nach wie vor im harten Militärdienst der Tempelritter.

»Nur als Alternative, das meinte ich! Neulich kam mir auch schon die Idee, als die CLs wieder einmal über den so genannten Fortschritt sprachen. Du weißt schon, als sie die Mod'hruns als gleichberechtigtes Mitglied in die Union aufgenommen haben. Meine Leute haben die Meinung der Opposition vertreten, wir sprachen über die Kultur, die sich in tausenden von Jahren entwickelt hat, und wie viel davon verloren geht. Sogar die Freiheit, die die christlichen Gesetze mit sich bringen, spielt eine große Rolle dabei. Die Xhu'gha, die sich emanzipieren konnten, die ersten wirklichen Individuen, die diese Gesellschaft ja viele Jahrhunderte lang nicht kannte ... sie brauchen auch eine Stimme, die ihre Interessen vertritt! Obwohl ich immer noch der Ansicht bin, dass das Ganze in einem Desaster endet, wenn sie so weitermachen.«

»Das ist ja alles richtig, aber wer interessiert sich schon dafür, was für Randall wirklich das Beste ist? Oh, ich weiß, wir tragen alle dazu bei. Sei es auf traditionelle Art, durch den Fortschritt, die Rechte für die Xhu'gha – alle wollen nur das Beste für Randall. Aber niemand ist wirklich bereit, die Verantwortung zu übernehmen. Und das hinterlässt eine Lücke, die ich gerne ausfüllen würde.«

Sie setzte sich und legte den Arm um ihn. »Du bist in meinen Augen ein richtiger Politiker! Versuchst hier eine neue Oppositionspartei auf die Beine zu stellen ... Nein, Andy! Dafür bin ich bestimmt nicht die Richtige. Ich will am liebsten mit diesem ganzen Politikquatsch so wenig wie möglich zu tun haben. Wenn du ehrlich bist, musst du zugeben, dass ich von meinem Job ohnehin mehr verstehe.«

Er nickte und drückte sie fest an sich. »Du bist sehr wohl für die Politik geeignet.«

Sie seufzte. »Irgendwie fühle ich mich immer noch wie ein blinder Passagier, wie ein Zeitreisender. Jetzt ist aber Schluss mit dem Thema, mein Teewasser ist heiß genug.«

Sie stand auf, ging zum Stövchen und warf die Zitrusschalen in das Wasser. Von allen randallanischen Pflanzen vermochte diese die Gelüste der Terraner nach einem wohlschmeckenden Heißgetränk am ehesten zu befriedigen. Die Frucht selbst war zu bitter, als dass man sie hätte essen können, aber wenn man die harte Schale abraspelte, ließ sich daraus ein herrlich duftender Tee bereiten. Clio beschloss, für heute nicht mehr über Politik zu reden.

Als sie mit dem Tee zurückkam, hatte Andy schon die große Öllampe gelöscht und stattdessen zwei Kerzen angezündet. Sie reichte ihm den Tee, und er nahm ihn dankbar an. Während sie einfach still beisammen saßen und ihren Tee tranken, sagte keiner von beiden ein Wort. Auch später nicht, als sie nebeneinander auf ihren Schlafmatten lagen. Sie hielten einen gewissen Abstand voneinander, weil es jetzt im Hochsommer selbst nachts noch so heiß war, dass man es kaum ertragen konnte.

KAPITEL 3

Offiziell war Hauskyld der Berater von Dean, einem alten Adligen, der sich indes so gut wie nie im Büro blicken ließ. Als Clio am nächsten Morgen im Büro anfragte, ob sie Hauskyld sprechen könne, sagte man ihr zunächst, er wäre noch beschäftigt und sie müsse warten. Kurz darauf behauptete man, er sei gar nicht da, und als sie schließlich ungeduldig wurde, teilte man ihr mit, sie könne ihm ja eine Nachricht hinterlassen, wenn es unbedingt sein müsse. Während sie ein paar Worte auf einen Zettel kritzelte, überlegte sie, ob sie sich das wirklich gefallen lassen musste. Schließlich hatte sie als Mitglied des Lehrkörpers einen gewissen Respekt verdient, zumal die St.-Johannes-Universität ein allseits anerkanntes Bildungsinstitut war.

Nach ungefähr einer halben Stunde – das schien ungefähr die Mindestzeitspanne zu sein, die man warten musste, um ins Allerheiligste vorgelassen zu werden – wurde ihr gesagt, Hauskyld würde sich jetzt freuen, sie zu sehen. Sie ging den überdachten Weg entlang bis zum Blockhaus, in dem die Universitätsverwaltung untergebracht war. Sie klopfte einmal und trat dann ein, ohne eine Antwort abzuwarten.

Wie erwartet war von dem Dekan nichts zu sehen. Hauskyld saß an seinem Schreibtisch, und ihm gegenüber hockte Krish'pha, seines Zeichens Mitglied der Hochkrone. Um sie herum saßen oder standen etwa zehn Randallaner, die sie alle nicht kannte. Zwei von ihnen trugen die neuen Schärpen, die so gerne von den Mod'hruns kopiert wurden.

»Doktor Yeremenko. Schön Sie zu sehen. Wie können wir Ihnen helfen?«

»Bruder Hauskyld, bitte – ich heiße immer noch Clio. Ich habe nur ein paar Fragen an einen alten Freund. Aber wenn du zu beschäftigt bist, können wir auch ein anderes Mal …«

Er schüttelte den Kopf. »Wenn die Fragen nicht zu persönlich sind, werde ich sie gerne beantworten.«

Er legte eine besondere Betonung auf *zu persönlich*. Die anwesenden Randallaner schienen dem keine Bedeutung beizumessen, Clio indes war unangenehm berührt. Wie immer, wenn sie Hauskyld gegenüberstand, wünschte sie sich nichts sehnlicher, als nicht die einzige Frau auf diesem Planeten zu sein.

»Keine Sorge, es geht um nichts Persönliches. Ich bin hier, weil Kuf mich darum gebeten hat. Er möchte gerne wissen, warum die Christlich Liberalen ausgerechnet ihn als Kandidaten für die nächste Wahl aufstellen wollen.«

»Warum? Vor allem weil ihn alle kennen, denke ich doch. Er ist ein christlicher Xhu'gha-Greif, und davon gibt es nicht viele. Wir sind der Ansicht, dass ausreichende Übereinstimmungen …«

»Wir?«

»Na ja, es ist doch ein offenes Geheimnis, wer ihr oberster terranischer Berater ist, oder nicht? Benutzt Komtur Kanegawa nicht auch diesen Ausdruck?«

Clio errötete. »Ich bin sicher, dass er das tut. Kuf wäre sicher eine guter Kandidat für eure Partei. Aber er hat den Eindruck, dass wichtige Dinge vor ihm verheimlicht werden! Und er fragt sich, was du für Hintergedanken damit verfolgst, wenn du ausgerechnet ihn als Kandidaten aufstellst!«

Hauskyld schüttelte den Kopf und streckte die Hände aus. »Das kann man so nicht sagen. Einige unserer jungen Parteimitglieder haben sich angewöhnt, die Dinge so zu regeln, wie es ihnen gefällt. Und dabei kümmern sie sich nicht immer um die Wünsche der Kandidaten. Ich werde mal mit ihnen sprechen, wahrscheinlich geht es um absolute Nebensächlichkeiten, und sie wollten ihn einfach nicht damit belästigen.«

Er sah ihr erwartungsvoll in die Augen, und sie erwiderte den Blick. Einen Moment lang erschien auf seinem Gesicht wieder der alte, vertraute Ausdruck, doch als er wieder das Wort ergriff, änderte er sich abrupt. Plötzlich wurde Clio bewusst, dass ungewöhnlich viele Xhu'gha-Randallaner anwesend waren.

»Was meinst du, wie groß sind deine Chancen, die Christliche Freiheitspartei zu stoppen?«

»Oh, ich bin sicher, dass wir sie schlagen können. Warum fragst du?« Er blickte sie nicht an, sondern sah zu Boden.

»Och, ich war nur neugierig. Immerhin handelt es sich um eine radikale Xhu'gha-Partei. Sie könnten den anderen einen schönen, dicken Strich durch die Rechnung machen. Was macht ihr, wenn sie die Wahl gewinnen?«

»Damit muss man in der Politik immer rechnen. Wir werden dann schon einen Weg finden, mit ihnen zusammenzuarbeiten. Ich muss allerdings zugeben, dass ich davon nicht allzu begeistert wäre! Aber auf diesem Planeten bin immer noch ich der Repräsentant der Union, und wenn die Bevölkerung die Christliche Freiheitspartei wählt, dann müssen wir zwangsläufig mit dieser Partei reden. Doch eigentlich glaube ich nicht, dass es dazu kommen wird ... Die Wahlprognosen stehen zwar noch aus, aber wie du schon richtig sagtest, vertritt diese Partei hauptsächlich die Xhu'gha. Ich bin sicher, dass wir die Wahl gewinnen und dann regieren werden.«

»Und was ist mit den Royalisten? Andros äußerte sich mir gegenüber sehr optimistisch.«

Hauskyld zog eine Grimasse und drehte sich um. »Das ist wirklich typisch für ihn. Er ist ja auch meist mit Leuten zusammen, die dieser Partei sehr nahe stehen. Doch scheint er zu vergessen, dass diese Randallaner alles andere als progressiv sind, die Wahlbeteiligung dürfte dementsprechend ausfallen! Vielleicht haben sie tatsächlich die Mehrheit der Bevölkerung auf ihrer Seite, aber damit haben sie noch lange nicht die Wahl gewonnen.«

Für einen Augenblick saß er nur still da, dann meinte er: »War das alles?«

»Oh, ja. Herzlichen Dank auch, dass Sie mir Ihre Zeit geopfert haben! Ihro Gnaden, es war eine Freude, Sie mal wieder zu sehen. Meine besten Grüße auch an die anderen Hoheiten!«

Sie stand auf und verließ schleunigst den Raum. Während sie zu ihrem Labor zurückging, wuchs ihre Überzeugung, dass hier etwas im Dunkeln blühte, von dem die Öffentlichkeit nichts wissen sollte.

Sie nahm sich vor, so schnell wie möglich mit Andy und Kuf darüber zu sprechen.

KAPITEL 4

Irgendetwas in ihrem Haus kam ihr ungewohnt und fremd vor. Sie war sich nicht sicher, woher sie das wusste – oder warum sie in so großer Eile nach Hause gelaufen war, als sie hörte, dass man Kuf seit dem letzten Abend nirgendwo mehr gesehen hatte. Sie blickte durch das Fenster in ihre Wohnung. Irgendetwas – war es ein Möbelstück, das nicht an dem richtigen Platz stand? Oder das Rollo, das vorhin noch hochgezogen war? Irgendetwas sagte ihr, dass etwas nicht stimmte. Sie rannte zurück zum Universitätsgelände.

Wenn tatsächlich jemand in ihrem Haus auf sie wartete, würde er sich nun eine neue Gelegenheit suchen müssen, überlegte sie. Oder der Killer müsste sie in aller Öffentlichkeit überfallen, was er vermutlich nicht tun würde.

Sie hatte ungefähr dreihundert Meter zurückgelegt, als sie sich plötzlich ziemlich dumm vorkam. Schon früher hatte sie oft das Gefühl gehabt, dass hinter ihrem Rücken Dinge vorgingen, von denen sie nichts wusste. Die Geschichte, die Kuf ihr erzählt hatte, trug noch dazu bei, diese Paranoia zu vertiefen. Letztlich war es völlig sinnlos weiterzulaufen, denn auch auf dem Campus wäre sie nicht wirklich sicher. Vielleicht wollten sie oder er ja nur mit ihr reden, was kein Verbrechen war – Hausfriedensbruch wurde auf Randall noch nicht strafrechtlich verfolgt. Weder das Gelände der Universität noch die umliegende Wildnis boten ein sicheres Versteck. Wer immer hinter ihr her war, er würde sie finden, wo immer sie auch hinging. Angesichts dieser Erkenntnis wäre auch die Flucht in die Wildnis fruchtlos.

All das schoss ihr rasend schnell durch den Kopf, während

sie auf ihr Labor zueilte. Sie war so sehr in Gedanken vertieft, dass sie mitten auf dem Weg mit einem Randallaner zusammenprallte. Sie wollte sich gerade bei ihm entschuldigen, als sie plötzlich das Messer sah, das er in der Hand hielt. Blitzschell drehte sie sich um und lief so schnell sie konnte quer über das Gelände.

Die oberen Extremitäten eines Randallaners waren weitaus kräftiger als die Arme eines Menschen, doch gaben die Randallaner aufgrund ihres gedrungenen Körperbaus und ihrer langen Greifzehen miserable Läufer ab. Nach gut hundert Metern hatte er keine Chance mehr, sie zu erreichen, was er wohl auch einsah, da er die Verfolgung abbrach. Sie rannte zwischen zwei Häusern hindurch, hinter einem anderen vorbei und dann weiter in Richtung Stadt.

Nur zwei Schritte von ihr entfernt schlug ein Bolzen aus einer Armbrust im Boden ein und wirbelte jede Menge Dreck und Staub auf. Ohne sich umzusehen schlug sie einen Haken und versuchte so, dem Schützen ein möglichst schweres Ziel zu bieten.

Wenn sie die Stadt erst einmal erreicht hatte, waren dort genug Freunde, die ihr helfen konnten, und so viele Zeugen, dass er es dort sicher nicht noch einmal versuchen würde. Außerdem konnte sie dort eine Nachricht an Andy und Kuf schicken. Vorausgesetzt natürlich, dass Kuf noch am Leben war ... Wenn ihr so etwas bei hellem Tageslicht geschehen konnte, dann hatte Kuf in der dunklen Nacht nicht den Hauch einer Chance gehabt.

Oder Andy ...

Sie wusste, dass sie kaum noch fürchten musste, von ihrem Verfolger eingeholt zu werden, lief aber trotzdem so schnell sie konnte auf die Stadt zu. Einen Augenblick lang überlegte sie, warum er für seinen Angriff etwas so Altmodisches wie eine Armbrust verwandt hatte. Selbst an der Universität gab es überall gute, moderne Gewehre. Vielleicht war es ein Teil des Plans, um den Mord den Royalisten in die Schuhe zu schieben?

Sie müsste nur noch einen Hügel überqueren, bis sie die Außenbezirke der Stadt erreicht hatte. Ihre Lungen brannten – selbst nach den vielen Jahren, die sie jetzt schon hier war, hatte sie sich noch nicht an den hohen Stickstoffgehalt der Luft gewöhnt. Sie hatte das Gefühl, bald ohnmächtig zu werden, wenn sie nicht mehr Sauerstoff in ihre Lungen bekäme. Ihr wurde schwindelig und sie strauchelte. Lange war es her, dass sie sich so verausgabt hatte.

Als sie die Spitze des Hügels erreichte, hielt sie mitten auf der Straße an und warf sich zu Boden.Vorsichtig sah sie sich um, konnte aber niemanden entdecken. Also raffte sie sich wieder auf. Während sie den Hügel hinablief, fühlte sie sich schon etwas sicherer. Trotzdem beeilte sie sich, die Häuser zu ereichen.

KAPITEL 5

»Ich bin so schnell gekommen, wie ich konnte!«, sagte Andy entschuldigend, als er in das Königliche Büro in Bipih stürmte. »Ist mit dir alles in Ordnung? Was ist mit dem Haus?«

»Mit dem Haus ist alles in Ordnung«, sagte Clio. »Außer, dass ich das Gefühl hatte, jemand würde auf mich warten … um mich umzubringen! Also bin ich gar nicht erst hineingegangen, aber dann hat es ein anderer versucht … ein Xhu'gha, glaube ich. Wenn sie Handschlangen oder Greife gehabt hätten, wäre ich ihnen bestimmt nicht so leicht entkommen.« Aufgeregt erzählte sie dem Templer, was im Einzelnen geschehen war.

Er lehnte sich auf der hölzernen Wartezimmerbank zurück. »Der Angestellte hier …«, bemerkte er leise.

»… spricht kein Standard. Ich kenne ihn schon ewig. Jetzt bist du fast noch paranoider als ich! Das sieht dir gar nicht ähnlich …«

Sie setzte sich auch auf die Bank, kuschelte sich an ihn, und er nahm sie fest in den Arm.

»Als ich deine Nachricht gelesen habe …«

»Du konntest unmöglich schneller hier sein, aber du hast dir auf dem ganzen Weg die größten Sorgen gemacht, ich weiß.« Sie lächelte ihn an. Er grinste zurück, doch in seinen Augen lag eine ungewohnte Kälte.

»Ach, bevor ich es vergesse! Kuf wird seid gestern Abend vermisst. Ich fürchte, ihm ist etwas passiert.«

»Im Hinblick auf den Mordanschlag auf dich ist das nicht ganz unwahrscheinlich.« Er streckte die Beine aus und kratzte sich am Kopf. »Aber wir wissen nicht, wer wirklich dahinter steckt. Sie konnten eigentlich nicht wissen, dass du heute Morgen zu Hauskyld wolltest, also müssen sie den Anschlag schon vorher geplant haben … Es hat also vermutlich etwas mit einer Sache zu tun, in die auch Kuf involviert ist.«

»Aber er selbst weiß sicher nichts davon. Kuf würde keine Informationen zurückhalten, wenn …«

»Gehe ich recht in der Annahme, dass sich euer Gespräch darum drehte, wer es darauf abgesehen hat, uns beide zu töten?«, fragte Kuf, als er zur Tür hereingehumpelt kam. Ein dicker Verband zierte sein rechtes Knie.

»So ein Glück, du lebst noch!«, rief Clio und umarmte ihn erfreut. Der Angestellte sah irritiert zu ihnen auf, kratzte sich und streckte dann ein Armpaar aus – eine Geste, die dem menschlichen Schulterzucken entsprach. Das Ganze ging ihn schließlich nichts an, entschied er wohl, und wandte sich wieder seiner Arbeit zu.

»Was ist passiert?«

»Der große Mond stand im letzten Viertel, der mittlere und der kleine standen beide im Neumond – deshalb habe ich auf dem Weg nach Phmi'phat ein kleinen Umweg über das Kahlgebirge eingeschlagen. Als ich über den Einsamen Gipfeln meine Runden drehte, hörte ich unter mir Schüsse. Erst dachte ich, es wären Banditen, die da unten ihr Unwesen treiben, aber dann merkte ich, dass die Schüsse mir galten. Ich ging in einen Sturzflug, um so schnell wie möglich um den nächsten Gipfel zu biegen, aber dort muss wohl auch jemand auf mich gewartet haben, denn sie haben wieder auf mich geschossen! Ich drehte ab, ließ mich in das Tal hinunterfallen und flog dann knapp über den Büschen weiter. Das habe ich seit meiner Jugend nicht mehr gemacht – und ich bin mir gar nicht sicher, ob ich es noch einmal machen möchte! Als ich mich dann schließlich in Sicherheit gebracht hatte, merkte ich, dass mein Bein blutete. Der Doktor in der Notfallstation sagte mir, dass es sich nur um einen Kratzer handelt. Ob durch eine Kugel oder einen Ast verursacht, konnte er nicht genau sagen.«

»Auf jeden Fall sind wir froh, dich hier zu sehen«, meinte Andy. »Hast du vielleicht eine Idee, wer dahinter stecken könnte?«

»Die Xhu'gha, ganz sicher! Handschlangen können keine Handfeuerwaffen abfeuern, und wenn sie Greife gehabt hätten, wäre ich in der Luft angegriffen worden. Außerdem ist diese Gegend nur eine halbe Tagesreise von Sankt Thkhri'jha entfernt.«

»Dem Xhu'ghakloster? Meinst du denn, sie sind von dort gekommen?« Clio versuchte den Vorfall zu begreifen. »Aber warum sollten die Xhu'gha ausgerechnet uns angreifen?«

Kuf schnaufte verächtlich. »Meinst du, nur weil wir ihnen die Tür aufgehalten haben, können sie uns nicht verbieten, ihr Haus zu betreten? Mehr Freiheit für die Xhu'gha bedeutet in erster Linie, dass die Greifer leichter tun können, was sie schon immer am liebsten gemacht haben. Die meisten Xhu'gha sind nun einmal Greifer, wie du weißt, und sie in christliche Tripel zu integrieren wird das Problem nicht lösen! Kaum sind sie aus den Gefängnissen entlassen und tragen den Kopf wieder hoch, da schreien sie schon nach mehr Macht. Und aus irgendeinem Grund scheinen wir ihnen dabei im Weg zu sein!«

Er sah über ihre Schultern hinweg. »Wo ist denn dieser Angestellte geblieben, der eben noch dort drüben gesessen hat?«

Als Kuf hinzugekommen war, hatten sie die Unterhaltung in der Wahren Sprache weitergeführt, sodass der Angestellte vermutlich alles mitgehört hatte.

»Er ist sicher selbst ein Xhu'gha«, sagte Clio in Standard. »Ich glaube, wir gehen besser woanders hin. Wir sind jetzt zu dritt, und mit dem Komtur, der sicher wie immer bewaffnet ist, können wir es wohl wagen, zu meinem Haus zurückzugehen.«

Die anderen hatten auch keine bessere Idee, also gingen sie gemeinsam die Straße zur Universität hinunter und unterhielten sich dabei sehr leise. Die ganze Zeit über hielten sie die Augen offen, entdeckten aber nichts Ungewöhnliches.

»Wisst ihr, eigentlich gehöre ich auch zu den Xhu'gha, aber heutzutage wird dieser Begriff eigentlich nur noch mit den Greifern in Zusammenhang gebracht.«

»Ich glaube, dass du das Wort früher überhaupt nicht benutzt hast«, meinte Andy.

»Ich bekomme langsam das Gefühl, dass meine Ahnen Recht hatten. Schließlich sind sie alle von ihnen ausgelöscht worden – wir verdanken unsere Existenz nur dem Unvermögen der Greifer, uns alle zu töten.«

Andy Kanegawa blickte starr auf den Boden, die Hände in den Hosentaschen vergraben. »Also sind wir letzten Endes an dem Schuld, was sie euch angetan haben.«

Kuf schüttelte heftig den Kopf – eine sehr menschlich wirkende Geste. »Nein, so ist das nicht. Das geht schon seit ewigen Zeiten so. Die Greifer konnten uns immer nur als Lasttiere gebrauchen.«

Sie liefen eine ganze Weile schweigend weiter, ein jeder in seinen Gedanken versunken.

Als sie zu der Straße kamen, in der Clio wohnte, hatte sie plötzlich eine Idee. »Lasst uns erst mal was zu essen besorgen, danach setzen wir gleich unsere Nachforschungen fort. Ich will endlich wissen, was hinter dieser Sache steckt. Bevor ich nicht Klarheit darüber habe, kann ich sowieso nicht in Ruhe arbeiten. Jetzt, wo es so aussieht, als würden die Xhu'gha an allem Schuld sein, sollten wir ihnen mal in Sankt Thkhri'jha einen Besuch abstatten!«

»Das ist wahrscheinlich das Beste, was wir im Moment tun können«, meinte Andy. »Aber ich will mal sehen, ob ich Phreg finden kann. Er wohnt nur eine Straße weiter und ehe ich die ganze Strecke bis in die Berge hinauflaufe, frage ich ihn lieber, ob er mich hinbringt. Ihr beiden wartet hier.« Er verschwand zwischen den Gebäuden.

»Nun«, sagte Kuf, »da oben bei Sankt Thkhri'jha gibt es reiche Fossilienvorkommen. Dann kannst du unseren Ausflug gleich mit deinen Forschungen verbinden.«

Clio hatte gar nicht richtig zugehört, nickte ihm aber trotzdem zu. Eigentlich wollte sie im Moment gar nicht an ihre Arbeit denken. Sie freute sich nur auf den Flug mit dem Greif.

KAPITEL 6

Als Bipih unter ihnen auftauchte, lebte Clio richtig auf. *Aus der Luft betrachtet sehen viele Dinge einfach besser aus,* dachte sie. Bipih war lange vor Hmi'dro die Hauptstadt des Königreiches gewesen. Doch hatte sich das Nest von einer verschlafenen Zwischenstation, wo sich die Soldaten vor ihrer Reise nach Norden ins Land der Banditen mit allem Notwendigen versorgten, in ein blühendes Städtchen verwandelt. Die alten Narben, die frühere Städtebauer hinterlassen hatten, waren mittlerweile verheilt. Heute wurde alles großzügiger angelegt, und es gab auch weitläufige Grünflächen. Das neue Universitätsgebäude wirkte zwar kühl und elegant, aber die graubraune Steinfassade sorgte dafür, dass es sich gut in die Landschaft einpasste.

Sie flogen noch einen großen Bogen, um sich besser orientieren zu können. Bipih lag oberhalb der Kreethschlucht in einem Gebirgsausläufer, der Floyd, den kleinsten von Randalls acht Kontinenten, in zwei Hälften teilte. Auf der anderen Seite der Schlucht lagen die Einsamen Gipfel – drei riesige Vulkankegel, die wie gewaltige Finger in den Himmel hinaufragten. Sankt Thkhri'jha befand sich auf der anderen Seite dieser Berge, dort, wo der Kreeth zu einem reißenden Wasserfall wurde. Während des Frühsommers in der südlichen Hemisphäre lag Phmi'phtar bis zur nächsten Flut ungefähr dreißig Kilometer weiter im Norden. Danach würde man den Sitz der Hochkrone wieder zweihundert Kilometer weiter nach Süden verlagern, bis das Wetter dort wieder zu schlecht wurde, und erneut der Zug nach Norden begann.

Während des ersten Jahres nach Abflug des Gates hatte Hauskyld der Hochkrone als Finanzminister gedient und versucht, die wirtschaftliche Situation auf Randall zu stabilisieren. So bestand eigentlich keine Notwendigkeit, ein stehendes Heer zu unterhalten. Die randallanische Wirtschaft kannte keine Schulden, und selbst der Krieg, der viel mehr gekostet hatte als jede andere Unternehmung, war vollständig über Spenden finanziert worden. Es waren keine Geldmittel geflossen, denn niemand würde sich die Schande leisten, von der Hochkrone Geld anzunehmen – Hauskyld konnte also keine Schulden eintreiben, weil einfach keine gemacht worden waren.

Als sein Sanierungsversuch scheiterte, ersann er noch viele andere Konzepte zur Geldbeschaffung, bis er schließlich eingestehen musste, dass man es am besten bei der alten, traditionellen Art beließ. Die Gründe dafür waren eigentlich für jeden offenkundig: Jede Ökonomie beruht auf Erfahrungen, die über lange Zeit gesammelt worden sind. In diesem Fall wurde sie durch äußere Gegebenheiten bestimmt, wie etwa die Nord/Süd-Wanderungen mit den Jahreszeiten und die Flugrouten, die über die Meerengen führten. Hauskyld hatte schließlich aufgegeben und sich anderen Betätigungsfeldern wie der Universitätsverwaltung und dem öffentlichen Dienst zugewandt.

Als Clios Greif auf den warmen Aufwinden über die Berggipfel glitt, überlegte sie, ob die vielen Veränderungen in den letzten Jahren überhaupt notwendig gewesen waren. Die »Modernisierung« von Randall ging unglaublich schnell voran. Gerade jetzt tauchte unter ihr ein Beispiel für den neu gewonnenen Fortschritt auf – die Versuchsstrecke der neuen Eisenbahn. Irgendwie konnte sie sich des Eindrucks nicht erwehren, dass Hauskyld der falsche Mann für derartige Projekte war …

Trotzdem musste sie zugeben, dass er ein guter Xenist war

und offensichtlich auch eine gewisse Begabung dafür besaß, eine Bürokratie zu organisieren. Normalerweise war es üblich, solche Entwicklungsprogramme von Leuten betreuen zu lassen, die speziell dafür ausgebildet waren. Doch die Erfahrung hatte gezeigt, dass es auch anders ging: Auf Otis zum Beispiel, einem Planeten der kommunistischen Welt, hatte ein völliger Laie die Entwicklungsprogramme initiiert. Der Mann war Sergeant der Marineinfanterie gewesen – der letzte Überlebende einer Forschungsexpedition. Und auf *Wille Gottes*, einer islamischen Welt, leisteten ausgerechnet ein Chorleiter und zwei Hilfsköche hervorragende Entwicklungsarbeit.

Nichts deutete darauf hin, dass ein solches Programm zwangsläufig ein Misserfolg sein musste. In etwa zwei Jahren randallanischer Zeitrechnung würde das Schienensystem weitgehend ausgebaut sein. Schon heute wurden die Proklamationen der Hochkrone über das Fernsehen in die meisten Städte und sogar bis zu den nomadisierenden Clans übertragen.

Aber trotzdem … irgendetwas störte Clio. Es war, als hätten Hauskylds negative Eigenschaften dieses Programm irgendwie infiziert. Aber wer sollte seinen Platz einnehmen? Bei den meisten, die mit ihnen zusammen auf Randall geblieben waren, handelte es sich auf die eine oder andere Weise um nicht mehr als Lakaien. Vorwiegend waren es einfache Leute, die sich gedacht hatten, dass kleine Frösche in großen Teichen schnell fetter werden können. Andere waren völlig undiszipliniert oder richtige Desperados. Damit blieben für diesen Job nur Hauskyld Gomez, Andros Kanegawa und … vielleicht sie selbst?

Also, dachte sie – Andy war der absolut falsche Mann auf diesem Posten! Er hatte sich richtiggehend in die alten Traditionen dieser Kultur verliebt und war mittlerweile ein genauso überzeugter Adliger, wie er früher ein überzeugter

Tempelritter gewesen war. Niemals hätte er etwas getan, was gegen die Traditionen verstieß. Ob es allen gefiel oder nicht – Randalls Entwicklung zu einer Kolonie oder zu einem echten Mitglied der Union war nicht mehr aufzuhalten. Und das brachte eine Menge Veränderungen mit sich.

Und wenn sie an sich selbst dachte … Clio kicherte laut. Sie hatte viele Greife, einige Randallaner und auch ein paar Handschlangen kennen gelernt, die sie sehr mochte, ja, geradezu liebte. Ihre wahre Liebe indes galt der Untersuchung der umfangreichen Fossilienfunde. Natürlich gab es in der Kirche einige Vertreter, die es nicht für ratsam hielten, weitere Beweise für eine rein darwinistische Evolution auszugraben. Deshalb wurden die paläontologischen Forschungen keineswegs forciert. Doch Hauskyld hatte ihr Zugang zu einem Computer verschafft und damit auch zu den Vermessungsdaten, die die erste unbemannte Sonde gesammelt hatte. Clio hatte diese Daten genutzt, um Fundstätten ausfindig zu machen, zu denen sie ihre Studenten führte.

Ihre Forschungsergebnisse sahen genauso aus, wie sie es sich erhofft hatte. Die verschiedenen Zeitspannen, in denen Evolutionssprünge stattgefunden hatten, waren in der richtigen Reihenfolge erfolgt. Noch immer wusste sie nicht,was genau die Sprünge verursacht hatte, aber einige ihrer Theorien fand sie bestätigt. So zum Beispiel die Theorie der »Fehlenden Neunzig«, die tatsächlich immer von intelligenten Welten ausgingen. Ihrer weiteren Karriere stand damit nichts mehr im Weg …

Vorausgesetzt, diese Theorie war nicht in der Zwischenzeit von jemand anderem veröffentlicht worden. Denn es war ja nicht auszuschließen, dass jemand auf dieselbe Idee gekommen war und bereits einen der anderen Planeten besucht hatte, die sich zur Untermauerung dieser Theorie eigneten. Vielleicht war ihre Idee schon längst publiziert …

Angesichts der Lichtgeschwindigkeitsgrenze würde sie vielleicht längst tot sein, wenn die Nachricht von dieser Publikation Randall erreichte. Aus diesem Grund musste sie immer wieder daran denken, dass die Jahre, die sie in die Forschungsarbeit investiert hatte, vielleicht nur nutzlos vergeudete Zeit gewesen waren, und der ganze Erfolg in einer kleinen Fußnote bestehen könnte, in der erwähnt würde, dass es *auch* ihr gelungen sei, diese Theorie zu beweisen.

»Machst du dir über irgendetwas Sorgen?«, fragte Kuf, drehte den Kopf und blickte sie an.

»Äh … ja.«

»Das dachte ich mir, aber könntest du nicht trotzdem deine Knie aus meinem Nacken nehmen?«

»Entschuldige.«

Clio entspannte sich und sah auf das friedliche Flusstal hinunter. Vor ihr flogen Andy und Phreg. Andy fragte mit Handzeichen, ob sie noch eine Weile den Kurs halten sollten. Nach einem kurzen Gespräch mit Kuf signalisierte Clio, dass sie einverstanden waren.

KAPITEL 7

Sankt Thkhri'jha war eigentlich keine richtige Festung, obwohl sie wegen ihrer Bauweise und der dicken Mauern diesen Eindruck erweckte.

»Kuf, warst du schon einmal hier?«, fragte Clio, während sie hoch oben ihre Kreise über dem beeindruckenden Bauwerk zogen.

»Nein. Da vorne scheint das Eingangstor zu sein. Sollen wir dort landen?«

»Wie du möchtest.« Sie gab Andy ein entsprechendes Handzeichen, und er signalisierte, dass er einverstanden war. »Okay, dann los.«

Clio verglich die Landung der Greife immer mit der Bremsung nach einer Schussfahrt auf der Skipiste. Die Beine der Greife waren so ausgelegt, dass sie einen vertikalen Aufprall besser abfangen konnten als einen Aufprall im spitzen Winkel. Deshalb versuchten sie mit möglichst geringer Geschwindigkeit zu landen. Ihr von Natur aus schon recht hohes Eigengewicht und die zusätzliche Last eines Passagiers belasteten die Beine bis zum Äußersten, sodass die Greife schon sehr darauf achten mussten, nicht zu schnell zu landen. Ideal war es, wenn sie erst zur Landung ansetzten, nachdem sie eine Weile höchstens einen halben Meter über dem Boden dahingesegelt waren. In dieser Phase der Landung, wenn der Greif sich sodann aufrichtete und mit heftigen Flügelschlägen sein Tempo weiter verminderte, musste sich der jeweilige Reiter zum Boden abrollen. Die unglaubliche Gewandtheit, die starken Muskeln zwischen ihren Schenkeln zu spüren, dann das Abrollen – all das würde Clio gewiss immer atemberaubend finden.

Aber diesmal war alles anders. Als sie auf das Tor zusegelten, bemerkte Clio, dass die beiden Wachtürme viel größer waren, als es aus der Luft den Anschein gehabt hatte. Und auf jedem stand ein Randallaner mit einer Armbrust. Die Armbrust auf der linken Seite war auf Kuf gerichtet, die auf der rechten auf Phreg. Die Greife flogen jetzt so niedrig und mit so geringer Geschwindigkeit, dass ein Wendemanöver sie nur näher in die Reichweite der Waffen getragen hätte.

Kuf ging wohl der gleiche Gedanke durch den Kopf, und er schien unschlüssig zu sein, blieb aber letztlich doch auf seinem geplanten Kurs. Clio konnte ihren Blick nicht von der Armbrust abwenden.

Schließlich raffte sie allen Mut zusammen, rollte sich ab und kam mit beiden Füßen auf dem Boden auf. Kuf schlug heftig mit den Flügeln und landete ein kurzes Stück vor ihr.

Nur einen Augenblick später waren auch Andy und Phreg bei ihnen. Phreg geriet ein wenig ins Trudeln und landete unsanft auf dem Boden, Andy hingegen war rechtzeitig mit einem perfekten Salto abgesprungen. Clio blickte zu den ausdruckslosen Gesichtern hinauf, zwischen deren facettierten Augen die Bolzen der Armbrust drohten.

Aber dann zog eine Bewegung am Rande des Innenhofes ihre Aufmerksamkeit auf sich: Etwa ein Dutzend bewaffneter Randallaner kamen auf sie zugerannt. Vorneweg lief offenbar der Kommandant. Er brüllte einen Befehl, worauf die anderen ihr Tempo verringerten. Den Rest des Weges legten sie im normalen Laufschritt zurück und blieben schließlich am Tor stehen.

Der Offizier wandte sich in rüdem Ton an die Besucher. »Wie heißt ihr, und was wollt ihr hier?« Er benutzte eine Form der Anrede, die sonst nur im Umgang mit kleinen Kindern und Schoßtierchen üblich war.

»Kuf, Berater der Hochkrone, nebst drei Begleitern. Wir verlangen eingelassen zu werden, im Namen der Hochkrone.«

Kufs Augen blitzten weiß, und es war nicht zu übersehen, wie wütend er war. Clio, Andy und Phreg standen still neben ihm und warteten ab, was jetzt geschehen würde.

»Oh, ja. Sehr schön. Im Auftrag der Hochkrone. Habt ihr eine schriftliche Vollmacht?«

»Ihr könnt ja auf der Liste der Bevollmächtigten nachsehen, dort steht mein Name seit siebzehn Jahren.« Kuf scharrte aufgeregt mit der Pfote über den Boden. »Muss ich dich erst daran erinnern, dass du verpflichtet bist, meinen Anordnungen Folge zu leisten, und zwar zügigst?«

Der Offizier stützte beide Handpaare in die Hüften und schwieg. Offensichtlich dachte er gar nicht daran, den Befehl zu befolgen.

Kuf sog tief die Luft ein. Augenscheinlich musste er sich stark zusammenreißen, um nicht vollends die Beherrschung zu verlieren. Clio blickte zu Andy hinüber. Die Augen des Komturs bewegten sich erst nach links und dann nach rechts, was so viel bedeutete wie: *vielleicht.* Danach richtete er den Blick erst auf den linken, dann auf den rechten Wachturm und schließlich auf sein Schulterholster, das von der Tunika verdeckt wurde.

Auf Randall, wo die Augen aller Spezies facettiert und starr waren, war Augensprache unbekannt. Clio und Andy hatten diese Tatsache schon vor Jahren herausgefunden und immer wieder für sich genutzt.

Clio blinzelte – *Nein.*

Andy zwinkerte zurück – *Okay.*

Ein weiterer Randallaner kam auf das Tor zugerannt. Der Offizier drehte sich zu ihm um. Sie unterhielten sich kurz, aber so leise, dass man es draußen vor dem Tor nicht verstehen konnte. Dann erteilte der Randallaner seinen Leuten einen Befehl, woraufhin sie sich in den Innenhof zurückzogen, gefolgt von dem Boten. Anschließend wandte der Offizier sich wieder an die Besucher.

»Ich bitte aufrichtig um Entschuldigung«, sagte er. »In der letzten Zeit hat es hier mehrmals Unruhen gegeben, ausgelöst durch konservativ eingestellte, unchristliche Elemente. Ich muss zugeben, dass wir wohl etwas zu vorsichtig geworden sind. Ich hoffe, ihr verzeiht uns unsere Unhöflichkeit; es wird nicht wieder vorkommen.« Er verneigte sich tief. »Ganz besonders bitten wir den Gesandten der Hochkrone um Verzeihung.«

Kufs Augen waren nach wie vor grau und milchig trübe – er war also immer noch wütend, schien sich aber so weit im Griff zu haben, dass er nicht im nächsten Moment explodieren würde.

»Wir akzeptieren deine Entschuldigung«, sagte er. Er hatte die Krallen an den Zehen ausgefahren, und er scharrte mit den Pfoten im Boden herum. Wollte er sich etwa doch auf den Offizier stürzen?

Der Randallaner hatte das offensichtlich auch bemerkt. Er verbeugte sich wieder und sagte dann in übertrieben freundlichem Ton: »Wenn ihr mir folgen wollt, zeige ich euch alles, was ihr wünscht.«

»Wir sind daran interessiert, die gesamte Anlage zu besichtigen«, sagte Kuf. »Wir wollen sehen, wie eure Bemühungen um die Christlichen Xhu'gha voranschreiten. Lass mich noch hinzufügen, dass mein Begleiter ...«, er deutete auf Phreg, »... und ich selbst Xhu'gha sind, du wirst uns also kein Geheimnis verraten!«

»Ich habe verstanden«, sagte der Offizier. »Mein Name ist Y'rith'hra. Mir wurde befohlen, mich zu eurer Verfügung zu halten. Aber wenn ihr mit einem meiner Vorgesetzten zu sprechen wünscht, kann ich auch das in kürzester Zeit arrangieren.«

»Das wird nicht notwendig sein«, meinte Andy in Standard. »Wir wünschen nur eine ganz normale Besichtigungstour.«

»Wass Ihr wünsscht, ssoll gessehen«, antwortete Y'rith'hra und fuhr dann in der Wahren Sprache fort: »Hier entlang bitte.«

Andy nickte ihm kurz zu. Ihr Führer ging voraus, dann kamen Kuf und Phreg, gefolgt von Clio und Andy.

Nach der unhöflichen Begrüßung hatte Clio eigentlich gar nicht mehr damit gerechnet, dass ihr Führer so bereitwillig auf alle Fragen antworten würde. Sie dachte, es gäbe wahrscheinlich viele Räume, zu denen man ihnen unter irgendeinem Vorwand den Zutritt verweigern würde, aber nach gut einer Stunde hatten sie alles gesehen. Es war, als habe der unfreundliche, ja feindselige Empfang niemals stattgefunden. Sie sahen sich alle Gebäude an, trafen Studenten, besichtigten die Labors und sogar die – für randallanische Verhältnisse – relativ große Bibliothek. Es fanden ungewöhnlich viele Seminare statt, doch hatte es nicht den Anschein, als würde dort Böses vorbereitet.

Clio war froh, dass ihre Besichtigung so friedlich verlief, bis Andy entdeckte, dass in einem Kurs langläufige Pistolen zusammengebaut wurden. Doch stellte sich schließlich heraus, dass man sie im Auftrag der Hochkrone für die königliche Streimacht zusammenbaute. Trotzdem ließ sich Andy alles ganz genau zeigen.

Schließlich hatten sie ihre Besichtigungstour beendet.

Y'rith'hra begleitete sie bis zum Tor und sagte: »Ich hoffe, es war alles zu eurer Zufriedenheit. Wie ihr gesehen habt, wird hier alles getan, um den Xhu'gha die Möglichkeit zu geben, wieder zu loyalen Untertanen der Hochkrone zu werden. Wenn ihr sonst keine Fragen mehr habt …«

»Ich habe in der Nähe kultivierte Felder gesehen«, sagte Andy. »Von wem werden sie bestellt?«

»Hauptsächlich von unseren Neuankömmlingen. Die Arbeit ist hart, und wir sind der Ansicht, dass die Xhu'gha auf diese Weise schneller geheilt werden können. Wenn ihr noch zum Abendessen bleiben wollt …«

»Ich betätige mich auch ein wenig als Gärtner«, sagte Andy. »Würde es dir etwas ausmachen, uns noch zu den Feldern zu führen? Ich würde mir gerne ansehen, was dort so wächst.«

Eine ganze Weile lastete Schweigen auf der Gruppe, doch schließlich sagte Y'rith'hra: »Wie du wünschst.«

Die Felder sind noch uninteressanter als die Seminare, dachte Clio. Sie glaubte, Andy wolle den Randallaner lediglich testen, und als dieser sich mit der Antwort Zeit ließ, regte sich in ihr wieder ein Gefühl der Nervosität. Aber worin auch immer der Grund für sein Interesse bestand, es war sicher nicht das Grünzeug oder die recht gesund aussehenden Randallaner, die auf den Feldern schufteten.

Sie blickte zum Stondlixh hinüber, dem Fluss, der in etwa einem Kilometer Entfernung an ihnen vorbeirauschte. Auf der anderen Flussseite stieg das Land langsam an. Dahinter lagen die hohen Einsamen Gipfel. Wo das Land kultiviert worden war, leuchtete es dunkelgrün und rot, und dahinter erstreckten sich die dunklen Wälder. Der Himmel schimmerte rosarot, was bedeutete, dass es in absehbarer Zeit regnen würde. Ganz hinten am westlichen Horizont war Tristan allmählich als matt schimmernde Scheibe zu erkennen.

»Weißt du wie spät es ist?«, wandte sich Kuf an Clio.

»Drei Achtel nach siebenundvierzig«, antwortete sie nach einem kurzen Blick auf ihre Uhr. Die randallanische Uhrzeit wurde auf dem ganzen Planeten gleich gemessen und orientierte sich am Stand der Sonne. Der randallanische Tag war unterteilt in vierundfünfzig Einheiten unterschiedlicher Länge. Entsprechend lange hatte Clio gebraucht, um ihre Uhr so zu programmieren, dass sie immer die richtige

Uhrzeit anzeigte. Sie war erstaunt, dass Kuf sie danach gefragt hatte – die Greife hatten eigentlichen eine ziemlich präzise innere Uhr, die nur um Sekunden von der Standardzeit abwich.

Clio bemerkte, dass Y'rith'hra sie anstarrte.

»Wir haben gerade gemerkt, dass wir doch nicht mehr so viel Zeit haben, wie wir dachten«, sagte der Greif. »Wir danken dir, dass du uns deine wertvolle Zeit geopfert hast. Leider müssen wir deine Einladung zum Abendessen ablehnen. Wir müssen sofort wieder aufbrechen.«

»Ich hatte gar nicht gemerkt, wie schnell die Zeit vergangen ist«, sagte Andy. »Es tut mir Leid, dass wir dich trotzdem gebeten haben, uns hier hinaus zu den Feldern zu begleiten.«

An der Art, wie Y'rith'hra sich verbeugte, war irgendetwas merkwürdig. Clio hatte das Gefühl, dass hier etwas gespielt wurde, das sie nicht verstand. Der Randallaner bot an, sie bis zum Tor zu begleiten. Kuf erklärte sich damit einverstanden, und gemeinsam liefen sie über den staubigen, schmalen Weg zurück zum Kloster.

Sie waren noch etwa zweihundert Meter vom Eingangstor entfernt, als Andy plötzlich sehr ruhig sagte: »Y'rith'hra, sag deinen Freunden, dass ich dich auf der Stelle erschieße, wenn sie nicht bleiben, wo sie sind.«

Der Randallaner stellte sich dumm. »Ich verstehe nicht …«

»Ich habe den Lauf meiner Pistole auf deinen Rücken gerichtet. Zwei deiner Freunde stehen oben auf den Wachtürmen und zielen mit ihrer Armbrust auf uns. Und rechts im Burggraben stecken noch viel mehr von ihnen. Ich habe gesehen, wie du ihnen ein Zeichen gegeben hast. Wir befinden uns noch nicht in Reichweite ihrer Musketen. Und wir werden uns ihnen auch nicht weiter nähern, bis sie alle den Graben verlassen haben. Wenn sie versuchen sollten, uns zu überfallen, bist du der Erste, der stirbt.«

Seine Stimme klang freundlich, aber bestimmt, und er bediente sich der höflichsten Version der Wahren Sprache. »Ich hoffe, ich habe mich klar genug ausgedrückt. Und ich hoffe ebenso, dass du nicht so lebensmüde bist, einen dummen Trick zu versuchen!«

»Ich habe schon verstanden«, erwiderte der Randallaner. »Hoffentlich verstehst du im Gegenzug, dass ihr uns hier alles andere als willkommen wart.«

»Das war nicht zu übersehen«, sagte Kuf. »Dieser Ort wirft noch viele offene Fragen auf. Jetzt signalisiere deinen Freunden, was wir dir gesagt haben.«

Y'rith'hra hob einen rechten Arm hoch über den Kopf und verschränkte die anderen über dem Bauch. Sofort tauchten aus dem Burggraben fünf Randallaner auf. Y'rith'hra bedeutete ihnen mit einer Geste, ins Kloster zurückzukehren.

»Clio, du kletterst auf Kuf«, sagte Andy, während er auf Phregs Rücken stieg. »Wir müssen versuchen, direkt von hier zu starten. Phreg, bleib stehen!«

Y'rith'hra drehte sich um und sah sie an. »Ihr geht …«

»… durch das Tor, völlig richtig!«, sagte Andy. »Phreg, Kuf, seid ihr startbereit?«

»Ich habe so etwas noch nie gemacht«, flüsterte Clio. Dieses Manöver gehörte zur militärischen Ausbildung und wurde sonst eigentlich nie durchgeführt.

»So ein Start macht keinen Spaß, ist anstrengend und eigentlich viel zu langsam«, sagte Phreg. »Aber allzu schwer ist er nicht.«

Für ihn mochte das ja zutreffen, aber Clio war sich da nicht so sicher. Andy schien keine Probleme damit zu haben, und das beruhigte sie ein wenig. Sie kletterte also auf Kufs Nacken und kniete sich hin, so wie sie es bei Andy gesehen hatte. Die Greife duckten sich so tief hinunter, dass ihre Bäuche fast den Boden berührten.

Andy zog eine langläufige Pistole hervor. Er feuerte zweimal, und die Wachen oben auf den Türmen sackten zusammen. Dann drehte er sich um und schoss zwei Randallaner nieder, die hinter ihnen auf der Straße gestanden hatten.

Clio blickte blickte sich um und sah, dass von überall her Randallaner herbeieilten. Zwei weitere heulten auf und fielen zu Boden. Y'rith'hra drehte sich um und rannte davon, doch er kam nur drei Schritte weit, dann traf ihn ein Schuss aus Andys Pistole in den Kopf.

»Abflug!«

»Bei drei machst du einen Satz nach oben. Aber möglichst hoch springen!« Kufs Stimme klang so freundlich, als säßen sie gemeinsam beim Abendessen.

»Eins, zwei, drei!«

Sie sprang so hoch wie sie konnte, die Beine weit nach vorne gespreizt, so wie sie es früher schon einmal bei den Soldaten der Randallaner gesehen hatte. Mit einem einzigen kräftigen Flügelschlag schoss Kuf vor, schob den Kopf zwischen ihren Beinen hindurch und hob sie auf den Rücken. Sie griff nach den Leinen und hätte fast die Balance verloren, als der Greif plötzlich mit aller Kraft mit den Flügeln schlug und zwei Meter emporstieg. Phreg war dicht hinter ihnen; sie hörte, wie er vor Anstrengung schnaufte.

»Nach links! Von den Gräben weg!«, rief Andy ihnen zu.

Aus dem Burggraben wurden einzelne Schüsse auf sie abgefeuert, und auf der Straße liefen die aufgebrachten Randallaner hinter ihnen her. Sie hörte, dass Andy noch weitere Schüsse abfeuerte und sah, wie der Anführer der Gruppe zu Boden stürzte.

Schließlich waren sie hoch genug. Kuf und Phreg flogen nebeneinander über grün schimmernde Felder hinweg und mussten immer noch kräftig mit den Flügeln schlagen, um an Geschwindigkeit zu gewinnen. Erst als sie in die Nähe des Flusses kamen – sie flogen jetzt etwa hundert Meter über dem Boden – erwischten sie einen warmen Aufwind und konnten so ohne größere Anstrengung schnell aufsteigen.

Ihre Verfolger liefen ihnen noch immer nach, doch die Greife waren schon weit außerhalb der Reichweite ihrer Musketen. Mit Handsignalen verständigten sich Clio und Andy darauf, zunächst weiter Richtung Norden in die Wildnis zu fliegen.

Eine halbe Stunde später landeten sie in der Nähe des Flusses an einer Stelle, an der Zuckerbeeren wuchsen. Kuf und Phreg stürzten sich direkt auf die Früchte. Andy sah sich erst einmal um, ob vielleicht irgendwelche gefährlichen Echsen in der Nähe waren, dann ging er hinunter zum Fluss und steckte den Kopf ins Wasser.

Als er den Kopf wieder hob, fiel Clio auf, wie blass er war. Sie ging auch zum Fluss hinunter und spritzte sich etwas Wasser ins Gesicht. Sie achtete nicht darauf, ob ihre Kleidung nass wurde, und lief schnell zu Andy und setzte sich neben ihn.

Er hatte sich in der Nähe der beiden Greife auf einem großen Felsblock niedergelassen, der in den Fluss hineinragte. Clio wusste nicht so recht, was sie sagen sollte.

»Ich habe gar nicht gewusst, dass du so ein guter Schütze bist«, meinte sie schließlich.

Er grinste sie an, doch wirkte er, als hätten ihre Worte ihn tief verletzt. »Raketengeschosse. Reagieren auf Körperwärme. Sie enthalten ein Nervengift. Ziemlich teuer, machen sich im Ernstfall aber schnell bezahlt! Ein Schuss – ein Toter. Man braucht nur ungefähr in die richtige Richtung zu zielen. Auf Randall funktioniert das besonders gut, obwohl die Reichweite nicht groß ist, wegen des hohen Luftwiderstandes. Soweit ich weiß, besitze ich die letzten 188 … Pardon, *182* Stück, die auf ganz Randall zu finden sind!«

»Woher wusstest du …«

»Die oben auf den Wachtürmen waren etwas übereifrig.

Sie zielten schon eine ganze Weile mit ihren Armbrüsten auf uns. Als ich das gesehen habe – und dann noch die komischen Verrenkungen, die Y'rith'hra machte, direkt nachdem Kuf dich nach der Uhrzeit gefragt hatte – da wusste ich, dass wir in Schwierigkeiten stecken. Am besten konnten sie uns aufhalten, wenn sie sich im Burggraben versteckt hielten. Als dann nur fünf von ihnen aus dem Graben sprangen, wusste ich, dass Y'rith'hra uns hereinlegen wollte. Denn um sicherzugehen, dass seine Leute uns auch alle erwischten, musste er dort wenigstens fünfzig von ihnen versteckt haben. Sonst hätten sie gar nicht genug Zeit, die Musketen wieder zu laden. Und auf diese Entfernung ... Selbst wenn sie die unterschätzt hätten, konnten es nicht viel weniger sein. Die Soldaten, die uns am Tor aufgehalten hatten, wirkten ziemlich diszipliniert und gut ausgebildet, keineswegs wie eine reine Paradetruppe.« Er machte einen tiefen Atemzug. »Seit den Kämpfen vor fünf Jahren habe ich auf niemanden mehr geschossen. Du weißt schon, als wir die Banditen unschädlich machen mussten?«

»Ja, daran erinnere ich mich«, sagte Clio und legte ihren Arm um ihn. Er zitterte, das hatte sie schon lange nicht mehr bei ihm erlebt. Vielleicht war es das, was sie an dem manchmal so kalt wirkenden Tempelritter am meisten liebte – zu töten machte ihn einfach krank.

Phreg sah einen Augenblick aus dem Busch auf und meinte: »Für's erste Mal haben wir den Start aber gut hinbekommen! Du hast kaum behindert.«

»Danke«, murmelte sie.

Er nickte ihr noch einmal freundlich zu und widmete sich dann wieder den süßen Beeren. Irgendwie waren sie heute alle sehr aufgeregt – Phreg redete normalerweise nicht so viel.

Für eine Weile hörte man nur das Picken und Schlucken der Greife. Dann sagte Clio plötzlich: »Ich möchte doch gerne wissen, warum sie so nervös wurden, als du mich nach der Uhrzeit gefragt hast, Kuf.«

Kuf schluckte hastig einige Beeren hinunter und blickte dann zu ihr hinüber. »Ganz einfach, sie haben ihre Felder mitten im traditionellen Schutzgebiet angelegt. Die Grenze verläuft ungefähr – oh, ungefähr fünf eurer terranischen Kilometer von der Festung entfernt. Sie haben aber nur die Erlaubnis, eine Fläche zu bewirtschaften, die etwa neun Kilometer davon entfernt liegt und viel steiniger ist.«

Andy starrte ihn verwundert an. »Aber woher wusstest du …«

»Der kleine Mond stand genau über dem Äquator«, erklärte Kuf. »Die Flügelleute haben ihn schon seit Anbeginn aller Zeiten zur Navigation benutzt. Wenn du siehst, dass der Mond auf- oder untergeht, und wenn du die genaue Uhrzeit kennst, kannst du ganz einfach bestimmen, auf welchem Längengrad du ungefähr stehst. Und Sankt Thkhri'jha liegt viel zu weit im Osten.«

Er wandte sich wieder den Beeren zu und schlang sie herunter wie ein hungriger Wolf.

»Die Traditionalisten müssen das erfahren!« Andy atmete tief durch, seine Stimme überschlug sich fast, so wütend war er.

»Du hast völlig Recht«, sagte Kuf. »Das Ganze erscheint mir höchst verdächtig! Sie wären schon viel früher aufgefallen, wenn nicht die Hauptwanderroute geändert worden wäre, um Platz für die Universität und die Eisenbahn zu schaffen. Wenn du gestattest, werden Phreg und ich unsere Mahlzeit beenden und dann können wir weiterfliegen!«

Clio saß eine Weile still da und beobachtete die Greife, wie sie hastig die Beeren verzehrten. Dann kuschelte sie sich eng an Andy und weinte. Zwar hielt er sie im Arm, aber richtig getröstet fühlte sie sich nicht. Es war bereits schlimm genug, dass aus Andy wieder der Tempelritter Andros Kanegawa geworden war – und jetzt hatte sich auch Kuf wieder zu einem typischen Adligen entwickelt.

KAPITEL 8

Clio hatte gar nicht damit gerechnet, dass es auf Randall noch so viele traditionelle Tripel gab (was daran liegen mochte, dass sie die meiste Zeit in den Städten gelebt hatte). Diese Tripel saßen zu tausenden in den Felsen des uralten Versammlungsortes und blickten auf die vier Gestalten herab, die in der Mitte auf einem hohen Felsblock standen. Es herrschte absolute Ruhe.

Es hatte einen vollen Mond gedauert, um alle zusammenzutrommeln. Viele der Traditionalisten wollten nichts mit Kuf und Phreg zu tun haben, weil die beiden Xhu'gha waren. Dem Templer trauten sie schon eher, zumindest die moderner Denkenden unter ihnen.

»Die wirklichen Traditionalisten haben sich in den Bergen verschanzt und halten sich aus allem raus«, hatte Andy Clio erzählt.

Dennoch hatten sich heute alle hier versammelt. In letzter Zeit waren auch aus den Städten keine beunruhigenden Nachrichten eingetroffen.

Andy hatte sein ganzes diplomatisches Geschick aufwenden müssen, um sie davon zu überzeugen, dass es für sie nur vorteilhaft sein konnte, ausnahmsweise einem Xhu'gha zuzuhören. Doch ließ sich nicht voraussehen, welchen Erfolg die ganze Aktion haben würde. Vielleicht hatte er auch deshalb viel länger für die Vorbereitungen gebraucht, als Clio lieb gewesen war.

Der Versammlungsplatz lag am Rand eines weiten Gebirgsausläufers. Hier gab es genügend flache Felsen, auf denen die Greife bequem zu sitzen vermochten. Dieser Ort war von einer längst vergessenen Spezies als Amphitheater genutzt worden, aber wann er erbaut wurde (und vor allem von wem), wusste heute niemand mehr.

Schließlich kletterte Andy vom Felsblock herunter, und Kuf stieg hinauf. Immer noch herrschte Stille – das war zwar kein schlechtes Zeichen, doch hatte es auch nicht unbedingt etwas Gutes zu bedeuten.

Der Greif baute seine Rede sehr geschickt auf und appellierte vor allem an die Loyalität, die seine Zuhörer der Hochkrone gegenüber an den Tag legten. Die Hochkrone hatte entschieden, ein Parlament zuzulassen – und nun brauchte sie nichts dringender als loyale Untertanen, die in diesem Parlament ihre Interessen vertraten. Leute, die nicht nur den Fortschritt wollten, sondern auch auf die alten Werte Rücksicht nahmen. Obwohl Kuf als Berater der Hochkrone geschätzt wurde, konnte er doch nicht so zu ihnen sprechen, wie es jemand aus ihren eigenen Reihen vermocht hätte. Dennoch wies er sie eindringlich darauf hin, dass die Unterhöhlung der alten Werte unbedingt aufgehalten werden müsse, und zwar sei dies nur in einer gemeinsamen Aktion aller Tripel möglich. Er wisse, dass sie nur sehr ungern neue Wege gingen, aber hier böte sich ihnen die Möglichkeit, die Situation für sich zu nutzen und dabei den Interessen der Hochkrone zu dienen.

Als er seine Rede beendet hatte, fühlte Clio sich schon etwas besser. Sie hatte den Eindruck, dass sich die Traditionalisten doch für ihre Sache begeistern könnten. Sie sah zu Andy hinüber, doch verriet sein Gesichtsausdruck nicht im Mindesten, wie er die Situation einschätzte.

Vielleicht bedeutete es nichts Gutes, dass er so verkniffen lächelte. Der Templer kannte die alten Traditionen und die Kultur Randalls besser als jeder andere Terraner, das hatte sogar Hauskyld zugeben müssen.

Es entstand eine lange Pause, dann trat einer der alten

Adligen, die in der ersten Reihe saßen, in Begleitung seines Randallaners und der Handschlange vor.

»Ich spreche für Pralbepretraderat. Wir werden uns zur Beratung zurückziehen und morgen in der Dämmerung wieder hierher kommen.«

Genauso still, wie sie den Rednern zugehört hatte, verschwand die Menge.

»Also?« Clio hatte niemanden direkt angesprochen.

»So wird traditionell gehandelt, wenn es um eine Entscheidung geht, die nicht von der Hochkrone getroffen wird«, erklärte Kuf. »Sie werden die ganze Nacht zusammensitzen und diskutieren. Wie sie sich letztendlich entscheiden, kann keiner vorhersagen!«

Er sah sehr müde aus, und Clio bemerkte zum ersten Mal, dass ihr Freund langsam alt wurde.

Vorläufig konnten sie nichts tun. Also gingen sie in ihr Lager zurück, aßen etwas und legten sich dann schlafen, ohne noch viel miteinander zu reden.

KAPITEL 9

Sie hatten eigentlich erwartet, dass sie sich am nächsten Tag alle noch einmal im Amphitheater treffen würden, aber zur vereinbarten Zeit erschien lediglich ein junges Tripel.

»Ich soll euch davon unterrichten, dass wir uns entschlossen haben, diese überaus wichtige Angelegenheit auf unsere Weise zu erledigen. Wir danken euch, dass ihr uns darauf aufmerksam gemacht habt und wünschen euch eine gute Rückreise.«

Ohne eine Antwort abzuwarten, drehten sich sowohl der Sprecher als auch sein Greif um und liefen los. Dann schwang sich der Randallaner auf den Rücken des Greifs, der sogleich abhob. Das ging so schnell vonstatten, dass keiner der Terraner auch nur auf die Idee gekommen wäre, sie aufzuhalten oder ihnen zumindest etwas nachzurufen. Kurz darauf war das Tripel nicht mehr zu sehen.

»Also … so hatten wir uns das ja nicht gedacht«, bemerkte Clio schließlich.

Phreg blickte Kuf an. »Was meinst du – was werden sie jetzt tun?«, fragte er.

Kuf scharrte mit den Pfoten im Schmutz. »Irgendetwas, das sie selbst der Hochkrone nicht verraten würden! Deshalb wollten sie auch mit mir nicht darüber sprechen.« Kuf setzte sich mit einem lauten Plumps auf den Boden. »Ich muss erst einmal darüber nachdenken. Ich bin sicher, dass sie über die Verletzungen der alten Traditionen zutiefst beunruhigt sind. Vor allem wegen der Folgen, die das nach sich zieht … Wenn die Xhu'gha in den Städten nicht ihre Verbindungen aufrechterhalten …« Die Augen des Greifs glitzerten weiß. »Das bedeutet Krieg. Ich kann nicht sagen, wann, aber wenn sie sich nicht an der Wahl beteiligen und nicht gerade beschließen, Selbstmord zu begehen … und wenn sie weiter so stur bleiben …«

»Dann kommt es zu einem Bürgerkrieg«, beendete Andy den Satz. »Sie werden zwar eine Weile brauchen, um sich darauf vorzubereiten, aber sie werden ihn anzetteln und sich dabei einreden, dass es nur im Interesse der Hochkrone sei.«

Kuf nickte heftig. »Also bleibt uns noch etwas Zeit – aber wir sollten uns trotzdem beeilen! Wir müssen versuchen, sie zu beruhigen. Sie dürfen auf keinen Fall etwas Übereiltes tun, was dann vielleicht nicht mehr rückgängig zu machen ist. Das Verhalten der Xhu'gha können wir aber auf keinen Fall tolerieren! So wie ich die Dinge sehe, wird das alles nicht so einfach … Aber sie müssen begreifen, wo sie hingehören – ob sie wollen oder nicht! Wir hätten sie niemals …«

»Schschht!«, machte Phreg.

Kuf ignorierte ihn. » … aus dem Gefängnis lassen dürfen. Christliche Tripel, pah! Aber was geschehen ist, ist geschehen. Jetzt müssen wir erst einmal unsere Rebellen beruhigen und das Parlament reformieren.«

Er drehte den Kopf, als wollte er sich überzeugen, dass die anderen noch alle da waren. Und als er schließlich wieder das Wort ergriff, sprach er im Befehlston eines Adligen, der gewohnt ist, andere herumzuscheuchen und dabei keinen Widerspruch zu dulden. »Andros, du und Phreg, ihr beide sucht nach den Traditionalisten und haltet sie davon ab, irgendwelche Dummheiten zu begehen! Clio, dich fliege ich zurück nach Bipih. Dort gehst du zu Hauskyld, erklärst ihm die Situation und sorgst dafür, dass er auch wirklich versteht, was da auf uns alle zukommt, wenn wir nicht rechtzeitig etwas unternehmen! Und sieh zu, ob wir nicht Hilfe von den Terranern bekommen können. Ich werde unterdessen den Oberen die ganze Sache erklären – allerdings bin ich überzeugt, dass sie sich weigern werden, mich zu verstehen.«

Es gab nichts mehr dazu zu sagen; in weniger als einer Minute waren Phreg und Kuf beide wieder in der Luft und trugen Clio und Andy davon. Clio hätte am liebsten geweint, doch wollte sie ihre Tränen lieber aufsparen, für die Dinge, die da noch kommen würden.

KAPITEL 10

Clio war jetzt schon zweimal um Hauskylds Haus herumgeschlichen, wobei sie sich immer sorgfältig im Schatten gehalten hatte. Mittlerweile war sie sich ganz sicher, dass er allein war. Da sie nicht wusste, wer zur Zeit in der Stadt das Sagen hatte, wollte sie vorerst nicht zu ihrem eigenen Haus zurückkehren. Ihre Nachbarn waren es gewohnt, dass sie in den Semesterferien längere Zeit unterwegs war, und würden sich keine Sorgen machen. Wer auch immer versucht hatte, Kuf und sie zu töten, saß jetzt vielleicht irgendwo in ihrem dunklen Haus und wartete auf sie. Vielleicht in dem kleinen Zimmer, wo die Vorhänge bis auf den Boden hingen. Der Attentäter blickte bestimmt immer wieder auf die Uhr und wartete ungeduldig auf sie, die Armbrust mit dem vergifteten Bolzen fest in den Händen. Oder er würde eine Muskete auf sie richten, sobald sie zur Tür hereinkam, und dann … *Bumm!* Es fröstelte sie, und sie drückte sich tiefer in den Schatten eines Baumes.

Das kleine Blockhaus hatte nur drei Räume, aber dafür viele Fenster. Hauskyld hatte Braunblüten- und Scharfnadelbüsche rings um das Haus gepflanzt, die so dicht und dornig waren, dass niemand durch ein Fenster bei ihm einsteigen konnte.

Er saß beim Licht einer kleinen Öllampe an einem Tisch und schrieb in ein dünnes Büchlein. Schon früher hatte er immer behauptet, es helfe ihm beim Nachdenken, wenn er mit der Hand schrieb. Er hatte acht voll geschriebene Bücher vor sich liegen, und wenn er alle Erinnerungen, die ihm Thingachganderook hinterlassen hatte, aufschreiben wollte, würde er noch viele weitere Bücher füllen können. Es war schon beinahe Mitternacht. Trotz der hohen Preise für Öl und der Tatsache, dass er früh wieder aufstehen musste, schien es so, als wollte er noch eine Weile weiterarbeiten.

Schließlich raffte Clio ihren ganzen Mut zusammen, seufzte einmal laut und kroch dann aus den Büschen hervor. Sie ging um das Haus zur Vordertür – das hätte sie gleich von Anfang an machen sollen. Sie war einfach nicht besonders gut darin, Leuten heimlich nachzustellen.

Zitternd stand sie vor Hauskylds Tür, völlig in Gedanken versunken. Keine Frage – als Spion war sie denkbar ungeeignet. Sie musste über sich selber lachen, blickte sich noch einmal um und klopfte dann leise an die Tür.

Sie hörte, wie er den Stuhl zurückschob, und ein plumpsendes Geräusch, als ein Buch ins Regal geworfen wurde. Dann vernahm sie seine Schritte, als er zur Tür kam. Sie ermahnte sich, leise mit ihm zu sprechen.

Nach den ganzen unangenehmen Erfahrungen, die sie in letzter Zeit gemacht hatte, traute sie niemandem mehr. Innerlich war sie darauf vorbereitet, dass er die Wachen herbeirufen und sie verhaften lassen würde. Vielleicht stand auch jemand hinter der Tür und überfiel sie, sobald sie das Haus betrat … Aber da grinste er sie bereits freundlich an, während er die Tür weiter öffnete.

Er schien sich tatsächlich zu freuen, dass sie vor ihm stand. »Hallo Clio, bist du schon von deiner Forschungsreise zurück? Komm doch rein.«

Sie folgte ihm ins Haus. »Ich … äh, ja. Ich war eine Weile unterwegs.«

»Dann hast du bestimmt schon lange nichts Vernünftiges mehr gegessen? Ich glaube, ich habe noch etwas Fladenbrot, und vielleicht ist auch noch etwas von der Braunblütenmarmelade da. Ich setze schnell Wasser auf, denn ich habe sogar frische Zitrusschalen da …«

»Danke«, sagte sie erschöpft. Eigentlich wollte sie nichts von ihm annehmen, doch nachdem sie zwei Monde lang nur die schrecklichen Feldrationen verzehrt hatte, lief ihr bei dem Gedanken an frisches Brot das Wasser im Mund zusammen. Sie genoss es, wieder auf einem richtigen Stuhl sitzen zu können, in einem Haus mit einem flackernden Feuer im Kamin …

Neugierig sah sie sich im Zimmer um. Früher war auf Randall bildende Kunst weitgehend unbekannt gewesen – abgesehen von einigen wenigen Statuen, die Clio höchstpersönlich draußen in der Wildnis gefunden hatte. Einer von Hauskylds Schülern entdeckte jedoch eines Tages, dass man aus den langfaserigen Nadeln eines Baumes, der an der Südküste des Kontinentes David wuchs, eine Art Leinengewebe herstellen konnte. Man fand noch viele Pflanzen, aus denen man ähnliche Materialien gewinnen konnte, und so entstanden nach und nach die ersten Gemälde. Mittlerweile hingen in fast allen Häusern der Mod'hrun Bilder an den Wänden.

Ein Bild zog ihre Aufmerksamkeit auf sich; sie stand auf, um es sich näher anzusehen. Anfangs hatten dieRandallaner die terranische Malweise imitiert und abstrakte, geometrische Formen abgebildet. Doch dann hatte jemand ihnen einige richtige Gemälde gezeigt, und plötzlich gab es überall Bilder zu sehen, die wirkten, als wären sie von terranischen Kindern gemalt.

Aber das hier wirkte ganz anders. Das Gemälde zeigte in sehr realistischer Weise die Hochkrone auf dem Thron. Das Motiv wurde mehrmals aus leicht unterschiedlichen Perspektiven wiederholt, wie es bei den randallanischen Malern sehr beliebt war. Die unterschiedlichen Motivwinkel waren in einem Sechseck angeordnet, was, wie sie vermutete, auf die facettierten Augen des Künstlers zurückzuführen war. Es war kein Irrtum möglich: Dies hier war eine perfekte Abbildung der Hochkrone.

»Gefällt es dir?«, fragte Hauskyld. »Das ist von einem der Jurastudenten an der Königlichen Akademie. Ungefähr ein halbes Dutzend anderer Maler imitieren ihn bereits. Ich schätze, der Realismus hat auf Randall seinen Siegeszug angetreten! Das ist eigentlich kein Wunder, es passt zu der neuen Lebenseinstellung, alles viel individueller zu betrachten. Eine völlig normale Folge der allgemeinen Modernisierung.«

Er setzte das Tablett auf dem Tisch ab. »Zum Glück habe ich heute frisches Fladenbrot geholt«, fügte er hinzu. »Und meiner Meinung nach ist mir die Marmelade diesmal wirklich gut gelungen.«

»Ich bin sicher, dass sie wundervoll schmeckt«, sagte sie und setzte sich zu ihm an den Tisch. Sie brach ein kleines Stück von dem harten Fladenbrot ab und dippte es in heißes Wasser, um es weicher zu machen. Dann träufelte sie etwas von der dünnflüssigen Marmelade darauf und stopfte es sich in den Mund.

»Wirklich lecker«, murmelte sie mit vollem Mund.

»Schön, freut mich, dass es dir schmeckt. Etwas anderes habe ich auch leider nicht im Haus.«

Er lehnte sich zurück, grinste sie an und spielte nervös mit den Fingern. »Ähem, Clio ... Ich glaube, ich weiß, warum du hier bist. Was du mir sagen willst.«

Sie fühlte plötzlich, wie die Angst wieder in ihr aufstieg und sah ihn misstrauisch an.

»Nein«, fuhr er fort, »lass mich bitte ausreden. Ich weiß das schon seit ... seit vielen Jahren. Dir und Komtur Kanegawa gegenüber habe ich mich wirklich wie ein Idiot verhalten. Das wollte ich dir nur sagen. Nach deinem letzten Besuch ... na ja, da habe ich mich wirklich geschämt, es gibt gar keine Entschuldigung dafür, dass ich dich so schroff behandelt habe. Ich hatte eigentlich keinen Grund, mich derart mies zu benehmen. Ich habe um Weisheit gebetet, und obwohl ich nicht wieder gutmachen kann, was ich dir angetan habe, gelobe ich ab sofort Besserung!«

Clio war so erstaunt, dass sie nicht wusste, was sie dazu sagen sollte. Verlegen ließ sie ihren Blick durch das Zimmer schweifen und betrachtete eine Weile das Bild der Hochkrone. Als sie wieder Hauskyld ansah, war er so nervös, dass er überall hinblickte, nur nicht in ihr Gesicht.

Schließlich sagte sie: »Ich bin unglaublich froh, das zu hören! Ich bin sicher, dass wir trotz allem weiterhin Freunde sein können. Wenn es dir recht ist, werden wir nie wieder darüber sprechen. Aber … jetzt muss ich etwas sehr Wichtiges mit dir besprechen.«

Schnell erzählte sie ihm, was alles in der Zwischenzeit geschehen war, seit sie sich zuletzt gesehen hatten. Die Versuche, Kuf und sie zu ermorden, ihre Nachforschungen auf Sankt Thkhri'jha, wie sie sich den Weg freikämpfen mussten, um von dort wieder wegzukommen, der fehlgeschlagene Versuch, die Traditionalisten von der Notwendigkeit zu überzeugen, sich für das neue Parlament zu engagieren, und die tödliche Gefahr des Bürgerkrieges, die jetzt über ihnen allen schwebte. Manchmal unterbrach er sie und stellte eine kurze Zwischenfrage, doch die meiste Zeit hörte er aufmerksam zu.

Schließlich lehnte er sich auf dem Stuhl zurück und dachte eine Weile nach. Dann meinte er: »Früher oder später musste so etwas ja geschehen! Jetzt stellt sich nur die Frage, was wir tun können, um den Schaden möglichst zu begrenzen … Unsere Aktion bedarf sorgfältiger Planung – Komtur Kanegawa hat völlig Recht! Wir müssen zunächst dafür sorgen, dass die Traditionalisten nicht auf die Idee kommen, irgendwelche Festungen oder öffentlichen Gebäude anzugreifen. Wenn sie das doch tun, werden sich die Fronten derart verhärten, dass wir keine vernünftigen Verhandlungen mehr führen können. Dann wird es unweigerlich einen

Krieg geben! Ich bin froh, dass er versucht, mit ihnen zu reden, aber ich weiß im Moment nicht, was wir jetzt von hier aus tun könnten, um die Lage zu entschärfen.«

»Ich bin zuerst zu dir gekommen, weil du guten Kontakt zur Hochkrone hast. Ich hatte gehofft, sie würden uns die königlichen Streitkräfte zur Verfügung stellen, um die illegalen Siedlungen zu räumen?«

Er pfiff leise. »Da hast du dir aber viel vorgenommen. Wenn es funktioniert – gut –, aber wehe, es geht etwas schief! Dann gibt es ein fürchterliches Desaster!«

Sie beugte sich vor. »Ich verstehe nicht, wo das Problem liegt.«

»Wenn die Traditionalisten auf die Idee kommen, dass sie mit einem Krieg Aussicht auf Erfolg haben – und vergiss nicht, es handelt sich um ein kriegerisches Nomadenvolk –, dann wenden sie sich wahrscheinlich auch gegen die Städte. Sie werden vieles wieder rückgängig machen. Und zuallererst werden sie die Xhu'gha und vielleicht auch die christlichen Tripel wieder in Konzentrationslager stecken. Sie sind so kriegerisch veranlagt, dass sie auf jeden Fall versuchen werden, die Xhu'ghawi und Mod'hrunwi in Kämpfe zu verwickeln. Da besteht gar kein Zweifel! Und die Hochkrone wird ihre Macht verlieren, was für viele Jahre das Ende der zentralistischen Regierung bedeuten dürfte. Es sei denn, die Xhu'gha gewinnen und löschen die meisten der Traditionalisten aus.«

Sie war überrascht. »Meinst du, dass die Xhu'gha eine reelle Chance auf den Sieg haben?«

»Sie haben viele gute Techniker. Und sie sind am ehesten geneigt, sich dem Fortschritt anzupassen. Außerdem wären sie bereit, reguläre Steuern zu zahlen, und damit könnte auch schneller eine Streitmacht aufgestellt werden. Aber selbst wenn du in diesem Punkt nicht meiner Meinung bist, wirst du doch wohl zugeben, dass es ein fürchterliches

Massaker gibt, wenn man die Traditionalisten nicht aufhält.«

Sie hätte ihm gerne widersprochen, doch sah sie ein, dass er völlig Recht hatte.

Er saß verkehrt herum auf seinem Stuhl und starrte ins Feuer; die weißen Haare schimmerten im Schein der Öllampe.

»Wahrscheinlich ist dieser Planet die vorletzte Station für mich«, sagte er plötzlich. »In wenigen Jahren werden ich auf eine andere Welt ziehen, und dort werde ich dann auch sterben. Ich habe keine allzu großen Pläne mehr, neunzig Prozent aller Menschen verlassen nie die Welt, auf der sie geboren wurden, aber diese Sache möchte ich unbedingt noch zu einem positiven Ende bringen! Das eigentliche Problem liegt darin, dass uns die Randallaner physisch und psychisch sehr ähnlich sind – alles was sie von uns lernen, verschafft ihnen gegenüber den Handschlangen und Greifen einen Vorteil.«

»Ich bin davon überzeugt, dass sie den gleichen Weg gehen werden wie wir Menschen! Alles wird immer individueller, die sozialen Bindungen werden aufgegeben … und damit verschwindet auch ein Teil ihrer Sicherheit und ihres Moralempfindens. Aber wenn sie sich als gleichberechtigtes Mitglied der Union anschließen wollen, müssen sie diesen Weg gehen. Das wäre auch nicht anders, wenn sie ein Bündnis mit den islamischen oder kommunistischen Welten anstreben würden. Und wenn ihr Planet zur Kolonisation freigegeben würde, dann hätte das noch tausendmal schlimmere Konsequenzen! Aber in jedem Fall wird es sie mehr kosten, als sie es sich je vorgestellt haben!«

»Was wir jetzt erst einmal brauchen ist *Zeit.* Die Idee, ein Parlament aufzubauen, ist glänzend dafür geeignet, Zeit zu schinden. Dann begreifen sie vielleicht, dass sie sich mit einem Krieg nur selber schaden. Es ist nicht viel, aber es ist das Beste, was wir tun können.«

»Also unternehmen wir vorerst nichts?« Sie war überrascht, wie misstrauisch ihre Frage klang. *Das ist doch kindisch,* schalt sie sich. Doch nun, wo sie anscheinend wieder Freunde waren, hatte sie wohl damit gerechnet, dass er sofort eine Patentlösung aus der Tasche zaubern würde.

Er hob die Hände, als wollte er um Vergebung bitten. »Nein, das habe ich damit nicht gemeint. Wir können zwei Dinge tun – erstens, hoffen, dass Komtur Kanegawa mit seinem Vermittlungsversuch Erfolg hat, und zweitens, nach Möglichkeiten suchen, wie wir die Xhu'gha wieder auf die Größe zurechtstutzen können, die ihnen gebührt. Und vor allem – *ohne die Traditionalisten zu einem Angriff zu provozieren!* Aber ich muss zugeben, dass ich im Augenblick auch nicht weiß, wie wir das schaffen sollen.«

Sie schwieg lange Zeit und dachte über das Gesagte nach. Das Bild der Hochkrone wirkte plötzlich ein wenig unheimlich auf sie. Die vielen Gesichter – und sogar das von Hmi'dro unten auf dem Thron – schienen sie zu beobachten. Als würden sie auf etwas warten, von dem sie alle hofften, dass es niemals geschah.

Sie seufzte und starrte ins Feuer. »Jetzt haben die Randallaner also die einmalige Chance, selbst über ihre Zukunft zu bestimmen – zum Beispiel, schlechte Kopien der Terraner zu werden!«

»Nun, dafür werden alle zukünftig der Union beitretenden Spezies wohl auch etwas von den Eigenschaften der Randallaner übernehmen.«

»Und was wird aus den Greifen und den Handschlangen?«

Er starrte in die glühenden Kohlen und sagte mit einem Pokergesicht: »Das wissen wir beide doch schon, die Frage brauche ich also gar nicht zu beantworten.«

Dann sprachen sie noch eine Weile über Clios Arbeit, allerdings ohne großen Enthusiasmus. Sie hatte sich in letzter Zeit hauptsächlich mit Grundlagenforschung beschäftigt. Es war ihr gelungen, die Herkunft des genetischen Materials, das auf Randall niedergegangen war, zu bestimmen – es kam von einem Planeten, auf dem es schon lange intelligentes Leben gab. Nein, warum es ausgerechnet hier auf Randall gelandet war, wisse sie noch nicht.

Über ihre Arbeit zu sprechen heiterte sie an so einem Tag nicht unbedingt auf. Hauskyld hatte vielleicht Recht gehabt, als er schon vor langer Zeit meinte, dass die größte Gefahr für die Menschen auf Randall nicht in der *Xenophobie* bestand (diejenigen, die xenophobisch veranlagt waren, hatten diese Welt längst verlassen), sondern viel eher in der *Xenophilie* – dem Wunsch, diese Welt möglichst in ihrer ursprünglichen Form zu erhalten. Und das bedeutete, die Welt sogar vor ihren Ureinwohnern zu schützen. Ein Xenist, der sich vor allem auf das Studium fremder Kulturen spezialisiert hatte, verhielt sich in aller Regel nicht so. Für ihn waren zwar nicht alle Welten gleich, doch sah er auch keine von ihnen als etwas Außergewöhnliches an. Alle anderen Xenisten neigten freilich dazu, sich Hals über Kopf in den ersten besten Planeten zu verlieben, egal wie dumm und unberechtigt dies war. Wenn sie die Welt eines Tages wieder verlassen mussten, war dies für sie wie das Ende einer großen Liebe mit viel Herzschmerz verbunden.

Clio würde diesen Planeten verlassen, sobald das nächste Gate erschien, so viel stand fest. Sieben Jahre terranischer Zeitrechnung würden bis dahin vergehen, beziehungsweise elf Randallanjahre. Mit etwas Glück hatte sie dann ihre Forschungsarbeit beendet, die Ergebnisse per Funk überall verbreitet und sich dadurch alle Türen aufgestoßen, auch diejenigen, die in zivilisiertere Welten führten. Natürlich würde sie Randall vermissen.

Als sie sich gute Nacht wünschten, und er sie zur Tür begleitete, glaubte sie tatsächlich, dass alles so funktionieren könnte, wie sie es sich ausgemalt hatte. Dadurch fühlte sie sich schon deutlich besser. Sie hörte auf Hauskylds Rat und ging nicht zu ihrem Haus, sondern zum Königlichen Postamt in Bipih, wo man als Terraner ein Zimmer und ein Essen bekam, wenn man im Auftrag der Hochkrone unterwegs war. Mitunter glaubte sie hinter sich unheimliche Geräusche zu hören, vor allem als Mark und Tristan beide hinter einer Wolke verschwunden waren. Doch erreichte sie ihr Ziel ohne Schwierigkeiten und schlief ein, kaum dass sie sich hingelegt hatte.

Als Clio am nächsten Morgen erwachte, fand sie einen Zettel von Kuf, den er offenbar unter der Tür durchgeschoben hatte. Er hatte im selben Haus ein Zimmer belegt, genau zwei Etagen unter dem ihren, und bat sie, ihn baldmöglichst aufzusuchen. Schnell zog sie sich an, packte ihre Sachen zusammen und begab sich nach unten. Er öffnete die Tür erst nur einen Spaltbreit und versperrte ihr die Sicht mit seinem Körper.

»Ja, bitte? Oh, gut – du bist es. Komm schnell herein!«

Er zog sie ins Zimmer und drückte die Tür hinter ihr ins Schloss. Erst jetzt bemerkte Clio die Hochkrone – Vwat saß auf dem Boden, Krish'pha auf der Schlafplattform und Dintanderoderam hatte sich zwischen ihnen eingerollt.

Clio japste überrascht nach Luft.

»Ja«, begann Vwat, »Kuf hat uns mitgeteilt, dass wir unseren Einfluss geltend machen sollen, um eine fürchterliche Tragödie abzuwenden. Er brachte uns her, und wir hoffen sehr, bereits heute Nacht weiterreisen zu können. Bei Hof gibt es Leute, die wissen, warum wir hier sind. Deshalb müssen wir mit Verfolgern rechnen. Aber Kuf hat mir auch erzählt, dass du recht gut Schach spielst. So können wir uns wenigstens die Zeit vertreiben.«

Er baute ein Schachspiel auf dem Boden auf, und Clio nahm ihm gegenüber Platz. Eigentlich war sie ganz froh, dass niemand sich mit ihr unterhalten wollte.

KAPITEL 11

Kuf und Clio hatten nicht viel geschlafen, und der Nachtflug trug seinen Teil dazu bei, dass sie beide sehr müde wurden. Der Hochkrone indes war die Anstrengung noch viel deutlicher anzumerken, besonders Krish'pha, der aussah, als habe er sich besonders schlimm erkältet.

Die Sonne ging gerade auf, als sie zwischen einigen Zuckerbeerensträuchern landeten. Ein Basaltfelsen reichte bis hinunter zu einem kleinen Fluss. Im Schatten der Bäume war es noch sehr kalt, und Clio begann zu zittern.

Kuf und Vwat stürzten sich sogleich auf die süßen Früchte. Clio pflückte sich auch welche und bot Krish'pha davon an. Er lehnte sie jedoch schroff ab und setzte sich allein auf den Felsen, an eine Stelle, die ein wenig in den Fluss hineinragte.

Der Himmel über ihnen schimmerte rötlich, und der Duft des Moores wehte zu ihnen herüber. Der Sommer war nicht mehr fern. Im Westen stieg Tristan mit einer solchen Geschwindigkeit am Himmel auf, dass es fast so aussah, als mache er einen gewaltigen Satz.

Kuf sah von dem Strauch auf. »Eure Hoheiten, es tut mir Leid, aber wir müssen weiterfliegen!«

Vwat schlang hastig noch einige Beeren hinunter, und Dintanderoderam, der den Kopf aus dem Beutel gesteckt hatte, um ein wenig Luft zu schnappen und eine Kleinigkeit zu fressen, zog sich wieder zurück. Währenddessen kehrte Krish'pha noch immer sehr schlecht gelaunt vom Fluss zurück.

»Eure Hoheiten, ich verspreche, dass wir sogleich … wenn wir bei unseren Freunden in Sicherheit sind …«

»Wir haben schon verstanden«, sagte Vwat. »Wenn die Hochkrone einmal das tun kann, was sie will, kann sie sich wirklich glücklich schätzen! Aber meistens muss sie sich danach richten, was andere ihr vorschreiben. Also, machen wir uns auf den Weg!«

Der Abflug war nicht leicht, denn sie mussten vom Boden aus starten. Als die Gruppe wieder in der Luft war, bemerkte Clio, dass es ein wunderschöner Tag werden würde. Kuf flog ruhig dahin, und die Morgensonne wärmte sie angenehm. Unter ihr zog das Buschland dahin, hin und wieder unterbrochen von kleinen Waldgebieten. Das Land an der Ostseite des Gebirges wurde von ungewöhnlich vielen Flüssen und Bächen durchzogen, und die Konjunktion der drei Monde würde dafür sorgen, dass es in der nächsten Nacht wieder regnete. Was auch bedeute, dass Vwats Arthritis sich verschlimmern würde.

Im Augenblick leuchtete der Himmel in einem Farbspektrum von Pink bis Dunkelrot. Tristan schoss noch immer am Himmel empor; in dieser Jahreszeit würde der kleine Mond schon vor Mittag wieder hinter dem Horizont verschwunden sein.

Sie hatten das Glück, von warmen Aufwinden getragen zu werden, und konnten deshalb länger in der Luft bleiben als sonst. Der Kontinent Floyd besaß die Form einer lang gezogenen Niere. Während sie nach Süden flogen, wurden sie vom kräftigen Seewind getragen, aber morgen, wenn sie Richtung Osten ins Landesinnere flögen, würde ihnen der Wind entgegenwehen …

Schon wieder hatte sie an den nächsten Tag gedacht. Clio seufzte – es fiel ihr schwer, nicht daran zu denken.

»Hältst du noch durch?«, fragte Kuf. Clio war erstaunt, weil er während des Fluges nur selten sprach.

»Na, ich werde schon nicht abstürzen!«

»Das ist gut! In etwa sechs Stunden sind wir tief im

Ursprungsland der alten Traditionen. Dort gibt es noch eine weite, unberührte Landschaft. Wir finden gewiss viele Stellen, wo wir uns verstecken und ausruhen können.«

Bei jedem Halt bestimmte Kuf den Zeitpunkt, an dem sie weiterfliegen mussten, und kontrollierte mit einem Blick auf Clios Uhr genau, ob sie sich auch daran hielten.

»Der kleine Mond geht zur richtigen Zeit auf, genau wenn wir ihn für die Navigation brauchen. Wir werden die Strecke ohne große Umwege zurücklegen.«

Nachdem sie gerastet hatten und wieder gestartet waren, fühlte sich Clio plötzlich ungewohnt müde. Bei dem rhythmischen Auf und Ab des Fluges fiel es ihr schwer, wach zu bleiben.

»Stört es dich, wenn ich rede?«, fragte sie Kuf.

»Aber nein, gar nicht. Ich kann mich selbst kaum noch wach halten!«

»Dabei kann ich dir wahrscheinlich auch nicht helfen. Ich wollte einige meiner Forschungsergebnisse aufzeichnen.«

»Arbeitest du immer noch daran? Dann mach nur. Darf ich dich unterbrechen, wenn mich etwas interessiert?«

»Das halte ich eher für unwahrscheinlich, aber du kannst mir ruhig sagen, was du von meinen Ausführungen hälst.« Sie öffnete ihren Gurtrecorder und begann zu sprechen. Sie beschrieb den Versammlungsort und erklärte, warum er ihrer Ansicht nach weder von den Greifen noch von den Randallanern oder den Handschlangen erbaut worden sein konnte. Dann sprach sie über die Konsequenzen, die diese Erkenntnis für ihre Arbeit hatte.

» ... hinzu kommt noch das Problem der Paläotopographie hier auf Randall. Ich habe mir die entsprechenden Satellitenfotos und die Computerauswertungen angesehen. Durch die extremen Gezeitenkräfte werden die Kontinente ungewöhnlich starkem Druck ausgesetzt; diese Erkenntnisse sind ziemlich neu. Es ist uns bekannt, dass die von den

Handschlangen gespeicherten Informationen etwa achttausend Generationen zurückreichen, das entspricht ungefähr einer halben Million Standardjahre. Wir haben herausgefunden, dass es mehrere Flussläufe gibt, die etwa zu dieser Zeit entstanden sind. Im Mündungsbereich dieser Flüsse ist die Suche nach den Überresten alter Städte am aussichtsreichsten. Anscheinend sind die zwei von mir hier auf Floyd bezeichneten Stellen die erfolgversprechendsten.«

»Willst du damit sagen, dass hier vor langer Zeit schon eine andere intelligente Spezies gelebt hat? Dass sie vielleicht auch den Versammlungsplatz angelegt hat?«

»Genau das ist meine Theorie – die ich nur noch beweisen muss!«

»Dann sprich doch mal mit Dintanderoderam, wenn wir heute Abend unser Lager aufschlagen. Ich denke, er verfügt bestimmt über einige Erinnerungen, die dir bei deinen Überlegungen helfen könnten.«

Am späten Nachmittag war die Hochkrone einfach zu erschöpft, um die Reise weiter fortzusetzen. Die Gruppe landete auf einer moosbewachsenen Lichtung, an deren Rand viele essbare Pilze wuchsen. Alle aßen sie noch etwas und legten sich dann gleich schlafen.

KAPITEL 12

Während sich am nächsten Morgen die Greife ihr Frühstück suchten, saß Clio mit Dintanderoderam auf dem Schoß in der wärmenden Morgensonne und erklärte ihm, dass sie sich aus seinen Erinnerungen wichtige Informationen für ihre Forschung erhoffte. Kein Zweifel, es musste etwas vorhanden sein – in ihren ältesten Erinnerungen bezeichneten sich die Handschlangen oft als *Jüngere* oder manchmal auch als die *Nachfolgenden*. Es gab Erinnerungen an alte Ruinen und einen neu angelegten Versammlungsort. Aber aus jener Zeit war nichts über die Bautätigkeit der Handschlangen bekannt, allenfalls über ihre primitiven Nester – zwangsläufig musste jemand anderes die Bauten geschaffen haben!

Entspricht das nicht deiner Theorie?, fragte Dintanderoderam. *Ich meine, dass diese Welt eine ganz besondere Vergangenheit hat, weil etwas vom Himmel gefallen ist?*

»Ja, schon richtig«, sagte Clio. »Aber ich bin trotzdem immer wieder überrascht, wenn sich eine meiner Thesen als richtig herausstellt! Ich wusste ja schon lange, dass Randall viele Überraschungen bereithält – aber wir haben bis jetzt vier intelligente Spezies gefunden und noch gar nicht in den Ozeanen und in den Polargebieten gesucht … es ist kaum zu glauben.«

Wenn deine Theorie stimmt, ist das eigentlich gar nicht so unwahrscheinlich. Wenn das Leben von Welten mit intelligenten Lebewesen stammt und sich ausbreitet, dann könnte es durchaus sein, dass diese Lebenskeime am häufigsten auf Planeten fallen, die vielen Entwicklungen Raum lassen.

»Das stimmt. Glaube ich zumindest ... Aber es ist schon erstaunlich. Bisher ist keine Welt bekannt, auf der es mehr als zwei hochintelligente Spezies gibt.«

Sie verlagerte ihr Gewicht behutsam, um Dintanderoderam nicht zu stören, und griff nach den Zuckerbeeren. Einige gab sie an die Schlange weiter, die anderen aß sie selbst. Sie genoss den frischen Geschmack, der irgendwie an Äpfel oder Birnen erinnerte.

»Es gibt allerdings noch einen Haken an der Sache! Einige der ›intelligenten Welten‹ haben ihren Beitrag zur Verbreitung des genetischen Materials bereits geleistet, bevor auf ihnen die erste intelligente Spezies erschien.«

Vielleicht gab es auch dort schon zuvor intelligente Lebensformen.

»Das ist natürlich möglich. Aber das würde bedeuten, dass die ausgestorbenen Lebewesen einen größeren Beitrag leisteten als jene, die überlebt haben und sich weiterentwickelten. Sehr merkwürdig, die ganze Sache!«

Ihr war so kalt, dass sie zitterte. Dintanderoderam entzog ihr ein gerüttelt Maß an Körperwärme – Wärme, die er bei diesen Temperaturen dringend benötigte, um wach zu bleiben. Selbst durch die Hose hindurch fühlte sich jede seiner Berührungen eisig kalt an. Sie fragte sich, ob Vwat sich nicht manchmal über die Kälte in seinem Beutel beschwerte.

Ständig tut er das ... Die Handschlange bewegte sich leicht. *Wenn ich es dir irgendwie bequemer machen kann* ...

»Ist schon in Ordnung. Ich habe nicht daran gedacht, dass du meine Gedanken lesen kannst ...«

Sie waren ungewöhnlich klar. Aber das ist meistens so, wenn ihr Terraner einen Witz macht.

Er richtete sich zögernd auf, bis er mit den flossenartigen Händen einige Büschel der Zuckerbeeren abpflücken konnte. Sorgfältig rollte er sich wieder auf ihrem Schoß zusammen. *Eine kleine Friedensgabe von einem lästigen Mitglied der Hochkrone gefällig?*

»Akzeptiert«, sagte sie, lachte und nahm sich einige Beeren. »Ich wünschte, wir könnten ein Feuer entfachen. Aber wenn wir hier entdeckt werden, haben wir ein Problem. Bisher weiß anscheinend niemand, wo ihr euch aufhaltet. Also sollten wir lieber kein Risiko eingehen!«

Einverstanden, aber es ist trotzdem ganz schön kalt.

Kuf und Vwat kehrten gemächlich von ihrer Futterstelle zurück.

»Oh, diesen Busch können wir noch abernten.«

Ohne abzuwarten, ob Clio oder die Handschlange noch Hunger hatten, machten sich die beiden mit großem Appetit über die Zuckerbeeren her.

Vwat sah an diesem Morgen gar nicht gut aus. Seine Hinterbeine waren steif und unbeweglich. Wo die Adern dicht unter der Hautoberfläche verliefen, schimmerten sie dunkelblau. Clio blickte verstohlen zu ihm hinüber, als er ächzend versuchte, seine Beine ein wenig zu strecken und die Gelenke zu lockern.

»Wo ist denn Krish'pha heute Morgen?«, fragte sie plötzlich.

Er sitzt unten am Fluss und bemitleidet sich selbst. Er hat schon eine ganze Weile nicht mehr mit uns gesprochen.

»Er tut nur das, was er tun muss«, erklärte Vwat.

Clio konzentrierte sich darauf, ihre Beeren aufzuessen, obwohl sie eigentlich keinen Hunger mehr verspürte.

Schließlich sagte Kuf: »Es tut mir Leid, Eure Hoheiten, aber ich fürchte, wir müssen jetzt weiterfliegen.«

Lautlos verließ Dintanderoderam Clios Schoß und glitt in Vwats Beutel. Irgendwie hatte sie das Gefühl, dass der Greif vor Kälte erschauerte. Kuf rief Krish'pha herbei, er kam sehr langsam zu ihnen hinüber und stellte sich neben Vwat.

»Wenn wir diesen Hügel hinaufklettern, können wir leichter starten. Wenn Eure Hoheiten mir folgen wollen.« Kuf drehte sich um und erklomm den Hügel.

»Ich bin müde«, jammerte Krish'pha. »Ich habe keine Lust zu laufen.«

»Dann fliege doch selbst«, erwiderte Vwat schroff und kletterte hinter Kuf her. Für einen Moment blieb Krish'pha stehen, dann setzte auch er sich in Bewegung. Clio war den Greifen in diskretem Abstand gefolgt.

Kuf hatte richtig vermutet. Auf der anderen Seite fiel der Hügel sanft zum Fluss ab. Clio ruhte sich einen Moment aus, wobei sie sich mit einer Hand an dem Greif abstützte. Dann atmete Kuf einmal tief durch und rannte den Abhang hinunter. Beinahe wäre er über den Rand gestürzt, weil er so schnell geworden war, dass er fast den richtigen Augenblick für den Absprung verpasst hätte. Einige Male schlug er heftig mit den Flügeln, Clio zog sich auf seinen Rücken hinauf, und gemeinsam schossen sie ins Tal hinunter. Dort fand Kuf schnell einen warmen Aufwind, auf dem er ohne große Anstrengung dahingleiten konnte.

Sie erreichten bald ihre normale Flughöhe, und Clio blickte nach unten, wo Vwat und Krish'pha nebeneinander den Hügel hinunterliefen. Sie schafften den Absprung ohne Probleme – allerdings sah es für einen kurzen Moment brenzlig aus, als sie mit hoher Geschwindigkeit auf den Fluss zuflogen. Dann fand auch Vwat den warmen Aufwind und flog bereits wenig später neben ihnen her.

»Er wird es nie lernen«, witzelte Clio.

»Die Sonne wird ihm heute helfen. Hoffe ich ... Der Regen gestern Nacht hat ihm gar nicht gut getan! Und heute Nacht stehen die Monde in geringster Entfernung zueinander – nach Mitternacht wird es also wieder heftige Regengüsse geben!«

Kuf zog ein paar Kreise und flog wieder näher an die Hochkrone heran. Clio gab ihnen das Zeichen zu folgen. Krish'pha signalisierte, dass er einverstanden war.

»Mit Vwat habe ich eigentlich kein Problem, aber Krish'-

pha macht mir Sorgen! Er sieht so aus, als bereite er sich auf den Tod vor. Er schmollt und weigert sich, dem Bündnis beizutreten.«

»Dintanderoderam hat mir das auch schon erzählt«, sagte Clio. »Das wäre jetzt der denkbar schlechteste Zeitpunkt, ein Mitglied der Hochkrone zu verlieren!«

»Wenn wir die Hochkrone nicht mehr haben, ist alles verloren! Sie haben bisher noch keine Nachfolger benannt. Vwat und Dintanderoderam sagten beide, dass sie es eigentlich machen wollen, aber Krish'pha war dagegen. Wir dachten, das wäre ein gutes Zeichen, weil er offensichtlich noch nicht sterben wollte, aber jetzt glaube ich fast, er hat sich aus reiner Dickköpfigkeit geweigert!«

»Was geschieht, wenn sie sterben, ohne ihre Nachfolger bestimmt zu haben?«, fragte sie.

»Die Tradition verlangt in diesem Fall, dass sich die Anführer aller Clans an dem großen Versammlungsort treffen. Dort werden dann große Reden gehalten, Geschäfte arrangiert und manchmal auch ein paar Duelle ausgefochten – bis sie sich irgendwann auf die Nachfolger geeinigt haben. Aber wie sie es diesmal schaffen wollen ... ich weiß es nicht!«

»Das wird bestimmt nicht einfach«, stimmte Clio ihm leise zu. Sie war sich nicht ganz sicher, ob er sie überhaupt gehört hatte; auf jeden Fall schwieg er eine ganze Weile. Sie flogen ruhig durch den morgendlichen Sonnenschein, und Clio versuchte, die Hochkrone im Auge zu behalten und zugleich ergiebige Futterplätze zu erspähen, die den Greifen günstige Startmöglichkeiten boten.

KAPITEL 13

Als sie an diesem Abend landeten, schien Krish'pha deutlich bessere Laune zu haben. Er wirkte interessierter an den Dingen, die um ihn herum geschahen, unterhielt sich sogar mit Clio ein wenig über ihre Arbeit und mit Kuf über einige weniger wichtige politische Angelegenheiten.

Vwat ging es jedoch wesentlich schlechter als vorher. Tagsüber hatte man ihm das nicht so deutlich angemerkt, doch nun war er ungewöhnlich müde, und seine Hinterbeine wirkten sehr steif. Was beinahe noch schlimmer war: Seine Rückenmuskeln waren am Flügelansatz stark geschwollen, was ihm offensichtlich große Schmerzen bereitete. Er war unsanft gelandet, was auch nicht gerade positiv zu seinem Wohlempfinden beitrug. Der kühle Abendwind tat ihm gewiss auch nicht gut …

»Wir haben keine andere Wahl, wir müssen heute Abend ein Feuer anzünden«, verkündete Kuf.

Vwat wollte schon dagegen protestieren, doch Krish'pha kam ihm zuvor. »Wenn es nötig ist, dann wird es auch gemacht. Wir müssen unbedingt morgen weiterfliegen, und wenn Vwats Schwellung noch schlimmer wird, können wir das nicht. Es besteht sowieso kaum eine Chance, dass uns hier jemand entdeckt!«

Clio war davon nicht so ganz überzeugt, was sie natürlich verschwieg.

Sie entfachten das Feuer an einem gut geschützten Ort, in unmittelbarer Nähe der Bäume. Da es einen Greif wärmen sollte, durfte es natürlich nicht allzu klein sein. Vwat schimpfte ein wenig, weil er es als peinlich empfand, so hilflos mit dem Rücken zum Feuer zu sitzen. Aber als er spürte, wie die Wärme seine Schmerzen linderte, entspannte er sich deutlich. Nach kurzer Zeit konnte er schon wieder mit gutem Appetit essen. Kuf zauberte aus dem Gepäck ein kleines Schachspiel hervor, und so saßen die beiden noch eine Weile dicht am Feuer und spielten, bevor sie sich schlafen legten.

Dintanderoderam hatte sich am Feuer ausgestreckt, genoss sichtlich die Wärme und war bald eingeschlafen. Clio und Krish'pha holten einen Baumstamm herbei, auf den sie sich setzten.

»Warum bist du überhaupt hier?«, fragte der Randallaner plötzlich.

Sie erklärte ihm, dass Kuf sie um Rat gebeten habe, weil die Christlich Liberalen ihn als Kandidaten für die nächste Wahl aufstellen wollten, doch Krish'pha unterbrach sie mitten im Satz.

»Nein, ich wollte wissen, warum ihr Terraner hier seid! Hauskyld hat mir vor langer Zeit einmal einen schwach schimmernden Stern gezeigt – eure Heimatsonne –, und er meinte, dass das Licht von dort bis zu uns 85 Jahre unserer Zeitrechnung benötigt, also ungefähr 56 Standardjahre. Warum entfernt ihr euch so weit von eurer Heimatwelt?«

»Das geschah etappenweise«, erklärte sie. »Eine Welt nach der anderen, das zog sich über Jahrhunderte hin. Erst haben wir Roboter vorausgeschickt, dann Forschungsexpeditionen und dann die Siedler, die immer größere Schiffe bauten. Dieser Prozess dauert immer noch an – derzeit liegen unsere am weitesten entfernten Außenposten zweihundert Lichtjahre von diesem Planeten entfernt.«

»Ich kann die Notwendigkeit, sich auf andere Welten auszubreiten, durchaus nachvollziehen«, erwiderte Krish'pha. »Aber das wollte ich eigentlich nicht von dir wissen. Ich dachte, deine Forschungen hätten vielleicht ergeben, warum die Terraner auf einige Welten gekommen sind und diese dann für sich beansprucht haben? Wir befinden uns hier am Rand eures Einflussgebietes; ich vermute doch richtig, dass es sich in alle Richtungen gleich weit ausbreitet?«

Sie nickte.

»Also ganz so, wie ich dachte. Und in diesem riesigen Gebiet habt ihr keine andere Spezies getroffen, die wie ihr umherzieht und versucht, die Galaxie unter ihre Kontrolle zu bringen?«

»Wir haben noch niemanden getroffen, der so weit entwickelt war wie wir. Eine andere uns bekannte Zivilisation hat sich allerdings in einem eng begrenzten Raum rings um ihre Heimatwelt ausgebreitet – aber sie bewegt sich nur in einem Radius von etwa einem Lichtjahr. Allerdings gibt es durchaus noch andere Spezies, die sich im Raum ausbreiten und fremde Welten besuchen. So haben wir zum Beispiel Bilder unserer eigenen Vergangenheit in einer Bibliothek auf Haywood gefunden. Aber du hast völlig Recht, die Terraner sind meines Wissens nach die Einzigen, die sich regelmäßig weiter in den Raum vorwagen.« Sie lachte.

»Ich verstehe nicht, was daran lustig ist.«

»Ach, ich musste gerade nur an etwas denken. Bei meinen Leuten kursiert so eine Geschichte, die muss mindestens tausend Jahre alt sein. Lange bevor wir im Weltall herumgereist sind, auf jeden Fall. Auf Terra gibt es Lebewesen, die Lemminge genannt werden. Das sind kleine Nagetiere, glaube ich. Sie bekommen unheimlich viele Junge, aber anstatt die Jungen zu fressen oder sonst etwas Sinnvolles zu tun – zum Beispiel weniger Junge zu produzieren – stürzen sie sich ins Meer, wenn die Population zu groß wird. Oder zumindest die meisten von ihnen, sonst wären sie ja bereits lange ausgestorben. Sie stürzen sich wirklich alle ins Meer und wandern zu diesem Zweck Hunderte von Kilometern weit. Und keiner konnte sich vorstellen, warum sie das tun.

Die Geschichte geht dann so weiter, dass ein Terraner, der das Leben der Lemminge Jahre lang studiert hatte, auch irgendwann ihre Sprache lernte. Und der traf dann einen Lemming, der die Sprache der Terraner beherrschte. Sie kamen miteinander ins Gespräch, und der Terraner fragte: ›Warum stürzen sich eigentlich immer wieder so viele von euch ins Meer?‹ Und der Lemming antwortete darauf: ›Ich wollte dich gerade fragen, warum ihr das nicht macht!‹«

Krish'pha lachte. »Eine wirklich gute Antwort. Aber ich weiß immer noch nicht, was ihr euch davon versprecht, wenn ihr so weite Reisen macht. Zumindest diejenigen, die auf eurer Heimatwelt bleiben, haben doch nichts davon. Warum sollten sie also die riesigen Schiffe ausstatten und losschicken, von denen Hauskyld mir berichtet hat? Er sagte, die Siedlerschiffe haben mehr als eine Millionen Terraner an Bord, man kann sich gar nicht vorstellen, was so etwas kostet.«

»Das ist bei uns wahrscheinlich so eine Art Tradition«, grinste sie. »Jeder Planet beteiligt sich daran, weil die anderen es auch tun und sie ihnen nicht nachstehen wollen. Es vergeht kaum mehr als ein Jahrhundert unserer Zeitrechnung zwischen der Kolonisation eines Planeten und den ersten Weltraumstarts von dort aus. Also kann man vielleicht tatsächlich von einer Art Tradition sprechen.«

Krish'pha zuckte die Achseln. »Es kommt immer darauf an, für wen sie starten.«

»Ich erzähle dir dazu noch eine andere terranische Parabel, ja? Wie lernt eine Katze schwimmen? Kein gutes Beispiel – ihr kennt ja hier keine Katzen. Ach egal, die Viecher hassen Wasser auf jeden Fall, aber wenn sie müssen, können sie trotzdem schwimmen. Die Antwort lautet also: Indem sie dazu gezwungen wird.«

Krish'pha wirkte irritiert, und Clio dachte einen Moment nach, bevor sie sich entschied, ihm die Wahrheit zu sagen.

»Der eine Grund, warum es intelligente Lebewesen immer weiter in den Weltraum hinaus treibt, besteht darin, dass … okay, ich erzähle dir alles von Anfang an! Wichtig sind vor allem zwei Hauptzweige der Wissenschaft – einmal der physikalisch/mathematische Zweig und zum anderen der biologisch/kybernetische Zweig. Die Physiker sind am wichtigsten, ohne sie wirst du es nie in den Weltraum schaffen, und sie bauen die effektivsten Waffen.«

»Ich dachte bisher immer, das wären die bakteriologischen Waffen, mit denen man Seuchen bewirkt?«

»Du hast Recht, die sind sehr effektiv, aber es vergeht eine ganze Weile, bis man die Bakterien in ausreichenden Mengen gezüchtet hat. Das verschafft dem Feind genug Zeit, um zurückzuschlagen. Bei den von den Physikern entwickelten Waffensystemen bekommen sie dazu aber gar nicht erst die Gelegenheit.«

Clio hatte bewusst nur ganz allgemein geantwortet, da sie kein Interesse daran hatte, dem Führer einer noch nicht der Union angeschlossenen Welt etwas über Atomwaffen und ähnlich effektive Erfindungen zu erzählen.

»Ein anderer Unterschied besteht darin, dass die Biologen es nicht darauf abgesehen haben, einen Feind vollständig auszurotten. Vielmehr wirken ihre Waffen nur bei denen, die ein bestimmtes genetisches Profil erfüllen. Wie dem auch sei, die meisten Spezies rotten sich aus, bevor sie die Technik entwickeln, um das Weltall zu erobern.«

»Also hatten die Terraner einfach nur mehr Glück?«

»Das kann man so nicht sagen. Ich erkläre es dir gleich. Wir hatten schon einige Kolonien im All errichtet, bevor der Krieg ausbrach, der unseren Planeten zerstörte. Einige dieser Kolonien haben sich nicht mit in den Krieg hineinziehen lassen und wurden autark. Und so konnten wir überleben. Wir haben dann nach und nach die Planeten unseres Heimatsystems für unsere Zwecke genutzt. Der Mars, von dem ich stamme, ist ein gutes Beispiel dafür, aber da solche Projekte anstrengend und langfristig sind, zogen viele unserer Leute es vor, durchs All zu reisen.«

»Es wird noch viele Jahrhunderte dauern, bis Terra wieder bewohnbar ist. Wenn wir also Planeten finden, die wir besiedeln können – was durch das Runeberg-Gate mit minimalem Energieaufwand möglich ist –, dann haben wir viel zu gewinnen und wenig zu verlieren. Sich auf anderen Welten anzusiedeln hat für uns noch weitere Vorteile. Zum Beispiel können wir dort einen Großteil unserer Überproduktionen loswerden, wir können unliebsame Gruppierungen dorthin abschieben und sind außerdem so beschäftigt, dass wir gar keine Zeit finden, um noch mehr Kriege zu führen.«

Krish'pha setzte sich und dachte eine Weile darüber nach. »Ich glaube«, meinte er schließlich, »dass die Dinge einfach früher oder später geschehen, ob wir es wollen oder nicht.«

Er streckte sich und sagte dann zu Kuf und Vwat: »Es sieht so aus, als hättet ihr euer Spiel bald beendet. Wir sollten dann schlafen gehen.«

KAPITEL 14

Als Clio aufwachte, dachte sie erst, es wäre schon Morgen. Dann bemerkte sie jedoch, dass die Nacht nur besonders klar war und drei Monde am Himmel standen. Im Westen ging Tristan auf, und sie fragte sich, was sie wohl aufgeweckt hatte.

Um sie herum standen die im silbernen Mondlicht schimmernden Bäume, und es war sehr still. Hier auf Randall kam es selten vor, dass kein Wind wehte. Nichts bewegte sich. In wenigen Stunden, wenn Tristan die anderen beiden Monde erreicht hätte, würden die Gezeitenkräfte dafür sorgen, dass es in den Bergen ein heftiges Gewitter gäbe.

Sie sah zu Kuf hinüber. Er schlief friedlich. Sie hatte angeboten, nachts Wache zu halten, doch hatte er ihr Angebot abgelehnt. Da sie in Begleitung der Hochkrone reisten, konnten sie sich bei einem Überfall ohnehin nicht wirklich zur Wehr setzen, und Flucht kam ebenso wenig in Frage. Also konnte sie genauso gut schlafen.

Die Strapazen der letzten Tage hatten Kuf schnell altern lassen. Die Streifen auf seinem Körper waren nicht mehr so leuchtend pink wie früher, und bald würde er genauso grau sein wie Vwat.

In diesem Moment fiel ihr auf, dass Vwat fehlte. Auch von Krish'pha und Dintanderoderam fehlte jede Spur. Erst wollte sie Kuf wecken; doch aus irgendeinem Grund sah sie davon ab. Leise richtete sie sich auf und kroch vorwärts – warum sie nicht aufstand und aufrecht ging, wusste sie nicht, und sie hatte zudem nicht die geringste Ahnung, wohin sie eigentlich wollte. Irgendetwas trieb sie einfach voran …

Die drei Monde spendeten genug Licht, sodass sie sich mühelos zu orientieren vermochte. Selbst unter den Bäumen war es noch hell genug, und in diesem Teil des Waldes war der Boden ohnehin ziemlich eben, sodass sie nicht Gefahr lief, über eine Wurzel zu stolpern. Die Gruppe hatte eine weite Ebene überquert, die sich über den größten Teil von Floyd erstreckte, und befand sich nun am Rand eines Gebirges. Normalerweise sorgten die starken Gezeitenkräfte dafür, dass der Pegel der Gewässer immerzu schwankte. Aber hier am Gebirgsrand sammelte sich das Wasser in riesigen Reservoirs, und der Boden war weich, beinahe sumpfig. Clio sah deutlich die Fußspuren, die der Randallaner und der Greif hinterlassen hatten. Diesen Spuren folgte sie.

Sie hatte kaum hundert Schritte zurückgelegt, als sie die Vermissten fand. Sie saßen sich gegenüber und unterhielten sich leise. Dintanderoderam lag zwischen ihnen.

Irgendetwas sagte ihr, dass die Handschlange tot war. Sie wusste nicht, warum sich die beiden anderen noch nicht das Leben genommen hatten und ahnte, was sie gleich sehen würde – auch wenn sie ihre Augen eigentlich davor verschließen wollte. Clio durfte gar nicht daran denken, was geschehen würde, wenn die Hochkrone jetzt starb, ohne ihre Nachfolger bestimmt zu haben. Sie drehte sich um und wollte nur noch so schnell wie möglich zurück zu Kuf.

Mit dem Fuß stieß sie gegen einen Stein, und ein kleines Reptil rannte davon – es war so groß wie eine Spitzmaus, sah aber aus wie ein vierarmiger Affe. Einen Moment lang war es still, und sie blickte sich um.

»Clio, komm ruhig her«, sagte Krish'pha freundlich.

Sie gesellte sich zu den Mitgliedern der Hochkrone.

»Wir bitten dich um Entschuldigung«, sagte Vwat. »Wir haben nicht damit gerechnet, dass du aufwachen und uns hier finden würdest. Manchmal geschehen Dinge, die andere besser nicht mitbekommen sollten …«

Sie überlegte, ob er sie wohl töten würde. Tristan stand jetzt hoch am Himmel, und das fahle Mondlicht fiel auf ihre Gesichter.

»Was ist geschehen?«, fragte Clio leise.

»Wir haben etwas besprochen. Es waren Entscheidungen zu treffen, die nur die Hochkrone treffen konnte. Wir haben uns für einen Weg entschieden, den unser Bruder nicht mitgehen konnte … oder nicht mitgehen wollte. Er zog es vor zu sterben.« Vwats Stimme klang völlig emotionslos.

»Ihr wollt doch nicht etwa auch …«, stammelte sie und blickte auf den Leichnam. Wind kam auf, und die Bäume rauschten furchterregend.

»Wir haben noch viel zu erledigen.« Krish'pha stützte sich mit einer Hand auf Vwats Schulter. »Du darfst unseren Bruder auf keinen Fall bewegen. Es ist bei uns so Tradition, dass ein Mitglied der Hochkrone dort liegen bleiben muss, wo er verstorben ist. Damit man sich an ihn erinnern kann, bis es besser ist, ihn zu vergessen.«

Plötzlich umarmte der Randallaner den Greif und die beiden rieben die Gesichter aneinander. Dann drehte sich Krish'pha wortlos um und verschwand zwischen den Bäumen.

»Wir wollen zurückgehen und versuchen, noch etwas zu schlafen«, sagte Vwat. »Du darfst weder mit Kuf noch mit jemand anderem darüber sprechen, was hier geschehen ist.«

»Aber was ist mit Krish'pha?«

»Er hat seine Gründe … und ich meine.« Der Greif drehte sich um und ging Richtung Lager davon, wobei er seine steifen Hinterbeine mühsam hinter sich herzog. »Versuche zu vergessen, dass du uns gesehen hast und was geschehen ist. Und – jetzt spreche ich als Mitglied der Hochkrone zu dir – wenn du darüber einen Bericht schreiben musst, solltest du auf jeden Fall verhindern, dass meine Leute davon erfahren. Sie brauchen nicht zu wissen, wie sich die Dinge in Wahrheit abgespielt haben.«

Der Wind frischte auf, als sie ihm folgte, und die Zweige schlugen ihr ins Gesicht. Auf dem Waldboden bewegten sich unheimlich wirkende Schatten wie kleine Gestalten hin und her.

Sie beeilte sich, um ihn einzuholen. Dann fragte sie: »Darf ich wissen, von welchen Pflichten du gesprochen hast?«

»Je weniger du weißt, desto besser.« Er ging einfach weiter.

»Worüber hast du dich mit Krish'pha unterhalten?«

Er drehte sich abrupt um, reckte den Kopf und sagte dann in der formellsten Form der Wahren Sprache: »So wisse also – es dient möglicherweise unseren Zwecken, wenn ein Terraner darüber informiert ist. Wir hatten zwei schwere Aufgaben zu erledigen. Und dann teilte uns unser Bruder seine Erinnerungen mit. Unser Bruder starb, und wir nahmen von ihm Abschied.« Er spreizte einen Flügel ab und legte ihn Clio auf die Schulter.

»Du darfst das niemals einem meiner Leute erzählen!«

Sie verbeugte sich tief, und dann hatte sie plötzlich das Gefühl, die traditionellen Ehrenbezeugungen leisten zu müssen. Als sie die Berührung des Flügels spürte, blickte sie zum Himmel und bemerkte, dass eine Wolkenfront aufgezogen war und zwei der Monde verdeckte. Als die Wolken auch Tristan erreichten, wurde es völlig dunkel. Der Wind riss an Clios Haaren und an ihrer Kleidung. Still stand sie da und blickte Vwat in die dunkelgrauen Augen. Im fahlen Mondlicht sah er aus wie eine tausend Jahre alte Statue, und nicht wie ein lebendiges Wesen.

»Wir müssen jetzt ins Lager zurück. Es gibt einen Sturm, und du solltest in deiner Notbehausung stecken, wenn es zu regnen beginnt.«

Als sie in die Mischung aus Schlafsack und Zelt kroch, die Vwat als Notbehausung bezeichnet hatte, fragte sie sich, ob sie das gerade erst Geschehene am Morgen nicht für einen schlimmen Traum halten würde.

KAPITEL 15

Als sie aufwachte, prasselte der Regen auf ihr Zelt nieder. Sie versuchte sich einzureden, dass letzte Nacht etwas anderes geschehen war als das, woran sie sich erinnerte. Doch sie konnte sich nichts vormachen, die Erinnerung blieb völlig klar und lebendig. Sie holte ihre Kleidung aus der Trocknertasche. Die in der Tasche integrierten und von ihrer Körperwärme angetriebenen Kapillarpumpen hatten die Wäsche zwar erwärmt und getrocknet, dennoch roch der Stoff stark nach Schweiß. Sie hatte nur wenig Platz, um sich anzuziehen, und wälzte sich entsprechend herum. Anschließend lag sie einen Moment still da und genoss die Wärme, die sie nun umgab.

Sie seufzte innerlich, zog den alten Allwettermantel an und trat in den Regen hinaus. Sie stellte die Pumpen der Trocknertasche auf Automatik und packte ihre Sachen zusammen. All das machte sie ohne nachzudenken; ihre Gedanken schienen irgendwie blockiert zu sein. Dann setzte sie sich auf einen Felsblock, holte etwas Trockenfleisch hervor und kaute lustlos darauf herum.

Die beiden Greife schliefen noch friedlich. Kuf sah man die Strapazen der letzten Tage deutlich an. Ihr fielen die tiefen Falten rings um seinen Schnabel auf – waren da überhaupt Falten gewesen, als sie ihn kennen gelernt hatte? –, und die dunklen Adern traten deutlich hervor. Seine Rippen und das Schlüsselbein waren deutlich sichtbar. Er fuhr sich immer wieder im Schlaf mit der Pfote durchs Gesicht, als wollte er einen schlechten Geruch wegwischen.

Vwat schien sich in dieser Nacht gut erholt zu haben, er wirkte nicht mehr so alt und schlief friedlich.

Als sie ihn so anstarrte, wachte er auf und sah sie an. »Können wir unsere Reise fortsetzen, wenn Kuf und ich etwas gegessen haben?«

»Ja.«

Er nickte, spreizte einen Flügel und rüttelte Kuf wach. »Aufstehen, frühstücken! Wir haben noch eine weite Reise vor uns.«

Kuf richtete sich leicht verwirrt auf und fragte: »Fühlen sich Euer Hoheit heute besser?«

Vwat antwortete nicht, denn er war schon damit beschäftigt, sein Frühstück hinunterzuschlingen. Er hatte wohl einige Sukkulenten gefunden, die Dhyvrha genannt wurden. Sie glichen dem terranischen Blumenkohl, waren jedoch dunkelrot und für Clios Geschmack viel zu bitter. Kuf sah sich mehrmals um, doch als niemand mit ihm sprach, folgte er Vwats Beispiel und begann hastig zu essen.

Währenddessen wurde es langsam hell, und der Regen ließ nach. Als Vwat schließlich seine Mahlzeit beendet hatte und sich wohlig streckte, war von den Regenwolken kaum noch etwas zu sehen.

»Ohne Last auf dem Rücken kann ich direkt von hier losfliegen«, sagte er. »Kuf, dort oben auf dem Hügel ist ein Felsenüberhang, von dort aus kannst du gut starten. Du übernimmst heute die Führung, und wenn ich nicht mehr weiter – kann, wirst du eine Nachricht von mir überbringen!«

»Ich habe verstanden und werde gehorchen, egal welche Konsequenzen das für mich hat«, sagte Kuf sehr formell und machte die üblichen Ehrenbezeugungen.

»Deine Loyalität rührt mich zutiefst«, sagte Vwat freundlich, bevor er abflog. Kuf und Clio stiegen etwa hundert Meter den Hügel hinauf. Sie schwiegen, während Clio ihre Tasche befestigte und nach den Riemen griff. Zusammen mit Kuf sprang sie über den Rand der Klippe und zog sich auf seinen Rücken. Kuf musste stark mit den Flügeln schlagen, um an Höhe zu gewinnen. Sie drehten einige Runden und suchten nach einem geeigneten Aufwind, fanden aber keinen.

Als sie weit genug aufgestiegen waren, wandten sie sich Richtung Osten.

Nach ihrem ersten Zwischenstopp hatten sich die Regenwolken aufgelöst, und der Himmel war wieder klar. Vom Land stiegen Aufwinde zu ihnen empor, und der Flug gestaltete sich für Kuf weniger anstrengend. Als sie eine bequeme Flughöhe erreicht hatten, sagte er: »Lass uns heute so weit fliegen, wie wir können. Der kleine Mond wird bald untergehen, und ich will noch unsere genaue Position ermitteln.«

»Gut, wie du willst. Das war ein schwerer Start heute Morgen!«

»Ja, das kann man wohl sagen.« Er schwenkte nach links ab, segelte ein paar mal hin und her und fand schließlich einen warmen Aufwind, der von dem dunklen Felsgestein zu ihnen aufstieg. Kuf und Vwat zogen mehrere Kreise, bis sie wieder an Höhe gewonnen hatten.

»Ich schätze, selbst wenn du weißt, was hier vor sich geht, hat dir die Hochkrone befohlen, nicht darüber zu sprechen.«

»Ja!«

»Hast du noch andere Befehle erhalten, von denen ich wissen sollte?«

»Nein«, sagte Clio, »andere Befehle habe ich nicht erhalten.«

»Also gut, dann wissen wir ja, was wir zu tun haben.« Der Greif klang nicht so, als wäre er ihr böse. Clio wusste wirklich nicht, was sie noch sagen sollte. Als Tristan unterging, bestimmte Kuf ihre Position. Sie befanden sich schon weiter südöstlich, als er angenommen hatte. Da Vwat weniger Last zu tragen hatte, waren sie viel schneller vorangekommen.

KAPITEL 16

Es war bereits später Nachmittag, als sie das traditionelle Lager von T'xhur fanden, einen der großen Sammelplätze der Streitkräfte, an dem die Krieger zusammenströmten, wenn sie ihre Feldzüge gegen die Banditen und Rebellen dieses Kontinentes unternahmen.

Die Gruppe flog in geringer Höhe über einen Bergrücken und nutzte dabei die aufsteigende Luftströmung aus. Unter ihnen breitete sich fruchtbares Schwemmland aus. Vielleicht war dieses Tal einst von einem der Gletscher geschaffen worden, in der Zeit zwischen der großen Kälte und der tiefen Dunkelheit, von der die Handschlangen zu berichten wussten.

Der Fluss hatte sich in zwei träge dahinfließende Arme aufgeteilt, von denen wieder Seitenarme in große Sumpfgebiete abzweigten. Das Schwemmland war in viele kleine Inseln unterteilt. Auf den größeren hatte man mehr als fünfzig traditionell geschmückte, riesige Zelte errichtet. Die Inseln waren durch Holzbrücken mit der Hauptinsel verbunden, auf der fünf hohe Abflugtürme standen. Der Rest des Eilands war mit dunklem Gestein bedeckt, das günstige Bedingungen für Aufwinde schuf. Durch das warme Gestein entstand eine Art Landeteppich, was für die Greife ausgesprochen komfortabel war.

»Vwat möchte, dass wir möglichst weit in der Mitte landen«, sagte Kuf. »Wir sollen über dem Lagerplatz erst einmal ein paar Kreise ziehen, bis er den Clan gefunden hat, den er sucht.«

Sie sah auf die Inseln hinunter, die durch die vielen Zelte

und die bunten Farben und Wimpel wie eine bunte Flickendecke wirkten. Sie bemerkte, dass auf der größten Insel noch einmal so viele Zelte standen, wie auf allen anderen zusammen – fünfzig Reihen zu je acht Zelten, in denen je drei Tripel Platz fanden …

Rund 2.500 Tripel, das war sicherlich die größte Streitmacht, die seit dem Krieg gegen die terranische Festung aufgestellt worden war. Doch verglichen mit den mehr als eine halbe Million zählenden Tripeln, die sich über den ganzen Planeten verteilten, war sie freilich nicht sonderlich groß. Man hatte nicht genug Zeit gehabt, um auch noch Truppen von den anderen Kontinenten hierher zu bringen, aber zweifellos waren sie bereits unterwegs. Vor Mitternacht konnten sie jedoch keinesfalls hier eintreffen.

Aus weiter Entfernung vernahmen sie einige Pfiffe. Clio blickte sich um und sah eine Patrouille aus drei Tripeln, die ihnen folgte. Der Reiter des vordersten Greifs ließ seinen Heliographen aufblitzen: »BEFEHL: FOLGT UNS … BEFEHL: BESTÄTIGEN.«

Sie informierte Kuf und gab Vwat das Zeichen, ihnen zu folgen. Dann holte sie ihren Heliographen hervor und funkte zurück: »VERSTANDEN … WIEDERHOLE: WERDEN FOLGEN … <EUCH> … FRAGE: AKZEPTIERT? … FRAGE: STATUS … <UNSER>?«

Der Patrouillenführer antwortete: »VERSTANDEN … WIEDERHOLE: AKZEPTIERT … WIEDERHOLE: GEFANGENE … BEFEHL: LANDEN … <LANGSAM> … STURZFLUG … <ZU GEFANGENNAHME> … BEFEHL: BESTÄTIGEN.«

Clio bestätigte, informierte Kuf und gab Vwat ein Signal. Kuf schlug mit den Flügeln, um die Geschwindigkeit zu verringern, und schoss auf den sumpfigen Boden zu. Von dem schlammigen Wasser unter ihnen stieg der Geruch von Fäulnis zu ihnen herauf. Sie blickte sich um, um sicherzugehen, dass Vwat noch immer hinter ihnen war. Die Patrouille hatte sie überholt und dann in ihre Mitte genommen. Sie flog so langsam, dass Vwat und Kuf keine Mühe hatten, ihr zu folgen.

Der Heliograph blitzte wieder auf: »BEFEHL: AUSKUNFT GEBEN … FRAGE: IDENTITÄT? … <BEGLEITER> … <EURE>?«

Clio sendete das Zeichen der Hochkrone. Sie flogen eine ganze Weile über dem Sumpfland auf das Lager zu und erhielten keine Antwort. Wahrscheinlich haben sie mir nicht geglaubt, dachte sie. Dann jedoch drehte die Patrouille schnell ab und flog direkt ins Lager.

Sie flogen in geringer Höhe weiter. Die Hitze und die hohe Luftfeuchtigkeit machten Clio zu schaffen, zudem war sie von einer Wolke aus Insekten umgeben. Sie krempelte die Ärmel herunter, zog ihre Handschuhe an und ließ das Fliegennetz von der Hutkrempe herab. Bald war sie von so vielen Fliegen und stechenden Insekten umgeben, dass sie kaum sehen konnte, wohin sie flogen. Kufs facettierten Augen hingegen machte die Insektenplage nicht so viel aus, und er blieb ruhig auf seinem Kurs. Clio hörte immer wieder, wie er die kleinen, lästigen Tierchen aus den Nasenlöchern schnaufte und von Zeit zu Zeit heftig nieste.

Als sie sich dem Lager genähert hatten, waren die Insekten auf einmal verschwunden – vielleicht aufgrund des Rauches, der von den Lagerfeuern ausging, an denen das Essen zubereitet wurde. Clio schob das Fliegennetz wieder hoch. Jetzt konnte sie sehen, dass sie auf einen Hügel zusteuerten, der in der Mitte der größten Insel lag.

»BITTE: AUF MARKIERUNG LANDEN … BITTE: BESTÄTIGEN.«

»BESTÄTIGT.«

Nachdem sie die Nachricht an Kuf weitergeben hatte, packte sie den Heliographen, den Hut und die Handschuhe zurück in die Tasche und machte sich bereit zur Landung. Der Patrouillenführer zog einige Kreise über dem Hügel und landete dann auf dessen Gipfel. Kuf folgte ihm und segelte langsam und in geringer Höhe über den mit Moos überzogenen Hang. Clio sprang mit einem Salto ab und landete unversehens in einer Pfütze. Es dauerte eine Weile, bis sie tropfnass und schmutzig schließlich auf festem Boden stand und sich den Schlamm vom Gesicht wischte, um wieder etwas sehen zu können.

Mit kräftigen Flügelschlägen landete Vwat ganz in ihrer Nähe.

Um sie herum reihten sich die Tripel auf, und Clio bemerkte, dass sie eine Ehrenformation bildeten – also hatte man ihr doch Glauben geschenkt!

Vwat stand oben auf der Spitze des Hügels und stieß einen schrillen Ruf aus. Kuf machte die üblichen Ehrenbezeugungen, und Clio beeilte sich, es ihm gleichzutun.

»Hört mich an, und folgt meinem Befehl«, rief Vwat mit lauter Stimme. »Ich werde in zwei Stunden hier von diesem Hügel aus meine Befehle bekannt geben. Bis dahin wünsche ich, nicht gestört zu werden. In meiner Nähe soll Ruhe herrschen. Meine Begleiter sind komfortabel unterzubringen. Und vergesst nicht, ihnen etwas zu essen vorzusetzen.«

Hinter Clio ertönte die Stimme eines Randallaners, die übliche, formelle Antwort auf den königlichen Befehl. Aus den Augenwinkeln heraus sah sie, dass Kuf aufstand, also richtete sie sich ebenfalls auf. Sie hörte jemanden mit der Zunge schnalzen und drehte sich zu dem Tripel um, das hinter ihnen stand.

»Ihr wollt ein Bad nehmen und etwas essen? Dann folgt uns«, sagte der Randallaner.

Sie liefen hinter dem Tripel her, die langen Reihen der Zelte entlang. Ihre Füße versanken im Schlamm, und sie beobachtete, dass sich bereits einige Tripel auf den Weg zum Hügel machten, auf dem die Versammlung stattfinden sollte. Nach und nach wurde das Gedränge so stark, dass sie kaum noch vorwärts kamen.

Bald erreichten sie einen kleinen Pavillon, und Clio säuberte sich die Schuhe auf einer Plattform und trat ein. Auf einer am Boden ausgebreiteten Matte saßen Andy Kanegawa und Phreg.

Andy hob überrascht den Blick. Clio schoss der Gedanke durch den Kopf, dass er plötzlich wieder Hoffnung schöpfte, nachdem er bislang anscheinend nicht viel Erfolg bei seinen Verhandlungen gehabt hatte. Er schloss sie trotz ihrer nassen, schmutzigen Kleidung in die Arme, und sie überlegte krampfhaft, wie sie ihm möglichst schonend die traurigen Nachrichten beibringen konnte.

Ein Tripel brachte Essen für Kuf und Clio, während sie den beiden erzählten, was geschehen war. Clio war an das Versprechen gebunden, das sie der Hochkrone gegeben hatte. Doch beschloss sie, Andy die ganze Wahrheit zu sagen, sobald sie allein wären.

Als sie ihre Mahlzeit beendet hatten, bombardierten Andy und Phreg Clio mit Fragen, bis einige Soldaten erschienen, die sie baten, ihnen zu dem Hügel zu folgen, auf dem Vwat seine Rede halten wollte.

Die Wege durch das Lager waren nicht mehr so überfüllt, da sich die meisten Tripel schon auf dem Hügel eingefunden hatten. Als sie den Versammlungsplatz erreichten, sahen sie Vwat mit gesenktem Kopf auf dem Boden sitzen, genauso wie Clio und Kuf ihn verlassen hatten. Vor ihm saßen und standen in gebührendem Abstand die Tripel und warteten still ab.

Es roch streng nach Schweiß und Morast. Die Greife hatten sich zum Teil hingekauert, andere standen im olivgrünen Moos, zu dem ihre grau schimmernden Körper einen interessanten Kontrast boten. Oberhalb von ihnen, wo der Boden etwas trockener war, saßen die Randallaner und Handschlangen still auf dem Boden. Abgesehen von den leise gemurmelten Entschuldigungen gelegentlich eintreffender Nachzügler, war es völlig still. Alle Blicke waren auf die Spitze des Hügels gerichtet.

Als alle versammelt waren, begann Vwat zu sprechen. »Ich danke euch, dass ihr alle hier erschienen seid. Dazu wart ihr nicht verpflichtet. Ich bin Xhu'gha – ich war ein Teil der Hochkrone und überbringe euch deren letzte Befehle!

Ich weiß, dass ich euch eine Erklärung schuldig bin, warum ich euch hier versammelt habe. Also hört mir zu: Schon vor längerer Zeit hat sich die Handperson der Hochkrone, Krish'pha, den Jesusanhängern angeschlossen. Dies hat Dintanderoderam sehr geschmerzt, doch wir haben darüber geschwiegen. Wir erfuhren, dass Krish'pha mit den Mod'hrunwi sympathisierte und noch mehr mit den Xhu'ghawi, und wieder haben wir geschwiegen, um den Frieden nicht zu stören. Ja, wir wollten Frieden, um jeden Preis!« Die Ironie in seiner Stimme war nicht zu überhören.

»Aber als wir dann von den unverantwortlichen und nicht mehr zu tolerierenden Aktionen der Xhu'ghawi erfuhren – die übrigens auf der Stelle ein Ende finden müssen –, beschworen wir Krish'pha, mit uns zu kommen und euch in einen Krieg führen, der unsere Ordnung wiederherstellt. Wir handelten, wie es der Hochkrone geziemt. Darum haben wir auch einen loyalen Xhu'gha und einen Terraner mitgebracht, die uns dabei unterstützen sollten.

Aber auf dem Weg hierher entschied Krish'pha, sich als wahrer Jesusanhänger zu offenbaren und Xhu'gha zu werden, wie sein Glaube es ihm befahl! Er verließ uns und schloss sich den Xhu'gha an. Dintanderoderam hat sich ehrenvoll entleibt, doch war er nicht mehr in der Lage, mir seine Erinnerungen mitzuteilen … sie sind unwiederbringlich verloren!

Höret jetzt also den letzten Befehl der Hochkrone, wie sie war!

Ziehet nach Sankt Thkhri'jha. Zerstört diesen Ort. Tötet alle aufständischen Xu'ghawi. Der Glaube an Jesus wird verboten, seine Anhänger werden versklavt.

Eine Ausnahme gilt für die Geflügelten Kuf und Phreg, die ihre Loyalität oft bewiesen haben. Die alten Traditionen sollen wieder aufleben!

Alle anderen werden zu Sklaven; wer sich weigert, wird getötet.

Tragt den Krieg über den ganzen Planeten. Im Namen Hmi'dros rufe ich den Krieg gegen die Xhu'gha aus!

Und nun hört den zweiten Befehl – wählt aus den Tripeln, die sich in den Kämpfen bewähren, die nächste Hochkrone!

Ich werde mich nun zurückziehen. Ich danke euch, dass ihr einem Xhu'gha zugehört habt. Ich wünsche euch alles Gute.«

Er beugte den Kopf nach vorne und riss sich mit dem Schnabel die Brust auf. Dunkelrotes Blut ergoss sich über das Moos, als er langsam zusammensackte.

Lange Zeit war es völlig still. Doch dann ertönten kriegerische Rufe, und die Tripel eilten zu ihren Zelten zurück. Die Clanführer versammelten sich am Fuß des Hügels und diskutierten lautstark die Lage.

Niemand kümmerte sich um die Leiche des Regenten.

Ein Greif, der die Abzeichen eines Unteranführers trug, kam zu ihnen hinüber. »Wir erbitten den Rat von Komtur Kanegawa«, sagte er höflich.

»Sicher, ich komme.« Andy tätschelte Clios Arm, versuchte zu grinsen – was indes nicht sonderlich überzeugend wirkte – und folgte dem Greif.

»Alles in Ordnung?«, fragte Kuf, als er Clios totenblasses Gesicht sah.

Plötzlich brach sie in Tränen aus. Sie liefen ihr in wahren

Sturzbächen über das Gesicht. »Das durften sie doch nicht … sie haben mir versprochen …«

»Stopp.« Kuf spreizte den Flügel aus, als wollte er sie in den Arm nehmen. »Vergiss nicht, du hast den Befehl erhalten, niemals darüber zu sprechen. Ich wusste es ohnehin schon; alle wussten, dass sich die Hochkrone so verhalten würde. Sie wollte den Krieg schon seit langer Zeit!«

»So verlangt es die Tradition.« Phreg sprach sehr sanft mit ihr. »Die Traumbringer halten für uns die Geschichte lebendig. Aber ihre Last wird uns unter sich begraben, wenn wir nicht einen Teil unserer Geschichte vergessen. Und die Hochkrone hat für uns den Anfang gemacht. Es ist nicht das erste Mal, dass so etwas geschieht, und es wird sicher auch nicht das letzte Mal sein. Wir wissen, dass Krish'pha in ähnlicher Weise mit den Xhu'ghawi gesprochen hat, und wenn wir nicht handeln, werden sie den Krieg zu uns bringen. Der Kampf wird erst beendet sein, wenn eine Seite nicht mehr existiert!«

Noch nie hatte Clio eine so lange Rede von ihm gehört.

»Aber … aber es gibt doch sicher einen Weg …«

»Nicht für uns. Wir müssen uns für eine Seite entscheiden. Wir sind nun einmal so, wie wir sind, und manchmal müssen wir handeln, auch wenn dabei Blut vergossen wird. Ich finde das auch traurig. Aber es ist nun einmal nicht zu ändern.«

Sie wusste nicht, was sie sagen sollte. Clio stützte sich mit einer Hand auf die Schulter des Greifs, und gemeinsam gingen sie zurück zu ihrem Zelt. Sie kamen an vielen Tripeln vorbei, die still zusammensaßen und auf den Befehl ihres Anführers warteten. Weder Clio noch die Greife sagten ein Wort.

KAPITEL 17

Die von der Streitmacht nach Sankt Thkhri'jha und Bipih eingeschlagene Route war kürzer als die, der Kuf und Clio bei ihrem Flug nach T'xhur gefolgt waren. Das war auch notwendig, da die Greife Unmengen an Futter benötigten und so schwer beladen waren, dass sie selbst für den wesentlich kürzeren Weg dreimal so viel Zeit brauchten. Die Heliographen blinkten fast ununterbrochen, so viele Nachrichten mussten weitergegeben werden, nach vorne zur Spitze des Zuges und nach hinten zu den Nachzüglern, nach unten zu denen, die auf Futtersuche waren, und wieder hinauf zu denen, die sich in der Luft befanden.

Sie war froh, als sie eine Weile auf einer Lichtung ausruhen und etwas essen konnte. Da die Soldaten nicht sicher sein konnten, welchen Status Clio jetzt einnahm, fühlte sie sich von allen Seiten misstrauisch beäugt. In Wirklichkeit jedoch ignorierten die Soldaten die Terraner und auch die beiden Xhu'gha-Greife. Mehrmals am Tag erschien eine Delegation der Clanführer bei Andy oder Phreg, um verschiedene Strategien zu besprechen. Doch waren diese Konsultationen trotz ihrer Häufigkeit eher formeller Natur.

»Sie wissen eigentlich ganz genau, dass sie das viel besser alleine durchführen können«, bemerkte Andy. »Sie haben seit Generationen Erfahrungen damit, als Tripel zu kämpfen. Ganz im Gegensatz zu mir … Ich kann ihnen lediglich bei einfachen militärischen Fragen von Nutzen sein – Zielen, Schießen und so weiter. Wenn ich sehe, wie professionell hier alles gehandhabt wird, kann ich ihnen auch im Bezug auf die Logistik keinen guten Rat geben.«

Phreg nickte. »Sie waren so höflich, uns um Rat zu bitten, obwohl sie die Geschichte genauso gut kennen wie wir. Ich habe ihnen nur erklärt, dass Bipih schon neunmal aus dieser Richtung angegriffen wurde, zweimal aus einer anderen Richtung und auch zweimal von der Seite, wo heute Sankt Thkhri'jha steht. Die Angreifer haben viermal gesicgt, einmal beim Anflug von Sankt Thkhri'jha.«

Kuf senkte den Kopf und machte sich über die nahrhaften Pflanzen her, die auf dem Boden der Lichtung wuchsen. Offensichtlich hatte zur Zeit niemand Verwendung für einen christlichen Xhu'gha-Kurier, und sein unbestreitbares Talent als Schachspieler war ebenfalls nicht gefragt. Clio lehnte sich erschöpft an ihn. Unterwegs hatte sie viel Gewicht verloren und war sehr müde. Sie überlegte, ob sie auch etwas essen sollte, verspürte jedoch keinen Appetit.

Der Heliograph des Verbandes, der die Vorhut bildete, blinkte ihnen eine Nachricht vom Führungstrupp zu.

»Wir müssen in spätestens sechs Minuten starten«, sagte Clio. Sie signalisierte zurück, dass sie verstanden hatten.

»Es ist besser, wenn du noch schnell so viel wie möglich isst«, riet ihr Andy leise. »Sie wollen versuchen, den Pass ohne Pause zu erreichen.«

»Der Flug dorthin dauert mindestens eine Stunde«, erklärte Kuf. »Aber nur dort können wir alle unser Nachtlager aufschlagen.«

»Das hört sich an, als wärst du nicht damit einverstanden?«, fragte Clio.

Kuf kaute schnell und schluckte große Futtermengen auf einmal herunter. »Ich halte es für keine gute Idee, eine Schlacht anzufangen, wenn man gerade einen langen, anstrengenden Flug hinter sich hat! Der Flug vom Pass bis zu Sankt Thkhri'jha dauert einen vollen Tag. Wenn der Feind uns unterwegs irgendwo überrascht ... können wir nur verlieren. Dann haben wir kaum noch eine Chance!«

Er machte sich wieder über das Grünzeug her. Clio wollte ihn noch etwas fragen, doch Kuf und Phreg fraßen so schnell sie konnten; sie wollten möglichst bald aufbrechen.

»Wäre eine Verzögerung wirklich so schlimm?«, fragte sie Andy.

»Es könnte sogar sehr problematisch werden. Der Ausgang dieses Krieges hängt vor allem davon ab, wie viele Truppen jede Seite mobilisieren kann. Es gibt doppelt so viele Konservative wie Mod'hruns und Xhu'gha zusammen. Aber die konservativen Tradionalisten sind über den ganzen Planeten verteilt, und es würde sehr lange dauern, sie alle zu versammeln. Die Streitmacht aus Xhu'gha und Mod'hrun muss die Traditionalisten eiligst niederringen; sie können es nicht riskieren, dass die andere Seite Verstärkung bekommt. Was die Streitmacht der Traditionalisten verlangsamt, bringt ihnen einen unbestreitbaren Vorteil.«

»Also lässt sich im Moment gar nicht absehen, welche Seite gewinnen wird?«

Er zuckte die Achseln. »So ist es doch immer. Warum sollte man sonst überhaupt noch kämpfen?«

Endlich waren die Greife zum Abflug bereit. Diesmal erfreute Clio sich nicht wie sonst an dem Flug, und auch die Landschaft interessierte sie nicht.

Selbst jetzt, nachdem sie mehrere Tage unterwegs waren, hatte sie sich noch nicht an die ungeheuren Mengen von Tripeln gewöhnt, die in verschiedenen Formationen den Himmel bis zum Horizont füllten. Die Verständigung untereinander erfolgte über blitzende Heliographen, was dem Anblick etwas Unheimliches verlieh.

Unter ihnen veränderte sich die Landschaft. Die Temperatur lag hier ungewöhnlich niedrig, weil eisige Winde von den Bergen herunter in Richtung Meer wehten. Als sie von Bipih abgeflogen waren, hatten sie diese kalten Luftströmungen vermieden, indem sie sehr niedrig flogen. Jetzt flogen sie rund zwei Kilometer höher – die maximale Höhe, die ein schwer beladener Greif erreichen konnte –, und sie ließen sich von den starken Luftströmungen tragen. Die ersten Umrisse der Bergkette wurden als dunkle Linie sichtbar, von der aus sich einige blau schimmernde Flüsse in die Wälder hinabschlängelten.

Der Xenist in Clio meldete sich, und sie überlegte, wie diese Landschaft einst entstanden sein mochte. Die Flüsse vereinten sich nicht, lag das vielleicht daran, dass die Gletscher die Oberfläche zu sehr eingeebnet hatten? Oder verhielt es sich eher so, dass die Flüsse unter den Gletschern entstanden waren, und es wegen der niedrigen Gravitation nur wenig Wassererosion gab, sodass sich kein sonderlich tiefes Flussbett bildete? Die generell niedrige Erosion würde auch erklären, wie hier in der relativ kurzen Zeit, die seit der letzten Eiszeit vergangen war, so viel fruchtbarer Boden entstehen konnte. Und dass er sehr fruchtbar war, bewiesen schon allein die üppig wuchernden Wälder unter ihr.

Clio war so in Gedanken versunken gewesen, dass sie gar nicht mehr auf den Flug achtete. Deshalb war sie ganz erstaunt, als die ersten Berge direkt vor ihr auftauchten. Die voranfliegenden Geschwader rückten jetzt dichter zusammen und bereiteten sich darauf vor, den ersten Pass zu überqueren. Weit vorne sah Clio die Heliographen in schneller Reihenfolge blinken. Sie versuchte eine ganze Weile, die Mitteilungen zu verstehen, war aber so aufgeregt, dass sie die Hälfte der Signale verpasste.

»Sie haben eine Befestigungsanlage entdeckt«, sagte sie. »Die Xhu'ghawi haben sich anscheinend am Pass verschanzt.«

»Das habe ich schon gesehen«, erwiderte Kuf.

Signale wurden zwischen den Staffelkommandanten hin und her geblinkt. Kuf und Phreg folgten der Hauptformation, die erst ein wenig absank und dann nach links abschwenkte. Die anderen Gruppen flogen einen weiten Bogen und schlossen sich ihnen dann wieder an. Es dauerte eine Weile, bis sich wieder eine geordnete Formation gebildet hatte.

Der vorausfliegende Verband machte einen Schwenk und schloss sich dem rechten Flügel an. Alle Krieger hatten die Flughöhe verringert, sodass sie nur noch einen halben Kilometer über dem Boden dahinglitten und die Luftströmungen perfekt ausnutzten.

Noch stand ihnen ein langer, anstrengender Flug bevor, bis sie die Berggipfel erreichen würden. Dort gab es vermutlich keine Möglichkeit, ihre Vorräte zu ergänzen, doch sah Clio ein, dass sie wohl keine andere Wahl hatten. Im Kriegsgebiet mussten sie dort landen, wo sie leicht und vor allem schnell wieder starten konnten. Sie konnten jetzt nicht mehr auf einen Überraschungsangriff hoffen, und außerdem waren ihnen die Befestigungsanlagen im Weg, sodass sie ihre ursprünglichen Pläne drastisch ändern mussten. Hinzu kam noch, dass sie heute durch den spontan gewählten Umweg eine sehr große Strecke zurückgelegt hatten, sodass alle reichlich erschöpft waren. Die Übernachtung im Lager würde bestimmt kalt und ungemütlich werden. Da Clio Kuf ohnehin nicht beim Fliegen helfen konnte, nutzte sie die Zeit, um sich jetzt die Erholung zu gönnen, die ihr später vermutlich verwehrt bliebe.

Andys Heliograph begann zu blinken. Sie brauchte eine Weile um zu begreifen, dass er eine Nachricht an die Staffelkommandanten weitergab.

»VERMUTUNG: RÜCKZUG … VERMUTUNG: ZIELORT … VOM FEIND BESETZT … <WAHRSCHEINLICHKEIT> … <HOCH> … FRAGE: BESTÄTIGUNG.«

Sie war froh, dass Andy in ihrer Nähe war. Zwar hatte sie bislang gar nicht daran gedacht, doch waren die einsamen Berggipfel sicher der beste Platz, den Angreifern eine Falle zu stellen. Die Xhu'ghawi waren nicht dumm, und man durfte nicht hoffen, dass ihnen dieser nahe liegende strategische Vorteil entgangen war. Wenn die Staffelkommandanten derselben Ansicht waren wie Andy, würden sie schnell beidrehen müssen, denn die Greife wurden allmählich müde und hätten in einem Kampf kaum eine Chance. Noch sah Clio keinen günstigen Landeplatz, aber vermutlich würden sie ohnehin mit dem vorlieb nehmen müssen, was die Natur ihnen zu bieten hatte.

Einer der Kommandanten antwortete: »ANTWORT: STIMMEN ZU ... FRAGE: BITTEN UM RAT ...«

Plötzlich kam es mitten im vorausfliegenden Geschwader zu einer Explosion, gefolgt von einer zweiten und einer dritten. Einige Greife stürzten getroffen zu Boden, andere, weil sie beim Ausweichen miteinander kollidierten. Clio blickte nach unten und sah kleine Flammen und Rauchwolken zu ihnen aufsteigen. Mit einem Handsignal machte sie Andy darauf aufmerksam.

Er signalisierte zurück, dass er verstanden hätte und zeigte auf zwei Staffeln, die bereits einen Gegenangriff flogen. Sie hatten keine andere Wahl, mussten weiter nach Süden ausweichen, wenn sie nicht alle in die Falle gehen wollten, die die Xhu'gha hier für sie aufgebaut hatten. Zumal es gewiss nicht die Einzige war ...

Irgendetwas explodierte über ihnen, es gab einen Knall und ein Rumpeln wie bei einem Gewitter. Clio blickte empor und sah, dass der Himmel voller winziger, heller Lichter war, die schnell auf sie niederstürzten. Gleich danach gab es zwei weitere Explosionen, worauf sich ein Hagelschauer brennender Geschosse über sie ergoss.

Als eines davon knapp an ihr vorbeifiel, erkannte sie, dass es etwas Schweres sein musste, das mit Lumpen umwickelt war.

Von rechts hörte sie plötzlich die Schreie eines Greifs.

Eines der Geschosse hatte ihn getroffen, und so sehr er sich auch bemühte, es abzuschütteln, es gelang ihm nicht. Als der auf ihm sitzende Randallaner sich umdrehte und versuchte, mit dem Messer nachzuhelfen, geriet der Greif ins Trudeln und wäre beinahe abgestürzt.

Über ihr erfolgte jetzt eine Explosion nach der anderen, und der Himmel war erfüllt von den heißen, brennenden Geschossen. Clio bemerkte, dass Andy ihr ein Signal gab und sah sich um. Auf halber Höhe des nächsten Berges stieg eine Rauchsäule auf. Als sie genauer hinsah, bemerkte sie, dass von dort Raketen aufstiegen. Kurz vermochte sie die roten Triebwerksflammen zu sehen, dann waren sie verschwunden … Doch sie wusste, dass die Raketen mit Sicherheit zu ihnen unterwegs waren …

Die Luft war erfüllt von Schreien und Gebrüll, die Heliographen blinkten ununterbrochen. Clio sah in die Richtung, in der eben noch das Kommandogeschwader gewesen war – eben noch, aber jetzt nicht mehr! Der Beschuss vom Boden aus hatte einige getötet oder verletzt, während sich der Rest in alle Richtungen verstreute. So dauerte es eine ganze Weile, bis die Greife wieder eine ordentliche Formation gebildet hatten. Im Moment waren die Kampfverbände jedenfalls ohne Führung.

Clio konnte beobachten, wie unter ihr zwei Staffeln in das Versteck zwischen den Bäumen eindrangen und die wild um sich ballernden Xhu'gha heraustrieben. Das hatte zwar auf den Ausgang der Schlacht kaum einen Einfluss, trug aber nicht unerheblich zur Stimmung bei.

Die Luft war mit ätzendem Qualm versetzt, der ihr die Tränen in die Augen trieb. Beinahe verlor sie das Gleichgewicht, als Kuf einer brennenden Lumpenkugel ausweichen musste, die kaum mehr als zwei Meter von seinem rechten Flügel entfernt niederstürzte.

Sie atmete tief durch und versuchte, wieder einen klaren

Kopf zu bekommen. Alle Geschwader befanden sich in einem hoffnungslosen Chaos, weil sie von niemandem mehr kommandiert wurden und die Signale der Beobachter somit wirkungslos blieben. Dort oben auf den einsamen Berggipfeln wartete bestimmt etwas auf sie, das noch viel schlimmer war als alles, was sie bisher erlebt hatten ... Die Schlacht war längst verloren – aber immerhin lebte Clio noch!

Aufgeregt sendete sie Andy und Phreg Signale. Andy winkte ab und tauschte hektisch Botschaften mit einer in der Nähe fliegenden Staffel aus. Die Greife ignorierten ihn jedoch und setzten die Attacke auf den Berggipfel fort. Sie befanden es noch nicht einmal für nötig, den Empfang seiner Nachricht zu bestätigen.

Phreg wartete nur einen Moment, dann schwenkte er nach links ab. Andy warf die Arme hoch – der Richtungswechsel war also bestimmt nicht seine Idee gewesen. Kuf folgte ihnen.

»Kannst du diesen Kurs halten, Kuf?«

»Ich glaube schon.« Er schlug einige Male kräftig mit den Flügeln, um möglichst rasch aus dem unmittelbaren Kampfgebiet zu entkommen.

»Das heißt, wenn wir nicht mehr allzu weit fliegen müssen ...«

Sie versuchten, den Gleitflug so lange wie möglich auszudehnen. Phreg war ihnen etwa hundert Meter voraus, flog aber ein ganzes Stück tiefer. Sie schwiegen – was hätten sie auch sagen sollen ...

Zehn Minuten später lag ein steil aufragender Bergkamm vor ihnen. Clio fragte sich besorgt, ob Kuf noch genug Kraft für den anstrengenden Aufstieg hatte. Unter ihnen lag dichter Wald, dort konnten sie unmöglich landen. Weiter oben gab es einige von Sträuchern bewachsene, kleine Lichtungen, und dort wäre es für ihn schon eher möglich, heil am Boden anzukommen. Aber der Boden kam bedrohlich schnell näher, und Phreg und Andy hatten eine noch geringere Flughöhe.

Kuf strengte sich merklich an. Trotz der kräftigen Flügelschläge konnte sie seinen keuchenden Atem hören. Sie gewannen an Höhe, zwar langsam, doch es genügte …

Bald hatten sie wieder mehr an Höhe gewonnen und steuerten auf eine der kleinen Lichtungen zu. Weiter unten kämpfte Phreg damit, nicht zu nahe an die Baumwipfel zu geraten. Er schlug hastig mit den Flügeln; an ein weniger anstrengendes Gleiten war in dieser Situation nicht zu denken.

Um Phreg mehr Platz zu verschaffen, verdoppelte Kuf seine Anstrengungen, stieg höher und drehte etwas nach links ab.

Clio hatte Andy und Phreg aus den Augen verloren. Sie sah sich kurz um, doch dann musste sie sich auf die Landung konzentrieren. Sie schossen mit großer Geschwindigkeit zwischen den vier bis fünf Meter hohen Bäumen hindurch und suchten nach einer freien Fläche. Plötzlich breitete Kuf seine Schwingen weit aus. Clio machte einen Salto und landete einigermaßen schmerzlos zwischen den nach Minze duftenden Farnen. Ein kurzes Stück vor ihr kauerte Kuf am Boden und keuchte.

Sie richtete sich vorsichtig auf und kontrollierte, ob noch alle Knochen heil waren. Abgesehen von einigen Kratzern und Prellungen hatte sie jedoch keine Verletzungen davongetragen.

Die Bäume standen so dicht, dass sie nur einige Meter weit in das Dickicht zu blicken vermochte. Unter diesen widrigen Umständen war Kufs Landung wirklich eine Meisterleistung. Sie blickte zu ihm hinüber, weil sie wissen wollte, ob er sich vielleicht verletzt hatte. Er keuchte noch immer heftig, reckte aber den Kopf hoch.

»Es geht mir gut, nur das Atmen fällt mir schwer. Wo ist Phreg?«

Sie drehte sich wieder um. Aber Andy und Phreg waren nirgendwo zu sehen. Kurz entschlossen kletterte sie auf einen Baum und hielt Ausschau nach ihnen.

Sie konnte keine Spur von den beiden entdecken. Es war durchaus möglich, dass sie heil gelandet waren, schließlich war diese Lichtung von oben weithin sichtbar. Aber sie hatte keine Ahnung, in welcher Richtung sie nach ihnen suchen sollte.

Sie wollte gerade wieder von dem Baum hinuntersteigen, als sie weiter hinten im Tal etwas bemerkte. Erst jetzt wurde ihr bewusst, dass der Kampf ja noch gar nicht zu Ende war. Sie richtete ihren Blick gen Himmel.

Einige Tripel kreisten über dem Wald, doch zwischen ihnen flogen einige … sie konnte nicht genau erkennen, was es war. Aber jeder der seltsamen Flugkörper war offenbar wesentlich größer als ein Greif, und wie es aussah, ergriffen die Tripel davor Hals über Kopf die Flucht. Hilflos musste sie zusehen, wie zwei Tripel in den Wald stürzten.

Aus weiter Entfernung hörte sie ein lautes Krachen. Sie sah zu dem hohen Berggipfel hinauf. Riesige Blitze erschienen am Himmel, und kurz darauf krachte es wieder.

Clio kletterte immer höher auf den Baum hinauf, bis die Äste unter ihr bedenklich zu schwanken begannen. Jetzt konnte sie das Tal besser überblicken. Die Armee der Traditionalisten hatte die Schlacht offensichtlich verloren. Sie bemerkte einen eigenartigen, weißen Dunst, der vom Boden aufstieg. Die dichten Wolken schienen aus dem Nichts zu kommen, denn Clio sah keine Explosionen und vermochte auch keine Feuer zu entdecken. Jetzt legte sich der Rauch – oder was auch immer es war – in einer dichten Schicht über den Boden des ganzen Tals. Von den Berggipfeln blitzte es wieder, und nur einen Moment später breitete sich der Rauch weiter aus.

Das letzte Tripel stürzte auf die weiße Dunstschicht zu.

Eines der – Flugzeuge? – schoss ihnen entgegen, und plötzlich war das Tripel nicht mehr zu sehen. Erschossen vielleicht? Oder hatte es nur zum Sturzflug angesetzt, um den Feind abzuschütteln?

Clio beobachtete den Dunst eine Weile, doch das Tripel tauchte nicht wieder daraus auf. Ein Flugzeug – Clio war sich jetzt ganz sicher, dass sich die Flügel des Objekts nicht bewegten – drehte bei und flog wieder auf den Berggipfel zu. Sie sah ihm nach, während es unbeirrt weiterflog.

Zwei andere Flugzeuge gerieten ins Taumeln und stürzten in die dichte, weiße Dunstschicht hinunter. Unter Clio knackte plötzlich etwas, als würde jemand auf morsche Zweige treten.

Sie spähte ängstlich nach unten. Da tauchte etwas aus dem Dickicht auf …

Es war Andys langläufige Pistole. Sie blickte in die Richtung, in die er zielte, hörte ein lautes »Plopp« und nahm mit Genugtuung zur Kenntnis, dass wieder eines der Flugzeuge abstürzte.

Clio stieg vom Baum, so schnell sie konnte, und rannte auf die Stelle zu, wo sie den Pistolenlauf gesehen hatte. Sie stieß sich das Schienbein an einem Stein, fiel hin und rappelte sich wieder auf. Äste peitschten ihr ins Gesicht, doch davon merkte sie kaum etwas.

Andy lehnte an Phregs Seite. Der Lauf seiner Pistole war gen Himmel gerichtet. Irgendwas stimmte nicht an Andys Körperhaltung. Er trug eine seltsame Brille, vermutlich eine Art Fernglas.

»Andy!«

»Clio.« Seine Stimme klang merkwürdig. »Die Bastarde sind außerhalb meiner Schussweite. Ich will nicht, dass diese Schweinehunde hier runterkommen, vielleicht fallen sie uns sogar auf den Kopf! Propellerflugzeuge! Da sitzen zwei Randallaner drin und treten in die Pedale, wie bei einem

Fahrrad. Ein weiterer sitzt vorne mit einem Gewehr in der Hand. Verdammte Affen ... aber ein paar habe ich erwischt!«

»Warum sitzt du so merkwürdig da?«, brüllte sie aus vollem Hals und erschrak über ihren Tonfall.

»Bei der Landung haben wir einen Baumwipfel gestreift. Phreg hat sich ein Hinterbein gebrochen, und ich glaube, mich hat es auch ziemlich erwischt«, erklärte Andy. »Von der Hüfte abwärts kann ich mich nicht mehr bewegen. Und jetzt sind die verdammten Rattenficker außer Reichweite!« Unter seiner seltsamen Brille rannen Tränen hervor.

Clio stand nur still da, ihre Knie zitterten. Sie wollte ihn so gerne umarmen, doch hatte sie Angst, ihn noch mehr zu verletzen. Sie wollte ihm so viel sagen, aber sie brachte kein Wort über die Lippen. Schließlich überwand sie sich und sagte: »Ich glaube, die Xhu'gha haben unten im Tal Giftgas benutzt. Wahrscheinlich haben sie unsere ganze Armee getötet!«

Sie war sich nicht sicher, ob Andy sie überhaupt verstanden hatte. Er saß nur da, und die Tränen liefen ihm übers Gesicht. Sie hätte ihm so gerne geholfen.

Dann brach auch sie in Tränen aus und zitterte so sehr, dass sie sich hinsetzen musste. Sie nahm neben dem Greif Platz und konnte gar nicht mehr aufhören zu weinen.

Schließlich war sie so erschöpft, dass sie einschlief. Als Hauskyld und eine kleine Gruppe bewaffneter Terraner mit dem Hubschrauber bei ihnen landete, bekam sie das kaum mit und hielt den Anblick zuerst für ein Produkt ihrer überreizten Phantasie.

KAPITEL 18

Sein Name ist Hregh'dhum«, sagte Hauskyld. »Man könnte ihn als eine Xhu'gha-Mischung aus Hitler und Oppenheimer bezeichnen. Ein wahres Genie, wenn es darum geht, die Massen aufzuhetzen, und obendrein ein hervorragender Waffenentwickler. Unglücklicherweise handelt er weitaus kohärenter als Hitler und hat weniger Skrupel als Oppenheimer. Der Grundstein für diese ganze Geschichte wurde schon vor drei Jahren gelegt – während der ganzen Zeit hat er sich schon in Sankt Thkhri'jha darauf vorbereitet. Ich bin mir sicher, dass Krish'phas letzte Rede Hregh'dhum auf den Gedanken gebracht hat, er könnte als ungetripelter Randallaner Ansprüche auf den Thron geltend machen! Und was beinahe noch wichtiger ist – seine Mod'hrun-Krieger sind davon absolut überzeugt.«

Andy starrte auf den Boden. »Und du kannst gar nichts tun?«

»Ich tue was ich kann«, sagte Hauskyld milde. »Wir werden ihn bestimmt nicht dafür selig sprechen. Aber ich brauche meine Autorität gar nicht herauszukehren, denn einige von Hregh'dhums Beratern sind zu der Einsicht gelangt, dass wir noch ein paar Tricks auf Lager haben müssen, von denen sie nichts wissen! Sie denken, wir könnten für sie noch nützlich sein, und wir konnten ihnen außerdem weismachen, dass noch viele, schwer bewaffnete Terraner auf dem Weg hierher sind. In Wahrheit kann ich allenfalls einen Trupp von einhundert Mann auf die Beine stellen.«

Er seufzte und blickte den Templer an. »Clio, hast du eine Erklärung für sein Verhalten?«

»Ich weiß auch nicht mehr als du«, sagte sie. »Möchtest du ein wenig in der Sonne sitzen, Andy?«

»Ja, bitte.«

Sie drehte den Rollstuhl und schob ihn ein paar Meter weiter, vorbei am Büro des Dekans, bis zu einem sonnigen Plätzchen. Hauskyld folgte ihnen still.

Dann saßen sie alle zusammen in der Sonne, blinzelten ins Licht und fühlten sich gar nicht wohl. Hauskyld ergriff schließlich das Wort.

»Also gut. Ich kann mir schon denken, dass ihr euch fragt, ob ihr mir überhaupt noch trauen könnt und so weiter! Aber glaubt mir bitte, ich wusste nicht, was eure Gegner da oben ausgeheckt haben, und wie weit sie schon mit den Vorbereitungen waren! Die Kirche *wird* darauf reagieren, doch im Moment kann ich wirklich nicht viel tun. Erst einmal können wir nur öffentlich verkünden, dass wir mit Hregh'-dhums Verhalten nicht einverstanden sind!«

Andy seufzte. »Ich muss immer daran denken, was für eine wunderschöne Welt das war, als wir hier ankamen. Und jetzt – mein Gott! Rassismus. Genozid. Religionskriege. Giftgas. Konzentrationslager. Gibt es noch einen Vorzug der so genannten Zivilisation, an dem wir sie nicht haben teilhaben lassen?«

Hauskyld schien zunächst etwas darauf antworten zu wollen, doch dann machte er nur eine hilflos wirkende Handbewegung und wandte den Blick von dem Templer ab. Clio erblickte einen Greif, der noch weit entfernt war, sich ihnen jedoch offensichtlich näherte.

»Kuf«, rief sie freudig überrascht, als sie ihn von weitem erkannte.

»Der neue Bischof von Randall«, sagte Hauskyld. »Er hat jetzt die Macht, kirchliche Würdenträger einzusetzen, die Doktrin zu ändern, unliebsame Mitbürger zu exkommunizieren und andere nette Sachen durchzusetzen, die sein Amt mit sich bringt.«

Die beiden sahen ihn überrascht an. »Ich verstehe«, murmelte Andy. »Aber … äh – ich traue mich ja kaum zu fragen, aber wie viele Divisionen hat der Papst denn nun wirklich?«

»Das würde mich auch interessieren«, meinte Clio.

Hauskyld ließ den näher kommenden Greif nicht aus den Augen. »Wie viele Soldaten hatte er denn, als die Kirche sich hoch verschulden musste, um den Satelliten *Vatican Supra* hochzuschießen – nur weil sie auch einen Platz am Himmel haben wollte? Oder als es 2047 zum Krieg kam? Und jetzt gibt es schon seit mehr als Hundert Jahren die Christliche Union – die mehr oder weniger nur durch die Kraft der Überzeugung gebildet wurde. Doch um auf Bischof Kuf zurückzukommen, in einem Punkt ist er für uns nützlicher als alle Armeen, die wir hier nach Randall bringen könnten! Im Moment zählt allein, wer die besseren Ideen hat und nicht die besseren Gewehre. Langfristig gesehen sind gute Ideen immer mehr wert als eine Armee.«

»Aber im Moment hätte ich hier lieber eine gute Armee«, sagte Clio.

»Ich auch. Aber lass uns von etwas anderem sprechen, Kuf kommt langsam in Hörweite. Also, wir brauchen ein paar gute Ideen, und etwas Selbstvertrauen kann uns auch nicht schaden! Ein Läufer kann einen König matt setzen, wenn er ein bisschen geschickt ist.«

»Ich hoffe, unser neuer Bischof findet noch Zeit zum Schachspielen«, meinte Andy. »Es sieht nicht so aus, als ob er sich gut amüsieren würde.«

Sie senkten die Köpfe, und sowohl Clio als auch Hauskyld knieten neben Andys Rollstuhl nieder, während sie auf die Ankunft des neuen Bischofs von Randall warteten. Clio hörte, dass die anderen beiden leise beteten. Selbst jetzt, nachdem sie schon so viele Jahre auf einem Planeten der Christlichen Union lebte, konnte sie noch immer nicht an die Existenz Gottes glauben. Sie betete aus Höflichkeit mit, mehr nicht!

Clio fühlte, wie der Schatten des Bischofs auf sie fiel, und wusste, dass er ihr vergeben würde. Sie war selbst völlig überrascht, wie viel ihr daran lag.

TEIL III

KUF: RANDALL 2911 A.D./ ARIMATHEA 2928 A.D.

KAPITEL 1

Die versklavten Greife blieben in gebührender Distanz zu Kuf stehen. Der Bischof war das mittlerweile gewohnt, doch auf Nyth traf das anscheinend nicht zu, denn er schien ausgesprochen nervös zu sein.

Vielleicht lag es an dem unerträglichen Anblick, den die eisernen Klammern an den Flügeln der versklavten Traditionalisten boten. Oder aber auch vielleicht an der Art, wie sie die Köpfe neigten, als erwarteten sie, dass man sie jeden Augenblick schlüge.

»Beruhige dich doch«, sagte Kuf freundlich. »Sogar *sie* wissen, dass wir auf ihrer Seite sind. Wenn dich der Anblick der Sklaven so aufregt, solltest du vielleicht so bald wie möglich abreisen – die da oben würden sich bestimmt darüber freuen.«

Nyth schüttelte den Kopf. »Ich werde versuchen, mich zusammenzureißen, Ehrwürden. Aber ich weiß eigentlich noch immer nicht genau, warum Sie mich vom Kloster hierher gerufen haben.«

»Keine Angst, es wird dir gleich klar werden! Aber vielleicht kannst du mir dann nicht mehr vergeben«, entgegnete Kuf.

Er sah, dass die anderen immer noch still in einer Reihe warteten, während die terranischen Techniker weiterarbeiteten. Clio und Andros würden gewiss rechtzeitig hier eintreffen. So wie es aussah, hatten sie mit ihrer Meinung Recht behalten, denn bis jetzt waren nur die niedersten Untergebenen erschienen – abgesehen von ihm und Nyth natürlich.

Nyths ging vermutlich derselbe Gedanke durch den Kopf …

»Dich auszuwählen war in erster Linie eine politische Entscheidung, die du bald gut verstehen wirst. Der Bischof muss unbedingt wieder ein Greif sein, weil die Kirche im Moment bei den Verhandlungen mit Hregh'dhum über die Rechte der Greife und Handschlangen in einer Sackgasse steckt. Die Handschlangen können sich nicht an die Öffentlichkeit wenden, also ist es unbedingt notwendig, einen Greif in dieser wichtigen Position zu etablieren. Außerdem müssen wir einen Bischof auswählen, der zugleich ein guter Administrator ist – jemand, der Erfahrung darin hat, etwas so großes, so komplexes wie etwa ein Kloster zu leiten. Vor allem sollte man ihm nicht nachsagen können, dass er Kontakte mit den Greifern pflegt … Ja, auch ich benutze jetzt dieses Wort, und du wirst es bald ebenfalls verwenden. Es vermittelt einem eine andere Perspektive.«

Nyth nickte. Kuf dachte erst, er wolle noch etwas dazu sagen, doch er blieb still, was Kuf insgeheim als Zeichen dafür wertete, dass er sich in ihm den richtigen Stellvertreter ausgesucht hatte. Wie Hauskyld schon gesagt hatte, verlangte die gegenwärtige Situation nach einer Person, die einerseits gebildet war, sich aber nicht so leicht von ihren Idealen abbringen ließ – vielleicht sogar eine Art Märtyrer, aber wer konnte schon sagen, ob es überhaupt so weit käme?

Die Spenswüste hatte sich überhaupt nicht verändert. Hätte er sich die Mühe gemacht, einen Blick hinter den nächsten Hügel zu werfen, hätte er die mittlerweile fast völlig zerfallene terranische Festung sehen können. Nicht weit davon entfernt lagen die Überreste des Hauptlagers der Belagerer. Hier in der Ebene standen die zwanzig Gates, mit denen die Forschungsexpeditionen damals nach Randall gekommen waren. Dem Metall, aus dem sie gebaut waren, hatte selbst der extrem saure Regen nichts anhaben können; es glänzte immer noch so wie früher. In der Universität, die jetzt einen halben Planeten entfernt lag, hatte Kuf bereits verschiedene solcher nicht korrodierender Metalle gesehen. Der Tag würde kommen, an dem sie auch hier ein gewohnter Anblick sein würden. Doch augenblicklich gab es einen viel beeindruckenderen Anblick: Die hellen Sterne, die vom Fusionsstrahl des Gates verzerrt wurden, das von Randall gestartet war.

Das nächste Gate war jetzt fast startbereit, und Kuf konnte immer noch nicht so recht glauben, dass er schon bald darin reisen würde. Hauskyld, Clio und Andros hatten sich bemüht, ihm zu erklären, dass man bei einem Gate nicht wirklich von einer Reise sprechen konnte. Schließlich stand die Zeit darin still – man betrat das Gate einfach und verließ es an einem unvorstellbar weit entfernten Ort – wobei inzwischen Jahre vergangen waren. Er hatte schon oft die beeindruckenden Starts miterlebt und staunend mit angesehen, wie das Gate langsam auf einer weißen Feuersäule in den Himmel stieg und später auch am Nachthimmel zu sehen war, wenn es wie ein glühender Komet in Richtung Arimathea davonschoss. Er konnte sich einfach nicht vorstellen, wie es war, darin mitzufliegen, egal was seine terranischen Freunde ihm sagten.

»Ihre Freunde sind eingetroffen, Exzellenz«, eröffnete Nyth.

Er blickte auf und sah Clio, Hauskyld und Andros näher kommen.

Hauskyld stellte Andros' Rollstuhl neben Kuf ab und sagte: »Ihr habt euch aber einen schönen Tag für eure Abreise ausgesucht! Nyth, es ist gut, dass ich dich hier treffe. Wenn es dir nichts ausmacht, würde ich gerne noch hier bleiben, wenn unsere Freunde abgeflogen sind. Es wäre schön, wenn du mir deinen Segen erteilen würdest!«

Nyth nickte. »Ich hatte sowieso geplant, alle zu segnen, die diesmal zurückbleiben. Ich glaube, dass wir alle Gottes Segen gebrauchen können.«

»Und ich glaube, du hast Recht.« Hauskyld wandte sich wieder seinen Freunden zu.

Kuf kannte die Terraner jetzt schon so viele Jahre, und er konnte sich noch immer nicht daran gewöhnen, dass sie ihren Kopf wenden mussten, wenn sie jemanden oder etwas ansehen wollten. Natürlich wusste er, dass ihr Sehfeld viel schmaler war als das seine, sodass die Kopfbewegungen für sie einfach eine Notwendigkeit waren. Doch mitunter kam es ihm noch so vor, als wollten sie ihn beißen, wenn sie so rasch den Kopf bewegten ...

»Letzter Check!«, verkündete Andros. »Hat noch jemand was vergessen? Hauskyld könnte es noch schnell holen!«

»Ich habe alle meine Aufzeichnungen in dieser Tasche und auch meine Kleidung. Die anderen Sachen sind schon gestern mit dem Gepäckcontainer verladen worden«, zählte Clio auf. »Und wenn ich doch etwas vergessen haben sollte, springe ich ganz schnell durch das Gate zurück.«

Nyth sah sie verwirrt an, bis Hauskyld ihm versicherte, dass das nicht möglich sei.

Kuf vermutete, dass Nyth mit dieser Art des terranischen Humors noch seine Schwierigkeiten haben würde – vor allem in Anbetracht der Tatsache, dass vor gerade einmal drei Monaten mehr als eine Million terranischer Siedler auf der Südpolinsel gelandet waren. Allein der Anblick der Schiffe – merkwürdige Konstruktionen, die auf den Flussmündungen Floyds schwammen wie Baumstämme! Auch der zunehmende interkontinentale Flugverkehr war sicher eine Neuerung, an die man sich erst gewöhnen musste. Aber die Veränderungen, die sie bisher erlebt hatten, waren nur ein Vorgeschmack auf das, was noch kommen würde.

»Gibt es einen besonderen Grund für diese Versammlung,

oder seid ihr nur ein paar Freunde, die ein kleines Schwätzchen halten?«, fragte plötzlich eine Stimme hinter ihnen.

Kuf versuchte, seine Wut zu beherrschen. Von allen Hregh'dhumisten war Phrath'chra der schlimmste.

»Ah, Bischof Kuf«, fuhr der Randallaner fort, »schön Sie mal wieder zu sehen! Aber sind Sie überhaupt noch Bischof?«

»Ein Bischof bleibt immer ein Bischof«, sagte Hauskyld. »Theoretisch sind zurzeit sowohl Kuf als auch Nyth Bischöfe, aber Kufs Amtsgewalt ruht, solange er mit dem Gate unterwegs ist. Das ist aber wichtiges, protokollarisches Grundwissen, und ich bin überrascht, dass du als Botschafter nicht darüber Bescheid weißt? Wenn du auf Arimathea eingetroffen bist, solltest du dir wohl ein wenig Nachhilfeunterricht erteilen lassen!«

»Ich entschuldige mich«, sagte Phrath'chra in höflichem Ton. »Ich bin nur ein armer, provisorisch eingesetzter Beamter und noch nicht so vertraut mit den Angelegenheiten der Kirche. Ich fürchte, dass ich eher die praktische Seite der Dinge sehe und die unbewiesenen Behauptungen der spirituellen Seite noch nicht so recht nachvollziehen kann! Überdies habe ich mich nur gefragt, welcher der beiden geistigen Autoritäten mein Respekt gebührt, obwohl es hier fast den Anschein hat, als sei die Autorität gerecht geteilt worden, nicht wahr? Und wenn ich mir den Hinweis erlauben darf – es gibt nur sehr wenige Greife, die überhaupt unseren Respekt verdienen!«

Kuf fragte sich, warum das terranische Wort »Greif« bei Phrath'chra so aggressiv klang; wenn es von einem Terraner ausgesprochen wurde, wirkte es stes wie eine gewöhnliche neutrale Umschreibung. Vielleicht war es die Betonung, oder es lag daran, dass es in Standardterranisch keine eigenen Deklinationen für intelligente Lebewesen gab. Ganz anders als in der Wahren Sprache ...

»Du hast deine Chance vertan. Kuf reist ab«, sagte Andros. »In deiner eigenen Umgebung sind aber bestimmt noch genügend Greife, mit denen du Höflichkeitsformen austauschen kannst.«

Phrath'chra atmete tief durch. Ihm schien schon eine wütende Antwort auf der Zunge zu liegen, doch dann schrillte auch schon die Alarmsirene los. Das Gate war bereit, sie konnten es betreten.

Überall standen Terraner und umarmten ihre Angehörigen, die jetzt gleich abreisen würden. Wasser lief ihnen aus den merkwürdig kleinen, plumpen Augen – anscheinend passierte das immer, wenn sie ein wenig traurig waren. Das Gate brauchte siebzehn Standardjahre, also fünfundzwanzig Randall-Jahre, um nach Arimathea zu gelangen. Viele der Terraner reisten von dort aus weiter zu anderen Welten und kehrten wahrscheinlich niemals nach Randall zurück. Und selbst wenn sie irgendwann zurückkamen, wären die Zurückgebliebenen inzwischen längst sehr alt oder schon tot. Kuf vermochte das Phänomen zwar rein rechnerisch nachzuvollziehen, aber es sich richtig vorzustellen, war etwas ganz anderes. Er hoffte nur, dass die Zukunft, in die er jetzt reisen würde, den ganzen Aufwand auch wert war.

Kuf drängte die trüben Gedanken beiseite und stellte sich zu den anderen in die Reihe. Hauskyld umarmte ihn, und Kuf rieb den Schnabel an seinem Gesicht. Der alte Xenist wollte Randall in wenigen Jahren verlassen und dann von Arimathea aus ein vierundzwanzig Lichtjahre entferntes System besuchen. Wahrscheinlich würden sie sich also nie wiedersehen. Sich so zu verabschieden war schon merkwürdig; es war so endgültig wie der Tod, schien aber unter den gegenwärtigen Umständen völlig normal zu sein.

Hauskyld verabschiedete sich auch von den anderen, segnete sie, – aber so, dass Phrath'chra deutlich von dem Segen ausgenommen war – und sagte: »Gott sei mit euch allen.«

Dann drehte er sich schnell um und war einen Augenblick später mit seinem Wägelchen verschwunden. Immer mehr Leute verschwanden im Gate, und die Warteschlange verkürzte sich zusehends.

Das graue, nebelige Zeug, das aus dem Gate quoll, war laut Auskunft der Wissenschaftler ein simples Kondensat, das durch die seltsamen negativ-entropischen Effekte der reduzierten Lichtgeschwindigkeit hervorgerufen wurde. Auf einer Strecke von einem Millimeter fiel die Lichtgeschwindigkeit von dreihundert Millionen Metern pro Sekunde auf ungefähr einen Meter in einer Billion Sekunden. Kuf hatte den Eindruck, durch das Gate hindurchblicken zu können. Es schien ihm, als wären dort dunkle Schatten zu sehen, aber auch viele bunte Farben. Als er noch vier oder fünf Meter vom Gate entfernt war, nahm er die Schatten näher in Augenschein. Clio schob gerade Andros' Rollstuhl auf die graue Wand zu.

Kuf blickte sich noch einmal zu seinem Bistum um, das er für mindestens fünfzig Jahre nicht wiedersehen würde. Der Rotstein glühte wie immer in der heißen Sonne, und am rosafarbenen Himmel zogen weiße, federleichte Wolken dahin. Er fühlte den felsigen Boden unter den Klauen und sah, wie der kleine Mond sich im Osten dem Horizont rasch näherte.

Und dann schritt er in die Nebelwand hinein.

Ein kurzes Stück nur, dann stand er im Ankunftsbereich von Arimatheas Orbitalstation – siebzehn Jahre waren in weniger als einem Augenblick vergangen! Für einen Moment, als seine Neuronen noch mit der widersprüchlichen Erfahrung zu kämpfen hatten, glaubte er, zweigeteilt zu sein – als ob sich sein Kopf auf Arimathea befände und seine Hinterbeine noch auf dem steinigen Landeplatz in der Spenswüste. Doch als er dann den Ankunftsbereich betrat, waren auch die Gespenster von Randall aus seinen Empfindungen verschwunden.

Er hatte keine Zeit, sich ein wenig umzuschauen, denn Clio führte ihn gleich zur Warteschlage der bevorzugten Reisenden. Andros gehörte als Komtur genauso dazu wie sie und Botschafter Phrath'chra. Eine Gruppe von Würdenträgern stand ihnen gegenüber. Als sie sich ihm vorstellten, nannten sie ihm sämtliche Titel und Namen, die sie trugen, doch Kuf hatte sie im nächsten Augenblick schon wieder vergessen.

Clio hatte ihm gesagt, dass dieses erste Treffen sowieso nicht so ernst zu nehmen sei. Die Tradition verlangte, dass die Stationsoffiziere die Anführer jeder eintreffenden Gruppe begrüßten – aber die wirklich wichtigen Leute traf man erst später. Er versuchte sich trotzdem ein Bild von diesen Leuten zu machen und merkte sich genau, wie ihre Namen ausgesprochen wurden, obwohl er bereits sehr gut Standard sprach. Nur bei den Berufsbezeichnungen hatte er so seine Schwierigkeiten – was war um Himmels willen der Unterschied zwischen einem *stellvertretenden Einsatzspezialisten,* einem *Einsatzspezialisten der Stellvertretung* und einem *Spezialisten der Einsatzstellvertretung?*

Nach der Vorstellungszeremonie interessierte Kuf das weitere Protokoll nicht mehr. Er war froh, dass er dank seiner Facettenaugen sein Umfeld beobachten konnte, ohne dass es jemandem auffiel.

Der Ankunftsbereich war so groß, dass eine ganze Kolonie darauf Platz gefunden hätte, doch jetzt lag er weitgehend leer. Selbst auf so einer großen Station wie auf Arimathea landeten nur etwa fünfzig Gates pro Jahr. Die Ankunftszone erstreckte sich über eine Länge von mindestens drei Kilometern, eine riesige Betonfläche, die nur ab und zu von kleinen Abschnitten unterbrochen wurde, die mit Teppich ausgelegt waren. Der Boden und die etwa einhundert Meter hohe Decke krümmten sich gleichermaßen sanft nach oben: Offenbar hatte dieser Teil der Station die Form einer nach oben gebogenen Röhre, in deren Inneren er nun stand. Am »Horizont« krümmte sich der Boden nach oben weg und wirkte aus der Ferne besehen wie eine normale Wand. Ein Wagen hielt dort an, und einige Arbeiter stiegen aus. Natürlich standen sie auf dem Boden, doch es sah so aus, als liefen sie an der Wand entlang. Ihm erschien es als sehr bemerkenswert, dass diese Basis von kurzsichtigen Terranern erbaut worden war, die den Wagen auf diese Entfernung höchstens als winzigen Punkt wahrgenommen hätten.

Schließlich war die Empfangszeremonie überstanden, und man konnte zum wichtigeren Teil übergehen. Ein kleiner Wagen näherte sich, aus dem eine Gestalt ausstieg, in der Kuf einen Freep zu erkennen glaubte. Zumindest passten die riesigen Ohren, die größer waren als der Kopf, ebenso auf die Beschreibung, die er über die Freeps erhalten hatte, wie der kurze, armlose Torso auf den dünnen Beinchen.

Auch einige Terraner stiegen aus dem Wagen. Einer von ihnen sagte: »Ich bin Bruder Raul Trati vom Orden des Heiligen Chang. Dies hier«, er deutete auf den Freep, »ist Monsignore General Yhg wlaa Toth-Ftari von den Tempelrittern. Und jetzt darf ich Ihnen seine Eminenz, den Erzbischof von Arimathea, Erik Uterra, vorstellen.«

Sie knieten alle nieder, bis ihnen der Erzbischof mit einer kleinen Geste die Erlaubnis gab, aufzustehen.

»Ich muss mich bei Ihnen entschuldigen«, sagte er. »Hier landet sonst nur ein Gate pro Woche, aber heute kamen gleich zwei wichtige Gruppen an einem Tag. Wenn wir die Zeremonie so kurz wie möglich halten können, verspreche ich, dass ich Ihnen später noch für ausführliche Fragen zur Verfügung stehe.«

»Aber natürlich, Eure Eminenz«, erwiderte Andros. »Ich bin Komtur Andros Kanegawa vom Orden der Tempelritter. Dies ist Dr. Clio Yeremenko, Zweiter Xenist der Randall-Forschungsexpedition. Das ist …« Er stellte alle Anwesenden so kurz wie möglich vor – wofür Kuf sehr dankbar war. Der Erzbischof nickte jedem huldvoll zu und tat so, als würde er sich tatsächlich für die Leute interessieren, die ihm da gegenüberstanden.

Zuletzt stellte Andros Kuf vor. »Und darf ich Ihnen noch Kuf vorstellen, den Bischof von Randall?«

Kuf verbeugte sich tief, indem er den Schnabel auf den Boden legte. Am anderen Ende der Reihe, nicht unweit von Andros, war ein zischendes Geräusch zu hören, wie es die Terraner von sich gaben, wenn sie etwas untereinander bereden wollten, das zu privat oder peinlich ist, um es öffentlich zu besprechen. Als Kuf den Kopf wieder hob, war auch das Geflüster vorbei, doch hatte der Erzbischof es plötzlich sehr eilig, wieder zu gehen. Er stieg in den Wagen und hob erst im letzten Moment die Hand, um die Anwesenden zu segnen.

Dann schlug die Tür hinter ihm zu, und er fuhr davon.

Eine ganze Reihe von anderen Wagen fuhren nun vor. In jedem saß entweder ein Terraner oder ein Freep.

Bruder Raul räusperte sich und sagte: »Diese Wagen bringen Sie zu Ihrem Quartier. Komtur Kanegawa, ein Krankenwagen wird Sie gleich abholen und ins Hospital fahren. Wenn Dr. Yeremenko und Botschafter Phrath'chra einstweilen mit meinen Wagen vorlieb nehmen würden ...«

Phrath'chra machte ein Gesicht, als hätte man ihn beleidigt, aber Bruder Raul bedeutete ihm mit einer forschen Geste, einzusteigen. Zwei Helfer standen bereit, um Andros in einen Wagen zu heben, der mit einem roten Kreuz gekennzeichnet war.

»Ich glaube, General Toth-Ftari würde es gerne sehen, wenn Bischof Kuf mit ihm führe. Die anderen Passagiere werden auf die restlichen Wagen verteilt.«

Kuf ging auf den Freep zu. Der General verbeugte sich tief, und auch der Greif neigte den Kopf zur Begrüßung.

»Wir können sofort losfahren«, sagte er. »Raul wird noch eine Weile beschäftigt sein, bis er alle im Wagen verstaut hat. Ich bin in so etwas wie einer diplomatischen Mission hier, zuständig für hochrangige Außerirdische, die allerdings nur relativ selten hierher kommen. Wenn Sie mir also folgen wollen, Herr Bischof …«

Der Freep hüpfte in den Wagen und setzte sich hinter ein Ding, das Kuf für die Steuerung hielt. Kuf folgte ihm und setzte sich so auf den Boden, dass sein Hinterteil nicht Gefahr lief, in der Tür eingeklemmt zu werden.

Die Tür schloss sich leise hinter ihm. Der Wagenboden erbebte, dann glitt das Fahrzeug wenige Zentimeter über den Schienen dahin. Sie fuhren in einem Tempo, das Kuf sonst nur bei seinen Starts vorlegte. Schließlich gelangten sie in einen anderen Stationsabschnitt, und der Wagen bremste ab und fuhr in gemächlicherem Tempo weiter.

Sie wechselten die Schienen und befanden sich anscheinend jetzt auf einer Art Hauptstraße, auf der viele Schienen zusammenliefen. General Toth-Ftari lehnte sich zurück und sah Kuf an.

Ein Terraner stellte sich vor ihrem Wagen auf die Schienen, und Kuf glaubte entsetzt, der Wagen würde ihn sogleich erfassen. Doch das Gefährt bremste ab, ohne dass sich Toth-Ftari auch nur rühren musste.

»Der Wagen fährt vollkommen automatisch«, erklärte er. »Ich wollte ein wenig mit Ihnen allein sprechen und dies schien mir eine gute Gelegenheit zu sein.«

Kuf nickte.

»Haben Sie gehört, was passiert ist, als Sie dem Erzbischof vorgestellt wurden?«

»Nein«, sagte Kuf. »Habe ich nicht. Es hörte sich an, als würden die Terraner streiten, aber ich konnte nicht verstehen, worüber.«

»Botschafter Phrath'chra protestierte dagegen, dass Sie

offiziell vorgestellt wurden. Er meinte, dass Ihnen das nicht zustünde, weil Sie nur als persönlicher Diener einer kommunistischen Wissenschaftlerin hier wären.«

Der Freep hatte die eigenartige Angewohnheit, seinem Gegenüber genau wie die Terraner das Gesicht zuzuwenden, wenn er mit ihm sprach. Wahrscheinlich besaßen seine Augen ebenfalls jeweils nur eine Linse, und er musste den Kopf drehen, weil er Kuf ansonsten nicht richtig sehen konnte.

»Das überrascht mich gar nicht«, erwiderte Kuf und hoffte, dass seine Stimme gleichgültig klang. Sie fuhren jetzt durch lange Korridore, die in grellen Farben gestrichen waren. In den Wänden befanden sich viele Türen, einige waren geöffnet und gaben den Blick auf die verschiedensten Arbeitsräume frei. Dann fuhren sie um eine scharfe Kurve und landeten in einem Korridor, in dem an der einen Seite Pflanzen in Kübeln standen, die mit Erde gefüllt waren. Auf der gegenüberliegenden Seite gab es große Fenster, durch die das Sonnenlicht einfiel. Draußen war die Silhouette von Arimathea zu sehen, die sich blau-grün und weiß von dem dunklen Hintergrund abhob. Kuf war bald ganz in diesen Anblick vertieft.

»Entschuldigen Sie bitte, dass ich Sie nicht darauf aufmerksam gemacht habe, aber dieser Anblick ist für mich schon so normal, dass ich nicht mehr daran gedacht habe«, sagte Toth-Ftari. »Aber mit dem Problem, über das ich mit Ihnen sprechen wollte, wären Sie früher oder später sowieso konfrontiert worden. Sie wissen sicher, dass diese verrückten Terraner die Einzigen sind, die diese unglaublichen Entfernungen im Raum zurücklegen. Einige von uns, besonders die von den hochentwickelten Welten, machten sich schon Gedanken über die Raumreise, lange bevor die Terraner unsere Welt erreichten. Und viele von uns können immer noch nicht verstehen, warum sie sich überhaupt die Mühe machen …«

»Ein Freund hat mir mal erzählt, dass er einen Terraner nach dem Grund für ihren Reisedrang gefragt hat«, sagte Kuf.

»Ergab die Antwort, die er darauf erhalten hat, für Sie einen Sinn?«

»Ein wenig.« Sie fuhren wieder um eine Ecke, direkt in einen schmalen Tunnel, der in engen Windungen abwärts führte. Kuf hatte das Gefühl, zu einem Sturzflug anzusetzen. Dem Gesichtsausdruck des Freeps nach zu urteilen, machte ihm die rasende Fahrt ungeheuren Spaß.

»Das ist immer noch mehr, als wir verstanden haben! Wir sind nur hier, weil sie unseren Clan in unserer Heimat dafür bezahlen. Außerdem ist es eine sehr angenehme Art zu reisen – ich kann gar nicht genug davon bekommen. Aber jetzt zu dem, was ich eigentlich mit Ihnen besprechen wollte! Wie Sie selbst wissen, sind die meisten Terraner eigentlich ganz umgänglich. Andererseits haben viele intelligente Spezies die Erfahrung gemacht, dass viele Unionsmitglieder uns nicht die Rechte zugestehen wollen, die wir eigentlich erwartet haben. Wissen Sie, was ich meine?«

»Ich glaube, ich verstehe, was Sie meinen«, sagte Kuf. »Da ist so eine gewisse … Befangenheit zu verspüren, gewisse Vorurteile. Sie können sich anscheinend nicht vorstellen, dass Lebewesen, die anders aussehen als sie, denselben Wert haben können. Sie trauen ihnen zum Beispiel auch keine echten Gefühle zu. Es war schon sehr interessant zu beobachten, dass sie auf Randall lieber mit den *thnikkha* – der Spezies, der auch der Botschafter angehört – als mit meiner Spezies zusammen waren.«

»Ja. Genau. In der Tat ist es so, dass man besser mit ihnen auskommt, je ähnlicher man ihnen sieht. Darum halten es einige von uns für sinnvoll, dass wir auch außerhalb der offiziellen, diplomatischen Kanäle Kontakt miteinander halten. Manchmal ist es ganz gut zu wissen, dass auch andere unter denselben Diskriminierungen leiden wie man selbst. Vielleicht können wir uns dann eines Tages dagegen zur Wehr setzen, oder zumindest die Auswirkungen in Grenzen halten.«

Die rasende Abwärtsspirale war beendet, und erleichtert stellte Kuf fest, dass sie nun einen überdachten Park durchquerten. Er musste sich noch einen Moment von der Schussfahrt erholen, bis er das Gespräch fortsetzen konnte.

»Ist das überhaupt legal?«

Der General nickte zustimmend. »In den meisten Fällen ist es völlig legal. Manchmal bewegen sie sich hart an der Grenze, gegen das Protokoll der Kabale zu verstoßen, doch kommt das nicht allzu oft vor ...«

»Gibt es einen besonderen Grund, warum Sie sich an mich gewendet haben, und nicht an den Botschafter?«

»Ja. Sein Aussehen. Und außerdem haben wir einige Entwicklungsberichte einsehen können, die vor einigen Wochen per Funk hier eintrafen. Wir wissen also über die Probleme Bescheid, die zwischen Ihrer und seiner Spezies bestehen. Wir dachten uns, dass Sie eher für unsere Belange Verständnis aufbringen würden. Vielleicht können wir uns gegenseitig helfen?«

Plötzlich kam Kuf ein Gedanke. »Meinen Sie, dass der Erzbischof vielleicht gar kein Interesse daran hat, die Sklaverei auf Randall zu verbieten?«

Toth-Ftari schüttelte den Kopf und machte ein blubberndes Geräusch – lachte er? Oder war das nur ein Rülpser?

»Doch! Ganz besonders, nachdem er das unglaublich schlechte Benehmen dieses merkwürdigen Botschafters miterlebt hat! Abgesehen davon, kann die Kirche keine Sklaverei dulden – auf lange Sicht gesehen kostet sie das zu viele Konvertiten. Nein, Ihre Bitte wird bei ihm gewiss auf fruchtbaren Boden fallen, und ich werde ihn selbstverständlich auch dahingehend beeinflussen. Und nicht nur ich, auch einige Monocornier und ein Koordinatus ... Sie könnten das als die ersten Früchte einer neuen Freundschaft betrachten. Aber egal, dort hinten ist Ihre Tür – das Kabinenschloss ist auf das Porenmuster an Ihres Schnabels programmiert. Sie müssen mit dem Schnabel das rote Dreieck berühren, dann öffnet sich die Tür.«

Aha, deshalb also hatte Hauskyld diesen Abdruck von Kufs Schnabel genommen! Es war merkwürdig daran zu denken ... das war vor siebzehn Jahren, oder einfach heute Morgen gewesen – je nachdem, wie man es betrachtete.

Der Wagen kam vor einer Tür in der Mauer zum Stehen, und die Wagentür glitt auf. Kuf stieg aus, und der General folgte ihm.

»Genau hier«, sagte Toth-Ftari und zeigte auf das rote Dreieck. »Nur mit dem Schnabel dagegen drücken.«

Kuf drückte den Schnabel auf das Symbol, und die Tür glitt auf. Der General bedeutete Kuf mit einer Kopfbewegung, vor ihm einzutreten.

»Diese Schalttafel ist alles, was ich Ihnen im Augenblick noch erklären muss, glaube ich. Also, wie gesagt, das rote Dreieck öffnet die Tür. Das Quadrat darunter schließt sie wieder. Das Quadrat darüber schließt sie besonders schnell. Mit dem Rechteck hier schalten Sie das Licht an und aus. Je länger Sie darauf drücken, desto heller wird das Licht – bis zu einem bestimmten Punkt natürlich. Mit dem Fünfeck können Sie die Temperatur regeln, der Zahlenwert daneben zeigt die Temperatur an, die gerade im Raum herrscht. Die Skala geht von 10 bis 45 Grad Celsius. Es tut mit Leid, dass die Schalttafel so tief unten angebracht ist. Aber dieser Raum ist eben für alle Spezies geeignet, und diese Höhe entspricht den Sicherheitsvorschriften.«

Kuf hatte bereits den Entschluss gefasst, die Symbole auf eigene Faust auszuprobieren, sobald der General den Raum verlassen hatte. Vielleicht verstand er dann die Bedeutung besser, etwas wirklich Gefährliches konnte ja anscheinend nicht geschehen, wenn er ein wenig daran herumspielte.

»Das flache Ding dort drüben ist eine einstellbare Matratze«, fuhr der General fort. Er hüpfte fröhlich zur anderen Seite des Raumes. »Wenn Sie diesen Schalter hier betätigen, können Sie sie härter oder weicher einstellen, ganz wie es Ihren Wünschen entspricht. Und – wenn ich ein wenig indiskret sein dürfte …«

Er hüpfte wieder quer durch den ganzen Raum, balancierte auf einem Bein und trat mit dem anderen Fuß gegen ein großes Dreieck an der Wand. Eine Tür glitt auf. Kuf folgte ihm neugierig. Toth-Ftari drückte mit dem Fuß gegen ein Rechteck, und das Licht ging an.

»Ähem, Dung, Urin und … alles organische Material, das sie nicht aufbewahren wollen, bitte hier in diese Rinne im Boden. Wenn Sie hier drücken, läuft Frischwasser in dieses Becken. Wenn Sie diesen Hebel nach rechts drehen, wird es wärmer, nach links wieder kälter. Wollen Sie das Wasser wieder ablaufen lassen, drücken Sie noch einmal auf diesen Knopf. Das große Becken können Sie füllen, indem Sie diesen Knopf drücken und dann hier ziehen. Wenn Sie eine Dusche von oben bevorzugen: Hier wird sie ein- und wieder ausgeschaltet, hier können Sie die Temperatur regeln und hier die Wassermenge von feinem Sprühnebel bis zu einem kräftigen, harten Wasserstrahl einstellen. Und hier …«, er hockte sich hin und hob eine flexible Abspritzvorrichtung auf, »… das können Sie mit dem Wasseranschluss verbinden, Sie brauchen es nur zusammenzustecken. Er sprüht dann Wasser an … an nicht so leicht erreichbare Stellen. Manche benutzen es für den Anus. Äh … um ihn zu säubern, meine ich natürlich.«

Toth-Ftari schaukelte jetzt vor und zurück, die riesigen Ohren leuchteten grell orange. Kuf vermutete, dass dies seine Verlegenheit anzeigte.

»Noch Fragen? Ist Ihnen alles klar, Hochwürden? Brauchen Sie noch etwas?«

»Alles klar«, log Kuf.

»Wenn Sie etwas brauchen sollten, die Sprechanlage befindet sich direkt über der Matratze. Sie brauchen nur den Knopf zu drücken und hineinzusprechen, ich höre Sie dann.«

Kuf prägte sich diese Information genau ein und erklärte dann, dass er im Moment keine Wünsche mehr habe. Er komplimentierte den General hinaus und schaffte es nach dem zweiten Versuch, die Tür hinter ihm zu schließen.

Er überlegte, was er jetzt tun sollte. Ach ja, erst mal die Temperatur erhöhen! Er stellte den Regler auf fünfundzwanzig Grad, bis ihm einfiel, dass hier ja die Luft dünner war als auf Randall. Also drehte er den Regler großzügig auf dreißig Grad weiter.

Er ließ sich auf der Matratze nieder und entschied sich dafür, ein kleines Nickerchen zu halten. Schließlich waren siebzehn Jahre vergangen, und er würde einfach ignorieren, dass er sich eigentlich gar nicht müde fühlte.

Doch es hatte keinen Sinn, er konnte nicht einschlafen. Also stand er wieder auf und ging ins Bad.

Bischofswürde hin oder her, dieser Raum eignete sich ausgezeichnet, um ein wenig herumzuspielen. Es machte ihm Spaß, im Wasser herumzuplanschen, und er war schon patschnass, bevor er es geschafft hatte, die Temperatur auf einen angenehmen Wert einzustellen. Die Dungrinne sah so einladend aus, dass er ausgiebig Gebrauch davon machte.

Er war gerade dabei, sich wie üblich mit dem Schnabel zu reinigen, als ihm die Abspritzvorrichtung einfiel. Er schloss sie an den Wasseranschluss an, nahm sie in eine Vorderpfote, richtete sie auf seinen Anus und schaltete sie ein.

Das Wasser schoss mit mehr Druck daraus hervor, als er erwartet hatte. Das war nicht gerade angenehm! Er zuckte zusammen, ließ den Schlauch los, schlug mit den Flügeln gegen die Wände und mit dem Kopf gegen die Decke. Der Schlauch bewegte sich wie eine verrückt gewordene Schweigende Person, und das Wasser spritzte durch den Raum.

Er schaltete das Wasser ab und sah sich um. Der Wasserstrahl hatte einige braune Klumpen gegen die Wände gespritzt, wo sie nun klebten. Im Wasser auf dem Boden schwammen ebenfalls überall braune Bröckchen. Normalerweise nahm er den Geruch gar nicht wahr, doch das warme Wasser verstärkte ihn so sehr, dass es selbst ihm unangenehm war.

Er entfernt die braunen Brocken mit Hilfe des Schnabels von den Wänden und versenkte sie sorgfältig in der Abfallrinne. Mit Hilfe der Pfoten und seines Hinterteils schaffte er es, das meiste Schmutzwasser vom Boden ebenfalls in die Rinne zu befördern. Die Reste spritzte er dann mit dem Schlauch weg, und diesmal war er freilich vorsichtiger damit. Er drückte einen Knopf, und der Dung war verschwunden.

Jetzt brauchte er noch dringend selbst eine Dusche. Er kam überraschend gut mit den Vorrichtungen zurecht und fing gerade an, das prickelnde Gefühl zu genießen, als er ein merkwürdiges Geräusch hörte.

Er streckte den Kopf vor, um besser hören zu können. Da war das Geräusch wieder, anscheinend stand jemand draußen vor der Kabine! Er schaltete das Wasser ab. Da war das Geräusch wieder, unzweifelhaft! Kuf stieg aus der Dusche und trottete zur Tür – an der Kontrolltafel flackerte ein rosa Licht, und das Geräusch ertönte wieder: »Ping!« Neugierig drückte er den Schnabel gegen das Symbol – er gratulierte sich, dass er noch wusste, welches das richtige war –, und die Tür öffnete sich.

Draußen stand Clio. »Du bist nass«, stellte sie fest.

»Ja, richtig.«

Die Tür glitt wieder zu. Er drückte noch einmal auf das Symbol und öffnete sie erneut. Clio schien zu erbeben, und ihr Gesicht zeigte diesen merkwürdigen Ausdruck, wie immer bei den Terranern, wenn sie sich über etwas amüsierten. Ohne einen weiteren Kommentar betrat sie das Zimmer.

»Sie haben mir unseren Zeitplan gegeben, und ich dachte, ich bringe ihn dir gleich vorbei.«

»Woher wusstest du überhaupt, wo ich bin?«

»Erinnerst du dich an die Liste mit den Identifikationsnummern, die Hauskyld dir gegeben hat? Er sagte doch noch, dass du sie auf gar keinen Fall verlieren darfst?«, fragte sie.

Kuf klopfte sich auf den Beutel.

»Wenn du irgendwohin möchtest, drückst du einfach einen der Knöpfe auf den Pfosten draußen und dann kommt gleich ein MAGLEV-Wagen.« Kuf erinnerte sich, dass er die Pfosten auf dem Weg zu seinem Quartier gesehen hatte.

»Also, der Wagen kommt zu dir, du steigst ein und wirst nach deiner ID-Nummer gefragt und wohin du möchtest. Du steckst deine ID-Karte in die dafür vorgesehene Öffnung, und man fragt dich nach der ID-Nummer der Person, die du aufsuchen willst. Du kannst auch dein Zimmer, einen öffentlichen Treffpunkt oder einen beliebigen anderen Ort nennen. Wenn du also wieder hierher zurückwillst, gibst du deine eigene ID-Nummer ein und wählst dein Zimmer.«

Kuf beschloss, sich niemals alleine in ein solches Fahrzeug zu setzen.

»Alles klar«, sagte er.

»Ach übrigens, hast du eigentlich gehört, was bei der offiziellen Begrüßung passiert ist? Ich kann kaum glauben, dass er es gewagt hat …«

»General Toth-Ftari hat mir davon erzählt. Ich selbst war zu weit vom Botschafter entfernt. Aber in gewisser Weise ergibt das sogar einen Sinn! Phrath'chras Ansichten entsprechen natürlich nicht den offiziellen Ansichten der Kirche, jedenfalls nicht denen, wie ich sie predige, oder wie sie in den Veröffentlichungen des Vatikans zu finden sind. Will er seine Pläne für Randall umsetzen, so muss er dem Erzbischof vorgaukeln, er vertrete eine lokale Tradition ... Er muss es wohl als emotionale Angelegenheit darstellen, die tief in den Traditionen von Randall verwurzelt ist. Wenn der Erzbischof dann erfährt, dass es die Sklaverei erst seit einer Dekade gab, als wir Randall verlassen haben ...«

»Der Erzbischof wird dann sicher sehr verärgert sein. Und das kann uns nur nutzen, denn wir haben morgen direkt nach meinem Vortrag eine Privataudienz bei ihm! Phrath'chra wird ihn erst sehr viel später treffen. Also, mit ein wenig Glück ...« Sie zuckte die Achseln. »Ich wünschte nur, ich hätte gewusst, wie viel Politik auf mich zukommen würde, als ich damals Xenist geworden bin. Dann wäre ich ganz bestimmt zu Hause geblieben und hätte Babys am laufenden Meter produziert. Das schwöre ich dir!«

»Welch ein fürchterlicher Gedanke!«

»Gesprochen wie ein wahrer Bischof! Hast du schon gemerkt, dass es hier irgendwie merkwürdig riecht?«

»Ähem, nein«, meinte Kuf. Dabei hatte er geglaubt, die Misere im Badezimmer ausreichend bereinigt zu haben. Aber offensichtlich war dem nicht so.

»Dieser Geruch ... Den habe ich schon lange nicht mehr gerochen! Nicht mehr seit ich ...«

Sie sah sich um. Dann ging sie ans Ende des Raumes, drückte auf das Dreieck an der Wand – das musste das universelle Türöffnungssymbol sein. Eine Abdeckung glitt zur Seite und gab den Blick auf einen Blumenstrauß frei.

»Rosen«, sagte sie. »Rote Rosen. Das muss von Andy ...

Nein!« Sie sah auf die Karte. »Die hat mir der Erzbischof geschickt. Der Computer hat sie hierher umgeleitet, er wusste ja, wo er mich finden konnte.« Ihre Stimme klang irgendwie merkwürdig.

Wieder tropfte Wasser aus ihren Augen. Das konnte bei einem Terraner alles Mögliche bedeuten. Kuf wusste nicht, was er sagen sollte. »So etwas Schönes habe ich schon so lange nicht mehr gesehen«, schluchzte sie. »Es tut mir Leid, ich weiß, dass ich mich dumm benehme.«

Das fand Kuf eigentlich nicht, doch sagte er es ihr nicht. Er musste daran denken, wie lange es noch dauern würde, bis er wieder daheim war, seine lieb gewordenen Dinge berühren oder einen langen, einsamen Flug über die weite Landschaft unternehmen konnte.

Nach einer Weile trocknete sie sich das Gesicht ab, umarmte ihn und ging hinaus. Er fühlte sich plötzlich sehr müde, legte sich auf die Matratze und war im nächsten Augenblick fest eingeschlafen.

KAPITEL 2

Nachdem er Clios Vortrag eine Weile zugehört hatte, ließ Kuf den Blick über die Zuhörer schweifen. Er hatte die Dinge, die sie vortrug, schon oft gehört – zuletzt an der St.-Johannes-Universität auf Randall. Er wusste, dass ihre Art, das Erlebte zu beschreiben, und die Schlussfolgerungen, die sie aus ihren Forschungen zog, auch hier auf Arimathea großen Eindruck hinterlassen würden. Ihre Arbeiten wurden per Funkfax überall in den terranischen Raum geschickt, und wenn sich nicht bald jemand meldete, der beweisen konnte, dass er ihre Theorien schon früher vertreten hatte, würde sie als Urheber dieser Thesen feststehen – ganz so, wie sie es sich immer gewünscht hatte. Kuf fragte sich immer noch, ob das den ganzen Aufwand rechtfertigte – wenn es so war, hatte sie jedenfalls alles Erforderliche dafür unternommen.

Sie erklärte gerade, welche Schlussfolgerungen sie aus ihren Forschungsergebnissen gezogen hatte. Soweit er wusste, setzte sich die Zuschauerschaft zum größten Teil aus Laien zusammen, die derartiges zum ersten Mal hörten. General Toth-Ftari saß still da, hörte entweder sehr konzentriert zu oder war eingeschlafen, das konnte Kuf aus der Entfernung nicht so genau erkennen. Bruder Raul Trati hatte sich vorgebeugt und war offensichtlich wirklich an den Ausführungen interessiert. Was Kuf nicht überraschte, da die Changisten ja ein wissenschaftlich orientierter Orden waren.

Aber die wirklich große Überraschung bot die Delegation der kommunistischen Welten. Als sie von dem Thema des

Vortrags hörten, hatten sie förmlich darum gebettelt, dabei sein zu dürfen. Kuf führte das auf die Tatsache zurück, dass die Kommunisten hier sehr weit von ihrer Heimatwelt entfernt waren, und wenn man an die Kosten dachte, die solch eine Reise verursachte …

Die Gebühren, die für die Benutzung des Gates erhoben wurden, richteten sich nach der Länge der Reise. Die Heimatwelt der Kommunisten war vierzig Lichtjahre entfernt, das war zweimal so viel wie das übliche zugestandene Reisemaximum – sie konnten es sich also nicht leisten, etwas Wichtiges zu verpassen. Auf jeden Fall schienen sie alle den Vortrag wirklich interessiert zu verfolgen. Eine von ihnen, deren lichtes, sehr helles Haar sie als Terranerin sehr fortgeschrittenen Alters auswies, machte sogar eifrig Notizen. Kuf erkannte verwundert, dass es sich bei ihr um Botschafterin Kirlov höchstpersönlich handelte.

Im ganzen Raum war es plötzlich still, und nun schienen wirklich alle konzentriert zuzuhören.

Kufs Aufmerksamkeit richtete sich jetzt wieder auf Clio. Sie präsentierte gerade das spektakuläre Ergebnis.

»Der Kern der Sache ist also folgender: Die Fehlenden Neunzig, also die neunzig Prozent des im All befindlichen genetischen Materials, das nicht durch die üblichen Transportmechanismen wie zum Beispiel die Konvektion und die Sonnenwinde in den Weltraum gelangt, diese neunzig Prozent stammen von hochtechnologisierten Welten mit vielen intelligenten Lebewesen. Und wenn man die geschichtliche Entwicklung dieser Welten mit dem zurzeit durch den Raum driftenden genetischen Material vergleicht, kann man nur zu dem Ergebnis kommen, dass der Auslöser dafür in einer Nuklearkatastrophe zu suchen ist! Dabei spielt es keine Rolle, ob es sich dabei um einen Unglücksfall oder einen Krieg handelt. Die intelligenten, hoch technisierten Spezies entwickeln sich trotz der Kriege immer weiter, sie bauen raffiniertere Nuklearwaffen und setzten sie gegen andere intelligente Lebewesen ein. Millionen oder sogar Milliarden dieser Lebewesen werden getötet und durch die enorme Hitzeentwicklung werden ihre Überreste – und damit natürlich auch ihre DNS und RNS – in die äußere Atmosphäre und von den Sonnenwinden von dort aus weiter in den Raum transportiert. Planeten, auf denen Atombomben gezündet wurden, übertragen ihr genetisches Material also in besonderem Maße auf andere Welten.

Über dieses Thema könnte man ausführliche philosophische Debatten halten, aber das überlasse ich lieber den Philosophen. Ich möchte aber noch einmal deutlich hervorheben, dass der Frieden, den das Wachstum der drei terranischen Systeme anderen Welten gebracht hat, zu einer Umkehrung dieses Prozesses führen kann! In ferner Zukunft könnte es notwendig werden, gezielt genetisches Material auszustreuen, um das ökologische Gleichgewicht zu erhalten – das ist sicher weniger schädlich als der so genannte *natürliche* Prozess.«

Ihre Ausdrucksweise erschien Kuf ziemlich gestelzt, wie in einem Fachbuch oder einer hochwissenschaftlichen Abhandlung. Clios Wortwahl passte jedenfalls nicht so ganz zu einem Vortrag, der primär für Laien gedacht war. Sie hatte ihm einmal erklärt, dass dieser Stil für sie einfach »dazu gehöre« – warum das so war, hatte sie ihm aber nicht gesagt.

»Außerdem möchte ich noch auf einen weiteren Punkt hinweisen, der mir in diesem Zusammenhang wichtig zu sein scheint und eine deutliche Warnung enthält ... Wir sind alle an diesem Prozess beteiligt. Terra selbst ist der wohl wichtigste Ursprungsort für genetisches Material, und wenn meine Berechnungen stimmen, werden die durch den Nuklearkrieg ausgelösten ›Saatkörner‹ bald auf anderen Welten niedergehen. Dort werden sie sich ausbreiten und zum natürlichen Bestandteil dieser Ökosysteme werden.

Genauso wie es vor Billionen von Jahren auf Terra geschehen ist. Wer weiß schon, ob damit aber nicht auch zugleich die Tendenz zur Atomwaffenentwicklung übertragen wird? Vielleicht sollten Sie alle mal über Folgendes nachdenken: Während der ersten Jahrtausende unserer eigenen Geschichte mussten wir die Grenzen zum Weltall überwinden, ehe wir uns selbst zerstörten. Wir mussten unsere kreativen Kräfte gegen die destruktiven einsetzen. Bis jetzt haben wir das geschafft. Während des nächsten Jahrtausends sollte unser – und damit meine ich alle Spezies und nicht nur die Terraner –, sollte unser vorrangiges Ziel sein, diesen Prozess zu beenden, bevor wir uns alle am Ende immer wieder selbst vernichten.

Und wenn das nicht unsere Aufgabe ist – dann frage ich Sie: Was sonst?« Sie machte eine bedeutungsvolle Pause, und es schien fast, als würde sie jeden einzelnen im Raum ansehen. Kuf befürchtete schon, dass die Zuhörer ihre Worte feindselig aufgenommen hatten, doch da brach schon tosender Applaus los.

»Ich danke Ihnen«, sagte Clio höflich.

Es bildete sich eine lange Reihe von Lebewesen, die ihr alle gratulieren wollten. Das war eine der terranischen Eigenschaften, die Kuf sehr schätzte – ihre Fähigkeit, andere zu begeistern. Aus diesem Grund war auch Vwat so gut mit ihnen ausgekommen, und natürlich auch, weil er von ihrem Schachspiel so fasziniert war.

Kuf hatte sich auch in die lange Schlange der Gratulanten eingereiht, als ihn jemand von hinten ansprach. Er drehte sich um und sah General Toth-Ftari hinter sich stehen.

»Der Erzbischof lässt ausrichten, dass die Privataudienz aufgrund einer dringenden …«

»Der Zeitplan musste nur ein wenig geändert werden«, sagte Bruder Raul, der sich nun zu ihnen gesellte. »Es tut mir Leid, wenn ich dich unterbrochen habe, Iggy, aber eine

Minute nachdem er darum bat, beim Erzbischof vorgelassen zu werden, schickte er mich los, um weitere Informationen einzuholen.«

»Dui yfand duwari!«

»Völlig richtig. Was der General gerade sagte, bedeutet grob übersetzt so viel wie ›provisorische Pläne zu machen ist absolut überflüssig‹. Wir mussten die Audienz nur etwas verschieben, weil die kommunistische Delegation außerordentlich eilige Dinge mit dem Erzbischof besprechen wollte. Aber jetzt haben die Kommunisten darum gebeten, dass auch Clio Yeremenko und Sie bei diesem Gespräch anwesend sind, weil Sie mit dem Thema vertraut sind. Der Erzbischof hat sich damit einverstanden erklärt.«

Die Warteschlange, die sich vor Clio gebildet hatte, löste sich plötzlich auf. Anscheinend hatte jemand Clio von dem plötzlich vorverlegten Termin unterrichtet, und nun kam sie zu ihnen herüber. Sie drängte sich durch die Menge und murmelte die ganze Zeit Entschuldigungen vor sich hin.

»Wenn wir durch diese Tür gehen, steht uns gleich ein Wagen zur Verfügung«, sagte Toth-Ftari. »Wenn Sie sonst nichts mehr zu erledigen haben …«

»Nein, eigentlich nicht«, meinte Kuf leicht verwirrt. Er setzte sich hinter Toth-Ftari und Raul in den Wagen – die Rücksitze hatte man für ihn umgeklappt –, und die Simulation eines Strandes glitt an ihnen vorbei. Jetzt erst verstand Kuf, dass der General, der sich offensichtlich nicht mit seiner Physiologie auskannte, vorhin von ihm hatte wissen wollen, ob Kuf sich vor der Fahrt noch einmal erleichtern müsse.

Der Wagen schwenkte in einen unauffälligen, grauen Korridor ein und fuhr an unzähligen, gleich aussehenden Türen vorbei. Nach ungefähr einem Kilometer verlangsamte er das Tempo, drehte sich zur Wand und setzte dann auf dem Boden auf. Die Wagentüren glitten beiseite, und sie stiegen aus.

Raul drückte mit der Hand gegen das rote Dreieck an der Korridorwand, aber die Tür öffnete sich nicht. Stattdessen leuchtete ein winziges gelbes Lämpchen auf.

»Oberste Sicherheitsstufe«, erklärte Raul. »Wir müssen uns alle einzeln identifizieren.«

Toth-Ftari hüpfte vorwärts, faltete eins seiner riesigen Ohren auf und presste es gegen die Anzeigentafel. »Das ist nicht gerade sehr würdevoll«, meinte er. »Aber ihr solltet mal sehen, was die Cadger machen müssen.«

Das gelbe Lämpchen leuchtete noch immer.

Kuf trat vor und drückte seinen Schnabel auf das Dreieck; ein weiteres gelbes Lämpchen leuchtete auf. Er hoffte, die Maschine wusste auch wirklich, wie viele Personen vor der Tür standen.

Die Tür glitt auf, und sie traten ein. Clio war schon vor ihnen eingetroffen und saß mit Erzbischof Uterra an einem Tisch. Sie blickte zu ihnen auf, als sie eintraten.

»Na, jetzt scheinen wir ja alle versammelt zu sein«, sagte der Erzbischof. »Die kommunistische Delegation wird bald hier sein. Aber ich dachte mir, wir unterhalten uns erst einmal alleine.

»Ich habe Sie hergebeten, weil Sie die einzige kompetente Gruppe sind, die ich in der kurzen Zeit zusammenbekommen konnte. Raul ist mein Berater und engster Mitarbeiter, General Toth-Ftari ist Kommandant des Heeres hier im Arimatheasystem und der kommandierende Offizier der Templer in dieser Diözese. Ja, auch militärische Fragen werden gleich von Bedeutung sein. Raul, du musst versuchen dein Pokergesicht aufzusetzen! Dr. Yeremenko ist hier, weil die Ideen, die sie heute Morgen vorgetragen hat, wahrscheinlich Einfluss auf das Thema haben, das wir gleich besprechen wollen. Außerdem ist sie auf einer kommunistischen Welt geboren und aufgewachsen, sie kann uns also einige Dinge genauer erläutern. Bischof Kuf habe ich vor allem hierher gebeten, weil er von einer Welt kommt, die nicht zum terranischen System gehört. Außerdem ist er bestens mit Dr. Yeremenkos Arbeit vertraut. Ich hätte gerne auch noch Pater R'hpn hiergehabt, aber er hält sich zurzeit 300 Lichtjahre entfernt auf *Icebucket* auf.

Der Erzbischof lehnte sich im Stuhl zurück. »Wenn Sie alle wissen, worum es eigentlich geht, werden Sie sicher verstehen, dass von unserem Gespräch nicht ein einziges Wort nach außen dringen darf! Ich betone das nur noch einmal, um auch wirklich ganz sicher zu sein, dass das nicht passiert.

Also kommen wir nun zum Kern der Sache: Vor 80 Jahren ist in unserem Heimatsystem ein Krieg ausgebrochen. Alle drei Untersysteme sind darin involviert und bekämpfen sich gegenseitig.«

Es herrschte absolute Stille. Kuf fragte sich, ob Toth-Ftari auch gerade das Gleiche dachte wie er – *Terraner, das ist verdammt noch mal nicht unser Krieg, von dem du da redest!*

»Aber wie …« Clio schien kaum atmen zu können. »Wie konnte es bloß dazu kommen?«

Der Erzbischof machte eine hilflose Geste. »Wir wissen auch nur das, was wir über Maserrichtfunk hereinbekommen haben, und die Strecke vom Vatikan nach Alpha Centauri und dann nach Arimathea beträgt runde achtzig Lichtjahre! Alle Beteiligten haben eine Nachrichtensperre verhängt, weil sie befürchten, dass sonst ihre Strategien vorzeitig bekannt werden könnten.«

Toth-Ftari machte wieder dieses blubbernde Geräusch, von dem Kuf dachte, es müsste so eine Art Lachen sein. »Welche Strategie denn? Fünfhundert Jahre Realzeit an Computersimulationen, fünfundzwanzig Billionen simulierte Kriege – und alles, was sie herausgefunden haben, ist, dass der Angreifer immer gewinnt!« Er blubberte leise vor sich hin. »Gewinnt, wahrlich! Der Angreifer vernichtet die Siedlungen und zerstört die Ökologie des ganzen Planeten.«

»Aber was ist, wenn … Versuchen Sie denn gar nicht, das Gebiet zu erobern?«

Der General schüttelte den Kopf und blubberte wieder vor sich hin. »Kein Sternensystem kann eine so große Streitmacht aufstellen, wie sie erforderlich wäre, um ein anderes System zu okkupieren … aber man kann einfach genügend Atombomben und anderen Kram hinüberschicken, um den Gegner vollständig auszulöschen. Aber während die Angreifer andere Planeten vernichten, erleiden sie selbst schwerste Verluste …«

Der Erzbischof starrte ihn an. »Aber kann man denn gar nichts tun? Kannst du nicht versuchen …«

»Ein unbemanntes Gate kann mehr als eine Billion Sprengwaffen transportieren, jede mit einer Sprengkraft von einer Gigatonne. Sie kommen mit Lichtgeschwindigkeit hier an – sie haben absolut keinen Grund, die Reisegeschwindigkeit des Gates zu verlangsamen. Wenn man eins auf dem Radar entdeckt, explodieren die Bomben schon, bevor man das Signal identifizieren kann! Sie kommen dann von allen Seiten. Man hat gar keine Chance, ihnen zu entkommen. Alles, was man tun kann, ist, dem Angreifer auch so eine Ladung zu schicken und ihn zu töten. Das ist keine Aufgabe für einen General. Höchstens für einen Schlächter oder Totengräber.«

Es war eine ganze Weile still. Schließlich fragte Clio: »Aber warum hat man diesen Krieg bloß angefangen?«

Der Erzbischof zuckte die Achseln. »Die offizielle Begründung überzeugt mich nicht. Aber ich konnte so einiges zwischen den Zeilen lesen. Anscheinend sind die Siedler auf Terra in einen Streit geraten, und zwar über die Frage, zu welchem Kontinent ein paar kleine Inselgruppen gehören sollen. Das hat die ganzen alten Probleme wieder aufgeworfen, die wir schon aus der Geschichte kennen – Streichung von Krediten, Wirtschaftsboykotte, Androhungen sonstiger Sanktionen, Drohgebärden und so weiter. Dann sprechen plötzlich die Waffen, und der Krieg breitet sich an den Grenzen aller drei Systeme aus. Oder besser gesagt, breitete sich vor achtzig Jahren aus. Einige Atombomben wurden in der Biosphäre gezündet … und das hat alle Friedensbemühungen überflüssig gemacht.«

Keiner sprach ein Wort, jeder war mit seinen eigenen Gedanken beschäftigt. Kuf versuchte sich vorzustellen, was die Terraner jetzt fühlen mussten … er konnte sich gut vorstellen, was in ihm vorginge, wenn die Greifer versucht hätten, Randall für sich alleine zu beanspruchen. Doch das terranische Heimatsystem war so weit entfernt, Generationen weit entfernt, wenn man nur mit Lichtgeschwindigkeit reisen kann …

Wahrscheinlich war es mit der Heimat eher so wie bei einer Flagge oder einem Ehrenwort – man fühlte sich daran gebunden, ohne dass es einen wirklich realen Grund dafür gab.

Schrecklich war es allemal.

Schließlich seufzte der Erzbischof und ergriff wieder das Wort.

»So schlimm wie sich das alles auch anhört, ein wenig Hoffnung gibt es immer! Die nächstgelegenen Bereiche der Liga Kommunistischer Planeten sind über Richtstrahlrelais direkt mit uns verbunden. Deshalb haben sie auch sofort ihre Delegation zu uns entsandt. Sie wollen uns einen Vorschlag machen. Ich möchte, dass Sie ihnen aufmerksam zuhören und mir dann sagen, was Sie davon halten. Sie können ihnen alle Fragen stellen, die Ihnen notwendig erscheinen.«

»Sie sind gleich hier erschienen, nachdem Sie die Nachricht vom Krieg im Heimatsystem erhielten?«, fragte Toth-Ftari.

»Nein, es lagen ein paar Wochen dazwischen. Ich kann

mir nicht vorstellen, dass es sich nur um ein Gerücht handelt, das sie für ihre Zwecke nutzen wollen. Ich wüsste nicht, warum sie so etwas tun sollten.« Der Erzbischof wirkte sehr distanziert.

»Und was für einen Vorschlag wollen uns die Kommunisten machen?«, fragte Raul und beugte sich vor.

»Ich weiß nur, dass es sich um eine Art Friedensabkommen handelt. So nannten sie es jedenfalls. Aber sie werden es uns gleich bestimmt näher erklären.«

Einen kurzen Augenblick war es still, dann trat die kommunistische Delegation ein. Kuf war zunächst ein wenig irritiert, dann kam ihm der Gedanke, dass die Delegation wahrscheinlich direkt im Raum nebenan auf ein Zeichen des Erzbischofs gewartet hatte. Vielleicht hatten sie auch mit angehört, was sie besprochen hatten – als vertrauensbildende Maßnahme sozusagen. Damit sie wussten, dass er keine Informationen vor ihnen zurückhielt.

»Willkommen meine Freunde«, sagte Uterra in formellem Ton. »Darf ich Ihnen meine Besucher vorstellen: Bruder Raul Trati, General Yhg wlaa Toth-Ftari, Bischof Kuf von Randall und Doktor Clio Yeremenko. Und auf der Seite der kommunistischen Delegation: Botschafterin Patience Kirlov.«

Er zeigte auf eine schlanke, dunkelhäutige Frau mit grauen Haaren, die lange Hosen und darüber eine Jacke trug und sich nun höflich verbeugte.

»Hier der Stellvertreter der Botschafterin, Ajax Madison.« Er war ein kleiner Mann mit schütterem Haar. »Militärberater Oberst Dana du Cange« war ein kleiner, kräftig gebauter Terraner, und Kuf war sich nicht sicher, ob es sich bei ihm um einen Mann oder eine Frau handelte. Dagegen war die »Spezialistin für technische Angelegenheiten, Doktor Emily Minh« mit Gewissheit eine Frau, obwohl sie noch größer war als Botschafterin Kirlov.

Wenn Kuf die Titel richtig verstanden hatte, war Kirlov (oder musste man sie mit Patience ansprechen? Er entschied, abzuwarten, was die Terraner machen würden) die Verantwortliche, Madison ein kriecherischer General, du Cange ein kriecherischer Militär und Minh ein hochgebildeter Lakai. Er rief sich noch einmal die Bedeutung des Wortes »kriecherisch« ins Gedächtnis – es half ihm doch sehr, das mitunter rätselhafte Verhalten der Terraner zu verstehen.

Alle verbeugten sich höflich und setzten sich an den Konferenztisch. Zu Beginn der Sitzung erklärte Erzbischof Uterra, dass alle Anwesenden mit der Situation vertraut waren, was Botschafterin Kirlov enthusiastisch bestätigte. Dann herrschte erwartungsvolle Stille, bis die Botschafterin das Wort übernahm.

»Ich möchte Ihnen ein Angebot unterbreiten, das so heikel ist, dass es sämtliche Bündnisse des kommunistischen Systems zerstören könnte. Lassen Sie mich vorausschicken, dass diese Bündnisse zwischen einer Gruppe unabhängiger Planeten bestehen, die etwa zwanzig Lichtjahre voneinander entfernt sind und eine kaum zu überschauende Verwaltungseinheit bilden. Ich vermute einmal, dass man dieses System mit Ihren Diözesen vergleichen kann. Es besteht aus vierzehn besiedelten Planeten und ungefähr dreißig außerplanetaren Kolonien, ist also wesentlich kleiner als die Diözese Arimathea.

Um auf den Hauptpunkt zurückzukommen: Die Entfernung zwischen diesen Welten ist deutlich geringer als zu unserem Heimatsystem, das möchte ich deutlich betonen!

Unser Angebot sieht folgendermaßen aus – wir lassen die Leute im Heimatsystem kämpfen, wenn sie unbedingt wollen, und halten uns völlig raus. Wir versprechen, Sie nicht anzugreifen, wenn Sie uns im Gegenzug versprechen, uns nicht anzugreifen.«

»Wir brauchen natürlich Sicherheiten, dass es sich nicht um eine Taktik Ihrerseits handelt«, stellte Toth-Ftari fest.

Nun übernahm Madison das Wort, der Stellvertreter der Botschafterin. »Bitte vergessen Sie nicht, dass wir nicht wissen konnten, ob Sie die Nachricht vom Krieg schon erreicht hatte. Anstatt eine Verhandlungsdelegation zu schicken, hätten wir auch einfach angreifen können, womit Sie absolut nicht gerechnet hätten! Wir haben also bewusst auf den Vorteil des Überraschungsmomentes verzichtet – stattdessen sind wir persönlich hier erschienen. Sie brauchen also keinen Angriff zu befürchten!«

»Es sei denn, Sie wollten uns nur in Sicherheit wiegen, während Sie insgeheim einen Großangriff vorbereiten«, erwiderte der General stur. »Ich würde ja gerne glauben, dass Sie die Wahrheit sagen, aber ich habe mit Ihrer Seite schon so viele schlechte Erfahrungen gemacht …«

»Das verstehen wir natürlich.« Der Terraner zeigte seine Zähne, eine freundlich gemeinte Geste, obwohl sie für Kuf ganz anders wirkte. »Oberst du Cange hat mir gegenüber schon Befürchtungen geäußert, eine der uns nahe gelegenen Welten könne einen Angriff vorbereiten, während wir uns hier friedlich unterhalten.«

»Das halte ich für sehr unwahrscheinlich!«

»Genau meine Meinung! Vielleicht wollen wir Sie wirklich austricksen – aber hätten wir das nicht einfacher haben können?«

Toth-Ftari nickte bedächtig. Kuf dachte einen Augenblick darüber nach, aber mit schlichter Logik kam man hier anscheinend nicht weiter. Wenn das Angebot der kommunistischen Seite nur eine List war, hatten sie sich garantiert schon gut auf einen Angriff vorbereitet. Wenn nicht, mussten sie jederzeit selbst mit einem Angriff rechnen. Und wenn der Erzbischof nicht auf ihren Vorschlag eingehen wollte, könnte er kurzfristig ein Gate voller Bomben ins kommunistische System schicken. Und das, ohne dass die Delegation Zeit fände, ihr Heimatsystem zu warnen …

Raul erkundigte sich, ob die Delegation dieses Angebot schon den anderen Bündnissen und Diözesen gemacht habe. »Oder vielleicht sogar den Kalifaten?«

Dr. Minh antwortete: »Natürlich haben wir das! Aber als wir unser System verließen, hatten wir noch keine Antwort von ihnen erhalten. Wir hoffen jedoch, die Ausbreitung des Krieges unterbinden zu können und versuchen, ihn möglichst auf das zentrale System zu begrenzen! Wir haben dieses Angebot per Funk überallhin geschickt – wer sich uns anschließen will, ist herzlich willkommen. Wenn Sie sich dafür entscheiden, auf unser Angebot einzugehen, werden wir Ihnen selbstverständlich auch die entsprechenden Kommunikationscodes zugängig machen. Dann können Sie sich selbst davon überzeugen, wer unser Angebot bekommen hat, und jederzeit Verbindung mit ihnen aufnehmen. Wir hoffen, dass sich die Systeme, die bisher nicht von den Kriegshandlungen betroffen sind, zumindest neutral verhalten.«

Sie rollte eine Karte aus, Raul und Toth-Ftari beugten sich darüber und einen Augenblick später auch Clio und der Erzbischof. Die meisten der Symbole sagten Kuf nichts, also interessierte er sich auch nicht weiter dafür.

»Das Ergebnis sehen Sie hier. Wenn wir wenigstens die Hälfte der hier eingezeichneten Gruppen auf unsere Seite bringen können, wird sich der Krieg zwar vielleicht über Jahrhunderte hinziehen, aber das Gros der Zerstörung beschränkt sich dann auf das zentrale System. Die Situation sähe natürlich besser aus, wenn sich alle neutral verhielten, aber davon können wir leider nicht ausgehen! Beschäftigen Sie sich ruhig eine Weile mit der Karte und überprüfen Sie unsere Berechnungen. Nach achtunddreißigjähriger Reise in einem Gate sind die Daten vielleicht schon veraltet, oder vielleicht sind wir auch von ganz falschen Grunddaten ausgegangen, so weit es die Christliche Union betrifft.«

Uterra nahm die Karte, rollte sie wieder zusammen und reichte sie an Raul weiter. »Ich erwarte so schnell wie möglich einen vollständigen Bericht. Ich danke Ihrer Delegation und ganz besonders Ihnen, Botschafterin, für dieses interessante Angebot. Der Himmel weiß, dass so etwas leider viel zu selten geschieht! Dr. Yeremenko, möchten Sie vielleicht noch einen Kommentar abgeben? Besteht ein Zusammenhang zwischen Ihrer Theorie und diesen Vorkommnissen?«

Clio zuckte die Achseln. »Nicht dass ich wüsste. Natürlich wird durch diesen Krieg eine Menge DNS verbreitet, aber das ist ein Phänomen, das uns längst bekannt ist. Bei diesen Entfernungen können wir die Situation nicht schnell genug beeinflussen, um Änderungen zu bewirken.«

Ajax Madison lehnte sich in seinem Stuhl zurück und faltete die Hände als würde er beten. »Darf ich eine Frage stellen?«

Niemand gab eine Antwort. Er wandte sich direkt an Clio: »Haben Ihre Forschungsergebnisse nicht belegt, dass ... ähem, die Neigung zur vollständigen Zerstörung unserer Planeten in unserem Erbmaterial verankert ist? Dass wir alle das Produkt von Dutzendenden von Atomkriegen sind?«

Es entstand eine lange Pause. Schließlich sagte Clio: »So kann man es natürlich auch sehen.«

Madison bohrte weiter: »Also kann man sagen, dass Intelligenz immer mit ... mit Zerstörung verbunden ist?«

»Möglicherweise.« Die Terraner sahen sich unvermittelt an. Kuf spürte das Unbehagen der Anwesenden, und die Stille kam ihm regelrecht unheimlich vor.

Dann fiel ihm etwas ein. »Macht das überhaupt einen Unterschied?«

Alle starrten ihn an, und erst jetzt bemerkte er, dass die anderen schon fast vergessen hatten, dass er sich auch noch im Raum befand. Der Erzbischof entblößte seine Zähne. »Ich glaube, ich weiß, was Sie meinen, Kuf. Aber vielleicht sollten Sie es uns dennoch erklären!«

Kuf atmete tief durch. »Bei meiner Spezies ist es so, dass die Jungen, direkt nachdem sie aus dem Ei geschlüpft sind, ihre Geschwister auffressen. Ich habe es damals nicht anders gemacht. Aber Mordfälle sind bei uns ausgesprochen selten, und bei den Erwachsenen käme niemand auf die Idee, zum Kannibalen zu werden! Clio hat mit erzählt, dass sich bei den meisten intelligenten Lebewesen eine breite Palette von Instinkten ausbildet, die aber nicht bei allen Spezies gleich ist. Selbst innerhalb einer Art können sie sehr unterschiedlich ausgeprägt sein. Wenn wir also alle diese Erbinformation in uns tragen, die uns zwingt, unseren Planeten zu zerstören, dann besteht trotzdem die Möglichkeit, dass wir es nicht tun.«

»Anders formuliert: der Herr Stellvertreter wird doch auch nicht jede Frau vergewaltigen, die er attraktiv findet!«, bemerkte Raul.

Die Botschafterin lachte. »Treffer. So gesehen haben wir keinen Grund, alle Hoffnung fahren zu lassen!«

»Dem stimme ich zu«, meinte Uterra. »Aber wenn sonst im Augenblick nichts zu besprechen ist, sollten wir uns alle ein wenig ausruhen und noch einmal über unser Gespräch nachdenken. Ich erwarte von Ihnen allen einen schriftlichen Kommentar«, fügte er noch hinzu und sah die Anwesenden der Reihe nach an.

»Botschafterin, wäre es möglich, dass wir uns in 48 Stunden noch einmal hier treffen? Ich würde Ihnen dann gerne noch einige Fragen stellen.«

»Das erscheint uns durchaus akzeptabel«, sagte Kirlov.

Unter vielen Verbeugungen, Händeschütteln und anderen Nettigkeiten löste sich die Versammlung auf.

»Kuf.« Der Erzbischof stand neben ihm. »Wenn Sie noch

einen Augenblick Zeit hätten... Ich würde gerne noch etwas Privates mit Ihnen besprechen.«

»Aber sicher«, erwiderte Kuf. Er hatte verstanden, dass der Erzbischof ihm einen Befehl erteilt hatte, auch wenn er ausgesprochen freundlich vorgetragen worden war.

Der Erzbischof machte mit der Hand eine eigenartige Geste. Toth-Ftari und Raul nickten. Raul hakte sich bei Clio ein und begleitete sie hinaus, nachdem die kommunistische Delegation den Raum schon verlassen hatte.

Toth-Ftari blickte sich noch einmal um; anscheinend war er zufrieden. Er nickte noch einmal und verließ ebenfalls den Raum. Hinter ihm glitt die Tür leise zu.

Uterra drehte seinen Stuhl so, dass er Kuf direkt direkt ins Gesicht sehen konnte. Kuf saß wie ein Hund auf dem Boden, und sein Kopf war mit dem des Erzbischofs auf einer Höhe. Schon früher hatte Kuf bemerkt, dass die Terraner in gewissen Situationen Wert darauf legten, ihrem Gesprächspartner direkt in die Augen blicken zu können.

»Kuf, ich hoffe, Sie haben sich in unserer Versammlung eben nicht übergangen gefühlt«, sagte er. »Eigentlich hatte ich Ihrer Angelegenheit oberste Priorität eingeräumt, aber angesichts der gegenwärtigen Situation ... Dieses Angebot kam für mich wirklich überraschend!«

»Das ist doch verständlich«, erwiderte Kuf.

Eine Weile sprach keiner von beiden ein Wort. Dann sagte Uterra: »Nun zu meiner privaten Frage: Sind Sie über Bruder Hauskylds Absichten informiert?«

»Er sagte mir, er werde auf jeden Fall bei der Wahrheit bleiben«, antwortete Kuf. »Aber ich habe seinen Bericht natürlich nicht gelesen.«

»Ich bin überzeugt, dass er die Wahrheit gesagt hat! Aber jetzt stellt sich für mich die Frage, wie ich mich hier verhalten soll.« Er machte eine lange Pause. »Meiner Ansicht nach ist auch die Kirche von diesem ... äh ... Problem betroffen.«

»Sklaverei«, sagte Kuf.

»Ja.« Der Erzbischof wandte den Blick von ihm ab und starrte die Wand an. »Ich finde diese Situation wirklich ziemlich unschön. Kennen Sie sich so weit mit der christlichen Geschichte aus, dass Sie sich den Grund für mein Unbehagen vorstellen können?«

»Ich habe die Akten gelesen«, sagte Kuf. Er dachte daran, was Toth-Ftari ihm verraten hatte, an die Beobachtungen, die er gemacht hatte. »Ich weiß, dass es diese Probleme, wie Sie sie nennen, überall gibt. Aber ich glaube nicht, dass Sie sich deshalb Sorgen machen.«

Der Erzbischof drehte den Kopf und sah ihn verwundert an. »Tatsächlich?«

»Ich glaube, Sie fühlen sich einfach in Gegenwart von Nicht-Terranern unwohl! Besonders wenn ihr Aussehen stark von dem Ihren abweicht. Ich habe den Eindruck, dass Sie die ganze Zeit versuchen, sich diese Gefühle nicht anmerken zu lassen.«

Der Erzbischof blickte auf seine gefalteten Hände. Er schien einen inneren Kampf auszufechten. Schließlich sagte er: »Ich muss zugeben, dass Sie Recht haben. Ich habe versucht, es nicht so deutlich zu zeigen. Aber anscheinend konnte ich es nicht gut genug verbergen. Ich bitte dafür um Entschuldigung. Ich fühle mich tatsächlich in Gegenwart von Nicht-Terranern außerordentlich unwohl. Ich würde beispielsweise die Gesellschaft des randallanischen Botschafters der Ihren vorziehen, obwohl er mir eigentlich recht unsympathisch ist. Zum Teil liegt es auch an gewissen Verhaltensweisen, wie dem angeborenen Kannibalismus, von dem Sie eben selbst gesprochen haben. Das wirkt auf viele von uns abstoßend, besonders wenn man dann noch die Details mit in Betracht zieht, von denen Hauskyld mir berichtet hat. Man kann es natürlich damit entschuldigen, dass es ein Teil des natürlichen Ausleseprozesses Ihrer

Spezies ist, doch bleibt es trotzdem eine schreckliche Gräueltat …

Aber das ist eigentlich nicht der Hauptgrund für meine Vorbehalte. Lassen Sie mich offen und ehrlich erklären, welche Bedeutung Randall für uns hat. Wie Sie wissen, nennen wir Ihre Sonne Menkent.«

»Ja.«

»Der Name kommt aus dem Arabischen. Die Araber sind ein terranisches Volk, dem wir eine Menge an Wissen verdanken, besonders im Hinblick auf die Navigation. Viele Sterne sind von ihnen entdeckt worden und wurden entsprechend von ihnen benannt. Im Sternenhimmel von Terra ist Menkent einer der am hellsten leuchtenden Sterne. Aber in der Umgebung von Menkent …«

Kuf nickte. »Auf Randall können selbst die Terraner in klaren Nächten die Sonne ihres Heimatsystems am Himmel sehen. Ich weiß das, weil Hauskyld mir davon erzählt hat. Menkent ist, so wie er sich ausdrückt, der Grenzstein des sichtbaren Weltalls.«

»Genau. Menkent ist der von Terra am weitesten entfernte Stern, der von der Erde noch sichtbar ist und zugleich von einem bewohnten Planeten umkreist wird.«

Der Erzbischof verschränkte die Hände ineinander. »Ich habe versprochen, offen und ehrlich zu sein. Also hören Sie gut zu. In den ersten, wirklich schrecklichen Jahren, nachdem die Atombomben Terra verwüstet hatten und nur eine kleine Gruppe von uns im Weltall überlebte, dachten wir oft darüber nach, was uns auf anderen Planeten erwarten würde. Und als uns das Runeberg-Gate die Möglichkeit eröffnete, das All weiter zu erforschen, konnten wir es gar nicht erwarten, die Wirklichkeit fremder Planeten zu erleben. Wir hatten ein Friedensabkommen zwischen drei Systemen verabschiedet, den Großen Teilungsvertrag. Aber das hat uns ein Jahrhundert voller Kämpfe und Blutvergießen gekostet. Wir hatten ständig Angst, auf eine andere Spezies zu treffen, die so ist wie wir. ›Die äquivalente Kultur‹, so haben wir sie genannt. Wir haben einige Welten okkupiert, auf denen es intelligente Lebewesen gab. Wir konnten keine vernünftigen Beziehungen zu ihnen aufbauen, sie haben uns in nicht enden wollende Kriege verwickelt. Es blieb uns schließlich nichts anderes übrig, als sie vollständig zu vernichten. Doch vorher haben wir alle fünfzig Standardjahre eine Delegation zu ihnen geschickt, um nachzuforschen, ob sie sich nicht doch ergeben wollten. In all diesen Fällen handelte es sich um Kulturen – wie die Ihre auf Randall –, die uns schon mehr oder minder akzeptiert hatten, schon allein weil ihnen gar keine andere Wahl blieb. Eine äquivalente Kultur jedoch …«

»… wäre vielleicht in der Lage, das Gleiche mit den Terranern zu machen!«, beendete Kuf den Satz des Erzbischofs. »Also habt ihr große Angst davor, mit ihnen zusammenzutreffen.«

»Genau.« Der Erzbischof nickte.

»Und …« Kuf verstand plötzlich, worauf Uterra hinauswollte. »Wenn diese Kultur auch so wie ihr das All erforscht, werden sie sich früher oder später auch an Menkent orientieren. Und dann ist es sehr wahrscheinlich, dass sie auch auf Randall landet.«

Der Erzbischof freute sich, dass Kuf begriffen hatte, was ihn beschäftigte. »Völlig richtig. Natürlich können wir auf Randall keine brutale, zerstörerische Kultur dulden. Der erste Kontakt ist immer schwierig, wir zeigen uns dann immer von unserer besten Seite. Ich möchte natürlich auch in meiner Funktion als Erzbischof bei allen in guter Erinnerung bleiben, aber im Interesse der Kirche müssen wir auch mal hart durchgreifen. Wir werden jede Form von Sklaverei auf Randall verbieten, und wenn sich irgendwelche Machthaber dagegen wehren sollten, werden sie die

Macht von Arimathea zu spüren bekommen! Wir erlassen spezielle Gesetze, die die Benachteiligung von Greifen und Handschlangen untersagen. Die Handschlangen sind für uns wirklich wichtig, weil sie die Geschichte Randalls bewahren.«

Er seufzte. »Wenn Sie zwanzig Tage früher hier erschienen wären, hätte ich einige Bataillone Tempelritter nach Randall geschickt, um ganz sicherzugehen. Doch angesichts des Krieges ...«

»Das verstehe ich«, sagte Kuf. Er zögerte einen Augenblick. »Ich habe noch eine Frage, die Sie vielleicht beantworten können. Eine Frage, die sich an Sie als meinen Dienstherren richtet ...«

»Natürlich, fragen Sie. Wenn ich kann, werde ich Ihnen gerne helfen.«

»Warum ausgerechnet Randall?«

Der Erzbischof neigte den Kopf zur Seite, als hätte er ein weit entferntes Geräusch gehört. Kuf brauchte einen Moment, um zu verstehen, dass der Terraner nachdachte.

»Genauso könnten Sie fragen, wieso Terra oder eine andere Welt. Jede Spezies betrachtet sich selbst als die Krone der Schöpfung ... und die Raumfahrt existiert ja noch nicht allzu lange in dieser Form. Sehen Sie, wir Terraner erforschen jetzt gerade einmal seit ungefähr tausend Jahren das All. Und diejenigen unter uns, die durchs All reisen, haben wegen der Relativität einen großen Teil dieser Zeitspanne tatsächlich miterlebt.

Nehmen wir Hauskyld, zum Beispiel, er hat fünfhundert Jahre der Geschichte erlebt. Jede Spezies fragt sich also: Warum wir? Warum sollen ausgerechnet wir diese Rolle in der Geschichte spielen? Was immer auch geschieht, es ist niemals für alle Beteiligten fair.«

Kuf glaubte, der Erzbischof habe seine Frage nicht richtig verstanden. »Ich denke, es gab in unserer Nähe zwei große

Naturkatastrophen. Wir haben deshalb einen größeren Anteil am genetischen Regen abbekommen als die anderen Welten. Und vergessen Sie nicht, dass unser Planet um eine Sonne kreist, die so auffällig ist, dass jede raumfahrende Zivilisation sie eines Tages besuchen würde. Es ist kein Wunder, dass Clio bei uns die Überreste von drei untergegangenen Zivilisationen gefunden hat. Eine davon war so alt, dass die einzigen Hinweise auf sie auf einem unserer Monde gefunden wurden. Ich wüsste gerne, warum wir von der Natur so bevorzugt wurden.«

Der Erzbischof entblößte wieder die Zähne. »Ich wünschte, ich könnte Ihnen diese Frage beantworten.«

Kuf nickte. »Ich dachte mir schon, dass es Ihnen da nicht anders geht als mir.«

Der Erzbischof lachte, doch klang es eher traurig als amüsiert. »Ach, wissen Sie – ich glaube, es musste einfach irgendeine Welt treffen. Und auf die Frage, wohin das alles führen soll, kann ich nur antworten: ›Tut, was immer ihr könnt, und überlasst Gott alles andere‹.«

Er stand auf und reckte sich. »Es freut mich, dass wir uns mal so privat unterhalten konnten. Unglücklicherweise habe ich gleich schon wieder den nächsten Termin – aber das wird bestimmt nicht so ein nettes Gespräch. Ich erwarte den Botschafter von Randall ... äh ...«

»Phrath'chra.«

»Ja, so heißt er wohl. Seine Sicht der Dinge will mir gar nicht gefallen, und ich werde versuchen, ihn in unserem Sinne zu beeinflussen. Besonders in Anbetracht der Tatsache, dass er bald einen Bericht nach Randall schicken wird. Ich kann nicht riskieren, dass die Sklaverei dort noch länger existiert. Deshalb wollte ich auch mit ihm unter vier Augen sprechen ...«

Der Erzbischof schwieg einen Augenblick. »Aber wir können schon gleich damit beginnen, ihm zu zeigen, wie wir die

Dinge sehen. Gleich in der Praxis, sozusagen. Würden Sie mir den Gefallen tun und ihm mitteilen, dass ich jetzt bereit bin, ihn zu empfangen? Und vielleicht wählen Sie einen Ton, der nicht allzu freundlich wirkt. Sie wissen schon.«

»Aber gerne, Euer Exzellenz.« Kuf verbeugte sich und ging hinaus. Das war viel einfacher gewesen, als er gedacht hatte. Der Erzbischof mochte ja tief in seinem Herzen ein bigotter Langeweiler sein, aber sein Kopf funktionierte richtig. Und das war weitaus wichtiger. Er drückte auf den Knopf und wartete auf den Wagen.

Als er einstieg, gab er als Ziel den letzten bekannten Aufenthaltsort von Phrath'chra an, laut Display war es dessen Zimmer. Der Wagen hob ab und schoss durch den grauen Korridor, wieder vorbei an dem simulierten Strand. Kuf gratulierte sich insgeheim für seinen souveränen Umgang mit dieser komplizierten Technik. Eigentlich war es ganz lustig, so zu reisen, wenn man erst einmal wusste, was man zu tun hatte. Doch viel lieber hätte er sich auf einem Planeten mit geringerer Gravitation und höherer atmosphärischer Dichte aufgehalten, wo er auf seinen Flügeln hätte dahingleiten können …

Der Wagen wurde jetzt durch einen Treppenschacht in ein anderes Stockwerk gehoben und fuhr anschließend durch einen langen Korridor. Arimathea war eine schöne Welt, aber lange nicht so schön wie Randall – wenigstens nicht in Kufs Augen. Während auf Randall etwas mehr als die Hälfte der Oberfläche von Ozeanen bedeckt war, waren es auf Arimathea mehr als neunzig Prozent. Die Landmasse beschränkte sich auf einige schmale Streifen rund um den Äquator. Man hatte ihm gesagt, das Klima sei sehr angenehm, aber die ungewohnte Gravitation und die dünne Luft waren nichts für ihn. Kurzum, er sah keinen Grund, dem Planeten einen Besuch abzustatten. Er entschied, seinen Besuch lediglich auf die Orbitalstation zu beschränken.

Als der Wagen in den Privatgarten des Erzbischofs einbog, bemerkte Kuf, dass Phrath'chra ganz in seiner Nähe untergebracht war. Zumindest kamen ihm einige der Kreuzungen sehr bekannt vor. Dann jedoch bog der Wagen in eine andere Richtung ab und erreichte bald ein niedriges, blaues Gebäude. Dort glitt er auf eine Haltespur, sank zu Boden und öffnete selbsttätig die Türen.

Kuf stieg aus und sah neugierig zu, wie sich die Wagentüren wieder schlossen, bevor der Wagen abhob und davonbrauste. Dann drehte er sich um und suchte nach einer Tür. Er entdeckte lediglich eine Symboltafel, die durch einen pinkblühenden Busch schimmerte, und vermutete, dass dort auch die Tür zu finden sein müsse. Er trat um den Busch.

Botschafter Phrath'chra lag vor der Tür auf dem Boden, um seinen Hals war eine dünne Schnur geknüpft. Die Zunge hing ihm aus dem Mund heraus, sie war dunkel und dick angeschwollen. Kuf beschloss, ein wenig näher zu treten und sich den Randallaner etwas genauer anzusehen.

Plötzlich ertönte hinter ihm ein lauter Ruf. Kuf drehte sich um und sah einen Terraner in einem Service-Overall, der auf ihn zeigte und etwas brüllte, das Kuf nicht verstand.

»Der Botschafter ist tot«, sagte Kuf. »Wir sollten jemanden vom Sicherheitsdienst rufen.«

Der Terraner trat einige Schritte zurück, bis er eine Rufsäule erreicht hatte. Er drückte auf einen Knopf und lief dann davon. Die Säule begann zu blinken und gab grauenhafte Geräusche von sich, zweifellos ein Alarm! Kuf dämmerte, dass der Terraner wohl glaubte, er hätte etwas mit dem Mord zu tun. Sicherlich würde schon bald jemand vom Sicherheitsdienst erscheinen und mit ihm sprechen wollen.

Er blickte auf den toten Botschafter hinab und bemerkte eine dünne rote Linie, die sich um seinen Hals zog. Greifer besaßen relativ dünne Knochen, und durch die Strangulation hatte man dem Opfer offensichtlich auch das Genick gebrochen. Selbst eine Terranerin hätte die Tat ausführen können, wenn sie einigermaßen kräftig war.

Er betrachtete die Spuren auf der Erde, besonders rings um Phrath'chras Füße. Anscheinend war er von hinten überrascht worden, vielleicht von jemandem, der sich zwischen dem Busch und der dahinter liegenden Mauer versteckt hatte. Wahrscheinlich hatte der Mörder abgewartet, bis sein Opfer das Türsymbol drücken wollte, und war aus seinem Versteck geschnellt, als Phrath'chra direkt davor stand. Dann musste er nur noch die dünne Schnur um den Hals des Opfers legen und sie zuziehen ... der Tod war vermutlich im nächsten Augenblick eingetreten ...

Ein großer Wagen glitt in die Haltebucht und mehrere Sicherheitsleute sprangen heraus – männliche und weibliche Terraner, ein Freep und ein großes Lebewesen mit dunklem Fell und einem Horn auf der Stirn. Es bewegte sich auf vier Beinen wie ein terranisches Pferd und hielt am Ende seines flexiblen Schwanzes einen Schlagstock, den es wüst durch die Luft wirbelte. Offensichtlich handelte es sich bei ihm um den Kommandanten des Trupps.

»Sie sind identifiziert worden als Bischof Kuf von Randall. Ist das richtig?«, fragte es.

»Ja.«

»Wir müssen Sie leider festhalten. Es wurde gegen Sie ein Verdacht geäußert, und wir müssen Ihnen ein paar Fragen stellen. Ich bin Hauptmann Q'shnh – wenn Sie sich diesen Namen merken könnten, vermeiden wir einen wilden Papierkrieg.«

»Hauptmann Q'shnh.«

»Richtig. Wenn Sie einstweilen diese Schutzpolizisten begleiten würden? Ich möchte mir jetzt erst einmal den Tatort ansehen.«

Im Moment konnte Kuf wohl nichts anderes tun, als sich

zu fügen. Einer der Terraner wies ihn an, auf dem Rücksitz ihres Wagens Platz zu nehmen, und obwohl er sich darüber ein wenig wunderte, befolgte er die Anweisung. Als er sich hingesetzt hatte, schob sich plötzlich eine Trennwand zwischen ihn und die anderen Insassen des Wagens und rastete mit einem lauten, metallischen Klacken ein. Der Wagen hob ab und raste in ein verwirrendes Netz von gleich aussehenden, grauen Korridoren.

Kuf vermutete, dass die Terraner diese einheitlich grauen, tristen Korridore überall dort gebaut hatten, wo sie keinen Wert auf gediegene Optik legten. Nach unzähligen Kurven und Richtungsänderungen bemerkte er, dass die Schwerkraft allmählich zunahm. Jetzt ging es etwa einen Kilometer abwärts, bis sie einen schmalen Gang erreichten und durch ein Tor glitten. Der Wagen hielt direkt neben einer Mauer, in der sich wiederum eine Art Tor öffnete.

Kuf stieg aus, denn es war offensichtlich, dass man genau dies von ihm erwartete. Der Raum, den er jetzt betrat, sah nicht anders aus als sein Quartier, nur hatte er transparente Wände, an denen eine ganze Reihe von Kameras befestigt waren.

Die Tür schloss sich hinter ihm ... und er war plötzlich allein. An den Wänden gab es keine Kontrolltafeln, mit denen man die Türen betätigen konnte. Es herrschte völlige Stille.

Er legte sich auf die Matratze, um ein Nickerchen zu machen. Was sollte er auch sonst tun ...?

KAPITEL 3

Kuf wusste nicht, wie er einen Diener herbeirufen konnte, doch als er aufwachte, stand eine Platte mit Brot und Käse neben ihm. Diese Art von Nahrung traf eigentlich nicht seinen Geschmack, aber er war sehr hungrig und ärgerte sich ein wenig, weil die Portion nicht gerade üppig war. Er fragte sich, wie oft man ihm wohl etwas zu essen geben würde.

Nachdem er alles verspeist hatte, betrat er das Badezimmer, steckte einen Stopfen in die kleinere Wanne, öffnete den Kaltwasserhahn und trank gierig, bis sein Durst gelöscht war. Er steckte den Kopf ins Wasser und schüttelte sich dann. Er verrichtete sein Geschäft und reinigte sich anschließend gründlich. Jetzt, wo er gelernt hatte, mit dem Schlauch umzugehen, empfand er ihn als ungemein praktisch.

Schließlich verließ er das Badezimmer wieder und beschloss, eine Weile zu meditieren. Er zweifelte nicht daran, dass bald etwas geschehen würde.

Nachdem er einige Zeit meditiert und danach einen hypothetischen Brief an jemanden auf Randall verfasst hatte, begann er sich zu langweilen und überlegte, ob er nicht wieder ein kleines Nickerchen machen sollte. Doch dann ging die Tür auf.

Clio und Toth-Ftari traten ein.

»Hallo.« Er wusste nicht, was er sonst sagen sollte.

»Einen schönen Nachmittag wünsche ich dir«, sagte Clio. Erstaunt nahm er zur Kenntnis, dass es ihrer Aussage zufolge schon wieder Nachmittag war. Dabei wich seine innere Uhr während eines randallanischen Mondes (also in einem Zeitraum von zwölfeinhalb Tagen) nur um wenige Minuten von der tatsächlichen Uhrzeit ab! Er hätte es früher nie für möglich gehalten, dass er sich in einem Gefängnis so desorientiert fühlen könnte, aber anscheinend war dies jetzt doch der Fall. Bei anderen Spezies trug das vermutlich dazu bei, dass sie schneller ein Geständnis ablegten – immer vorausgesetzt, sie hatten etwas zu gestehen.

»Hat man Sie anständig behandelt?«, fragte der Freep. »Brauchen Sie vielleicht etwas?«

»Bis gerade hat es mir an nichts gefehlt«, antwortete Kuf. »Aber wenn es doch der Fall sein sollte, was muss ich dann tun?«

»Sprechen Sie einfach laut aus, was sie wünschen. Zumindest theoretisch werden Sie rund um die Uhr überwacht. Ich bin sogar überzeugt davon, dass man uns auch jetzt zuhört.«

»In diesem Fall«, sagte Kuf, »könnte es unsere Zuhörer interessieren, dass ich am Tag 35.000 von euren Kalorien brauche. Das bedeutet, dass ich mindestens acht von diesen Mahlzeiten benötige. Wenn ihnen das zu viel Mühe bereiten sollte, können sie die Mahlzeiten ja einfach mit billigen Kohlehydraten oder von mir aus auch mit Zellulose strecken.«

»Ich hoffe, ihr habt das mitbekommen«, sagte Toth-Ftari zur nächstgelegenen Wand.

»Wie dem auch sei«, bemerkte Clio, »was zur Hölle ist denn eigentlich passiert?«

»Ich habe den Botschafter tot aufgefunden. Ich habe mich über ihn gebeugt, um zu sehen, ob man ihm noch helfen kann, und dabei hat mich einer der Techniker beobachtet. Ich sagte ihm, er sollte den Sicherheitsdienst rufen, und das hat er anscheinend auch gemacht. Unglücklicherweise haben diese Sicherheitsleute aber beschlossen, ich sei der Hauptverdächtige. Das ist die ganze Geschichte. Sie haben mir noch nicht eine einzige Frage gestellt!«

Toth-Ftari balancierte auf einem Bein. »Das sieht ihnen

ähnlich. Sie stellen es lieber als Verbrechen unter Randallanern hin, als zu versuchen, die Wahrheit herauszufinden! Das ist das erste Mal seit zwei Jahren, dass ein intelligentes Lebewesen getötet wurde, und jetzt sind sie anscheinend der Meinung, es würde reichen, wenn sie den ersten besten ins Gefängnis stecken, der in der Nähe des Tatorts gesehen wurde!« Er hüpfte immer schneller von einem Bein auf das andere. »Raul und ich werden uns da einmischen müssen.«

»*Wir* glauben ja, dass du unschuldig bist«, sagte Clio. »Das Problem ist nur, wenn du es nicht warst, wer dann?«

»Ein Terraner, oder zumindest jemand, der eine sehr ähnliche Gestalt wie ein Terraner hat«, antwortete Kuf. »Ich hatte viel Zeit nachzudenken.« Er berichtete ihnen, was er an Phrath'chras Körper entdeckt hatte. »Weder ein Freep noch jemand von meiner Gestalt hätte in mit einer so dünnen Schnur strangulieren können. Und außerdem bin ich viel zu groß, um mich hinter … Wie nennt man diese Sträucher? Sie stehen überall im Garten des Erzbischofs.«

»Das sind Rosensträucher«, erklärte Toth-Ftari. »Ich habe mich auch schon am Tatort umgesehen. Der Täter muss einer Spezies angehören, die Kleidung trägt wie die Terraner … oder einen Panzer. Dieser Strauch hat nämlich Dornen, so lang und spitz wie Nadeln. Diese Rosenart wurde früher von den Terranern als Zaunersatz in Wildgehegen verwendet.«

»Die Terraner haben sie also nicht gezüchtet, weil sie schön aussehen? Das passt zu ihnen!«

Clio kratzte sich nachdenklich am Kopf. »Dieses Wesen muss also Vordergliedmaßen haben, mit denen es greifen kann, trägt entweder Kleidung oder einen Panzer – sonst hätte es sich nicht in dem Rosenstrauch verstecken können. Also, wohin führt uns das? Kommen außer den Terranern noch andere Spezies in Frage?«

»Zurzeit nur Freeps, Monocorni und Koordinati, aber die

haben alle keine Vordergliedmaßen. Und nur die Monocorni haben eine Panzerung. Im letzten Jahr sind keine Gates aus dem Zentralsystem oder von anderen Welten mit intelligenten Lebewesen hier eingetroffen. Eures war das Erste. Andere Spezies sind also zurzeit nicht hier, womit wohl nur die Terraner übrig bleiben!«

Das war für den Freep anscheinend höchst befriedigend. »Stellt sich natürlich die Frage, welchen Grund ein Terraner haben sollte, einen randallanischen Botschafter zu ermorden? Viele Terraner haben einen Hass auf andere Spezies entwickelt, aber das ist noch lange kein Grund, sie einfach zu töten. Und außerdem, sich auf diese Weise an der Tür zu verstecken ... Diese Tat geschah nicht aus einem plötzlichen Impuls heraus. Der Botschafter hat seit seiner Ankunft noch nicht mit vielen Leuten gesprochen. In der Tat hat ihn kaum jemand zu Gesicht bekommen.«

Kuf wartete höflich darauf, dass sie weitersprachen, doch beide schienen sie in Gedanken versunken zu sein. »Gibt es noch etwas, das ich wissen sollte?«

»Entschuldige«, sagte Clio. »Ich wollte dir noch sagen, dass die Todeszeit ziemlich genau feststeht. Einerseits durch die Autopsie und andererseits, weil zwei Gärtner und ein Techniker ihn gesehen haben, als er durch den Garten des Erzbischofs spazierte – kurz bevor du seine Leiche gefunden hast. Und der Hauptverkehrscomputer hat keine Fahrten in diese Stationszone verzeichnet außer deiner. Das ist wiederum ein Hinweis darauf, dass der Mörder diese Tat gut vorbereitet hatte. Und außerdem ...«

Eine im Raum versteckte Alarmsirene schrillte. Der Ton war so hoch, dass Kuf vor Schmerz zusammenzuckte. Eine merkwürdig piepsige, mechanisch klingende Stimme sagte: »General Toth-Ftari?«

»Ja.«

»Auf dem Freizeitdeck der Erwachsenen gibt es einen Aufruhr. Wir brauchen die Erlaubnis, mehrere Einheiten der Templer zu Hilfe zu rufen.«

»Erlaubnis erteilt. Ich werde mich ihnen anschließen und brauche sofort einen Wagen. Schicke die Einheiten Ave Maria und Corpus Christi dort hin, das müsste ausreichen!«

»Danke. Das wird reichen. Wir haben einen Wagen zu Ihnen geschickt, Ankunft in einer Minute an Ihrem Aufenthaltsort. Ende.«

Es folgte ein kratzendes Geräusch und eine andere Stimme sagte: »Dr. Yeremenko, die Vorschriften besagen, dass Sie nicht mit dem Gefangenen allein in der Zelle bleiben dürfen. Können wir Ihnen einen Wagen schicken, der Sie in Ihr Quartier zurückbringt?«

»Wenn es unbedingt sein muss«, sagte Clio.

»Wir brauchen eine konkrete Antwort.«

»Ja, verdammt.«

»Ankunft in sechs Minuten an Ihrem Aufenthaltsort. Ende.«

Sie umarmte Kuf und presste ihr Gesicht an seinen Schnabel. »Ich komme dich später wieder besuchen, du gefährlicher Verbrecher! Pass gut auf dich auf.«

»Danke, dass ihr gekommen seid«, sagte Kuf. Toth-Ftari verbeugte sich, Clio strich ihm noch einmal über den Hals, und dann glitt die Tür auf. Als sie den Raum verlassen hatten, fuhr sie mit einem lauten Krachen wieder zu, das von den kahlen Wänden widerhallte.

KAPITEL 4

Man servierte Kuf drei weitere Mahlzeiten, die schon eher nach seinem Geschmack waren. Seine innere Uhr sagte ihm, dass es 20:32 Uhr war, als die Tür aufging und der Erzbischof eintrat. Er brachte eine dünne, etwa einen Meter lange Röhre mit und lehnte sie an die Wand. Uterras Kopf drehte sich hin und her, anscheinend war er zum ersten Mal in diesem Teil der Orbitalstation.

»General Toth-Ftari lässt grüßen«, sagte Uterra. »Es wird Sie freuen zu hören, dass wir es geschafft haben, Sie als nicht gefährlichen Gefangenen einstufen zu lassen. Haben Sie auch genug Verpflegung erhalten?«

»Ja, danke.« Kuf ließ sich vorsichtig auf die Hinterbacken nieder, sodass er nur knapp unterhalb der Augenhöhe des Erzbischofs saß. »Hat man schon herausgefunden, warum es zu diesem Aufruhr kam?«

Der Erzbischof machte ein Geräusch mit den Lippen, von dem Kuf wusste, dass es Missfallen ausdrückte. »Eine Gruppe betrunkener Techniker hat sich über die Anwesenheit einiger Atheisten aufgeregt und die Möbel zurechtgerückt. Manchen Leuten scheint das viel Spaß zu machen, vor allem, wenn ihnen die Möbel nicht gehören. Ein Großteil des Mobiliars auf dem Freizeitdeck ist jetzt nur noch Schrott.«

»Atheisten?«, fragte Kuf. »Meinen Sie die Delegation der kommunistischen Planeten?«

»Genau die. Einige von uns finden es sehr interessant, dass dieser Aufruhr ausgerechnet jetzt losbricht, wo eine solche Auseinandersetzung großen Schaden bei den Friedensverhandlungen anrichten kann. Wir fragen uns auch, ob der Mord an dem randallanischen Konsul nicht auch damit in Zusammenhang zu bringen ist.«

Kuf dachte einen Augenblick nach. »Ich halte das für durchaus möglich. Aber ich kann mir nicht denken, woher der oder die Täter von den Verhandlungen und deren Inhalt gewusst haben«

Uterra nickte. »Bisher sind das alles nur Spekulationen. Es wird nicht viel darüber gesprochen, aber hier in diesem Teil der Union sind kommunistische und islamische Untergrundorganisationen aktiv. Außerdem auch diverse kriminelle Organisationen … Sie alle könnten ein Motiv haben, das wir bis jetzt noch nicht kennen.«

»Außerdem dürfen wir auch Ihren Geheimdienst nicht vergessen«, meinte Kuf.

»Daran hatte ich noch gar nicht gedacht, aber der Vollständigkeit halber müssen wir den natürlich auch in den Kreis der Verdächtigen mit einbeziehen! Haben Sie einen konkreten Verdacht?«

»Nun, wenn es hier kommunistische und islamische Untergrundbewegungen gibt, dann muss es auf deren Welten wohl auch christliche Gegenstücke dazu geben, denke ich! Ich habe gehört, dass manche Leute sehr fanatisch sein können … und ständig zu Gewalttaten bereit …«

»Richtig – ein dauerhafter Frieden ist das Letzte, was diese Leute wollen! Sie haben völlig Recht.« Uterra strich sich mit der Hand über den Kopf und massierte das schüttere Haar. »Zudem passt die Beschreibung ganz genau auf sie. Und sie haben Mittel und Wege, sich den Kontrollen zu entziehen. Gottlob haben wir eine sehr gute Polizei, sodass wir wenigstens die Namen der meisten kennen. Wenn sie als Verdächtige in Frage kommen, werden wir uns wohl etwas näher mit ihnen beschäftigen müssen.«

»Können wir wirklich in dieser Gefängniszelle so offen darüber sprechen?«

»Das ist kein Problem. Raul sitzt an den Monitoren und löscht alle Aufzeichnungen, bevor er geht. Es ist schon von Vorteil, wenn man selbst das Kommando führt. Aber er wird sich sicher Notizen gemacht haben und der Sache nachgehen. Möchten Sie vielleicht noch einige Dosen mit Würmern?«

Kuf war sich nicht ganz sicher, was Uterra damit meinte, doch der Gedanke an Würmer, ob in Dosen oder anders verpackt, erinnerte ihn daran, dass es zu dieser Jahreszeit in den nördlichen Wäldern von Randall viele Süßwürmer gab. Er verspürte mit einem Mal großes Heimweh und schüttelte den Kopf, weil er gar nicht daran denken wollte.

»Also«, sagte er, »wie stehen meine Chancen, hier in absehbarer Zeit rauszukommen?«

»Kurzfristig nicht gut. Aber Toth-Ftari hat schon einen Plan. Wir haben für Sie aber erleichterte Haftbedingungen durchsetzen können. Sie werden es also so komfortabel wie möglich haben. Ich habe Ihnen auch etwas mitgebracht, das Ihnen vielleicht gefällt.«

Der Erzbischof holte die Röhre, die er an die Wand gelehnt hatte, und zog einige zusammengerollte Folien hervor. »Wandholos«, erklärte er. »Mit eingebauter Stromversorgung. Der rote Punkt am Rand ist der Ein- und Ausschalter. Ich habe sie von den Bildern anfertigen lassen, die Hauskyld uns geschickt hat. Man braucht nur die Ecken auf die Wand zu drücken, dann haften sie von ganz alleine. Um sie wieder abzunehmen, drückt man einfach wieder auf die Ecken. Sie rollen sich dann wieder zusammen.« Er rollte eines der Holos auseinander und drückte die Ecken auf die Wand.

Das Hologramm vermittelte wirklich den Eindruck, als betrachtete man die dargestellte Landschaft durch ein Fenster. Das Sonnenlicht schien in die Zelle zu fallen, und wenn Kuf den Kopf drehte, veränderte sich die Szenerie. Nur die

Geflügelten im Hintergrund des einen Holos, sowie die Herde von wilden Gash'hwar in der Waldlichtung verrieten durch ihre Bewegungslosigkeit, dass es sich doch nicht um die Wirklichkeit handelte, die er da zu sehen bekam.

Bald hatte der Erzbischof alle Holos an den Wänden befestigt und sagte zu Kuf: »Wenn Sie Lust haben, sich ein wenig zu unterhalten, wüsste ich gerne, was diese Bilder zeigen.«

»Gerne«, erwiderte Kuf, »in dieser Gegend kenne ich mich gut aus! Wissen Sie, zu der Zeit, als noch der Krieg gegen die terranische Festung geführt wurde, war ich dort einer der Gefangenen. Heute steht dort der Schrein vom Heiligen Thkhri'jha. Von diesem Felsblock aus hat er seine berühmte Predigt gehalten ...«

»Und die Wüste, wie ist es da?«

Kuf wusste nicht, was er sagen sollte. Er wollte schon antworten, fragte sich aber ernsthaft, ob der Erzbischof wirklich eher an der Wüste interessiert war als an der Geschichte der christlichen Religion auf Randall?

Der Erzbischof erriet Kufs Gedanken und entblößte die Zähne, wobei sich die Falten neben seinen Augen deutlich vertieften.

»Kuf, bei meiner Arbeit höre ich von viel zu vielen Heiligen, Schreinen, Predigten ... Aber ich habe schon seit vielen Jahren keine anderen Planeten mehr besuchen können. Also, wie ist es in der Wüste? Schrecklich heiß, nehme ich an. Und wenn ich einen Stein umdrehe, was springt dann darunter hervor?«

»Mir wurde gesagt, dass es den meisten Terranern schrecklich heiß vorkommt, besonders aufgrund des hohen Kohlendioxydgehaltes der Luft«, eröffnete Kuf. »Und wenn Sie einen Stein umdrehen, finden Sie meist einen – wie heißt das Wort noch in Standard ... Randigator oder Hirnsauger ...«

Die Erinnerungen überfluteten ihn, und es fiel ihm immer leichter, von Randall zu erzählen. Uterra interessierte sich für jede Kleinigkeit, und am Ende brauchte Kuf fünf Stunden, um die fünf Bilder zu kommentieren. Kuf nannte den Erzbischof jetzt »Erik«, und sie unterhielten sich, als wären sie schon seit Jahren die besten Freunde.

Schließlich seufzte Uterra laut. »Wir müssen versuchen, dich so schnell wie möglich hier aus diesem Gefängnis herauszubekommen. Es existieren hunderte von diesen Bildern und noch viele andere Dinge, über die du bestimmt eine Menge erzählen könntest. Es wäre schön, wenn du im nächsten Semester am Orbitalkolleg des Heiligen Paulus einen Grundkurs über Randall anbieten könntest – ich würde dann sicher auch kommen!«

»Wenn du bei meinem Vortrag nicht einschläfst«, entgegnete Kuf. »Erik, ich würde dich gerne etwas fragen, aber es ist möglicherweise ungehörig ...«

»Alles was du möchtest«, sagte der Erzbischof. »Ich habe dir so viele indiskrete Fragen gestellt ...«

»Wie kommt es, dass du dich so für andere Welten interessierst, obwohl du doch ...«

»Obwohl ich so negativ auf andere Spezies reagiere?« Er zuckte die Achseln und Kuf befürchtete schon, er hätte ihn beleidigt. »Ich wollte früher Xenist werden. Aber während der umfangreichen Aufnahmeprüfungen stellte sich heraus, dass ich zu bigott dafür war ... Das kommt eben vor, ich musste mich damit abfinden. Doch meine Begeisterung dafür ist immer geblieben. Vielleicht bin ich aber auch nicht mehr als ein verhinderter Tourist!«

Kuf lachte. Das merkwürdige Geräusch verwirrte Uterra und verlangte eigentlich nach einer Erklärung, doch schließlich fiel der Erzbischof in sein Lachen ein.

Als Uterra ging, versprach er, Kuf bald einige Bücher zu schicken. Kuf war nicht mehr so unglücklich wie noch wenige Stunden zuvor. Er sah sich noch einmal die Holos an und streckte sich dann auf der Matratze aus, um ein wenig zu schlafen.

KAPITEL 5

Es waren mehrere Tage vergangen, und Kuf hatte drei der Bücher gelesen, die der Erzbischof ihm geschickt hatte. Er machte sich soeben Notizen zu der Vorlesung, die er halten sollte, als einige Sicherheitsleute in seine Zelle traten.

Diesmal verhielten sie sich sehr respektvoll, und auch die ansonsten übliche Trennwand zwischen ihnen und Kuf wurde nicht aktiviert. Sie hatten vermutlich einen entsprechenden Befehl erhalten, sagten ihm indes nicht, was sie eigentlich von ihm wollten.

Sie brachten ihn in einen kleinen Raum, wo General Toth-Ftari, Bruder Raul, der Erzbischof und Clio um einen Tisch herumsaßen.

»Wir könnten eigentlich einen kleinen Privatclub gründen«, sagte Raul. »Ich wünschte nur, wir würden uns ab und zu in einer freundlicheren Umgebung treffen.«

»Bist du ordentlich behandelt worden, Kuf?«, fragte General Toth-Ftari.

»So wie immer«, antwortete Kuf. Er fragte sich manchmal, ob der Freep lieber hören würde, dass man ihn ständig verprügelte und als »elendes Mistvieh« beschimpfte. Ein Stuhl fehlte am Tisch und Kuf nahm jetzt die freie Stelle ein. Sein Kopf überragte noch immer alle anderen, aber bei diesen Treffen schien das nichts auszumachen.

»Sind wir vollzählig versammelt?«, fragte Raul. »Iggy, ich weiß dass du deine Gründe hattest, dieses Treffen geheim zu halten, aber jetzt möchte ich wissen, was los ist!«

»Vermutlich sollte das die Situation dramatischer machen, als sie in Wirklichkeit ist«, meinte der Erzbischof launig.

Toth-Ftari verbeugte sich. »Euer Ehren, ich bekenne mich schuldig. Aber ich wollte auch sicherstellen, dass das Beweismaterial erst einmal von neutralen Beobachtern gesichtet wird, bevor wir einen offiziellen Bericht verfassen!«

»Wir haben alle Aufzeichnungen durch ein komplexes Suchprogramm laufen lassen – hauptsächlich handelte es sich dabei um Kameraaufzeichnungen und Verkehrsberichte, aber auch um Kommunikationsdaten, Kreditkartenabbuchungen und so weiter. Die Sentizideinheit hätte diese Arbeit vielleicht auch übernommen, aber bei denen wären bis zur Auswertung mindestens ein paar Wochen vergangen.

Bei einem Mordfall wie diesem, bei dem das Verbrechen nicht direkt von einer Kamera aufgezeichnet wurde, startet das Programm erst einmal damit, alle zu verdächtigen, die hier an Bord der Orbitalstation sind. Das wären dann also zurzeit rund siebzehn Millionen Verdächtige. Dann werden alle aussortiert, die definitiv nicht zur Todeszeit am Tatort gewesen sein können. Es bleibt eine deutlich kleinere Gruppe übrig, und man prüft dann nach, welche Personen aus dieser Gruppe für die Tat in Frage kommen. Das funktioniert im Prinzip nicht anders als die Detektivarbeit in den alten terranischen Kriminalromanen …

Wenn man dann einen oder mehrere Verdächtige hat, überprüft man noch einmal die Kontrollkameras, Mikrophone, Kreditkartenabbuchungen, Zugangsanforderungen und so weiter. Eben alle Punkte, anhand derer sich das Handeln des Verdächtigen rekonstruieren lässt. Wenn man dann jemanden gefunden hat, der zur richtigen Zeit am richtigen Ort war, stellt man eine Kollektion von Aufnahmen des Verdächtigen zusammen und lässt einen lebenden Beobachter prüfen, ob er ›schuldig aussieht‹. Eine Maschine kann kein Tatmotiv ermitteln, und verdächtiges Verhalten erkennt sie auch nicht.

Was ich hier mitgebracht habe – ich habe dieses Material selber noch nicht gesehen – ist das Ergebnis dieser Computersuchaktion. Anscheinend ist nur ein Verdächtiger gefunden worden. Wir können nur hoffen, dass es sich nicht um Kuf handelt oder irgendeinen armen Hausmeister. Ich möchte alle noch einmal daran erinnern, dass der Mord an Phrath'chra nicht aufgezeichnet wurde und dass wir vielleicht nicht genug Beweise finden, die in einem Gerichtsverfahren zugelassen werden. Aber ich bin überzeugt, dass wir der Polizei noch einen anderen Verdächtigen liefern können als Bischof Kuf, und damit wären wir schon einen großen Schritt weiter.«

»Aber wenn nur ein echter Verdächtiger existiert, der sich zu der Zeit dort aufgehalten hat«, fragte Raul, »muss man dann überhaupt noch weiter nachforschen?«

Toth-Ftari schüttelte heftig den Kopf und drehte ihn dabei um deutlich mehr als 180°.

»Nein. Es könnten sich immer mehrere Verdächtige am Tatort aufgehalten haben. Wenn man in so einem großen Komplex wie dieser Station wohnt, und beispielsweise auf dem Weg zur Arbeit jemanden tötet, fällt man unter den hunderttausenden von Verdächtigen nicht auf, die sich zur gleichen Zeit am Tatort aufgehalten haben. Und vielleicht hat der wahre Mörder gar nicht die üblichen Wege benutzt. Wenn er es geschafft hat, den ID-Prüfungen für rund zwölf Stunden zu entgehen, fällt er für die Maschine aus dem Raster. Alles, was wir bis jetzt haben, ist jemand, der sich ungefähr zur Tatzeit in dieser Stationszone aufgehalten hat.«

»Jetzt reicht's!«, brüllte der Erzbischof plötzlich. »Zeige uns endlich die Auswertungen, bevor wir alle verrückt werden!«

Der General verbeugte sich, balancierte auf einem Bein und trat mit dem anderen gegen ein Symbol an der Wand. Ein Schlitz öffnete sich, und der General schob einen Aufzeichnungsblock hinein und drückte dann einen Knopf. Die Beleuchtung verdunkelte sich, und in der Wand erschien ein Bildschirm. Die Aufzeichnung zeigte einen MAG-LEV-Wagen der ruckartig zum Stehen kam. An der Seite des Fahrzeugs blinkten Lichter auf. »Ein nicht genehmigter Halt, manuell durchgeführt«, erklärte Toth-Ftari. »Eigentlich müsste das immer überprüft werden, aber es passiert ein paar tausend Mal pro Tag …«

Ajax Madison, der stellvertretende Botschafter der Liga kommunistischer Planeten, stieg aus, blickte sich um und lief dann ein Stück den Gang entlang. Links von ihm öffnete sich eine Tür, und ein Paketwagen glitt vorbei. Madison drückte auf den Sicherheitsschalter an der Tür, worauf diese wieder aufglitt und er hineinschlüpfte.

Die Kameraeinstellung wechselte abrupt zu einem Servicetunnel, den Madison eiligst entlangging. Offenbar trug er Schuhe mit Gummisohlen, die kaum ein Geräusch verursachten. Die Szene endete, und Toth-Ftari drückte einige Tasten. Unten am Rand des Bildschirms erschienen nun einige Zahlen.

»Dieser Tunnel führt direkt unter den Garten des Erzbischofs. Es gibt von dort vierzehn Ausstiege nach oben.«

Die folgenden Bilder der Aufzeichnung waren äußerst unscharf, anscheinend stammten sie von einer weit entfernt hängenden Kamera. Madison ging weiter durch den Tunnel und verschwand plötzlich in der Decke.

Schnitt: Jetzt befand er sich im Garten des Erzbischofs, huschte leise durch das Wirrwarr von Sträuchern und Büschen. Die Szene stoppte.

»Das ist etwa 300 Meter von Phrath'chras Appartement entfernt«, stellte Toth-Ftari nüchtern fest.

Wieder ein Schnitt. Madison rannte. Schnitt, er lief weiter und hielt sich dabei im Schatten der Bäume, die in der Nähe einer Gebäudegruppe standen.

»Das Gebäude rechts ist das Gästehaus, der Rosenstrauch steht auf der anderen Seite.«

Die Aufzeichnung wurde fortgesetzt: Eine Gestalt, offensichtlich ein Terraner, schlich um das Gästehaus. Dreiundvierzig Sekunden später – an der linken Seite des Bildschirms lief eine Uhr mit – erschien die Gestalt wieder.

»Das Bild ist zu unscharf für den Computer, daher kann er die Person nicht identifizieren, aber ich bin überzeugt ... fahren wir noch einmal zurück und vergrößern das Ganze.«

Einen Moment blieb der Bildschirm dunkel. Dann erschien eine Gestalt an der Mauer – ganz offensichtlich war es wieder Madison.

Schnitt, Madison befand sich wieder im Netzwerk der Servicetunnel. Schließlich sah man, wie er an einem simulierten Wäldchen in einen Wagen stieg. Er atmete schwer und schwitzte.

»Der Stellvertreter der Liga-Botschafterin.« Raul seufzte. »So viel also zu ihrem angeblichen Friedensangebot.«

Es entstand eine lange, lange Pause. Kuf sagte: »Ich glaube, ich sollte mich mal mit ihm unterhalten.«

Clio lachte, ein harter, erstickter Laut, der selbst in ihren eigenen Ohren unangenehm klang. »Tja, irgendjemand sollte das tun! Ein wirklich sehr böser Junge ist das!«

Niemand befand es für nötig, auf ihre Bemerkung einzugehen.

Kuf beharrte auf seinem Vorhaben: »Ich will das ganz offiziell machen. Lasst mich alleine mit ihm sprechen – natürlich sollte man das Gespräch aufzeichnen, und vor der Tür sollte eine ausreichend große Zahl von Sicherheitsleuten stehen.«

»Aber warum willst du das machen?«, fragte Clio, die sich wieder ein wenig beruhigt hatte.

»Ich habe eine Idee – außerdem, irgendjemand muss es ja machen«, erklärte Kuf ruhig. Das Deck, auf dem sie sich befanden, lag in einer Zone mit hoher Gravitation, was ihm Schmerzen in den Gelenken bereitete.

Anscheinend hatte niemand eine bessere Idee, doch vollends einverstanden waren sie mit seinem Vorschlag auch nicht. Es dauerte eine halbe Stunde, bis der Erzbischof Kuf die Erlaubnis erteilte, mit Madison zu sprechen. Aber Kufs Schmerzen waren mittlerweile so groß, dass er nichts lieber wollte, als sich auf seiner Matratze auszustrecken, egal ob in seinem Quartier oder in der Gefängniszelle.

KAPITEL 6

»Du brauchst das wirklich nicht zu machen«, sagte Clio zu Kuf. »Es gibt bestimmt eine andere Möglichkeit, ihn zu überführen!«

Kuf schüttelte den Kopf. »Das Problem ist nicht, *dass* er die Tat begangen hat. Ich will wissen, *warum* er es getan hat. Und ich habe da schon so eine vage Idee …«

»Wenn das so ist, warum sagst du es uns nicht einfach?«, fragte Toth-Ftari.

»Weil ich mir noch nicht ganz sicher bin. Und solange ich nichts Genaues weiß, will ich niemanden in die Sache verwickeln. Es wird schon gut gehen. Ich bin kein Greifer mit zerbrechlichem Hals, und ich werde schon aufpassen, dass er mich nicht von hinten überrascht! Außerdem wird ja ein ganzer Trupp Templer vor der Tür stehen, und du solltest nicht vergessen, dass mein Schnabel eine weitaus gefährlichere Waffe ist als alles, was er an den Metalldetektoren vorbeischmuggeln kann. Passt nur auf, dass ihr alles richtig aufzeichnet – und ihr dürft mich auf keinen Fall unterbrechen. Ich werde ihm ein paar dicke Lügen auftischen! Und dann wollen wir mal sehen, wie er darauf reagiert.«

Er reckte den Hals und drehte ihn vorsichtig hin und her. »Ah.«

»Was ist los?«, fragte Clio besorgt.

»Arthritis. Es wird langsam genauso schlimm wie bei dem alten König. Clio, du und ich, wir werden beide alt und haben schon so viel gemeinsam erlebt …«

»Amen«, sagte sie, und ihre Lippen zitterten ein wenig.

»Also, ihr verschwindet jetzt aus dem Raum! Seht zu, dass

ihr alle gute Plätze vor den Monitoren ergattert. Und Ajax Madison …«, er überprüfte den kleinen Monitor in der Ecke, »… kommt gerade durch Kontrollpunkt drei. Also wird er in weniger als zehn Minuten hier sein.«

Clio, Raul und Toth-Ftari verschwanden durch die Vordertür, stiegen in einen Wagen und fuhren los, um sich mit dem Erzbischof und der Botschafterin zu treffen. Kuf schloss die Tür hinter ihnen und dunkelte die Ecke mit dem Bildschirm ab.

Kurz fragte er sich, welche Geschichte der General wohl der Botschafterin aufgetischt hatte. Aber das war im Moment nicht wichtig. Er setzte sich hin, sprach ein Gebet und meditierte, weil er plötzlich den fast unwiderstehlichen Drang verspürte, Faxen zu machen und Grimassen zu schneiden, da er wusste, dass die Kameras jede seiner Bewegungen aufzeichneten.

Der Tathergang schien völlig klar zu sein, doch das Motiv lag im Dunkeln. Als sie die Kameraaufzeichnungen und die archivierten Informationen des Verkehrssystems überprüft hatten, stellte sich heraus, dass Ajax Madison ein richtiges Doppelleben führte. Er schien von allen Mitgliedern der Liga-Delegation der beliebteste zu sein, zeigte sich gerne in der Öffentlichkeit, war immer bereit, sich mit Schulkindern und anderen Gruppen zu unterhalten, hatte kein Problem damit, auch mal ein Volkslied oder eine Geschichte aus seiner Heimat vorzutragen …

Kinder, die er in der Schulklasse besucht hatte oder die auch nur Videos von ihm gesehen hatten, schrieben ihm begeisterte Briefe, die er alle persönlich beantwortete. Wenn man ihn in der Öffentlichkeit traf, unterhielt er sich ausführlich mit jedem, und wenn die Leute dann wieder nach Hause gingen, schwärmten sie geradezu, was für ein netter junger Mann er doch sei.

Aber zweimal pro Tag verschwand er und beteiligte sich

an bizarren Versammlungen von Aufrührern. Wie es aussah, war er ihr Anführer. Direkt nach seiner Ankunft auf der Station hatte er zwei frisch gebackene Kolonisten angeheuert und sie angewiesen, in der Bar des Freizeitdecks antiatheistische Lieder und Slogans zu johlen. Er selbst sprühte ähnliche Slogans an die Wände, schob Drohbriefe unter den Türen der Personen hindurch, die an den Friedensverhandlungen beteiligt waren, und versuchte, durch Beeinflussung der Berichterstatter über die Nachrichtensender Gerüchte zu lancieren.

Anscheinend wusste er jedoch nicht, dass alle Reporter Angestellte der Temporalregierung oder der Kirche waren, die ihre Berichte vorab bei ihren Brötchengebern zwecks Zensur einreichten. Alle seine Aktionen waren ganz offensichtlich darauf ausgerichtet, die Friedensverhandlungen platzen zu lassen ... aber aus welchem Grund, darüber konnte man sich tagelang streiten.

Kuf wollte herausfinden, ob er mit seiner Theorie richtig lag.

Ajax Madison war selbst für einen Terraner eine seltsame Persönlichkeit. Clio hatte Kuf versichert, dass er attraktiv sei und sich allgemein recht großer Beliebtheit erfreute. Kuf fand allerdings, dass sein Verhalten unecht und einstudiert wirkte. Schon gleich bei ihrem ersten Zusammentreffen war ihm aufgefallen, dass Ajax Madison die Eigenart besaß, beim Publikum den Eindruck zu erwecken, es gäbe nur eine einzige richtige Meinung zu einer bestimmten Sache – und zwar die, die er selbst vertrat!

Logik schien dabei für ihn absolut keine Rolle zu spielen. Nun war es keineswegs eine Todsünde, wenn jemand seine rhetorische Begabung ausnutzte, doch für Kufs Geschmack beruhte Ajax Madisons Überzeugungskraft eher auf simpler Manipulation denn auf Genialität. Als er mit den anderen darüber diskutiert hatte, traf Bruder Raul Kufs Ansicht nach genau ins Schwarze, als er feststellte, Ajax Madison sei ein verdammter Sophist. Und genau aus diesem Grund war Madison ein sehr effektives Werkzeug für jemanden, der ihn für seine Zwecke einzusetzen verstand.

An der Tür klingelte es. Kuf öffnete die Tür, und Madison trat ein. »Danke, dass Sie gekommen sind.«

»Ist mir ein Vergnügen, Bischof. So wie Ihre Einladung formuliert war, konnte ich gar nicht anders, ich musste einfach kommen.«

»Tatsächlich?«, fragte Kuf. »Was meinen Sie denn damit?«

»Ihre unzweideutige Aufforderung, mit niemandem darüber zu sprechen.« Madison sah sich um. »Darf ich mich setzen?«

»Natürlich. Vielleicht auf diese gepolsterte Fläche?«

Der Terraner nahm ein wenig unbeholfen Platz. Kuf betrachtete ihn für einen Moment, dann sagte er: »Kommen wir direkt zum Geschäft. Der Suchtrupp ist bereits losgeschickt worden. Unser Gate ist abflugbereit. Aber wir werden es zerstören, wenn Sie uns sagen, wo Sie Ihr Gate versteckt haben.«

»Ich weiß gar nicht ...«

»Es muss mindestens 500 Lichtstunden von hier entfernt sein, sonst hätten wir das Triebwerksfeuer bemerkt.«

Der Terraner rührte sich nicht, obwohl seine Beinmuskeln zuckten und sein Gesicht rot anlief. »Ich nehme an, Sie sprechen nicht über den Vortrag, den ich gestern vor der Frauenvereinigung gehalten habe?«

»Sicherlich nicht. Obwohl ich betonen möchte, dass ich über Ihre Arbeit durchaus informiert bin.«

Madison saß für eine Weile schweigend da. »Es besteht kein Zweifel, dass mir viele Leute zuhören.«

»Ja.« Wieder verfiel er in Schweigen. Weil Madison auch nach einer Minute noch keine Anstalten machte, etwas zu sagen, fuhr Kuf fort: »Es kann nicht mehr als 25 bis 30 Lichttage entfernt sein. Weiter entfernt wäre es für Sie nutzlos. Also nehmen wir 700 Lichtstunden als größtmögliche Entfernung an. Vielleicht irgendwo außerhalb der Ekliptikebene?«

»Ich habe nicht die geringste Ahnung, wovon Sie sprechen.«

»Wir haben Sie gesehen! Unsere Aufzeichnungen beweisen, dass Sie versucht haben, den Friedensvertrag zu verhindern. Sie können sicher sein, dass der Botschafter jetzt alles unternehmen wird, die Verhandlungen zu beschleunigen.«

»Woher wollen Sie wissen, dass es nicht längst zu spät ist? Dass ich mein Ziel nicht längst erreicht habe?«

Kuf schnaufte. »Wenn Sie wirklich dazu in der Lage wären, hätten Sie es direkt getan, als Sie hier angekommen sind. Jetzt ist schon viel zu viel Zeit vergangen.«

Die Tür glitt leise auf. Als erster trat Toth-Ftari ein. Hinter ihm stand ein ganzer Trupp von Templern, allesamt bewaffnet mit Armbrüsten. Der Erzbischof und Botschafterin Kirlov bildeten den Schluss.

Madison sprang blitzschnell auf und stellte sich neben Kuf. In seiner Hand hielt er einen Gegenstand, den er nun an Kufs Hals drückte. Kuf hackte mit dem Schnabel nach dem Gesicht des Terraners, doch der schaffte es, ihn abzuwehren. Dann sprang er auf Kufs Rücken.

»Halt, oder ich bringe ihn um!«, kreischte er heiser. »Keine Bewegung! Bleibt wo ihr seid. Dann können wir miteinander reden!«

Kuf flatterte mit den Flügeln, die in dem engen Raum unweigerlich gegen die Wände schlugen, und machte einen Bocksprung. Bevor Madison von seinem Rücken fiel und unsanft auf dem Boden aufschlug, spürte Kuf einen stechenden Schmerz. Er versenkte Schnabel und Klauen im Fleisch des Terraners, ehe er selbst zu Boden ging. Die

Templer feuerten eine ganze Salve von Armbrustbolzen auf Madison ab, dann lag auch er still am Boden.

Die Welt wurde für Kuf immer dunkler. Toth-Ftari schrie nach den Sanitätern. Plötzlich tauchte Clio aus der Gruppe auf, kniete neben ihm und hielt seinen Kopf. Merkwürdigerweise war ihm völlig bewusst, dass der Mörder ihm die Schlagader durchtrennt hatte. Er spürte, wie Clio versuchte, das Blut mit der Hand zurückzuhalten. Doch die Kälte, die in ihm aufstieg, bedeutete zweifellos, dass die Klinge vergiftet gewesen war.

Doch spielte das jetzt keine Rolle mehr. Mühsam drehte er den Kopf und wandte sich an Botschafterin Kirlov.

»Tun Sie es«, sagte er. »Tun Sie es. Geben Sie den Befehl. Sie wissen doch, dass wir keine Waffen da draußen haben …«

Botschafterin Kirlov löste etwas von der Kette ab, die sie um den Hals getragen hatte, und barg es in ihrer Hand. Kuf sah, dass ihr Gesicht nass war.

Er hörte, dass man ihn etwas fragte und erkannte die Stimme des Erzbischofs. Irgendjemand sagte ihm, er solle nach jeder Frage die Pfote heben. Ringsum war es jetzt sehr dunkel, und er hatte das Gefühl, gleich einzuschlafen. Nachdem er als Antwort auf die letzte Frage des Erzbischofs noch einmal die Pfote gehoben hatte, umgab ihn Dunkelheit, Stille und Frieden.

EPILOG

Irgendwie finde ich das nicht fair«, sagte Clio. »Um uns herum geht alles weiter, als wäre Kuf noch am Leben. Madisons Plan ist gescheitert, was für ihn selbst ohnehin den Tod zur Folge gehabt hätte. Warum musste Kuf auch sterben?«

»Er musste es nicht.« Andy Kanegawa wandte den Blick nicht von den Anzeigen ab, die unter dem Sichtfenster angebracht waren. »Er ist einfach gestorben. Jeder stirbt irgendwann.« Er streckte die Beine aus und stöhnte. In etwas mehr als einem Jahr würde er wohl wieder imstande sein, bei normaler Gravitation zu laufen.

»Wir schwenken jetzt in den geplanten Orbit ein, Eure Eminenz, Madame Botschafterin.«

Durch das große Sichtfenster wirkte Arimatheas Sonne viel kleiner als von der Station oder vom Planeten betrachtet. Hier, am äußersten Punkt einer Kometenumlaufbahn, verblasste ihr Licht gegen das Leuchten der unzähligen Sterne auf dem samtigen Untergrund der tiefschwarzen Weite des Alls.

»Ich kenne den Himmel hier nicht«, sagte Botschafterin Kirlov. »Wo ist Sol, und wo ist Randall?«

»Das Heimatsystem liegt dort hinten«, erwiderte Andy und zeigte in die entsprechende Richtung. »Und Menkent, Randalls Sonne, liegt auf der anderen Seite des Schiffes …«

Er blickte auf den Bildschirm, wo sich jetzt die rote Darstellung ihrer augenblicklichen Umlaufbahn immer näher an die erstrebte grüne Sollkurve anschmiegte.

»Jetzt sind wir nahe genug, Eure Eminenz.«

Erzbischof Uterra nickte. »Botschafterin Kirlov …« Er

grinste. »Patience.« Er leckte sich die Lippen. »Hättest du auch … ich meine, wenn Kuf nicht …«

Sie saß so ruhig da, dass die Haltegurte ihres Sitzes um sie herumschwebten, ohne sie zu berühren.

»Ich weiß es nicht. Kuf hatte richtig vermutet. Die Ladung Bomben, die Madison in seinem eigenen Gate hatte, befand sich in einem Orbit 520 Lichtstunden von eurer Sonne entfernt. Falls der Friedensvertrag nicht geschlossen worden wäre, dann würden die Bomben jetzt ungefähr mit Lichtgeschwindigkeit bei der Station eintreffen …«

»Aber als du das Signal gegeben hast, hattet ihr noch keinen Friedensvertrag unterzeichnet?«

Seine Stimme klang, als versuche er mühsam, nicht zu schreien. Clio streckte die Hand aus und legte sie Andy auf die Schulter.

»Der Vertrag kam ja überhaupt erst durch mein Signal zustande. Und die Explosion gleich ist das Zeichen für …«

Toth-Ftari gab ein Geräusch von sich, das ungefähr wie »vlaffp« klang und wohl seine Überraschung zum Ausdruck brachte. »Sie … natürlich. Das Signal für den Generalcode? Aber Sie konnten doch nicht erwarten, dass eine Sprengkraft von 300 Gigatonnen …«

Die Botschafterin ignorierte Toth-Ftari. »Der Bischof hat auf einen wichtigen Punkt hingewiesen. Ich weiß nicht, warum wir nicht früher daran gedacht haben: Mit einer Waffe in der Hand kann man keine friedliche Übereinkunft treffen. Wenn man wirklich einen dauerhaften Frieden erreichen will, darf man nicht so vorgehen. So dumm Ajax Madison war, er hat uns eigentlich einen Gefallen getan! Er – und natürlich auch sein Auftraggeber, wer immer das sein mag – wollte mit allen Mitteln einen Erstschlag landen. Wir kamen hierher und waren bereit zu töten, und jetzt haben wir es geschafft, den Frieden zu bewahren …«

»Kuf sagte nur *mach es*«, murmelte der Erzbischof. »*Was*

solltest du machen? Den roten Knopf drücken, diese Welt zerstören, oder sie retten? … alles was er sagte, war *mach es* …«

»Sie wissen doch, welchen Knopf er meinte«, entgegnete Clio mit zitternder Stimme.

»Ich weiß es«, bestätigte der Erzbischof. »Ja, ich weiß es.« Tränen liefen ihm über die Wangen. »Seine letzten Gedanken galten uns. Aber wer sollte es ihm verdenken, wenn es anders gewesen wäre – nach allem, was wir ihm angetan haben! Die meisten anderen hätten uns lieber sterben lassen.«

Er seufzte und schlug mit der Faust auf den Sitz. Durch die plötzliche Bewegung strafften sich die Rückhaltegurte, doch er nahm keine Notiz davon. »Was haben wir denn für ihn getan? Wir haben seine Kultur zerstört und dafür gesorgt, dass seine Leute zu Sklaven wurden. Wie konnte er das alles vergessen und uns vergeben?«

»Das ist eine merkwürdige Frage für einen Erzbischof«, meint Clio.

Uterra lachte auf, doch klang sein Lachen sehr traurig. Die anderen schwiegen verlegen.

»Machen Sie das eigentlich immer so mit den Toten?«, fragte Botschafterin Kirlov schließlich.

»Dank Dr. Yeremenko werden wir es in Zukunft wohl so tun, jedenfalls mit den Besten unserer Toten«, erklärte der Erzbischof.

Weit draußen in der Dunkelheit des Alls glühte ein neuer Stern für einige Sekunden auf und verschwand dann wieder. »Das sieht nicht allzu imposant aus, auch nicht in den Sonnensystemen, die der Explosion am nächsten sind. Aber ihre Instrumente werden sie zweifellos registrieren«, kommentierte Andy nüchtern.

Clio hatte erwartet, dass die Zerstörung der Bomben dazu beitragen würde, ihre Laune zu verbessern, aber sie fühlte nur eine unendliche Leere in sich.

»Wir können jetzt beginnen«, sagte der Erzbischof.

Andy aktivierte die Ablösesequenz. Sie neigten alle den Kopf, und der Erzbischof sprach die jahrtausendealten Worte. Aus einem Behälter auf dem Rücken des Shuttles wurden Kufs Überreste im All verstreut, die sorgfältig pulverisiert und getrocknet worden waren, damit die DNS erhalten blieb. Die Partikel folgten zunächst der Flugbahn des Shuttles – wie Samen, die ein Bauer in einer Furche aussät.

Der Druck des Sonnenwindes würde sie später davontragen, bis sie in einigen Millionen Jahren dort landen würden, wo ihre Bestimmung lag.